Kerstin Gier

Saphirblau. Liebe geht durch alle Zeiten

Weitere Bücher von Kerstin Gier im Arena Verlag:
Rubinrot. Liebe geht durch alle Zeiten
Jungs sind wie Kaugummi. Süß und leicht um den Finger zu wickeln

Kerstin Gier

Saphirblau. Liebe geht durch alle Zeiten

Arena

FSC

Mix
Produktgruppe aus vorbildlich
bewirtschafteten Wäldern,
kontrollierten Herkünften und
Recyclingholz oder -fasern

Zert.-Nr.SGS-COC-003210
www.fsc.org
© 1996 Forest Stewardship Council

4. Auflage 2010
© 2010 Arena Verlag GmbH, Würzburg
Alle Rechte vorbehalten
Einbandillustration: Eva Schöffmann-Davidov
Gesamtherstellung: Westermann Druck Zwickau GmbH
ISBN 978-3-401-06347-8

www.arena-verlag.de
Mitreden unter forum.arena-verlag.de

www.rubinrotlesen.de

Frank,
ohne dich hätte ich das
niemals geschafft.

Prolog

London, 14. Mai 1602

Es war dunkel in den Gassen von Southwark, dunkel und einsam. Gerüche von Algen, Kloake und totem Fisch lagen in der Luft. Er drückte ihre Hand unwillkürlich fester und zog sie weiter. »Wir wären besser wieder direkt am Fluss entlanggegangen. In diesem Gassengewirr kann man sich ja nur verlaufen«, flüsterte er.

»Ja und in jedem Winkel lauert ein Dieb und ein Mörder.« Ihre Stimme klang vergnügt. »Herrlich, oder? Das ist tausendmal besser, als in diesem stickigen Gemäuer herumzusitzen und Hausaufgaben zu machen!« Sie raffte ihr schweres Kleid und eilte weiter.

Unwillkürlich musste er grinsen. Lucys Talent, in jeder Lage und zu jeder Zeit der Sache etwas Positives abzugewinnen, war einzigartig. Selbst das sogenannte goldene Zeitalter Englands, das seinen Namen im Moment Lügen strafte und ziemlich finster daherkam, konnte sie nicht schrecken, eher im Gegenteil.

»Schade, dass wir nie mehr als drei Stunden Zeit haben«, sagte sie, als er zu ihr aufschloss. »Hamlet hätte mir noch besser gefallen, wenn ich ihn nicht in Fortsetzungen hätte anschauen müssen.« Geschickt wich sie einer ekligen Schlammpfütze aus, zumindest hoffte er inständig, dass es Schlamm war. Dann machte sie ein paar ausgelassene Tanzschritte und drehte sich einmal um die eigene Achse. *»So macht Bewusstsein Feige aus uns allen . . .* war das nicht großartig?«

Er nickte und musste sich zusammenreißen, um nicht schon wieder zu grinsen. In Lucys Gegenwart tat er das zu oft. Wenn er nicht aufpasste, wirkte er noch wie der letzte Idiot!

Sie waren auf dem Weg zur London Bridge – die Southwark Bridge, die eigentlich günstiger gelegen gewesen wäre, war dummerweise zu diesem Zeitpunkt noch nicht gebaut worden. Aber sie mussten sich beeilen, wenn sie nicht wollten, dass ihr heimlicher Abstecher ins 17. Jahrhundert auffiel.

Gott, was würde er dafür geben, wenn er endlich diesen steifen weißen Kragen ablegen könnte! Er fühlte sich an wie eines dieser Plastikteile, die Hunde nach Operationen tragen mussten.

Lucy bog um die Ecke Richtung Fluss. Sie schien in Gedanken noch immer bei Shakespeare zu sein. »Wie viel hast du dem Mann überhaupt gegeben, dass er uns ins Globe-Theater lässt, Paul?«

»Vier von diesen schweren Münzen, keine Ahnung, was die wert sind.« Er lachte. »Vermutlich war das ein Jahreslohn oder so.«

»Auf jeden Fall hat's geholfen. Die Plätze waren super.«

Laufend erreichten sie die London Bridge. Wie schon auf dem Hinweg blieb Lucy stehen und wollte die Häuser kommentieren, mit denen die Brücke überbaut war. Aber er zog sie weiter. »Du weißt doch, was Mr George gesagt hat: Wenn man zu lange unter einem Fenster stehen bleibt, bekommt man einen Nachttopf auf den Kopf geleert«, erinnerte er sie. »Außerdem fällst du auf!«

»Man merkt gar nicht, dass man auf einer Brücke steht, es sieht aus wie eine ganz normale Straße. Oh, schau mal, ein *Stau!* Es wird allmählich Zeit, dass sie noch ein paar andere Brücken bauen.«

Die Brücke war – im Gegensatz zu den Nebengassen – noch recht belebt, aber die Fuhrwerke, Sänften und Kutschen, die zum anderen Themseufer hinüberwollten, bewegten sich keinen Yard vorwärts. Weiter vorne hörte man Stimmen, Fluchen und Pferde wiehern, aber die Ursache des Stillstands konnte man nicht erkennen. Aus dem Fenster einer Kutsche direkt neben ihnen beugte sich ein Mann mit schwarzem Hut. Sein steifer weißer Spitzenkragen bog sich bis zu seinen Ohren hinauf.

»Gibt es nicht noch einen anderen Weg über diesen stinkenden Fluss?«, rief er auf Französisch seinem Kutscher zu.

Der Kutscher verneinte. »Und selbst wenn, wir können nicht umdrehen, wir stecken fest! Ich werde nach vorne gehen und sehen, was passiert ist. Sicher geht es bald weiter, Sire.«

Mit einem Grummeln zog der Mann seinen Kopf samt Hut und Kragen zurück in die Kutsche, während der Kutscher abstieg und sich einen Weg durch das Gedränge bahnte.

»Hast du das gehört, Paul? Das sind *Franzosen*«, flüsterte Lucy begeistert. »Touristen!«

»Ja. Ganz toll. Aber wir müssen weiter, wir haben nicht

mehr viel Zeit.« Er erinnerte sich dunkel, gelesen zu haben, dass man diese Brücke irgendwann zerstört und später fünfzehn Meter weiter wieder aufgebaut hatte. Kein guter Platz für einen Zeitsprung also.

Sie folgten dem französischen Kutscher, aber ein Stück weiter vorn standen die Menschen und Fahrzeuge so dicht, dass kein Durchkommen war.

»Ich habe gehört, da hat ein Fuhrwerk mit Ölfässern Feuer gefangen«, sagte die Frau vor ihnen zu niemandem Bestimmten. »Wenn sie nicht aufpassen, fackeln sie noch mal die ganze Brücke ab.«

»Aber nicht heute, so viel ich weiß«, murmelte Paul und griff nach Lucys Arm. »Komm, wir gehen zurück und warten auf der anderen Seite auf unseren Sprung.«

»Erinnerst du dich noch an die Parole? Nur für den Fall, dass wir es nicht rechtzeitig schaffen.«

»Irgendwas mit Kutte und Lava.«

»*Gutta cavat lapidem,* du Dummkopf.« Sie sah kichernd zu ihm hoch. Ihre blauen Augen blitzten vor Vergnügen und plötzlich schoss ihm durch den Kopf, was sein Bruder Falk gesagt hatte, als er ihn nach dem perfekten Zeitpunkt gefragt hatte. »Ich würde mich nicht lange mit Reden aufhalten. Ich würde es einfach tun. Dann kann sie dir eine runterhauen und du weißt Bescheid.«

Falk hatte natürlich wissen wollen, von wem die Rede war, aber Paul hatte keine Lust auf Diskussionen gehabt, die mit »Du weißt doch, die Verbindungen zwischen den de Villiers und den Montroses sollten rein geschäftlicher Natur sein!« begannen und mit »Außerdem sind die Montrose-Mädchen

alle Zicken und werden später mal Drachen wie Lady Arista«
endeten.

Von wegen Zicke! Möglicherweise traf das auf die anderen
Montrose-Mädchen zu – auf Lucy aber mit Sicherheit nicht.

Lucy – über die er jeden Tag aufs Neue staunen konnte, der
er Sachen anvertraut hatte, die er noch niemandem erzählt
hatte. Lucy, mit der man buchstäblich –

Er holte tief Luft.

»Warum bleibst du stehen?«, fragte Lucy, aber da hatte er
sich auch schon zu ihr hinuntergebeugt und seine Lippen auf
ihren Mund gepresst. Drei Sekunden lang fürchtete er, sie
würde ihn wegschubsen, aber dann schien sie ihre Überraschung überwunden zu haben und erwiderte seinen Kuss, zuerst ganz vorsichtig, dann nachdrücklicher.

Eigentlich war das hier alles andere als der perfekte Moment und eigentlich hatten sie es auch furchtbar eilig, denn
sie konnten jeden Moment in der Zeit springen, und eigentlich . . .

Paul vergaß, was das dritte Eigentlich war. Alles, was jetzt
zählte, war sie.

Doch dann fiel sein Blick auf eine Gestalt mit einer dunklen
Kapuze und er sprang erschrocken zurück.

Lucy sah ihn einen Moment irritiert an, bevor sie rot wurde
und auf ihre Füße schaute. »Tut mir leid«, murmelte sie verlegen. »Larry Coleman hat auch gesagt, wenn ich küsse, fühlt
sich das so an, als würde einem jemand eine Handvoll unrei-
fer Stachelbeeren ins Gesicht drücken.«

»Stachelbeeren?« Er schüttelte den Kopf. »Und wer zum
Teufel ist überhaupt Larry Coleman?«

Jetzt schien sie vollends verwirrt und er konnte es ihr noch nicht einmal übel nehmen. Irgendwie musste er versuchen, das Chaos, das in seinem Kopf herrschte, in die richtige Reihenfolge zu bringen. Er zog Lucy aus dem Licht der Fackeln, packte sie an den Schultern und sah ihr tief in die Augen. »Okay, Lucy. Erstens: Du küsst ungefähr so, wie . . . wie Erdbeeren schmecken. Zweitens: Wenn ich diesen Larry Coleman finde, haue ich ihm eins auf die Nase. Drittens: Merk dir dringend, wo wir aufgehört haben. Aber im Moment haben wir ein klitzekleines Problem.«

Wortlos deutete er auf den hochgewachsenen Mann, der nun lässig aus dem Schatten eines Fuhrwerkes herausschlenderte und sich zum Kutschenfester des Franzosen hinunterbeugte.

Lucys Augen weiteten sich vor Schreck.

»Guten Abend, Baron«, sagte der Mann. Er sprach ebenfalls Französisch und beim Klang seiner Stimme krallte sich Lucys Hand in Pauls Arm. »Wie schön, Euch zu sehen. Ein weiter Weg aus Flandern hierher.« Er streifte seine Kapuze ab.

Aus dem Inneren der Kutsche erklang ein überraschter Ausruf. »Der falsche Marquis! Was macht Ihr denn hier? Wie passt das zusammen?«

»Das wüsste ich auch gern«, flüsterte Lucy.

»Begrüßt man so seinen eigenen Nachkommen?«, erwiderte der Hochgewachsene gut gelaunt. »Immerhin bin ich der Enkelsohn des Enkelsohnes Eures Enkelsohnes, und auch wenn man mich gern den Mann ohne Vornamen nennt, darf ich Euch versichern, dass ich einen habe. Sogar mehrere, um genau zu sein. Darf ich Euch in der Kutsche Gesellschaft leisten? Es steht sich nicht besonders bequem hier und diese

Brücke wird noch eine gute Weile verstopft sein.« Ohne die Antwort abzuwarten oder sich noch einmal umzusehen, öffnete er die Tür und stieg in die Kutsche.

Lucy hatte Paul zwei Schritte zur Seite gezogen, noch weiter aus dem Lichtkreis der Fackeln. »Er ist es wirklich! Nur viel jünger. Was sollen wir denn jetzt tun?«

»Gar nichts«, flüsterte Paul zurück. »Wir können ja schlecht hingehen und Hallo sagen! Wir dürften gar nicht hier sein.«

»Aber wieso ist *er* hier?«

»Ein dummer Zufall. Er darf uns auf keinen Fall sehen. Komm, wir müssen ans Ufer.«

Aber keiner von ihnen rührte sich von der Stelle. Beide starrten sie wie gebannt auf das dunkle Fenster der Kutsche, noch faszinierter als vorhin auf die Bühne des Globe-Theaters.

»Ich habe Euch bei unserem letzten Treffen doch deutlich zu verstehen gegeben, was ich von Euch halte«, drang jetzt die Stimme des französischen Barons aus der Kutsche.

»Oh ja, das habt Ihr!« Das leise Lachen des Besuchers trieb Paul eine Gänsehaut auf die Arme, ohne dass er sagen konnte, warum.

»Mein Entschluss steht fest!« Die Stimme des Barons wackelte ein wenig. »Ich werde dieses Teufelsgerät der Allianz übergeben, ganz egal, welch perfide Methoden Ihr auch anwenden mögt, um mich davon abzubringen. Ich weiß, dass Ihr mit dem Teufel im Bunde steht.«

»Was meint er denn?«, flüsterte Lucy.

Paul schüttelte nur den Kopf.

Wieder ertönte ein leises Lachen. »Mein engstirniger, verblendeter Vorfahre! Wie viel leichter hätte Euer Leben – und auch meins! – sein können, wenn Ihr auf mich gehört hättet und nicht auf Euren Bischof oder diese bedauernswerten Fanatiker der Allianz. Wenn Ihr Euren Verstand benutzt hättet anstelle Eures Rosenkranzes. Wenn Ihr erkannt hättet, dass Ihr Teil von etwas Größerem seid als dem, was Euer Priester Euch predigt.«

Die Antwort des Barons schien aus einem Vaterunser zu bestehen, Lucy und Paul hörten ihn nur leise murmeln.

»Amen!«, sagte der Besucher mit einem Seufzer. »Das ist also Euer letztes Wort in dieser Sache?«

»Ihr seid der Teufel persönlich!«, sagte der Baron. »Verlasst meinen Wagen und kommt mir niemals wieder vor die Augen.«

»Ganz wie Ihr wünscht. Da wäre nur noch eine Kleinigkeit. Ich habe es Euch bisher nicht gesagt, um Euch nicht unnötig aufzuregen, aber auf Eurem Grabstein, den ich mit eigenen Augen gesehen habe, steht der 14. Mai 1602 als Euer Todestag verzeichnet.«

»Aber das ist doch . . .«, sagte der Baron.

». . . heute, richtig. Und es fehlt nicht mehr viel bis Mitternacht.«

Vom Baron war ein Keuchen zu hören.

»Was tut er denn da?«, flüsterte Lucy.

»Er bricht seine eigenen Gesetze.« Pauls Gänsehaut war hinauf bis zu seinem Nacken gewandert. »Er spricht über . . .« Er unterbrach sich, denn in seinem Magen breitete sich ein wohlbekanntes, mulmiges Gefühl aus.

»Mein Kutscher wird gleich zurück sein«, sagte der Baron und jetzt klang seine Stimme eindeutig ängstlich.

»Ja, da bin ich sicher«, erwiderte der Besucher fast ein bisschen gelangweilt. »Deshalb beeile mich ja auch.«

Lucy hatte die Hand auf ihre Magengegend gelegt. *»Paul!«*

»Ich weiß, ich spüre es auch. Verfluchter Mist . . . Wir müssen laufen, wenn wir nicht elend tief in den Fluss stürzen wollen.« Er packte ihren Arm und zog sie vorwärts, sorgfältig darauf bedacht, sein Gesicht nicht dem Fenster zuzuwenden.

»Wohl seid Ihr eigentlich in Eurer Heimat verstorben, an den Folgen einer unangenehmen Influenza«, hörten sie die Stimme des Besuchers, während sie an der Kutsche vorbeischlichen. »Aber da meine Besuche bei Euch in letzter Konsequenz dazu geführt haben, dass Ihr heute hier in London seid und Euch bester Gesundheit erfreut, ist hier etwas empfindlich aus dem Gleichgewicht gebracht worden. Korrekt wie ich nun einmal bin, fühle ich mich daher verpflichtet, dem Tod ein wenig auf die Sprünge zu helfen.«

Paul war mehr mit dem Gefühl in seinem Magen beschäftigt und damit auszurechnen, wie viele Meter es noch bis zum Ufer waren, dennoch sickerte die Bedeutung der Worte in sein Bewusstsein und er blieb wieder stehen.

Lucy knuffte ihn in die Seite. »Lauf!«, zischte sie, während sie selber zu rennen begann. »Wir haben nur noch ein paar Sekunden!«

Mit weichen Knien setzte er sich ebenfalls in Bewegung, und während er rannte und das nahe Ufer vor seinen Augen zu verschwimmen begann, hörte er aus dem Inneren der Kutsche einen grauenhaften, wenn auch gedämpften Schrei, dem ein geröcheltes »Teufel!« folgte – dann herrschte tödliche Stille.

Aus den Annalen der Wächter

18. Dezember 1992

Lucy und Paul wurden heute um 15 Uhr zum Elapsieren
ins Jahr 1948 geschickt. Als sie um neunzehn Uhr
zurückkehrten, landeten sie im Rosenbeet vor dem Fenster
des Drachensaals, in vollkommen durchnässten Kostümen
des 17. Jahrhunderts.
Sie machten einen recht verstörten Eindruck auf mich und
redeten wirres Zeug, daher verständigte ich gegen ihren
Willen Lord Montrose und Falk de Villiers.
Die Geschichte ließ sich aber ganz einfach aufklären.
Lord Montrose erinnerte sich noch genau an das
Kostümfest, das man im Jahr 1948 im Garten feierte und
in dessen Verlauf einige Gäste, darunter auch Lucy und
Paul, nach dem Genuss von zu viel Alkohol im
Goldfischbecken landeten.
Lord Lucas übernahm die Verantwortung für diesen
Vorfall und versprach, die beiden ruinierten Exemplare
der Rosen »Ferdinand Picard« und »Mrs John Laing« zu
ersetzen.
Lucy und Paul wurden strengstens ermahnt, sich künftig,
egal in welcher Zeit, von Alkohol fernzuhalten.

Bericht, J. Mountjoy, Adept 2. Grades

1.

Herrschaften, das ist eine Kirche! Hier küsst man sich nicht!« Erschrocken riss ich meine Augen auf und fuhr hastig zurück, in Erwartung, einen altmodischen Pfarrer mit wehender Soutane und empörter Miene auf mich zueilen zu sehen, bereit, eine Strafpredigt auf uns niederdonnern zu lassen. Aber es war nicht der Pfarrer, der unseren Kuss gestört hatte. Es war überhaupt kein Mensch. Es war ein kleiner Wasserspeier, der auf der Kirchenbank direkt neben dem Beichtstuhl hockte und mich genauso verblüfft anschaute wie ich ihn.

Wobei das eigentlich schwer möglich war. Denn meinen Zustand konnte man im Grund genommen nicht mehr mit Verblüffung umschreiben. Um ehrlich zu sein, hatte ich eher so etwas wie gewaltige denktechnische Aussetzer.

Angefangen hatte alles mit diesem Kuss.

Gideon de Villiers hatte mich – Gwendolyn Shepherd – geküsst.

Natürlich hätte ich mich fragen müssen, warum er so plötzlich auf die Idee gekommen war – in einem Beichtstuhl in einer Kirche irgendwo in Belgravia im Jahr 1912 – kurz nachdem wir eine atemberaubende Flucht mit allen Schikanen hingelegt hatten, bei der nicht nur mein knöchellanges, enges Kleid mit dem lächerlichen Matrosenkragen hinderlich gewesen war.

19

Ich hätte analytische Vergleiche anstellen können zu den Küssen, die ich von anderen Jungs bekommen hatte, und woran es lag, dass Gideon so viel besser küssen konnte.

Mir hätte auch zu denken geben können, dass eine Wand mit einem Beichtstuhlfenster zwischen uns war, durch das Gideon seinen Kopf und seine Arme gezwängt hatte, und dass das keine idealen Bedingungen für einen Kuss waren, mal ganz abgesehen von dem Fakt, dass ich nicht noch mehr Chaos in meinem Leben brauchen konnte, nachdem ich gerade erst vor drei Tagen erfahren hatte, dass ich das Zeitreise-Gen von meiner Familie geerbt hatte.

Tatsache allerdings war, dass ich überhaupt nichts dachte, außer vielleicht *Oh* und *Hmmmm* und *Mehr!*

Deswegen bekam ich auch das Ziehen im Bauch nicht richtig mit, und erst jetzt, als dieser kleine Wasserspeier nun seine Arme verschränkte und mich von seiner Kirchenbank anfunkelte, erst, als mein Blick auf den kackbraunen Vorhang des Beichtstuhls fiel, der eben noch samtgrün gewesen war, schwante mir, dass wir in der Zwischenzeit zurück in die Gegenwart gesprungen waren.

»Mist!« Gideon zog sich auf seine Seite vom Beichtstuhl zurück und rieb sich den Hinterkopf.

Mist? Ich plumpste unsanft von meiner Wolke sieben und vergaß den Wasserspeier.

»So schlecht fand ich es nun auch wieder nicht«, sagte ich, um einen möglichst lässigen Tonfall bemüht. Leider war ich etwas außer Atem, was den Gesamteindruck schmälerte. Ich konnte Gideon nicht in die Augen sehen, stattdessen starrte ich noch immer auf den braunen Polyestervorhang des Beichtstuhls.

Gott! Ich war beinahe hundert Jahre durch die Zeit gereist, ohne etwas zu merken, weil dieser Kuss mich so vollkommen und ganz und gar ... überrascht hatte. Ich meine, in der einen Minute meckert der Typ an einem herum, in der nächsten befindet man sich mitten in einer Verfolgungsjagd und muss sich vor Männern mit Pistolen in Sicherheit bringen, und plötzlich – wie aus dem Nichts – behauptet er, man sei etwas ganz Besonderes, und küsst einen. Und wie Gideon küsste! Ich wurde sofort eifersüchtig auf alle Mädchen, bei denen er das gelernt hatte.

»Niemand zu sehen.« Gideon lugte aus dem Beichtstuhl und trat dann hinaus in die Kirche. »Gut. Wir nehmen den Bus zurück nach Temple. Komm, sie werden uns schon erwarten.«

Ich starrte ihn fassungslos durch den Vorhang an. Hieß das etwa jetzt, dass er wieder zur Tagesordnung übergehen wollte? Nach einem Kuss (am besten eigentlich vorher, aber dazu war es ja nun zu spät) sollte man vielleicht doch ein paar grundsätzliche Dinge klären, oder? War der Kuss eine Art Liebeserklärung gewesen? Waren Gideon und ich jetzt vielleicht sogar zusammen? Oder hatten wir nur ein bisschen rumgeknutscht, weil wir gerade nichts Besseres zu tun gehabt hatten?

»In diesem Kleid fahre ich nicht mit dem Bus«, sagte ich kategorisch, während ich so würdevoll wie möglich aufstand. Lieber hätte ich mir die Zunge abgebissen, als eine der Fragen zu stellen, die mir eben durch den Kopf geschossen waren.

Mein Kleid war weiß mit himmelblauen Satinschleifen in der Taille und am Kragen, vermutlich der letzte Schrei im Jahr 1912, aber nicht wirklich geeignet für öffentliche Verkehrsmittel im einundzwanzigsten Jahrhundert. »Wir nehmen ein Taxi.«

Gideon drehte sich zu mir um, doch er widersprach mir nicht. In seinem Gehrock und der Bügelfaltenhose schien er sich wohl auch nicht unbedingt busfein zu fühlen. Dabei sah er darin wirklich gut aus, zumal seine Haare nicht mehr so geschniegelt hinter die Ohren gebürstet waren wie noch vor zwei Stunden, sondern in zerzausten Locken in seine Stirn fielen.

Ich trat zu ihm hinaus ins Kirchenschiff und fröstelte. Es war saukalt hier drinnen. Oder lag das vielleicht daran, dass ich in den letzten drei Tagen so gut wie gar nicht zum Schlafen gekommen war? Oder an dem, was eben passiert war?

Vermutlich hatte mein Körper in der letzten Zeit mehr Adrenalin ausgeschüttet als in den ganzen sechzehn Jahren vorher. Es war so viel passiert und ich hatte so wenig Zeit gehabt, darüber nachzudenken, dass mein Kopf vor lauter Informationen und Gefühlen geradezu zu platzen schien. Wäre ich eine Figur in einem Comic, hätte eine Denkblase mit einem riesengroßen Fragezeichen darin über mir geschwebt. Und vielleicht ein paar Totenköpfen.

Ich gab mir einen kleinen Ruck. Wenn Gideon zur Tagesordnung übergehen wollte – bitte, das konnte ich auch. »Okay, dann nichts wie raus hier«, sagte ich patzig. »Mir ist kalt.«

Ich wollte mich an ihm vorbeidrängen, doch er hielt mich am Arm fest. »Hör mal, wegen eben . . .« Er brach ab, wohl in der Hoffnung, dass ich ihm ins Wort fiel.

Was ich natürlich nicht tat. Ich wollte nur zu gern wissen,

was er zu sagen hatte. Außerdem fiel mir das Atmen schwer, so nah wie er bei mir stand.

»Diesen Kuss . . . Das habe ich . . .« Wieder nur ein halber Satz. Aber ich vollendete ihn in Gedanken sofort.

Das habe ich nicht so gemeint.

Oh, schon klar, aber dann hätte er es auch nicht tun sollen, oder? Das war so, wie einen Vorhang anzünden und sich hinterher wundern, wenn das ganze Haus brennt. (Okay, blöder Vergleich.) Ich wollte es ihm kein bisschen leichter machen und sah ihn kühl und abwartend an. Das heißt, ich *versuchte,* ihn kühl und abwartend anzusehen, aber in Wirklichkeit hatte ich vermutlich so einen *Ich bin das kleine Bambi, bitte erschieß mich nicht*-Blick aufgesetzt, ich konnte gar nichts dagegen machen. Fehlte nur noch, dass meine Unterlippe zu beben anfing.

Das habe ich nicht so gemeint. Komm schon, sag es!

Aber Gideon sagte gar nichts. Er zupfte eine Haarnadel aus meinen wirren Haaren (vermutlich sah meine komplizierte Schneckenfrisur mittlerweile aus, als ob ein Vogelpärchen darin genistet hatte), nahm eine Strähne in die Hand und wickelte sie sich um seinen Finger. Mit der anderen Hand begann er, mein Gesicht zu streicheln, und dann beugte er sich zu mir hinunter und küsste mich noch einmal, diesmal ganz vorsichtig. Ich schloss die Augen – und schon passierte dasselbe wie zuvor: Mein Gehirn hatte wieder diese wohltuende Sendepause. (Es funkte nichts als *Oh, Hmmm* und *Mehr.)*

Allerdings nur etwa zehn Sekunden lang, dann nämlich sagte eine Stimme direkt neben uns genervt: »Geht das etwa schon wieder los?«

Erschrocken gab ich Gideon einen kleinen Schubs vor die

Brust und starrte direkt in die Fratze des kleinen Wasserspeiers, der mittlerweile kopfüber von der Empore herabbaumelte, unter der wir standen. Genauer gesagt, war es der Geist eines Wasserspeiers.

Gideon hatte meine Haare losgelassen und eine neutrale Miene aufgesetzt. Oh Gott! Was musste er denn jetzt von mir denken? In seinen grünen Augen war nichts zu erkennen, allenfalls leichtes Befremden.

»Ich . . . ich dachte, ich hätte etwas gehört«, murmelte ich.

»Okay«, sagte er etwas gedehnt, aber durchaus freundlich.

»Du hast *mich* gehört«, sagte der Wasserspeier. »Du hast mich *gehört!*« Er war in etwa so groß wie eine Katze, sein Gesicht ähnelte ebenfalls dem einer Katze, allerdings hatte er zusätzlich zu seinen spitzen, großen Luchsohren auch noch zwei rundliche Hörner dazwischen, außerdem Flügelchen auf dem Rücken und einen langen, geschuppten Eidechsenschwanz, der in einem Dreieck mündete und aufgeregt hin und her peitschte. »Und du kannst mich auch sehen!«

Ich gab keine Antwort.

»Wir gehen dann besser mal«, sagte Gideon.

»Du kannst mich sehen und hören!«, rief der kleine Wasserspeier begeistert, ließ sich von der Empore auf eine der Kirchenbänke fallen und hüpfte dort auf und nieder. Er hatte eine Stimme wie ein verschnupftes, heiseres Kind. »Ich hab's genau gemerkt!«

Jetzt bloß keinen Fehler machen, sonst wurde ich ihn nie wieder los. Ich ließ meinen Blick betont gleichgültig über die Bänke gleiten, während ich zur Kirchentür ging. Gideon hielt mir die Tür auf.

24

»Danke, sehr freundlich!«, sagte der Wasserspeier und schlüpfte ebenfalls hinaus.

Draußen auf dem Bürgersteig blinzelte ich ins Licht. Es war bewölkt und die Sonne daher nicht zu sehen, aber meiner Schätzung nach musste es früher Abend sein.

»Warte doch mal!«, rief der Wasserspeier und zupfte mich am Rock. »Wir sollten uns dringend unterhalten! Hey, du trampelst mir auf die Füße . . . Tu nicht so, als ob du mich nicht sehen könntest. Ich weiß, dass du es kannst.« Aus seinem Mund kam ein Schluck Wasser geschossen und bildete eine winzige Pfütze an meinem Knopfstiefelchen. »Ups. 'tschuldigung. Passiert nur, wenn ich aufgeregt bin.«

Ich sah an der Fassade der Kirche hinauf. Sie war vermutlich viktorianischen Baustils, mit bunten Glasfenstern und zwei hübschen verspielten Türmen. Backsteine wechselten sich mit cremeweißem Putz ab und bildeten ein fröhliches Streifenmuster. Aber so hoch ich auch schaute, am ganzen Bauwerk war keine einzige Figur oder gar ein Wasserspeier zu entdecken. Seltsam, dass der Geist hier trotzdem herumlungerte.

»Hier bin ich!«, rief der Wasserspeier und krallte sich direkt vor meiner Nase ans Mauerwerk. Er konnte klettern wie eine Eidechse, das können sie alle. Ich starrte eine Sekunde auf den Ziegel neben seinem Kopf und wandte mich ab.

Der Wasserspeier war nun nicht mehr so sicher, dass ich ihn wirklich sehen konnte. »Ach *bitte*«, sagte er. »Es wäre so schön, mal mit jemand anderem zu reden als mit dem Geist von Sir Arthur Conan Doyle.«

Nicht unraffiniert, das Kerlchen. Aber ich fiel nicht darauf rein. Er tat mir zwar leid, aber ich wusste, wie lästig die kleinen Biester werden konnten, außerdem hatte er mich beim Küssen gestört und seinetwegen hielt Gideon mich jetzt wahrscheinlich für eine launische Kuh.

»Bitte, bitte, biiiiiiiitte!«, sagte der Wasserspeier.

Ich ignorierte ihn weiterhin nach Kräften. Meine Güte, ich hatte weiß Gott genug andere Probleme am Hals.

Gideon war an den Fahrbahnrand getreten und winkte ein Taxi heran. Natürlich kam auch sofort ein freies. Manche Leute haben bei so was immer Glück. Oder so etwas wie natürliche Autorität. Meine Großmutter Lady Arista, zum Beispiel. Sie muss nur am Straßenrand stehen bleiben und streng gucken, schon machen die Taxifahrer eine Vollbremsung. »Kommst du, Gwendolyn?«

»Du kannst doch jetzt nicht einfach abhauen!« Die heisere Kinderstimme klang weinerlich, herzzerreißend. »Wo wir uns gerade erst gefunden haben.«

Wären wir allein gewesen, hätte ich mich vermutlich dazu hinreißen lassen, mit ihm zu sprechen. Trotz der spitzen Eckzähne und der Klauenfüße war er irgendwie niedlich und wahrscheinlich hatte er nicht viel Gesellschaft. (Der Geist von Sir Arthur Conan Doyle hatte mit Sicherheit Besseres zu tun. Was hatte der überhaupt in London zu suchen?) Aber wenn man in Gegenwart von anderen Menschen mit Geistwesen kommuniziert, halten sie einen – wenn man Glück hat – für einen Lügner und Schauspieler oder aber – in den meisten Fällen – für verrückt. Ich wollte nicht riskieren, dass Gideon mich für verrückt hielt. Außerdem hatte der letzte Wasserspeierdämon, mit dem ich gesprochen hatte, so viel

Anhänglichkeit entwickelt, dass ich kaum allein aufs Klo hatte gehen können.

Also nahm ich mit steinerner Miene im Taxi Platz und guckte beim Anfahren starr geradeaus. Gideon neben mir sah aus dem Fenster. Der Taxifahrer musterte unsere Kostüme im Rückspiegel mit hochgezogenen Augenbrauen, sagte aber nichts. Das musste man ihm hoch anrechnen.

»Es ist gleich halb sieben«, sagte Gideon zu mir, offensichtlich um neutrale Konversation bemüht. »Kein Wunder, dass ich vor Hunger sterbe.«

Jetzt wo er es aussprach, merkte ich, dass es mir ganz ähnlich ging. Meinen Frühstückstoast hatte ich wegen der miesen Stimmung am Familienfrühstückstisch nicht mal halb heruntergewürgt und das Schulessen war wie immer ungenießbar gewesen. Mit einer gewissen Sehnsucht dachte ich an die appetitlich hergerichteten Sandwichs und Scones auf Lady Tilneys Teetafel, die uns leider entgangen waren.

Lady Tilney! Jetzt erst fiel mir ein, dass Gideon und ich uns besser absprechen sollten, was unser Abenteuer im Jahr 1912 anging. Schließlich war die Sache mehr als aus dem Ruder gelaufen und ich hatte keine Ahnung, was die Wächter, die in Sachen Zeitreisemission so gar keinen Spaß verstanden, davon halten würde. Gideon und ich waren mit dem Auftrag in die Zeit gereist, Lady Tilney in den Chronografen einzulesen (die Gründe dafür hatte ich, ganz nebenbei bemerkt, noch immer nicht ganz kapiert, aber das Ganze schien ungeheuer wichtig zu sein; soweit ich wusste, ging es um die Rettung der Welt, mindestens). Bevor wir das allerdings erledigen konnten, kamen meine Cousine Lucy und Paul ins Spiel – ihres Zeichens die Bösewichte der ganzen Geschichte. Davon war zumindest Gideons Familie überzeugt und er mit ihnen. Lucy und Paul hatten angeblich den zweiten Chronografen gestohlen und sich damit in der Zeit versteckt. Seit Jahren hatte niemand von ihnen gehört – bis sie bei Lady Tilney auftauchten und unsere kleine Teegesellschaft ziemlich durcheinanderwirbelten.

Wann allerdings genau die Pistolen ins Spiel gekommen waren, das hatte ich vor lauter Schreck verdrängt, aber irgendwann hatte Gideon eine Waffe an Lucys Kopf gehalten, eine Pistole, die er genau genommen gar nicht hätte mitnehmen dürfen. (Wie ich nicht mein Handy, aber mit einem Handy konnte man wenigstens niemanden erschießen!) Daraufhin waren wir in die Kirche geflüchtet. Aber die ganze Zeit war ich das Gefühl nicht losgeworden, dass die Sache mit Lucy und Paul nicht ganz so schwarz-weiß war, wie die de Villiers es gerne behaupteten.

»Was sagen wir denn nun wegen Lady Tilney?«, fragte ich.

»Na ja.« Gideon rieb sich müde über die Stirn. »Nicht, dass wir lügen sollten, aber vielleicht wäre es in diesem Fall klüger, die eine oder andere Sache wegzulassen. Am besten, du überlässt das Reden komplett mir.«

Da war er wieder, der altvertraute Kommandoton. »Ja, klar«, sagte ich. »Ich werde nicken und die Klappe halten, wie sich das für ein Mädchen gehört.«

Unwillkürlich verschränkte ich die Arme vor der Brust. Warum konnte sich Gideon nicht einmal normal benehmen? Erst küsste er mich (und zwar nicht nur einmal!), um gleich darauf wieder einen auf Großmeister der Wächter-Loge zu machen?

Wir schauten angelegentlich aus unseren jeweiligen Fenstern.

Es war Gideon, der schließlich das Schweigen brach, und das erfüllte mich mit einer gewissen Genugtuung. »Was ist los, hat die Katze deine Zunge gestohlen?« So wie er es sagte, klang es fast verlegen.

»Wie bitte?«

»Das hat meine Mutter immer gefragt, als ich klein war. Wenn ich so verstockt vor mich hin geguckt habe wie du gerade.«

»Du hast eine *Mutter?*« Erst als ich es ausgesprochen hatte, merkte ich, wie dämlich diese Frage war. Meine Güte!

Gideon zog eine Augenbraue hoch. »Was hast du denn gedacht?«, fragte er amüsiert. »Dass ich ein Androide bin und von Onkel Falk und Mr George zusammengeschraubt wurde?«

»Das ist gar nicht mal so abwegig. Hast du Babyfotos von dir?« Bei dem Versuch, mir Gideon als Baby vorzustellen, mit einem runden, weichen Pausbackengesicht und einer Babyglatze, musste ich grinsen. »Wo sind denn deine Mum und dein Dad? Leben sie auch hier in London?«

Gideon schüttelte den Kopf. »Mein Vater ist tot und meine Mutter lebt in Antibes in Südfrankreich.« Für einen kurzen Moment presste er seine Lippen aufeinander und ich dachte schon, er würde wieder in sein Schweigen zurückfallen. Aber dann fuhr er fort: »Mit meinem kleinen Bruder und ihrem neuen Mann, Monsieur *Nenn-mich-doch-Papa* Bertelin. Er hat eine Firma, die Mikroteile aus Platin und Kupfer für elektronische Geräte herstellt, und offensichtlich läuft das

Geschäft super: Seine protzige Jacht hat er jedenfalls *Krösus* genannt.«

Ich war ehrlich verblüfft. So viele persönliche Informationen auf einmal, das sah Gideon gar nicht ähnlich. »Oh, aber das ist doch sicher cool, dort Ferien zu machen, oder nicht?«

»Ja, klar«, sagte er spöttisch. »Es gibt einen Pool so groß wie drei Tennisplätze und die bescheuerte Jacht hat goldene Wasserhähne.«

»Stelle ich mir auf jeden Fall besser vor als ein unbeheiztes Cottage in Peebles.« In meiner Familie verbrachte man die Sommerferien grundsätzlich in Schottland.

»Wenn ich du wäre und eine Familie in Südfrankreich hätte, würde ich sie jedes Wochenende besuchen. Selbst, wenn sie keinen Pool und keine Jacht hätten.«

Gideon sah mich kopfschüttelnd an. »Ach ja? Und wie würdest du das anstellen, wenn du dabei alle paar Stunden in die Vergangenheit springen müsstest? Nicht unbedingt ein prickelndes Erlebnis, wenn man gerade mit hundertfünfzig Sachen auf der Autobahn entlangfährt.«

»Oh.« Diese Zeitreisegeschichte war irgendwie noch zu neu für mich, als dass ich mich mit allen Konsequenzen auseinandergesetzt hätte. Es gab nur zwölf Träger des Gens – quer über alle Jahrhunderte verteilt – und ich konnte immer noch nicht recht fassen, dass ich einer von ihnen war. Vorgesehen war eigentlich meine Cousine Charlotte gewesen, die sich mit Feuereifer auf ihre Rolle vorbereitet hatte. Aber meine Mutter hatte aus unerfindlichen Gründen mit den Daten meiner Geburt getrickst und nun hatten wir den Salat. Genau wie Gideon hatte ich nun die Wahl, entweder kontrolliert mithilfe des

Chronografen in die Zeit zu springen oder aber jederzeit und an jedem Ort von einem Zeitreisesprung überrascht zu werden, was, wie ich aus eigener Erfahrung wusste, nicht gerade angenehm war.

»Du müsstest natürlich den Chronografen mitnehmen, damit du zwischendurch immer in ungefährliche Zeiten elapsieren könntest«, überlegte ich laut.

Gideon stieß ein freudloses Schnauben aus. »Ja, auf diese Weise ist natürlich sehr entspanntes Reisen möglich und man lernt auch gleich noch so viele historische Orte an der Strecke kennen. Aber mal abgesehen davon, dass man mir niemals erlauben würde, mit dem Chronografen im Rucksack durch die Gegend zu fahren – was würdest *du* denn solange ohne das Ding machen?« Er sah an mir vorbei aus dem Fenster. »Dank Lucy und Paul gibt es nur noch einen oder hast du das vergessen?« Seine Stimme war wieder hitzig geworden, wie immer, wenn von Lucy und Paul die Rede war.

Ich zuckte mit den Schultern und sah ebenfalls aus dem Fenster. Das Taxi schlich in Schrittgeschwindigkeit in Richtung Picadilly. Na super. Feierabendverkehr in der City. Wahrscheinlich wären wir zu Fuß schneller gewesen.

»Dir ist offensichtlich noch nicht ganz klar, dass du nicht mehr viel Gelegenheit haben wirst, von dieser Insel herunterzukommen, Gwendolyn!« In Gideons Stimme schwang Bitterkeit mit. »Oder aus dieser Stadt heraus. Anstatt dich Urlaub in Schottland machen zu lassen, hätte deine Familie dir lieber mal die große weite Welt gezeigt. Jetzt ist es dafür zu spät. Stell dich darauf ein, dass du dir alles, wovon du träumst, nur noch über Google Earth anschauen kannst.«

Der Taxifahrer kramte ein zerfleddertes Taschenbuch hervor, lehnte sich in seinem Sitz zurück und begann ungerührt zu lesen. »Aber . . . du bist doch in Belgien gewesen und in Paris«, sagte ich. »Um von dort in die Vergangenheit zu reisen und das Blut von wie hieß er noch gleich und dieser Dings . . .«

»Ja, klar«, fiel er mir ins Wort. »Zusammen mit meinem Onkel, drei Wächtern und einer *Kostümbildnerin*. Ganz tolle Reise! Abgesehen davon, dass Belgien ja auch so ein wahnsinnig exotisches Land ist. Träumen wir nicht alle davon, mal für drei Tage nach *Belgien* zu reisen?«

Von seiner plötzlichen Heftigkeit eingeschüchtert, fragte ich leise: »Wo würdest du denn hinfahren, wenn du es dir aussuchen könntest?«

»Du meinst, wenn ich nicht mit diesem Zeitreisefluch geschlagen wäre? Oh Gott – ich wüsste gar nicht, wo ich anfangen würde. Chile, Brasilien, Peru, Costa Rica, Nicaragua, Kanada, Alaska, Vietnam, Nepal, Australien, Neuseeland . . .« Er grinste schwach. »Na ja, so ziemlich überall hin außer auf den Mond. Aber es macht nicht wirklich Spaß, darüber nachzudenken, was man im Leben niemals tun kann. Wir müssen uns damit abfinden, dass unser Leben reisetechnisch eher eintönig ausfallen wird.«

»Wenn man von den Zeitreisen mal absieht.« Ich wurde rot, weil er »unser Leben« gesagt hatte und es irgendwie so . . . intim klang.

»Das ist wenigstens so etwas wie ausgleichende Gerechtigkeit für diese ewige Kontrolle und das Eingesperrtsein«, sagte Gideon. »Wenn es die Zeitreisen nicht gäbe, wäre ich vor Langeweile längst gestorben. Paradox, aber wahr.«

»Mir würde es als Nervenkitzel genügen, ab und zu einen spannenden Film anzuschauen, ehrlich.«

Sehnsüchtig sah ich einem Radfahrer nach, der sich durch den Stau schlängelte. Ich wollte endlich nach Hause! Die Autos vor uns bewegten sich keinen Millimeter, was unserem lesenden Fahrer ganz recht zu sein schien.

»Wenn deine Familie in Südfrankreich lebt – wo wohnst du denn dann?«, fragte ich Gideon.

»Seit Neustem habe ich eine Wohnung in Chelsea. Aber da bin ich eigentlich nur zum Duschen und Schlafen. Wenn überhaupt.« Er seufzte. Zumindest in den letzten drei Tagen hatte er offensichtlich genauso wenig Schlaf abbekommen wie ich. Wenn nicht noch weniger. »Vorher habe ich bei meinem Onkel Falk in Greenwich gelebt, seit meinem elften Lebensjahr. Als meine Mutter Monsieur Ohrfeigengesicht kennengelernt hat und England verlassen wollte, hatten die Wächter natürlich etwas dagegen. Schließlich waren es nur noch ein paar Jahre bis zu meinem Initiationssprung und ich hatte noch so viel zu lernen.«

»Und da hat deine Mutter dich alleingelassen?« Das hätte meine Mum niemals übers Herz gebracht, da war ich sicher.

Gideon zuckte mit den Schultern. »Ich mag meinen Onkel, er ist in Ordnung, wenn er nicht gerade den Logen-Großmeister raushängen lässt. Er ist mir auf jeden Fall tausendmal lieber als mein sogenannter Stiefvater.«

»Aber...« Ich traute mich beinahe nicht zu fragen und flüsterte deshalb. »Aber vermisst du sie denn nicht?«

Wieder ein Schulterzucken. »Bis ich fünfzehn war und noch gefahrlos verreisen durfte, war ich in den Ferien immer dort zu

Besuch. Und dann kommt meine Mutter ja auch mindestens zweimal im Jahr nach London, offiziell, um mich zu besuchen, in Wirklichkeit aber wohl eher, um Monsieur Bertelins Geld auszugeben. Sie hat ein Faible für Klamotten, Schuhe und antiken Schmuck. Und für makrobiotische Sterne-Restaurants.«

Die Frau schien ja wirklich eine Bilderbuch-Mum zu sein. »Und dein Bruder?«

»Raphael? Der ist mittlerweile ein richtiger Franzose. Er sagt *Papa* zum Ohrfeigengesicht und soll einmal das Platinen-Imperium übernehmen. Obwohl es im Augenblick so aussieht, als würde er nicht mal seinen Schulabschluss schaffen, der alte Faulpelz. Er beschäftigt sich lieber mit Mädchen anstatt mit seinen Büchern.« Gideon legte den Arm hinter mir auf die Rückenlehne und prompt reagierte meine Atemfrequenz. »Warum guckst du so schockiert? Tu ich dir jetzt etwa leid?«

»Ein bisschen«, sagte ich ehrlich und dachte an den elfjährigen Jungen, der ganz allein in England hatte zurückbleiben müssen. Bei geheimnistuerischen Männern, die ihn dazu zwangen, Fechtunterricht zu nehmen und Violine zu spielen. Und *Polo!* »Falk ist doch nicht mal dein richtiger Onkel. Nur ein entfernter Verwandter.«

Hinter uns hupte es wütend. Der Taxifahrer sah nur flüchtig hoch und setzte dann den Wagen in Bewegung, ohne sich groß von seiner Lektüre ablenken zu lassen. Ich hoffte nur, dass das Kapitel nicht allzu spannend war.

Gideon schien gar nicht auf ihn zu achten. »Falk war zu mir immer wie ein Vater«, sagte er. Er lächelte mich schief von der Seite an. »Wirklich, du musst mich nicht ansehen, als wäre ich David Copperfield.«

Wie bitte? Warum sollte ich denken, er sei David Copperfield?

Gideon stöhnte. »Ich meine die Romanfigur von Charles Dickens, nicht den Zauberer. Liest du eigentlich ab und zu ein Buch?«

Und da war er wieder, der alte, überhebliche Gideon. Mir hatte ja schon der Kopf geschwirrt vor lauter Freundlichkeit und Vertraulichkeiten. Seltsamerweise war ich beinahe erleichtert, das alte Ekelpaket zurückzuhaben. Ich setzte eine möglichst hochnäsige Miene auf und rückte etwas von ihm ab. »Ehrlich gesagt bevorzuge ich moderne Literatur.«

»Ach ja?« Gideons Augen glitzerten amüsiert. »Was denn so, zum Beispiel?«

Er konnte nicht wissen, dass meine Cousine Charlotte mir diese Frage jahrelang ebenfalls regelmäßig gestellt hatte, und zwar mit genau der gleichen Arroganz. Eigentlich las ich nicht mal wenig und hatte deshalb immer bereitwillig Auskunft gegeben, aber da Charlotte meine Lektüre stets verächtlich als »nicht anspruchsvoll« und »albernen Mädchenkram« abgetan hatte, war mir irgendwann der Kragen geplatzt und ich hatte ihr den Spaß ein für alle Mal verdorben. Manchmal muss man die Leute mit ihren eigenen Waffen schlagen. Der Trick ist, dass man beim Sprechen nicht das geringste Zögern erkennen lassen darf, und man sollte mindestens einen anerkannten Bestsellerautorennamen einflechten, am besten einen, dessen Buch man auch wirklich gelesen hat. Außerdem gilt: je exotischer und ausländischer die Namen, desto besser.

Ich hob mein Kinn und sah Gideon fest in die Augen. »Na, George Matussek lese ich zum Beispiel gern, Wally Lamb,

Pjotr Selvjeniki, Liisa Tikaanenen, überhaupt finde ich finnische Autoren toll, die haben so einen besonderen Humor, dann alles von Jack August Merrywether, obwohl mich das letzte ein bisschen enttäuscht hat, Helen Marundi selbstverständlich, Tahuro Yashamoto, Lawrence Delaney, und natürlich Grimphook, Tscherkowsky, Maland, Pitt . . .«

Gideon sah eindeutig verdutzt aus.

Ich verdrehte die Augen. »*Rudolf* Pitt, nicht *Brad*.«

In seinen Mundwinkeln zuckte es leicht.

»Obwohl ich sagen muss, dass mir *Amethystschnee* überhaupt nicht gefallen hat«, fuhr ich rasch fort. »Zu viele schwülstige Metaphern, fandest du nicht auch? Beim Lesen habe ich die ganze Zeit gedacht, das hat jemand anders für ihn geschrieben.«

»*Amethystschnee?*«, wiederholte Gideon und jetzt lächelte er richtig. »Ah, ja, das fand ich auch furchtbar schwülstig. Wohingegen mir *Die Bernsteinlawine* unheimlich gut gefallen hat.«

Ich konnte nicht anders, ich musste zurücklächeln. »Ja, mit *Die Bernsteinlawine* hat er sich den österreichischen Literaturstaatspreis wirklich verdient. Was hältst du denn von Takoshi Mahuro?«

»Das Frühwerk ist okay, aber ich finde es ein wenig ermüdend, dass er immer und immer wieder seine Kindheitstraumata verarbeitet«, sagte Gideon. »Von den japanischen Literaten liegt mir Yamamoto Kawasaki mehr oder Haruki Murakami.«

Ich kicherte jetzt haltlos. »Murakami gibt es aber wirklich!«

»Ich weiß«, sagte Gideon. »Charlotte hat mir ein Buch von

ihm geschenkt. Wenn wir das nächste Mal über Bücher reden, werde ich ihr *Amethystschnee* empfehlen. Von – wie hieß er noch?«

»Rudolf Pitt.« Charlotte hatte ihm ein Buch geschenkt? Wie – äh – nett von ihr. Auf so eine Idee musste man erst mal kommen. Und was taten sie wohl sonst noch miteinander, außer über Bücher zu reden? Meine Kicherlaune war wie weggeblasen. Wie konnte ich überhaupt einfach so hier sitzen und mit Gideon plaudern, als wäre nie etwas zwischen uns passiert? Zuerst einmal hätten wir doch da noch ein paar grundsätzliche Dinge zu klären. Ich starrte ihn an und holte tief Luft, ohne genau zu wissen, was ich ihn überhaupt fragen wollte.

Warum hast du mich geküsst?

»Wir sind gleich da«, sagte Gideon.

Aus dem Konzept gebracht schaute ich aus dem Fenster. Tatsächlich – irgendwann während unseres Schlagabtausches hatte der Taxifahrer offenbar sein Buch zur Seite gelegt und die Fahrt fortgesetzt und nun war er kurz davor, in die Crown Office Row im Temple Bezirk abzubiegen, wo die Geheimgesellschaft der Wächter ihr Hauptquartier hatte. Wenig später parkte er den Wagen auf einem der reservierten Parkplätze neben einem glänzenden Bentley.

»Und Sie sind ganz sicher, dass wir hier stehen bleiben dürfen?«

»Das geht schon in Ordnung«, versicherte ihm Gideon und stieg aus. »Nein, Gwendolyn, du bleibst im Taxi, während ich das Geld hole«, sagte er, als ich hinterherklettern wollte. »Und vergiss nicht: Egal, was sie uns auch fragen werden: Du lässt *mich* reden. Ich bin gleich wieder da.«

»Die Uhr läuft«, sagte der Taxifahrer mürrisch.

Er und ich sahen Gideon zwischen den altehrwürdigen Häusern von Temple verschwinden und ich begriff jetzt erst, dass ich als Pfand für das Fahrgeld zurückgelassen worden war.

»Sind Sie vom Theater?«, fragte der Taxifahrer.

»Wie bitte?« Was war das für ein flatternder Schatten über uns?

»Ich mein ja nur, wegen der komischen Kostüme.«

»Nein. Museum.« Vom Autodach kamen seltsame kratzende Geräusche. Als wäre ein Vogel darauf gelandet. Ein großer Vogel. »Was ist das?«

»Was denn?«, fragte der Taxifahrer.

»Ich glaube, da ist eine Krähe oder so auf dem Auto«, sagte ich hoffnungsvoll. Aber es war natürlich keine Krähe, die ihren Kopf über das Dach neigte und zum Fenster hereinschaute. Es war der kleine Wasserspeier aus Belgravia. Als er meinen entsetzten Gesichtsausdruck sah, verzog sich sein Katzengesicht zu einem triumphierenden Lächeln und er spuckte einen Schwall Wasser über die Windschutzscheibe.

Die Liebe hemmet nichts; sie kennt nicht Tür noch Riegel
Und dringt durch alles sich.
Sie ist ohn' Anbeginn, schlug ewig ihre Flügel
Und schlägt sie ewiglich.

Matthias Claudius (1740–1815)

2.

Da staunst du aber, was?«, rief der kleine Wasserspeier. Seit ich aus dem Taxi gestiegen war, redete er unaufhörlich auf mich ein. »So einfach kann man unsereins nicht abschütteln.«

»Ja, schon gut. Hör mal . . .« Ich schaute nervös zum Taxi zurück. Dem Taxifahrer hatte ich gesagt, ich müsse dringend an die frische Luft, weil mir schlecht war, und jetzt starrte er misstrauisch zu uns hinüber und wunderte sich, warum ich mit der Hauswand sprach. Von Gideon war noch nichts zu sehen.

»Außerdem kann ich fliegen.« Zum Beweis fächerte der Wasserspeier seine Flügel auseinander. »Wie eine Fledermaus. Schneller als jedes Taxi.«

»Jetzt hör doch mal: Nur, weil ich dich sehen kann, heißt das noch lange nicht . . .«

»Sehen *und* hören!«, fiel mir der Wasserspeier ins Wort. »Weißt du, wie selten das ist? Die Letzte, die mich sehen und hören konnte, war Madame Tussaud und sie legte leider nicht besonders viel Wert auf meine Gesellschaft. Meistens hat sie mich mit Weihwasser beträufelt und gebetet. Die Ärmste war ein bisschen empfindlich.« Er rollte mit den Augen. »Du weißt schon: zu viele abgeschlagene Köpfe . . .« Wieder spuckte er einen Schwall Wasser aus, direkt vor meine Füße.

»Hör auf damit!«

»Entschuldige! Das ist nur die Aufregung. Kleine Erinnerung an meine Zeit als Regenrinne.«

Ich hatte wenig Hoffnung, ihn wieder loszuwerden, aber ich wollte es zumindest versuchen. Auf die freundliche Tour. Also beugte ich mich zu ihm hinunter, bis unsere Augen auf einer Höhe waren. »Du bist bestimmt ein netter Kerl, aber du kannst unmöglich bei mir bleiben! Mein Leben ist schon kompliziert genug und ehrlich gesagt reichen mir die Geister, die ich kenne, vollkommen. Also bitte verschwinde einfach wieder.«

»Ich bin kein Geist«, sagte der Wasserspeier beleidigt. »Ich bin ein Dämon. Oder vielmehr das, was von einem Dämon übrig geblieben ist.«

»Wo ist denn da der Unterschied?«, rief ich verzweifelt. »Ich dürfte weder Geister noch Dämonen sehen, versteh das doch! Du musst wieder zu deiner Kirche zurück.«

»Wo da der Unterschied ist? Also wirklich! Geister sind lediglich Abbilder verstorbener Menschen, die aus irgendeinem Grund diese Welt nicht verlassen wollen. Aber ich war ein Dämon, als ich noch gelebt habe. Du kannst mich doch nicht mit gewöhnlichen Geistern in einen Topf werfen. Im Übrigen ist das nicht *meine Kirche*. Ich häng da nur gern rum.«

Der Taxifahrer starrte mich mit weit aufgesperrtem Mund an. Durch das offene Autofenster konnte er vermutlich jedes Wort hören – jedes *meiner* Worte.

Ich rieb mir mit der Hand über die Stirn. »Mir egal. Auf jeden Fall kannst du nicht bei mir bleiben.«

»Wovor hast du Angst?« Der Wasserspeier kam zutraulich näher und legte seinen Kopf schief. »Heutzutage wird niemand mehr als Hexe verbrannt, nur weil er etwas mehr sieht und weiß als gewöhnliche Menschen.«

»Aber heutzutage wird jemand, der mit Geistern – äh, und Dämonen – redet, in die Psychiatrie eingeliefert«, sagte ich. »Verstehst du denn nicht, dass . . .« Ich brach ab. Es hatte doch keinen Zweck. Auf die freundliche Tour würde ich hier nicht weiterkommen. Deshalb runzelte ich die Stirn und sagte so barsch wie möglich: »Nur, weil ich das Pech habe, dich sehen zu können, hast du noch lange keinen Anspruch auf meine Gesellschaft.«

Der Wasserspeier zeigte sich vollkommen unbeeindruckt. »Aber du auf meine, du Glückliche . . .«

»Um es mal ganz klar zu sagen: Du störst! Also bitte, geh einfach!«, fauchte ich.

»Nein, tu ich nicht! Du würdest es hinterher noch bereuen. Da kommt übrigens dein Knutschfreund zurück.« Er spitzte seine Lippen und machte laute Kussgeräusche.

»Ach, halt den Mund.« Ich sah, wie Gideon mit großen Schritten um die Ecke bog. »Und hau endlich ab.« Letzteres zischte ich, ohne die Lippen zu bewegen, wie eine Bauchrednerin. Natürlich war der Wasserspeier davon nicht im Geringsten beeindruckt.

»Nicht in dem Ton, junge Dame!«, sagte er vergnügt. »Denk immer daran: Wie man in den Wald hineinruft, so schallt es auch wieder heraus.«

Gideon war nicht allein, hinter ihm sah ich Mr Georges rundliche Gestalt heranschnaufen, er musste laufen, um mit

Gideon Schritt halten zu können. Dafür strahlte er mich schon von Weitem an.

Ich richtete mich auf und strich mein Kleid glatt.

»Gwendolyn, Gott sei Dank«, sagte Mr George, während er sich mit einem Taschentuch den Schweiß von der Stirn tupfte. »Alles in Ordnung mit dir, mein Mädchen?«

»Das Dickerchen ist aber ganz schön aus der Puste«, sagte der Wasserspeier.

»Alles bestens, Mr George. Wir hatten nur ein paar äh Probleme.«

Gideon, der dem Taxifahrer einige Pfundnoten gab, sah mich über das Autodach warnend an.

». . . mit dem Timing«, murmelte ich und schaute dem Taxifahrer hinterher, der kopfschüttelnd aus der Parklücke steuerte und davonfuhr.

»Ja, Gideon sagte bereits, dass es Komplikationen gegeben hat. Es ist nicht zu fassen, da ist irgendwo eine Lücke im System, wir müssen das gründlich analysieren. Und möglicherweise umdenken. Aber Hauptsache, euch beiden ist nichts passiert.« Mr George bot mir seinen Arm an, was ein bisschen merkwürdig aussah, weil er fast einen halben Kopf kleiner war als ich. »Komm, mein Mädchen, es gibt noch einiges zu tun.«

»Ich wollte eigentlich so schnell wie möglich nach Hause«, sagte ich. Der Wasserspeier turnte ein Fallrohr hinauf und hangelte sich über uns an der Dachrinne entlang, wobei er lauthals *Friends will be friends* sang.

»Oh, ja, sicher«, sagte Mr George. »Aber du hast heute erst drei Stunden in der Vergangenheit verbracht. Um bis morgen

Nachmittag auf Nummer sicher zu gehen, musst du jetzt noch ein paar Stunden elapsieren. Keine Sorge, nichts Anstrengendes. In einen gemütlichen Kellerraum, wo du deine Hausaufgaben machen kannst.«

»Aber – meine Mum wartet sicher schon und macht sich Sorgen!« Außerdem war heute Mittwoch und das war zu Hause unser Grillhähnchen-und-Pommes-Tag. Abgesehen davon, dass dort eine Badewanne und mein Bett warteten!

Mich in so einer Lage auch noch mit Hausaufgaben zu behelligen, war eigentlich eine Unverschämtheit. Jemand sollte mir einfach eine Entschuldigung schreiben. *Da Gwendolyn neuerdings täglich auf wichtigen Zeitreise-Missionen ist, muss sie von den Hausaufgaben in Zukunft befreit werden.*

Der Wasserspeier grölte weiter oben vom Dach und es kostete mich einiges an Überwindung, ihn nicht zu verbessern. Dank Singstar und den Karaokenachmittagen bei meiner Freundin Leslie zu Hause war ich nämlich selbst bei Queen ausgesprochen textfest und wusste genau, dass in diesem Lied keine Gurke vorkam.

»Zwei Stunden werden genügen«, sagte Gideon, der wieder so große Schritte machte, dass Mr George und ich kaum hinterherkamen. »Dann kann sie nach Hause und sich ausschlafen.«

Ich hasste es, wenn er in meiner Gegenwart von mir in der dritten Person sprach. »Ja, und darauf freut sie sich schon«, sagte ich. »Denn sie ist wirklich sehr müde.«

»Wir werden deine Mutter anrufen und erklären, dass du um spätestens zehn Uhr nach Hause gebracht wirst«, sagte Mr George.

Zehn Uhr? Ade, ihr Brathähnchen. Jede Wette, dass meins lange vorher meinem verfressenen kleinen Bruder zum Opfer fallen würde.

»When you're through with life and all hope is lost«, sang der Wasserspeier und ließ sich halb fliegend, halb kletternd an der Ziegelwand hinuntergleiten, um anmutig neben mir auf dem Pflaster zu landen.

»Wir werden behaupten, dass du noch Unterricht hast«, sagte Mr George, mehr zu sich selber als zu mir. »Von deinem Ausflug ins Jahr 1912 solltest du ihr vielleicht nichts erzählen, sie war ja der Meinung, dass du zum Elapsieren ins Jahr 1956 geschickt wurdest.«

Wir waren vor dem Hauptquartier der Wächter angekommen. Von hier aus wurden seit Jahrhunderten die Zeitreisen kontrolliert. Die Familie de Villiers stammte angeblich direkt vom Grafen von Saint Germain ab, einem der berühmtesten Zeitreisenden in der männlichen Linie. Wir Montroses dagegen waren die weibliche Linie, was für die de Villiers vorwiegend zu heißen schien, dass wir nicht wirklich zählten.

Der Graf von Saint Germain war es gewesen, der die kontrollierten Zeitreisen mithilfe des Chronografen erfunden hatte, und er hatte auch die bekloppte Order gegeben, dass alle zwölf Zeitreisenden unbedingt in den Chronografen eingelesen werden mussten.

Inzwischen fehlten nur noch Lucy, Paul, Lady Tilney und eine weitere Tussi, eine Hofdame, deren Namen ich mir nie merken konnte. Denen sollten wir noch ein paar Milliliter Blut abluchsen.

Die ultimative Frage war nur: Was genau passierte, wenn

alle zwölf Zeitreisenden tatsächlich einmal eingelesen waren und der Kreis sich schloss? Das schien keiner so genau zu wissen. Überhaupt benahmen sich die Wächter wie die reinsten Lemminge, wenn die Rede auf den Grafen kam. Blinde Verehrung war nichts dagegen!

Mir dagegen schnürte es bei dem Gedanken an Saint Germain buchstäblich den Hals zu, denn meine einzige Begegnung mit ihm in der Vergangenheit war alles andere als angenehm gewesen.

Vor mir schnaufte Mr George die Eingangsstufen hinauf. Seine kleine kugelige Figur strahlte wie immer etwas Tröstliches aus. Jedenfalls war er so ziemlich der Einzige von dem ganzen Verein, dem ich ein bisschen vertraute. Abgesehen von Gideon – obwohl, nein, Vertrauen konnte man das nicht nennen.

Das Gebäude der Loge unterschied sich äußerlich nicht von den anderen Häusern in den engen Gassen rund um die Temple-Church, in denen sich überwiegend Anwaltsbüros und Räumlichkeiten von Dozenten des Rechtswissenschaftlichen Instituts befanden. Ich wusste aber, dass das Quartier viel größer und deutlich weniger bescheiden war, als es von außen wirkte, und dass es sich vor allem unter der Erde über eine riesige Fläche erstreckte.

Kurz vor der Tür hielt mich Gideon zurück und zischte mir leise zu: »Ich habe gesagt, du wärst vollkommen verängstigt, also guck ein bisschen verstört, wenn du heute früh nach Hause willst.«

»Ich dachte, das mache ich schon die ganze Zeit«, murmelte ich.

»Sie warten im Drachensaal auf euch«, keuchte Mr George oben im Hausflur. »Ihr solltet schon mal vorgehen, ich werde Mrs Jenkins noch schnell damit beauftragen, euch etwas zu essen zu bringen. Ihr müsst ziemlich hungrig sein. Irgendwelche besonderen Wünsche?«

Ehe ich meine Wünsche äußern konnte, hatte Gideon schon meinen Arm gefasst und mich weitergezogen. »Möglichst viel von allem!«, rief ich Mr George noch über meine Schulter hinweg zu, bevor Gideon mich durch eine Tür in einen weiteren Gang zerrte. Ich hatte Mühe, mit meinem langen Rock nicht ins Stolpern zu geraten.

Der Wasserspeier hüpfte leichtfüßig neben uns her. »Ich finde, dein Knutschfreund hat keine besonders guten Manieren«, sagte er. »So zerrt man normalerweise eine Ziege zum Markt.«

»Jetzt hetz nicht so«, sagte ich zu Gideon.

»Je früher wir das hinter uns bringen, desto eher kannst du nach Hause.« War das nun Fürsorglichkeit in seiner Stimme oder wollte er mich einfach loswerden?

»Ja, aber . . . vielleicht wäre ich auch gern dabei, hast du mal daran gedacht? Ich habe auch eine Menge Fragen und ich habe es satt, dass mir niemand Antworten darauf gibt.«

Gideon verlangsamte seine Schritte ein wenig. »Heute würde dir ohnehin niemand mehr Antworten geben – heute wollen sie nur wissen, wie es sein kann, dass Lucy und Paul uns abpassen konnten. Und leider bist du da immer noch unsere Hauptverdächtige.«

Das *unsere* gab mir einen Stich ins Herz, was mich gleich darauf ziemlich wurmte.

»Ich bin die Einzige, die von alldem überhaupt nichts weiß!«

Gideon seufzte. »Ich habe es dir doch schon mal versucht zu erklären. *Jetzt* bist du möglicherweise vollkommen unwissend und . . . unschuldig, aber niemand weiß, was du in der Zukunft tun wirst. Vergiss nicht, auch dann kannst du in die Vergangenheit reisen und so könntest du Lucy und Paul von unserem Besuch berichten.« Er brach ab. »Äh – du würdest berichten können.«

Ich rollte mit den Augen. »Du doch genauso! Und überhaupt – wieso muss es ausgerechnet einer von uns sein? Könnte Margret Tilney nicht sich selber eine Botschaft in der Vergangenheit hinterlassen haben? Oder die Wächter? Sie könnten einem der Zeitreisenden einen Brief mitgeben, aus jeder Zeit in jede Zeit . . .«

»Hä?«, machte der Wasserspeier, der nun über uns flog. »Kann mir mal einer erklären, wovon ihr redet? Ich verstehe nur Bahnhof.«

»Sicher gibt es ein paar Erklärungsmöglichkeiten«, sagte Gideon und wurde noch langsamer. »Aber ich hatte heute den Eindruck, dass Lucy und Paul dich irgendwie – sagen wir mal *beeindruckt* haben.« Er blieb stehen, ließ meinen Arm los und sah mich ernst an. »Du hättest mit ihnen geredet, du hättest ihre Lügengeschichten angehört, vielleicht hättest du ihnen sogar freiwillig dein Blut für den gestohlenen Chronografen gegeben, wenn ich nicht dabei gewesen wäre.«

»Nein, das hätte ich nicht«, widersprach ich. »Aber ich hätte wirklich gern gehört, was sie uns sagen wollten. Sie haben auf mich keinen bösen Eindruck gemacht.«

Gideon nickte. »Siehst du, das ist genau, was ich meine. Gwendolyn, diese Leute haben vor, ein Geheimnis zu zerstören, das über Hunderte von Jahren gehütet wurde. Sie wollen etwas für sich, das ihnen nicht zusteht. Und dafür brauchen sie nur noch unser Blut. Ich glaube nicht, dass sie vor irgendetwas zurückscheuen würden, um es zu bekommen.« Er strich sich eine braun gelockte Haarsträhne aus der Stirn und ich hielt unwillkürlich die Luft an.

Gott, er sah so gut aus! Diese grünen Augen, die schön geschwungenen Linien seiner Lippen, die blasse Haut – alles an ihm war einfach perfekt. Außerdem roch er so gut, dass ich für eine Sekunde mit dem Gedanken spielte, einfach meinen Kopf an seine Brust sinken zu lassen. Aber natürlich tat ich das nicht.

»Vielleicht hast du es vergessen, dass wir auch ihr Blut wollten. Und du hast Lucy eine Pistole an den Kopf gehalten und nicht umgekehrt«, sagte ich. »Sie hatte keine Waffe.«

Zwischen Gideons Augenbrauen erschien eine Zornesfalte. »Gwendolyn, jetzt sei bitte nicht so naiv. Wir sind – wie auch immer – in einen Hinterhalt gelockt worden. Lucy und Paul hatten bewaffnete Verstärkung, das waren mindestens vier gegen einen!«

»Zwei!«, rief ich aus. »Ich war auch noch da!«

»Fünf, wenn man Lady Tilney mitzählt. Ohne meine Pistole wären wir jetzt möglicherweise tot. Zumindest hätten sie uns mit Gewalt Blut abnehmen können, denn genau deshalb waren sie da. Und du wolltest mit ihnen *reden?*«

Ich biss mir auf die Lippe.

»Hallo?«, sagte der Wasserspeier. »Denkt vielleicht auch

mal jemand an mich? Ich blicke hier nämlich überhaupt nicht durch!«

»Ich verstehe, dass du verwirrt bist«, sagte Gideon jetzt viel sanfter, aber mit unverkennbarer Überheblichkeit in der Stimme. »Du hast in den vergangenen Tagen einfach zu viel erlebt und erfahren. Du bist vollkommen unvorbereitet gewesen. Wie solltest du auch verstehen, worum es hier geht? Du gehörst nach Hause ins Bett. Also, lass uns das jetzt schnell hinter uns bringen.« Er griff wieder nach meinem Arm und zog mich vorwärts. »Ich werde reden und du wirst meine Geschichte bestätigen, okay?«

»Ja, das hast du jetzt mindestens zwanzig Mal gesagt!«, erwiderte ich gereizt und stemmte meine Beine vor einem Messingschild mit der Aufschrift *Ladys* in den Boden. »Ihr könnt schon mal ohne mich anfangen, ich muss nämlich schon seit Juni 1912 auf die Toilette.«

Gideon ließ mich los. »Findest du den Weg allein nach oben?«

»Natürlich«, sagte ich, obwohl ich mir nicht ganz sicher war, ob ich mich auf meinen Orientierungssinn verlassen konnte. Dieses Haus hatte zu viele Gänge, Treppen, Winkel und Türen.

»Sehr gut! Den Ziegenpeter sind wir schon mal los«, sagte der Wasserspeier. »Jetzt kannst du mir in Ruhe erklären, worum es hier eigentlich geht!«

Ich wartete, bis Gideon um die nächste Ecke gebogen war, dann öffnete ich die Toilettentür und schnauzte den Wasserspeier an: »Na los, komm hier rein!«

»Wie bitte?« Der Wasserspeier guckte beleidigt. »Ins Klo? Also, das finde ich jetzt irgendwie . . .«

»Mir egal, wie du das findest. Es gibt nicht viele Orte, an denen man sich in Ruhe mit Dämonen unterhalten kann, und ich will nicht riskieren, dass uns jemand hört! Los jetzt.«

Der Wasserspeier hielt sich die Nase zu und folgte mir widerwillig in die Toilette. Hier roch es lediglich schwach nach Desinfektionsmittel und Zitrone. Ich warf einen kurzen Blick in die Kabine. Niemand da. »So. Jetzt hörst du mir mal zu: Ich weiß, dass ich dich vermutlich so schnell nicht loswerde, aber wenn du bei mir bleiben willst, dann musst du dich an ein paar Regeln halten, ist das klar?«

»Nicht in der Nase bohren, keine unanständigen Wörter benutzen, keine Hunde erschrecken . . .«, leierte der Wasserspeier.

»Was? Nein, was ich möchte, ist, dass du meine Privatsphäre akzeptierst. Ich möchte nachts und im Badezimmer allein sein und falls mich noch mal jemand küsst« – an dieser Stelle musste ich schlucken – »dann möchte ich dabei keinen Zuschauer haben, ist das klar?«

»Tss«, machte der Wasserspeier. »Und das aus dem Mund von jemandem, der mich in ein *Klo* gezerrt hat!«

»Also, wir sind uns einig? Du wirst meine Privatsphäre akzeptieren?«

»Auf keinen Fall will ich dir beim Duschen oder – igitt, bewahre mich! – Küssen zusehen«, sagte der Wasserspeier mit Nachdruck. »Davor brauchst du nun wirklich keine Angst zu haben. Und in der Regel finde ich es auch eher langweilig, Menschen beim Schlafen zu beobachten. Dieses Geschnarche und Gesabbere, von den anderen Sachen will ich lieber gar nicht erst reden . . .«

»Außerdem sollst du nicht dazwischenquatschen, wenn ich in der Schule bin oder mit jemandem rede – und bitte: Wenn du schon singen musst, dann wenn ich nicht dabei bin!«

»Ich kann auch richtig gut eine Trompete nachmachen«, sagte der Wasserspeier. »Oder ein Posthorn. Hast du einen Hund?«

»Nein!« Ich atmete tief durch. Für diesen Kerl würde ich Nerven wie Drahtseile brauchen.

»Kannst du dir nicht einen anschaffen? Eine Katze ginge zur Not auch, aber die sind immer so arrogant und lassen sich nicht so gut ärgern. Manche Vögel können mich auch sehen. Hast du einen Vogel?«

»Meine Großmutter kann Haustiere nicht ausstehen«, sagte ich und verkniff es mir hinzuzufügen, dass sie vermutlich auch etwas gegen unsichtbare Haustiere hatte. »Okay, fangen wir jetzt noch mal ganz von vorne an: Mein Name ist Gwendolyn Shepherd. Nett, dich kennenzulernen.«

»Xemerius«, sagte der Wasserspeier und strahlte über die ganze Fratze. »Sehr erfreut.« Er kletterte auf das Waschbecken und sah mir tief in die Augen. »Wirklich! Sehr, sehr erfreut! Kaufst du mir eine Katze?«

»Nein. Und jetzt raus hier, ich muss nämlich wirklich mal!«

»Urgs.« Xemerius stolperte hastig durch die Tür, ohne sie vorher zu öffnen, und ich hörte ihn draußen im Gang wieder *Friends will be friends* anstimmen.

Ich blieb viel länger in der Toilette, als nötig gewesen wäre. Ich wusch mir gründlich die Hände und schaufelte mir reichlich kaltes Wasser ins Gesicht, in der Hoffnung, wieder einen klaren Kopf zu bekommen. Aber damit brachte ich das wirbelnde Gedankenkarussell nicht zum Stehen. Meine Haare sahen im Spiegel aus, als hätten Krähen darin genistet, und ich versuchte, sie mit den Fingern wieder glatt zu kämmen und mich selbst ein wenig aufzumuntern. So, wie meine Freundin Leslie es getan hätte, wenn sie hier gewesen wäre.

»Nur noch ein paar Stunden, dann hast du es geschafft, Gwendolyn. Hey und dafür, dass du so furchtbar müde und hungrig bist, siehst du gar nicht mal so schlecht aus.«

Mein Spiegelgesicht schaute mich aus großen, dunkel umschatteten Augen vorwurfsvoll an.

»Gut, das war gelogen«, gab ich zu. »Du siehst furchtbar aus. Aber alles in allem hast du schon schlimmer ausgesehen. Zum Beispiel damals, als du die Windpocken hattest. Also, Kopf hoch! Du schaffst das.«

Xemerius hatte sich draußen im Gang wie eine Fledermaus an einen Kronleuchter gehängt. »Bisschen gruselig hier«, meinte er. »Gerade kam ein einarmiger Tempelritter vorbei, kennst du den?«

»Nein«, sagte ich. »Gott sei Dank nicht. Komm, wir müssen hier lang.«

»Erklärst du mir das mit den Zeitreisen?«

»Das verstehe ich selber nicht.«

»Kaufst du mir eine Katze?«

»Nein.«

»Ich weiß aber, wo es welche umsonst gibt. Oh, hey, in der Ritterrüstung da steht ein *Mensch*.«

Ich warf der Ritterrüstung einen verstohlenen Blick zu. Tatsächlich hatte ich das Gefühl, hinter dem geschlossenen Visier ein Augenpaar glitzern zu sehen. Es war dieselbe Ritterstatue, der ich gestern noch übermütig auf die Schulter geklopft hatte, natürlich in dem Glauben, sie sei nur Zierrat.

Gestern schien irgendwie Jahre her zu sein.

Vor der Tür des Drachensaales traf ich auf Mrs Jenkins, die Sekretärin. Sie trug ein Tablett vor sich her und war dankbar, dass ich ihr die Tür aufhalten konnte.

»Erst mal nur Tee und Kekse, Schätzchen«, sagte sie mit einem entschuldigenden Lächeln. »Mrs Mallory ist längst nach Hause gegangen und ich muss in der Küche nachschauen, was ich euch hungrigen Kindern überhaupt noch machen kann.«

Ich nickte wohlerzogen, aber ich war sicher, dass man meinen Magen »Bestell doch einfach was beim Chinesen« knurren hören hätte können, wenn man sich nur etwas anstrengte.

Im Saal wartete man bereits auf uns: Gideons Onkel Falk, der mich mit seinen bernsteinfarbenen Augen und der grauen Haarmähne immer an einen Wolf erinnerte, der steife, grimmig dreinschauende Dr. White in seinem ewig schwarzen Anzug und – zu meiner Überraschung – auch mein Lehrer für Englisch und Geschichte, Mr Whitman, genannt das Eichhörnchen. Sofort fühlte ich mich doppelt unwohl und zupfte unbehaglich an der hellblauen Schleife meines Kleides. Heute Morgen noch hatte Mr Whitman mich und meine Freundin Leslie beim Schwänzen erwischt und uns eine Strafpredigt gehalten. Außerdem hatte er Leslies gesammelte Recherchen konfisziert. Dass er zum Inneren Kreis der Wächter gehörte, war bislang nur eine Vermutung von uns gewesen, aber hiermit war sie wohl offiziell bestätigt.

»Da bist du ja, Gwendolyn«, sagte Falk de Villiers freundlich, aber ohne zu lächeln. Er sah aus, als könne er eine Rasur vertragen, aber vielleicht gehörte er auch zu den Männern, die sich morgens rasieren und abends schon einen Drei-Tage-Bart haben. Möglicherweise lag es an den dunklen Bartschatten rund um den Mund, auf jeden Fall wirkte er deutlich angespannter und ernster als gestern oder noch am Mittag. Ein nervöser Leitwolf.

Mr Whitman zwinkerte mir immerhin zu und Dr. White knurrte etwas Unverständliches, in dem die Worte »Weiber« und »Pünktlichkeit« vorkamen.

Neben Dr. White stand wie immer der kleine blonde Geistjunge Robert, der sich als Einziger zu freuen schien, mich zu sehen, denn er lächelte mich strahlend an. Robert war Dr. Whites Sohn, der im Alter von sieben Jahren in einem Swimmingpool ertrunken war und ihm seitdem als Geist auf Schritt und Tritt folgte. Außer mir konnte ihn natürlich niemand sehen, und weil Dr. White ja ständig dabei war, hatte ich noch kein vernünftiges Gespräch mit Robert führen können, um beispielsweise herauszufinden, warum er immer noch auf der Erde herumspukte.

Gideon lehnte mit verschränkten Armen an einer der mit kunstvollen Schnitzereien verzierten Wände. Sein Blick streifte mich nur kurz und blieb dann an den Keksen auf Mrs Jenkins Tablett hängen. Hoffentlich knurrte sein Magen genauso laut wie meiner.

Xemerius war noch vor mir in den Raum geschlüpft und sah sich anerkennend um. »Donnerwetter«, sagte er. »Nicht übel, die Bude.« Er spazierte einmal rundherum und bewunderte dabei die kunstvollen Schnitzereien, an denen ich mich auch nicht sattsehen konnte. Besonders die Meerjungfrau, die über dem Sofa schwamm, hatte es mir angetan. Jede Schuppe war detailliert herausgearbeitet und ihre Flossen schimmerten in allen Blau- und Türkistönen. Seinen Namen hatte der Drachensaal aber dem riesigen Drachen zu verdanken, der sich zwischen den Kronleuchtern an der hohen Decke entlangschlängelte und so lebensecht wirkte, als könne er jederzeit seine Flügel entfalten und einfach losfliegen.

Bei Xemerius' Anblick riss der kleine Geistjunge verblüfft seine Augen auf und versteckte sich hinter Dr. Whites Beinen.

Ich hätte gern »Der tut nichts, der will nur spielen« gesagt (in der Hoffnung, dass das auch stimmte), aber mit einem Geist über einen Dämon zu sprechen, wenn lauter Menschen im Raum sind, die weder das eine noch das andere sehen können, ist nicht zu empfehlen.

»Ich schau dann mal, ob ich noch etwas zu essen in der Küche finde«, sagte Mrs Jenkins.

»Sie müssten doch längst Feierabend haben, Mrs Jenkins«, sagte Falk de Villiers. »Sie machen zu viele Überstunden in letzter Zeit.«

»Ja, gehen Sie nach Hause«, wies Dr. White sie barsch an. »Hier wird schon niemand verhungern.«

Doch, ich! Und ich war sicher, dass Gideon gerade dasselbe dachte. Als unsere Blicke sich trafen, lächelte er.

»Aber Kekse sind nicht gerade das, was man unter einem gesunden Abendessen für Kinder versteht«, sagte Mrs Jenkins, allerdings sagte sie es recht leise. Natürlich waren Gideon und ich keine Kinder mehr, aber eine anständige Mahlzeit stand uns ja wohl trotzdem zu. Schade, dass Mrs Jenkins hier die Einzige war, die meine Meinung teilte, denn leider hatte sie nicht viel zu sagen. An der Tür stieß sie mit Mr George zusammen, der immer noch außer Atem war und zudem zwei schwere, in Leder gebundene Folianten mit sich schleppte.

»Ah, Mrs Jenkins«, sagte er. »Vielen Dank für den Tee. Bitte machen Sie doch Feierabend und schließen Sie das Büro ab.«

Mrs Jenkins verzog zwar missbilligend das Gesicht, aber sie erwiderte nur höflich: »Bis morgen früh.«

Mr George schloss die Tür mit einem lauten Schnaufen hinter ihr und legte die dicken Bücher auf den Tisch. »So, da bin ich. Es kann losgehen. Mit vier Mitgliedern des Inneren Kreises sind wir nicht beschlussfähig, aber morgen werden wir beinahe vollzählig sein. Sinclair und Hawkins sind wie erwartet unabkömmlich, beide haben ihr Stimmrecht auf mich übertragen. Heute geht es nur darum, eine grobe Marschrichtung festzulegen.«

»Am besten setzen wir uns.« Falk zeigte auf die Stühle, die rund um den Tisch direkt unter dem geschnitzten Drachen standen, und alle suchten sich einen Platz.

Gideon hängte seinen Gehrock über die Stuhllehne schräg gegenüber von meinem Platz und krempelte die Hemdsärmel hoch. »Ich sage es noch einmal: Gwendolyn sollte bei diesem Gespräch nicht dabei sein. Sie ist müde und vollkommen verängstigt. Sie sollte elapsieren und dann muss sie jemand nach Hause bringen.«

Und vorher sollte ihr bitte noch jemand eine Pizza bestellen, mit extra Käse.

»Keine Sorge, Gwendolyn soll nur kurz die Gelegenheit haben, uns ihre Eindrücke zu schildern«, sagte Mr George. »Dann werde ich sie selber hinunter zum Chronografen bringen.«

»Einen besonders verängstigten Eindruck macht sie auf mich eigentlich nicht«, murmelte der schwarze Dr. White. Robert, der kleine Geistjunge, stand hinter der Lehne seines Stuhls und schaute neugierig hinüber zum Sofa, auf dem sich Xemerius herumfläzte.

»Was ist das für ein *Dings?*«, fragte er mich.

Ich sagte natürlich nichts.

»Ich bin kein Dings. Ich bin ein guter Freund von Gwendolyn«, antwortete Xemerius an meiner Stelle und streckte ihm die Zunge heraus. »Wenn nicht sogar ihr bester. Sie kauft mir einen Hund.«

Ich warf dem Sofa einen strengen Blick zu.

»Das Unmögliche ist eingetroffen«, sagte Falk. »Als Gideon und Gwendolyn Lady Tilney aufgesucht haben, wurden sie bereits erwartet. Alle hier Anwesenden können bezeugen, dass wir Datum und Uhrzeit ihres Besuches vollkommen willkürlich ausgesucht haben. Und dennoch haben sie Lucy und Paul schon erwartet. Das kann unmöglich ein Zufall sein.«

»Das heißt, irgendjemand muss ihnen von diesem Treffen berichtet haben«, sagte Mr George, der in einem der Folianten blätterte. »Die Frage ist nur, wer.«

»Eher wann«, sagte Dr. White, wobei er mich ansah.

»Und zu welchem Zweck«, sagte ich.

Gideon runzelte prompt seine Stirn. »Der Zweck liegt auf

der Hand. Sie brauchen unser Blut, um es in ihren gestohlenen Chronografen einlesen zu können. Deshalb hatten sie sich auch Verstärkung mitgebracht.«

»In den Annalen steht kein einziges Wort über euren Besuch verzeichnet«, sagte Mr George. »Dabei hattet ihr mit mindestens drei Wächtern Kontakt, von den Wachen, die an den Aufgängen postiert sind, mal ganz abgesehen. Könnt ihr euch an die Namen erinnern?«

»Der erste Sekretär hat uns persönlich empfangen.« Gideon strich sich eine Locke aus der Stirn. »Burghes oder so ähnlich. Er sagte, dass die Brüder Jonathan und Timothy de Villiers am frühen Abend zum Elapsieren erwartet würden, während Lady Tilney bereits am frühen Morgen elapsiert habe. Und ein Mann namens Winsley hat uns in einer Droschke nach Belgravia gebracht. Er hätte dort vor der Tür auf uns warten sollen, aber als wir aus dem Haus kamen, war die Droschke verschwunden. Wir mussten zu Fuß fliehen und in einem Versteck auf unseren Zeitsprung warten.«

Ich spürte, wie ich errötete, als ich mir unseren Aufenthalt in dem Versteck in Erinnerung rief. Hastig nahm ich mir einen Keks und ließ meine Haare ins Gesicht fallen.

»Der Bericht an diesem Tag wurde von einem Wächter aus dem Inneren Kreis verfasst, einem gewissen Frank Mine. Er besteht nur aus ein paar Zeilen, ein bisschen über das Wetter, dann über einen Protestmarsch der Suffragetten in der City und darüber, dass Lady Tilney pünktlich zum Elapsieren erschienen sei. Keine besonderen Vorkommnisse. Die De-Villiers-Zwillinge werden nicht erwähnt, sie waren aber in jenen Jahren ebenfalls Mitglieder des Inneren Kreises.« Mr George seufzte und klappte den Folianten zu. »Sehr seltsam. Das alles spricht wohl für ein Komplott in den eigenen Reihen.«

»Und die Hauptfrage bleibt: Wie konnten Lucy und Paul wissen, dass ihr beide an diesem Tag, zu dieser Uhrzeit bei Lady Tilney erscheinen würdet?«, sagte Mr Whitman.

»Puh«, sagte Xemerius vom Sofa. »Bisschen viele Namen – da schwirrt einem ja der Kopf.«

»Die Erklärung liegt doch auf der Hand«, sagte Dr. White, wobei sein Blick wieder auf mir ruhte.

Alle starrten nachdenklich und finster vor sich hin, ich eingeschlossen. Ich hatte nichts getan, aber offensichtlich gingen hier alle davon aus, dass ich irgendwann in der Zukunft das Bedürfnis verspüren würde, Lucy und Paul zu verraten, wann wir Lady Tilney besuchen würden – warum auch immer. Das war alles sehr verwirrend, und je länger ich darüber nachdachte, desto unlogischer erschien es mir. Und plötzlich fühlte ich mich sehr allein.

»Was seid ihr denn hier alles für *Freaks*?«, sagte Xemerius und sprang vom Sofa, um sich kopfüber an einen der riesigen Kronleuchter zu hängen. »Zeitreisen – was? Unsereins hat ja schon viel erlebt, aber das ist selbst für mich Neuland.«

»Eins verstehe ich nicht«, sagte ich. »Warum haben Sie erwartet, dass etwas über unseren Besuch in diesen Annalen steht, Mr George? Ich meine, wenn da etwas stünde, hätten Sie es doch vorher schon gesehen und gewusst, dass wir an diesem Tag dorthin reisen und was wir dort erleben würden. Oder ist das wie in diesem Film mit Ashton Kutcher? Jedes Mal, wenn einer von uns aus der Vergangenheit zurückkehrt, hat sich auch die ganze Zukunft verändert?«

»Das ist eine interessante und sehr philosophische Frage, Gwendolyn«, sagte Mr Whitman, als befänden wir uns in seinem Unterricht. »Ich kenne zwar den Film nicht, von dem du sprichst, aber tatsächlich kann den Gesetzen der Logik zufolge schon die winzigste Veränderung in der Vergangenheit die Zukunft extrem beeinflussen. Da gibt es eine Kurzgeschichte von Ray Bradbury, in der . . .«

»Vielleicht verschieben wir die philosophischen Diskussionen auf einen anderen Zeitpunkt«, fiel ihm Falk ins Wort. »Ich würde jetzt gern die Einzelheiten über den Hinterhalt in Lady Tilneys Haus hören und wie es euch gelingen konnte zu fliehen.«

Ich sah zu Gideon hinüber. Sollte er doch bitte seine pistolenfreie Version zum Besten geben. Ich nahm mir noch einen Keks.

»Wir hatten Glück«, sagte Gideon und er sprach dabei genauso ruhig wie vorher. »Ich habe gleich gemerkt, dass etwas nicht stimmte. Lady Tilney schien so gar nicht überrascht, uns zu sehen. Der Tisch war gedeckt, und als Paul und Lucy auftauchten und sich der Butler in der Tür aufbaute, sind Gwendolyn und ich durchs Nachbarzimmer und die Dienstbotentreppe abgehauen. Die Droschke war verschwunden, also sind wir gelaufen.« Das Lügen schien ihm nicht besonders schwerzufallen. Keine verräterische Röte, kein Liderflattern, kein angestrengtes Nach-oben-Schauen, nicht der Hauch einer Unsicherheit in der Stimme. Trotzdem fand ich, dass seiner Version der Geschichte das gewisse Etwas fehlte, das sie glaubwürdig gemacht hätte.

»Merkwürdig«, sagte Dr. White. »Wenn der Hinterhalt richtig geplant gewesen wäre, wären sie bewaffnet gewesen und hätten dafür gesorgt, dass ihr nicht fliehen könntet.«

»Mein Kopf fängt an, sich zu drehen«, sagte Xemerius vom Sofa. »Ich hasse diese verdrehten Verbformen, die Zukunft und Vergangenheit mit einem Konjunktiv mischen.«

Ich sah erwartungsvoll zu Gideon hinüber. Jetzt musste er sich aber was einfallen lassen, wenn er bei seiner pistolenfreien Version bleiben wollte.

»Ich glaube, wir haben sie einfach überrumpelt«, sagte Gideon.

»Hm«, machte Falk. Auch die Mienen der anderen sahen nicht wirklich überzeugt aus. Kein Wunder! Gideon hatte es verpatzt! Wenn man schon log, dann musste man mit verwirrenden Details aufwarten, die keine Menschenseele interessierten.

»Wir waren wirklich schnell«, sagte ich hastig. »Die Dienstbotentreppe war offenbar frisch gebohnert, ich wäre beinahe ausgerutscht, eigentlich bin ich die Treppe mehr hinuntergerutscht als gelaufen. Wenn ich mich nicht am Geländer festgehalten hätte, läge ich jetzt mit gebrochenem Genick im Jahr 1912. Was passiert eigentlich, wenn man bei einem Zeitsprung stirbt? Kommt der tote Körper von allein wieder zurückgesprungen? Na ja, auf jeden Fall hatten wir Glück, dass die Tür unten aufstand, weil gerade ein Dienstmädchen mit einem Einkaufskorb hereinkam. So eine dicke Blonde. Ich dachte schon, Gideon würde sie auch noch umrennen, es waren Eier im Korb, das hätte eine fürchterliche Schweinerei gegeben. Aber wir rannten an ihr vorbei und so schnell wir konnten die Straße entlang. Ich habe eine Blase am Zeh.«

Gideon hatte sich in seinem Stuhl zurückgelehnt und seine Arme verschränkt. Ich konnte seinen Blick nicht deuten, aber anerkennend oder gar dankbar sah er nicht aus.

»Nächstes Mal ziehe ich Turnschuhe an«, sagte ich in das allgemeine Schweigen hinein. Dann nahm ich mir noch einen Keks. Außer mir wollte die offenbar keiner essen.

»Ich habe eine Theorie«, sagte Mr Whitman langsam, wobei er mit dem Siegelring an seiner rechten Hand spielte. »Und je länger ich darüber nachdenke, desto sicherer bin ich mir, dass ich damit richtig liege. Wenn . . .«

»Ich komme mir langsam wirklich dämlich vor, weil ich es schon so oft gesagt habe. Aber *sie* sollte bei diesem Gespräch nicht dabei sein«, sagte Gideon.

Ich spürte, wie aus dem Stich in meinem Herzen etwas Schlimmeres wurde. Jetzt war ich nicht länger verletzt – ich war sauer.

»Er hat recht«, stimmte Dr. White zu. »Es ist purer Leichtsinn, sie an unseren Überlegungen teilhaben zu lassen.«

»Aber wir sind auch auf Gwendolyns Erinnerungen angewiesen«, sagte Mr George. »Jede noch so kleine Erinnerung an Kleidung, Worte und Aussehen könnte uns den entscheidenden Hinweis auf Lucys und Pauls Basiszeit liefern.«

»Das alles wird sie morgen und übermorgen auch noch wissen«, sagte Falk de Villiers. »Ich denke, es ist wirklich das Beste, du gehst mit ihr nach unten zum Elapsieren, Thomas.«

Mr George verschränkte die Arme über seinem dicken Bauch und schwieg.

»*Ich* werde mit Gwendolyn ins . . . zum Chronografen gehen

und die Zeitreise überwachen«, sagte Mr Whitman und schob seinen Stuhl nach hinten.

»Gut.« Falk nickte. »Zwei Stunden werden mehr als genügen. Einer der Adepten kann auf ihren Rücksprung warten, wir brauchen dich hier oben.«

Ich sah Mr George fragend an. Er zuckte lediglich resigniert mit den Schultern.

»Komm, Gwendolyn.« Mr Whitman war schon aufgesprungen. »Je früher du es hinter dich bringst, desto früher bist du im Bett, dann kannst morgen in der Schule wenigstens wieder richtig mitmachen. Ich bin übrigens schon sehr gespannt auf deinen Shakespeare-Aufsatz.«

Meine Güte. Der hatte vielleicht Nerven! Jetzt von Shakespeare anzufangen, war ja wirklich das Letzte!

Ich überlegte noch einen Moment, ob ich protestieren sollte, aber dann entschied ich mich dagegen. Im Grunde genommen wollte ich dieses idiotische Geschwätz gar nicht länger mitverfolgen. Ich wollte nach Hause und diesen ganzen Zeitreisekram inklusive Gideon einfach vergessen. Sollten sie doch in ihrem bekloppten Saal Geheimnisse hin und her wälzen, bis sie vor Müdigkeit umkippten. Besonders Gideon wünschte ich das. Inklusive eines Albtraums danach, der sich gewaschen hatte!

Xemerius hatte recht: Sie waren alle Freaks.

Blöd war nur, dass ich trotzdem zu Gideon hinüberblicken musste und so etwas Hirnverbranntes dachte wie *Wenn er jetzt nur einmal lächelt, verzeihe ich ihm alles.*

Tat er natürlich nicht. Stattdessen sah er mich nur ausdruckslos an, unmöglich zu sagen, was in seinem Kopf vor sich ging. Für einen Moment lang war die Vorstellung, dass wir uns geküsst hatten, sehr weit weg und aus irgendeinem Grund musste ich plötzlich an diese albernen Reime denken, die Cynthia Dale, unser Klassenliebesorakel, immer zum Besten gab: »Grüne Augen, Froschnatur, von der Liebe keine Spur . . .«

»Gute Nacht«, sagte ich würdevoll.

»Gute Nacht«, murmelten alle. Das heißt, alle außer Gideon. Er sagte: »Vergessen Sie nicht, ihr die Augen zu verbinden, Mr Whitman.«

Mr George schnaubte verärgert durch die Nase. Während Mr Whitmann die Tür öffnete und mich hinaus in den Flur schob, hörte ich Mr George sagen: »Habt ihr schon mal daran gedacht, dass genau dieses ausgrenzende Verhalten der Grund dafür sein könnte, dass die Dinge, die geschehen werden, überhaupt geschehen?« Ob jemand eine Antwort darauf gab, konnte ich nicht mehr hören. Die schwere Tür glitt ins Schloss und schnitt sämtliche Stimmen ab.

Xemerius kratzte sich mit seiner Schwanzspitze am Kopf. »Das ist echt der krasseste Verein, der mir jemals untergekommen ist!«

»Nimm dir das bloß nicht zu Herzen, Gwendolyn«, sagte Mr Whitman. Er nahm einen schwarzen Schal aus seinem Jackett und hielt ihn mir unter die Nase. »Du bist eben die Neue in diesem Spiel. Die große Unbekannte in der Gleichung.«

Was sollte ich dann erst sagen? Für mich war das alles neu! Vor drei Tagen hatte ich nichts von der Existenz der Wächter gewusst. Vor drei Tagen war mein Leben noch vollkommen normal gewesen. Na ja, jedenfalls im Großen und Ganzen.

»Mr Whitman, bevor Sie mir die Augen verbinden . . . könnten wir bitte in Madame Rossinis Atelier vorbeigehen und meine Sachen holen? Ich habe mittlerweile schon zwei Garnituren der Schuluniform hier liegen gelassen und ich brauche etwas zum Anziehen für morgen. Außerdem ist auch meine Schultasche da.«

»Selbstverständlich.« Beim Gehen wirbelte Mr Whitman den Schal gut gelaunt durch die Luft. »Du kannst dich auch ruhig schon umziehen, du wirst bei deiner Zeitreise gleich niemandem begegnen. In welches Jahr sollen wir dich denn zurückschicken?«

»Das spielt doch ohnehin keine Rolle, wenn ich in einem Kellerraum eingesperrt bin«, sagte ich.

»Nun ja, es muss ein Jahr sein, in dem du problemlos im . . . äh, in besagtem Kellerraum landen kannst, am besten, ohne jemandem zu begegnen. Ab 1945 dürfte das kein Problem sein – vorher wurden die Räumlichkeiten als Luftschutzkeller genutzt. Wie wäre es mit 1974? Das ist das Jahr, in dem ich geboren wurde, ein gutes Jahr.« Er lachte. »Oder wir nehmen den 30. Juli 1966. Da hat England das WM-Finale gegen Deutschland gewonnen. Aber Fußball interessiert dich nicht wirklich, oder?«

»Vor allem nicht, wenn ich in einem fensterlosen Kellerloch zwanzig Meter unter der Erde sitze«, sagte ich müde.

»Es ist doch alles nur zu deinem Schutz.« Mr Whitman seufzte.

»Moment, Moment«, sagte Xemerius, der neben mir herflatterte. »Ich komme schon wieder nicht ganz mit. Heißt das, du wirst jetzt in eine Zeitmaschine steigen und in die Vergangenheit reisen?«

»Ja, genau«, antwortete ich.

»Dann nehmen wir doch das Jahr 1948«, sagte Mr Whitman erfreut. »Olympische Sommerspiele in London.«

Weil er vorausging, konnte er nicht sehen, dass ich die Augen verdrehte.

»Zeitreisen! Tssss. Da habe ich mir ja eine feine Freundin angelacht!«, sagte Xemerius und zum ersten Mal meinte ich, etwas wie Respekt in seiner Stimme zu hören.

Der Raum, in dem der Chronograf stand, befand sich tief unter der Erde, und obwohl man mich bisher immer nur mit verbundenen Augen hierhergebracht und wieder weggeführt hatte, bildete ich mir ein, in etwa zu wissen, wo er lag. Schon deshalb, weil ich den Raum sowohl im Jahr 1912 als auch im Jahr 1782 glücklicherweise ohne Augenbinde hatte verlassen dürfen. Als Mr Whitman mich von Madame Rossinis Nähzimmer aus die Gänge und Treppen entlangführte, kam mir der Weg schon richtig vertraut vor, nur auf dem letzten Stück hatte ich das Gefühl, Mr Whitman ginge noch einmal eine Extraschleife, um mich zu verwirren.

»Der macht es aber spannend«, sagte Xemerius. »Warum haben sie diese Zeitmaschine denn im finstersten Kellerverlies versteckt?«

Ich hörte Mr Whitman mit jemandem sprechen, dann wurde eine schwere Tür geöffnet und fiel wieder ins Schloss und Mr Whitman nahm mir den Schal ab.

Ich blinzelte ins Licht. Neben Mr Whitman stand ein junger

rothaariger Mann im schwarzen Anzug, der ein wenig nervös dreinschaute und vor Aufregung schwitzte. Ich sah mich nach Xemerius um, der zum Spaß seinen Kopf durch die verschlossene Tür steckte, während der Rest von ihm im Raum blieb.

»Das sind die dicksten Wände, die ich jemals gesehen habe«, sagte er, als er wieder auftauchte. »Die sind so dick, da könnten sie einen Elefantenbullen eingemauert haben, und zwar quer, wenn du verstehst, was ich meine.«

»Gwendolyn, das ist Mr Marley, Adept ersten Grades«, sagte Mr Whitman. »Er wird hier auf dich warten, wenn du zurückkommst, und dich wieder nach oben geleiten. Mr Marley, das ist Gwendolyn Shepherd, der Rubin.«

»Es ist mir eine Ehre, Miss.« Der Rothaarige machte eine kleine Verbeugung.

Ich lächelte ihn verlegen an. »Ähm, ja, freut mich auch.«

Mr Whitman machte sich an einem hochmodernen Safe mit blinkendem Display zu schaffen, der mir bei den beiden letzten Besuchen in diesem Raum entgangen war. Er war hinter einem Wandbehang verborgen, auf den mittelalterlich anmutende Märchenszenen gestickt waren. Ritter mit Pferden und Büscheln an den Helmen sowie Burgfräuleins mit spitzen Hüten und Schleiern bewunderten offensichtlich einen halb nackten Jüngling, der einen Drachen erlegt hatte. Während Mr Whitman die Zahlenfolge eingab, schaute der rothaarige Mr Marley diskret auf den Boden, aber man konnte ohnehin nichts erkennen, da Mr Whitman das Display mit seinem breiten Rücken vor unseren Blicken verbarg. Die Tür des Safes glitt mit sanftem Schwung auf und Mr Whitman konnte den Chronografen, eingeschlagen in rotes Samttuch, herausnehmen und auf den Tisch stellen.

Mr Marley hielt überrascht die Luft an.

»Mr Marley sieht heute zum ersten Mal, wie der Chronograf benutzt wird«, sagte Mr Whitman und zwinkerte mir zu. Mit dem Kinn deutete er auf eine Taschenlampe, die auf dem Tisch lag. »Nimm sie, nur für den Fall, dass das elektrische Licht Probleme bereitet. Damit du dich nicht im Dunklen fürchten musst.«

»Danke.« Ich überlegte, ob ich vielleicht auch ein Insektenspray einfordern sollte, so ein alter Keller war sicher voller Spinnen – und Ratten? Es war nicht fair, mich ganz allein dorthin zu schicken. »Könnte ich bitte auch einen Knüppel bekommen?«

»Einen Knüppel? Gwendolyn, du wirst dort niemandem begegnen.«

»Aber vielleicht gibt es dort Ratten . . .«

»Ratten haben mehr Angst vor dir als umgekehrt, glaub mir.« Mr Whitman hatte den Chronografen aus seinem Samttuch geschält. »Beeindruckend, nicht wahr, Mr Marley?«

»Ja, Sir, sehr beeindruckend, Sir.« Mr Marley bestaunte den Apparat ehrfürchtig.

»Schleimer!«, sagte Xemerius. »Die Rothaarigen sind immer Schleimer, findest du nicht auch?«

»Ich hatte ihn mir größer vorgestellt«, sagte ich. »Und ich hätte nicht gedacht, dass eine Zeitmaschine so viel Ähnlichkeit mit einer Kaminuhr hat.«

Xemerius pfiff durch seine Zähne. »Das sind aber ganz schön dicke Klunkerchen – wenn die echt sind, würde ich das

Ding auch in einen Safe schließen.« Tatsächlich war der Chronograf mit zugegeben beeindruckend großen Edelsteinen besetzt, die zwischen den bemalten und beschriebenen Flächen der seltsamen Apparatur glitzerten wie die Kronjuwelen.

»Gwendolyn hat sich das Jahr 1948 ausgesucht«, sagte Mr Whitman, während er Klappen öffnete und winzig kleine Zahnrädchen in Bewegung setzte. »Was fand da in London statt, Mr Marley, wissen Sie das?«

»Die Olympischen Sommerspiele, Sir«, sagte Mr Marley.

»Streber«, sagte Xemerius. »Die Rothaarigen sind immer Streber.«

»Sehr gut.« Mr Whitman richtete sich auf. »Gwendolyn wird am 12. August um zwölf Uhr mittags landen und exakt hundertzwanzig Minuten dort verweilen. Bist du bereit, Gwendolyn?«

Ich schluckte. »Ich würde gern noch wissen . . . sind Sie sicher, dass ich dort niemandem begegnen werde?« Von Ratten und Spinnen mal abgesehen. »Mr George hat mir seinen Ring mitgegeben, damit mir niemand was tut . . .«

»Das letzte Mal bist du in den Dokumentenraum gesprungen, der zu allen Zeiten ein häufig genutzter Raum war. Dieses Zimmer hier steht aber leer. Wenn du dich ruhig verhältst und den Raum nicht verlässt – er wird ohnehin abgeschlossen sein –, wirst du ganz sicher niemandem begegnen. In den Nachkriegsjahren wurde dieser Teil der Gewölbe nur selten betreten, man war überall in London mit oberirdischen Bauarbeiten beschäftigt.« Mr Whitman seufzte. »Eine spannende Zeit . . .«

»Aber wenn doch zufällig jemand genau in dieser Zeit den Raum betritt und mich dort sieht? Ich sollte wenigstens die Parole für den Tag kennen.«

Mr Whitman hob leicht verärgert seine Augenbrauen. »Niemand wird hereinkommen, Gwendolyn. Noch einmal: Du wirst in einem verschlossenen Raum landen, hundertzwanzig Minuten dort ausharren und wieder zurückspringen, ohne dass irgendjemand im Jahr 1948 etwas davon mitbekommt. Wenn doch, stünde etwas über deinen Besuch in den Annalen verzeichnet. Außerdem haben wir jetzt nicht die Zeit, um nachzusehen, wie die Parole für diesen Tag lautete.«

»Dabei sein ist alles«, sagte Mr Marley schüchtern.

»Wie bitte?«

»Die Parole während der Olympiade lautete: Dabei sein ist alles.« Mr Marley guckte verlegen auf den Boden. »Das hatte ich mir gemerkt, sonst sind sie nämlich immer auf Latein.«

Xemerius verdrehte die Augen und Mr Whitman sah aus, als würde er gern das Gleiche tun. »Aha? Nun ja, Gwendolyn, da hörst du es. Nicht dass du es brauchen würdest, aber wenn du dich damit besser fühlst . . . Kommst du jetzt bitte?«

Ich trat vor den Chronografen und reichte Mr Whitman meine Hand. Xemerius flatterte neben mir zu Boden.

»Und jetzt?«, fragte er aufgeregt.

Jetzt kam der unangenehme Teil. Mr Whitman hatte eine Klappe am Chronografen geöffnet und legte meinen Zeigefinger in die Öffnung.

»Ich glaube, ich halte mich einfach an dir fest«, sagte Xemerius und klammerte sich wie ein Äffchen von hinten um meinen Hals. Ich hätte nichts davon spüren dürfen, aber tatsächlich fühlte es sich an, als legte mir jemand einen nassen Schal um.

Mr Marleys Augen waren vor Spannung weit aufgerissen.

»Danke für die Parole«, sagte ich zu ihm und verzog das Gesicht, als eine spitze Nadel sich tief in meinen Finger bohrte und der Raum sich mit rotem Licht füllte. Ich umklammerte den Griff der Taschenlampe fest, die Farben und Menschen verwirbelten vor meinen Augen, ein Ruck ging durch meinen Körper.

Aus den Inquisitionsprotokollen des Dominikanerpaters
Gian Petro Baribi
Archive der Universitätsbibliothek Padua
(entschlüsselt, übersetzt und bearbeitet von Dr. M.
Giordano)

23. Juni 1542. Florenz. Vom Leiter der Kongregation mit
einem Fall betraut, der äußerste Diskretion und
Fingerspitzengefühl verlangt und an Kuriosität nicht zu
überbieten ist. Elisabetta, die jüngste Tochter von M.[1],
die seit zehn Jahren streng abgeschirmt hinter
Klostermauern lebt, trägt angeblich einen Sukkubus[2] in
sich, der von einer Buhlschaft mit dem Teufel zeugt.
Tatsächlich konnte ich mich bei meinem Besuch von
einer möglichen Schwangerschaft des Mädchens
überzeugen, ebenso wie von einem leicht verwirrten
Geisteszustand. Während die Äbtissin, die mein volles
Vertrauen genießt und eine Frau von gesundem
Menschenverstand zu sein scheint, eine natürliche
Erklärung für das Phänomen nicht ausschließt, kommt
der Verdacht der Hexerei ausgerechnet vom Vater des

---

[1] Man kann mit an Sicherheit grenzender Wahrscheinlichkeit davon ausgehen, dass Giovanni Alessandro, Conte di Madrone 1502–1572 gemeint ist, vgl auch LAMORY *Italiens Adelsgeschlechter des 16. Jahrhunderts*, Bologna 1997, S. 112 ff.

[2] Hier: Spross dämonischer Abstammung

Mädchens. Mit eigenen Augen will er gesehen haben, wie der Teufel in Gestalt eines jungen Mannes das Mädchen im Garten umarmt und sich dann in einer Rauchwolke[3] entmaterialisiert hat und einen leichten Schwefelgeruch hinterließ. Zwei weitere Klosterschülerinnen sollen bezeugen, dass sie den Teufel mehrfach in Gesellschaft von Elisabetta gesehen haben und dass er ihr Geschenke in Form von kostbaren Edelsteinen gemacht habe. So unwahrscheinlich die Geschichte auch klingen mag: Angesichts der engen Bindung von M. zu R. M.[4] und diversen Freunden im Vatikan fällt es mir schwer, offiziell seinen Verstand anzuzweifeln und seine Tochter lediglich der Unzucht zu bezichtigen. Ab morgen werde ich daher Verhöre mit allen Betroffenen führen.

---

[3] Die Rauchwolke und der Schwefelgeruch dürfte der Conte der Glaubhaftigkeit wegen dazu erfunden haben

[4] Bei R. M. dürfte es sich um den Medici-Spross Rudolfo handeln, der durch seinen spektakulären Selbstmord im Jahr 1559 von sich reden machte, s. PAVANI, *Die Legenden der vergessenen Medici*, Florenz 1988, S. 212 ff.

3.

Xemerius?« Das nasse Gefühl um meinen Hals war verschwunden. Rasch knipste ich die Taschenlampe an. Aber der Raum, in dem ich gelandet war, war bereits erleuchtet, von einer schwachen Glühbirne, die von der Decke baumelte.

»Hallo«, sagte jemand.

Ich fuhr herum. Der Raum war mit allerlei Kisten und Möbeln gefüllt und an der Wand neben der Tür lehnte ein blasser junger Mann.

»Ddd. . . dabei sein ist alles«, stotterte ich.

»Gwendolyn Shepherd?«, stotterte er zurück.

Ich nickte. »Woher wissen Sie das?«

Der junge Mann nahm ein zerknittertes Blatt Papier aus seiner Hosentasche und hielt es mir hin. Er sah genauso aufgeregt aus, wie ich mich fühlte. Er trug Hosenträger und eine runde kleine Brille, sein blondes Haar war mit einem Seitenscheitel und viel Pomade nach hinten gekämmt. Er hätte gut in einem alten Gangsterfilm mitspielen können, als der altkluge, aber harmlose Assistent des kettenrauchenden abgebrühten Kommissars, der sich in das Gangsterliebchen mit den vielen Federboas verliebt und am Ende immer erschossen wird.

Ich beruhigte mich ein bisschen und sah mich kurz um. Sonst war niemand im Raum, auch von Xemerius war keine

Spur zu entdecken. Offensichtlich konnte er zwar durch Wände gehen, aber nicht in der Zeit reisen.

Zögernd nahm ich das Blatt entgegen. Es war vergilbt, ein kariertes Ringbuchblatt, das schlampig aus der Perforation gerissen war. Darauf stand, ziemlich krakelig, in verblüffend vertrauter Schrift:

Für Lord Lucas Montrose – wichtig!!!!!
12. August 1948, 12 Uhr Mittag. Alchemielabor. Bitte komm al-
lein.
Gwendolyn Shepherd

Sofort begann mein Herz wieder schneller zu klopfen. Lord Lucas Montrose war mein Großvater! Er war gestorben, als ich zehn Jahre alt gewesen war. Besorgt betrachtete ich die geschwungene Linie der L. Leider gab es keinen Zweifel: Die Krakelschrift sah meiner eigenen Handschrift zum Verwechseln ähnlich. Aber wie konnte das sein?

Ich schaute zu dem jungen Mann hoch. »Woher haben Sie das? Und wer sind Sie?«

»Hast du das geschrieben?«

»Könnte sein«, sagte ich und meine Gedanken begannen fieberhaft, sich im Kreis zu drehen. Wenn ich es geschrieben hatte, warum konnte ich mich dann nicht daran erinnern? »Woher haben Sie es?«

»Ich habe das Blatt seit fünf Jahren. Jemand hat es zusammen mit einem Brief in meine Manteltasche gelegt. An dem Tag, an dem die Zeremonie für den zweiten Grad stattgefunden hat. In dem Brief stand: *Wer Geheimnisse bewahrt, sollte*

auch das Geheimnis hinter dem Geheimnis kennen. Beweise,
dass du nicht nur schweigen kannst, sondern auch denken.
Keine Unterschrift. Es war eine andere Handschrift als die auf
dem Zettel, eine – ähm – eher elegante, bisschen altmodi-
sche.«

Ich nagte an meiner Unterlippe. »Das verstehe ich nicht.«

»Ich auch nicht. Ich habe all die Jahre geglaubt, es sei eine
Art Prüfung«, sagte der junge Mann. »Ein weiterer Test, sozusagen. Ich habe niemandem davon erzählt, ich habe immer
darauf gewartet, dass mich jemand darauf anspricht oder
dass weitere Hinweise eintreffen. Aber es ist nie etwas passiert. Und heute habe ich mich hier heruntergeschlichen und
gewartet. Eigentlich habe ich nicht mehr damit gerechnet,
dass überhaupt etwas passiert. Aber dann hast du dich aus
dem Nichts vor mir materialisiert. Um punkt zwölf Uhr. Warum hast du mir diesen Brief geschrieben? Warum treffen wir
uns in diesem abgelegenen Keller? Und aus welchem Jahr
kommst du?«

»2011«, sagte ich. »Tut mir leid, auf die anderen Fragen
weiß ich leider auch keine Antwort.« Ich räusperte mich.
»Wer sind Sie?«

»Oh, entschuldige bitte. Mein Name ist Lucas Montrose.
Ohne Lord. Ich bin Adept zweiten Grades.«

Mein Mund war plötzlich ganz trocken. »Lucas Montrose.
Bourdonplace Nummer 81.«

Der junge Mann nickte. »Da wohnen meine Eltern, ja.«

»Dann ...« Ich starrte ihn an und holte tief Luft: »Dann sind
Sie mein Großvater.«

»Oh, nicht *schon* wieder«, sagte der junge Mann und seufzte

79

sehr tief. Dann gab er sich einen Ruck, löste sich von der Wand, staubte einen der Stühle ab, die in einer Ecke des Raumes verkehrt herum übereinandergestapelt waren, und stellte ihn vor mich hin. »Sollen wir uns nicht lieber setzen? Meine Beine fühlen sich an wie aus Gummi.«

»Meine auch«, gab ich zu und ließ mich auf das Polster sinken. Lucas nahm sich einen weiteren Stuhl und setzte sich mir gegenüber.

»Du bist also meine Enkelin?« Er grinste schwach. »Weißt du, das ist eine komische Vorstellung für mich. Ich bin nicht mal verheiratet. Genau genommen nicht mal verlobt.«

»Wie alt bist du denn? Oh, entschuldige, das müsste ich wissen, du bist Jahrgang 1924, also bist du im Jahr 1948 vierundzwanzig Jahre alt.«

»Ja«, sagte er. »In drei Monaten werde ich vierundzwanzig. Und wie alt bist du?«

»Sechzehn.«

»Genau wie Lucy.«

Lucy. Ich musste daran denken, was sie mir hinterhergerufen hatte, als wir bei Lady Tilney geflohen waren.

Noch immer konnte ich nicht glauben, dass ich vor meinem Großvater saß. Ich suchte nach Ähnlichkeiten mit dem Mann, auf dessen Schoß ich spannenden Geschichten gelauscht hatte. Der mich vor Charlotte in Schutz genommen hatte, wenn sie behauptete, ich wolle mich mit meinen Geistergeschichten wichtig machen. Aber das glatte Gesicht des Mannes vor mir schien überhaupt keine Ähnlichkeit mit dem von Falten und Furchen durchzogenen Gesicht des alten Mannes zu haben, den ich gekannt hatte. Dafür fand ich aber, dass er meiner Mum ähnlich sah, die blauen Augen, die energisch geschwungene Linie des Kinns, die Art, wie er jetzt lächelte. Ich schloss für einen Moment überwältigt die Augen – das hier war einfach zu – zu viel.

»Da wären wir also«, sagte Lucas leise. »Bin ich . . . äh . . . ein netter Opa?«

Mich kitzelten Tränen in der Nase, die ich nur mit Mühe zurückhalten konnte. Also nickte ich nur.

»Die anderen Zeitreisenden landen immer ganz offiziell und bequem oben im Drachensaal beim Chronografen oder im Dokumentenraum«, sagte Lucas. »Warum hast du dir dieses düstere alte Labor ausgesucht?«

»Ich habe es mir nicht ausgesucht.« Ich wischte mir mit dem Handrücken über die Nase. »Ich wusste nicht mal, dass es ein Labor ist. Zu meiner Zeit ist dort ein ganz normaler Kellerraum mit einem Safe, in dem der Chronograf aufbewahrt wird.«

»Tatsächlich? Nun, ein Labor ist das heutzutage auch schon lange nicht mehr«, sagte Lucas. »Aber ursprünglich wurde dieser Raum als geheimes Alchemielabor genutzt. Es ist einer der ältesten Räume in diesen Gemäuern. Schon Hunderte von Jahren vor Gründung der Loge des Grafen von Saint Germain haben hier berühmte Londoner Alchemisten und Magier Experimente auf der Suche nach dem Stein der Weisen angestellt. An den Wänden kann man teilweise noch gruselige Zeichnungen und geheimnisvolle Formeln sehen und man sagt, die Mauern seien deshalb so dick, weil darin Knochen und Schädel eingemauert sind . . .« Er verstummte und nagte nun seinerseits an seiner Unterlippe. »Du bist also auch meine Enkelin – darf ich fragen, von welchem ... äh ... meiner Kinder?«

»Meine Mum heißt Grace«, sagte ich. »Sie sieht dir ähnlich.«

Lucas nickte. »Lucy hat mir von Grace erzählt. Sie sagt, sie wäre das netteste meiner Kinder, die anderen wären Spießer.« Er verzog den Mund. »Ich kann mir nicht vorstellen, dass ich mal spießige Kinder bekomme ... oder überhaupt welche ...«

»Möglicherweise liegt das ja nicht an dir, sondern an deiner Frau«, murmelte ich.

Lucas seufzte. »Seit Lucy vor zwei Monaten das erste Mal hier aufgetaucht ist, ziehen mich alle damit auf, weil sie rote Haare hat, genau wie ein Mädchen, das mich ... nun ... interessiert. Aber Lucy wollte mir nicht verraten, wen ich mal heiraten werde, sie meint, sonst würde ich es mir womöglich anders überlegen. Und dann würdet ihr alle nicht geboren werden.«

»Entscheidender als die Haarfarbe ist wohl das Zeitreise-Gen, das deine Zukünftige zu vererben hat«, sagte ich. »Daran dürftest du sie doch erkannt haben.«

»Das ist ja das Komische.« Lucas rutschte auf dem Stuhl ein Stück nach vorne. »Ich finde gleich zwei Mädchen aus der Jadelinie wirklich ... ähm ... anziehend ... Observationsnummer vier und Observationsnummer acht.«

»Aha«, sagte ich.

»Weißt du, es ist so, dass ich mich im Augenblick nicht so recht entscheiden kann. Vielleicht würde ein kleiner Hinweis von deiner Seite meine Unentschlossenheit beseitigen.«

Ich zuckte mit den Achseln. »Von mir aus. Meine Großmutter, also deine Frau, ist La-«

»Nicht!«, rief Lucas. Er hatte abwehrend beide Arme gehoben. »Ich hab's mir anders überlegt, sag es mir lieber doch nicht.« Verlegen kratzte er sich am Kopf. »Das ist die Schuluniform von Saint Lennox, oder? Ich erkenne die Wappen auf den Knöpfen.«

»Richtig«, sagte ich und guckte an meiner dunkelblauen Jacke hinab. Madame Rossini hatte die Sachen offensichtlich gewaschen und gebügelt, sie sahen jedenfalls aus wie neu und rochen leicht nach Lavendel. Außerdem hatte sie etwas mit der Jacke angestellt, sie saß jetzt viel besser.

»Meine Schwester Madeleine besucht auch die Saint Lennox. Wegen des Krieges macht sie erst dieses Jahr ihren Abschluss.«

»Tante Maddy? Das wusste ich gar nicht.«

»Alle Montrose-Mädchen gehen nach Saint Lennox. Lucy auch. Sie hat die gleiche Schuluniform wie du. Maddys ist dunkelgrün mit Weiß. Und der Rock ist kariert . . .« Lucas räusperte sich. »Ähm, nur, falls es dich interessiert . . . aber wir sollten uns jetzt besser konzentrieren und darüber nachdenken, warum wir uns heute hier treffen. Also, angenommen, dass du diesen Zettel geschrieben hast . . .«

». . . schreiben wirst!«

». . . und ihn mir bei einer deiner künftigen Zeitreisen zukommen lassen wirst . . . – warum, glaubst du, hast du das getan?«

»Du meinst, warum ich das tun werde?« Ich seufzte. »Es macht schon irgendwie Sinn. Vermutlich kannst du mir eine Menge erklären. Aber ich weiß auch nicht . . .« Ratlos sah ich meinen jungen Großvater an. »Kennst du Lucy und Paul gut?«

»Paul de Villiers kommt seit Januar zum Elapsieren her. Er ist in der Zeit um zwei Jahre älter geworden, bisschen gruselig. Und Lucy war im Juni das erste Mal hier. Ich betreue die beiden meistens während ihres Besuches. Es ist in der Regel sehr . . . lustig. Ich kann ihnen bei den Hausaufgaben helfen. Und ich muss sagen, Paul ist der erste de Villiers, der mir sympathisch ist.« Er räusperte sich wieder. »Wenn du aus dem Jahr 2011 kommst, musst du die beiden doch kennen. Komische Vorstellung, dass sie mittlerweile so allmählich auf die vierzig zugehen . . . du musst sie von mir grüßen.«

»Nein, das kann ich nicht tun.« Oje, das war alles so kompliziert. Und ich sollte wahrscheinlich vorsichtig sein mit dem, was ich erzählte, solange ich selber nicht begriff, was hier eigentlich vor sich ging. Die Worte meiner Mutter klangen immer noch in meinen Ohren: »*Vertraue niemandem. Nicht mal deinem eigenen Gefühl.*« Aber irgendjemandem musste ich mich einfach anvertrauen und wer war dafür besser geeignet als mein eigener Großvater? Ich beschloss, alles auf eine Karte zu setzen: »Ich kann Lucy und Paul nicht von dir grüßen. Sie haben den Chronografen geklaut und sind mit ihm in die Vergangenheit gesprungen.«

»Was?« Hinter seiner Brille waren Lucas' Augen weit aufgerissen. »Warum sollten sie das getan haben? Das kann ich nicht glauben. Sie würden doch nie . . . Wann soll das gewesen sein?«

»1994«, sagte ich. »In dem Jahr, in dem ich geboren wurde.«

»1994 wird Paul zwanzig und Lucy achtzehn Jahre alt sein«, sagte Lucas mehr zu sich selber als zu mir. »Also in zwei Jahren. Denn jetzt ist sie sechzehn und er achtzehn.« Er lächelte entschuldigend. »Ich meine natürlich nicht *jetzt*, sondern nur jetzt, wenn sie zum Elapsieren in dieses Jahr kommen.«

»Ich habe die letzten Nächte nicht wirklich viel geschlafen, daher habe ich das Gefühl, mein Gehirn besteht zur Zeit nur aus Zuckerwatte«, sagte ich. »Und im Rechnen bin ich sowieso eine Niete.«

»Lucy und Paul sind . . . – was du mir erzählst, macht gar keinen Sinn. Sie würden so etwas – *Wahnsinniges* niemals tun.«

»Haben sie aber. Ich dachte, du könntest mir vielleicht sagen, warum. In meiner Zeit wollen mir alle weismachen, dass sie . . . böse sind. Oder verrückt. Oder beides. Auf jeden Fall gefährlich. Als ich Lucy getroffen habe, hat sie gesagt, ich solle dich nach dem grünen Reiter fragen. Also: Was ist der grüne Reiter?«

Lucas starrte mich perplex an. »Du hast Lucy getroffen? Gerade hast du doch gesagt, sie und Paul seien im Jahr deiner Geburt verschwunden.« Dann schien ihm noch etwas einzufallen: »Wenn sie den Chronografen mitgenommen haben, wie kannst du dann überhaupt in der Zeit reisen?«

»Ich habe sie im Jahr 1912 getroffen. Bei Lady Tilney. Und es gibt einen zweiten Chronografen, den die Wächter für uns benutzen.«

»Lady Tilney? Die ist seit vier Jahren tot. Und der zweite Chronograf ist gar nicht funktionsfähig.«

Ich seufzte. »Jetzt ist er es. Hör mal, Grandpa« – bei diesem Wort zuckte Lucas zusammen – »für mich ist das alles noch viel verworrener als für dich, denn bis vor ein paar Tagen hatte ich nicht die geringste Ahnung von diesem ganzen Kram. Ich kann dir gar nichts erklären. Ich bin zum Elapsieren hierhergeschickt worden, meine Güte, ich weiß nicht mal, wie dieses blöde Wort geschrieben wird, ich habe es gestern zum ersten Mal gehört. Es ist erst das dritte Mal, dass ich überhaupt mit dem Chronografen in der Zeit reise. Davor bin ich dreimal unkontrolliert gesprungen. Was nicht besonders spaßig war. Aber eigentlich haben alle gedacht, meine Cousine Charlotte sei die Genträgerin, weil sie nämlich am richtigen Tag geboren wurde und meine Mum, was meinen Geburtstag angeht, gelogen hat. Charlotte hat deshalb an meiner Stelle Tanzunterricht bekommen, weiß alles über die Pest und King George, kann fechten, im Damensattel reiten und Klavier spielen – und weiß der Himmel, was sie in ihrem Mysterienunterricht alles gelernt hat.« Je mehr ich sprach, desto schneller sprudelten die Worte aus mir heraus. »Ich jedenfalls weiß gar nichts, außer dem bisschen, das man mir bisher verraten hat, und das war wahrhaftig nicht besonders viel oder besonders erhellend – und was noch viel schlimmer ist: Ich hatte bisher nicht mal Zeit, mir auf die Geschehnisse einen Reim zu machen. Leslie – das ist meine Freundin – hat alles gegoogelt, aber Mr Whitman hat uns den Ordner weggenommen, außerdem habe ich sowieso nur die Hälfte kapiert. Alle scheinen irgendetwas Besonderes von mir erwartet zu haben und sind jetzt enttäuscht.«

»*Rubinrot, begabt mit der Magie des Raben, schließt G-Dur den Kreis, den zwölf gebildet haben*«, murmelte Lucas.

»Ja, siehst du, Magie des Raben, blablabla. Leider bei mir Fehlanzeige. Der Graf von Saint Germain hat mich gewürgt, obwohl er ein paar Meter von mir entfernt stand, und ich konnte seine Stimme in meinem Kopf hören und dann waren da diese Männer im Hyde Park mit Pistolen und Degen und ich musste einen davon erstechen, weil er sonst Gideon ermordet hätte, der ein . . . er ist ein solcher . . .« Ich holte tief Luft, nur um gleich weiterzusprudeln: »Gideon ist eigentlich ein richtiges Ekel, er tut so, als wäre ich nur ein Klotz an seinem Bein, und heute Morgen hat er Charlotte einen Kuss gegeben, nur auf die Wange, aber vielleicht hat es was zu bedeuten, ich hätte ihn auf keinen Fall küssen dürfen, ohne vorher danach zu fragen, überhaupt kenne ich ihn doch erst einen Tag oder zwei, aber plötzlich war er so . . . nett und dann . . . es ging alles so schnell . . . und alle denken, *ich* hätte Lucy und Paul verraten, wann wir Lady Tilney aufsuchen, denn wir brauchen ja ihr Blut und das von Lucy und Paul brauchen wir auch, aber sie brauchen auch das von Gideon und mir, weil das in ihrem Chronografen noch fehlt. Und keiner sagt mir, was passiert, wenn das Blut von allen in den Chronografen eingelesen ist, und manchmal denke ich, sie wissen es selber nicht genau. Und ich soll dich nach dem grünen Reiter fragen, hat Lucy gesagt.«

Lucas hatte die Augen hinter seiner Brille zusammengekniffen und versuchte offensichtlich verzweifelt, meinem Wortschwall irgendeinen Sinn zu entnehmen. »Ich habe keine Ahnung, was mit dem grünen Reiter gemeint sein könnte«, sagte er. »Es tut mir leid, aber das höre ich heute zum ersten Mal. Vielleicht ist es ein Filmtitel? Warum fragst du denn nicht . . . du könntest mich das doch einfach im Jahr 2011 fragen.«

Ich sah ihn erschrocken an.

»Oh, verstehe«, sagte Lucas schnell. »Du kannst mich nicht fragen, weil ich da längst tot bin oder alt, taub und blind in einem Pflegeheim vor mich hin dämmere . . . – nein, nein, bitte, ich will es gar nicht wissen.«

Dieses Mal konnte ich meine Tränen nicht zurückhalten. Mindestens eine halbe Minute lang schluchzte ich vor mich hin, weil ich – so seltsam das klingt – meinen Großvater plötzlich furchtbar vermisste. »Ich hatte dich sehr lieb«, sagte ich schließlich.

Lucas reichte mir ein Taschentuch und sah mich mitleidig an. »Bist du sicher? Ich mag Kinder nicht mal. Nervensägen, irgendwie . . . Aber vielleicht warst du ja ein besonders nettes Exemplar. Bestimmt sogar.«

»Ja, war ich. Aber du warst zu allen Kindern nett.« Ich putzte mir geräuschvoll die Nase. »Sogar zu Charlotte.«

Eine Weile schwiegen wir, dann nahm Lucas eine Uhr aus seiner Tasche und sagte: »Wie lange haben wir noch?«

»Sie haben mich für genau zwei Stunden hergeschickt.«

»Das ist nicht besonders viel. Wir haben schon viel zu viel Zeit vertrödelt.« Er stand auf. »Ich besorge Stifte und Papier und wir versuchen, ein bisschen System in dieses Chaos zu bringen. Du bleibst am besten hier und rührst dich nicht von der Stelle.«

Ich nickte nur. Als Lucas verschwunden war, starrte ich vor mich hin, das Gesicht in den Händen vergraben. Er hatte recht, es war wichtig, gerade jetzt einen klaren Kopf zu bewahren.

Wer wusste schon, wann ich meinem Großvater noch einmal begegnen würde? Über welche Dinge, die erst noch passieren würden, sollte ich ihn in Kenntnis setzen und über welche nicht? Umgekehrt überlegte ich verzweifelt, welche Informationen er mir geben konnte, die mir nützlich sein würden. Im Grunde war er mein einziger Verbündeter. Nur eben in der falschen Zeit. Und in welches der vielen dunklen Rätsel konnte er von hier aus überhaupt Licht bringen?

Lucas blieb lange weg und mit jeder Minute, die verging, begann ich an meinem Gefühl zu zweifeln. Möglicherweise hatte er doch gelogen und würde gleich mit Lucy und Paul und einem großen Messer wieder auftauchen, um mir Blut abzunehmen. Unruhig stand ich schließlich auf und suchte nach etwas, das ich als Waffe benutzen konnte. In einer Ecke lag ein Brett mit einem rostigen Nagel darin, aber als ich es aufhob, zerbröselte es unter meinen Fingern. Genau in diesem Augenblick ging die Tür wieder auf und mein junger Großvater erschien mit einem Block Papier unter dem Arm und einer Banane in der Hand.

Ich atmete erleichtert auf.

»Hier, gegen den Hunger.« Lucas warf mir die Banane zu, nahm einen dritten Stuhl vom Stapel, stellte ihn zwischen uns und legte den Schreibblock darauf. »Tut mir leid, dass es so lange gedauert hat. Dieser dämliche Kenneth de Villiers hat oben im Weg rumgestanden. Ich kann diese Villiers nicht ausstehen, sie stecken ihre neugierigen langen Nasen einfach überall hinein, alles wollen sie kontrollieren und bestimmen und immer wissen sie alles besser!«

»Allerdings«, murmelte ich.

Lucas schüttelte sein Handgelenk. »Dann wollen wir mal –

Enkeltochter. Du bist der Rubin, der Zwölfte im Kreis. Der Diamant aus der Familie de Villiers wurde zwei Jahre vor dir geboren. Er muss also in deiner Zeit ungefähr neunzehn Jahre alt sein. Und er heißt noch mal wie?«

»Gideon«, sagte ich und nur durch das Aussprechen seines Namens wurde mir warm. »Gideon de Villiers.«

Lucas' Stift huschte über das Papier. »Und er ist ein Ekel, wie alle de Villiers, aber du hast ihn trotzdem geküsst, wenn ich das vorhin richtig verstanden habe. Bist du nicht ein bisschen jung für so was?«

»Wohl kaum«, sagte ich. »Im Gegenteil – ich bin total spät dran. Außer mir nehmen *alle* Mädchen in der Klasse die Pille.« Na ja, alle außer Aishani, Peggy und Cassie Clarke, aber Aishanis Eltern waren konservative Inder und würden Aishani umbringen, wenn sie einen Jungen auch nur angucken würde, Peggy stand wohl eher auf Mädchen, und was Cassie betraf – sicher gingen die Pickel irgendwann von alleine weg und dann war sie auch wieder netter zu ihren Mitmenschen und hörte auf, »Was guckst du denn so blöd« zu keifen, wenn jemand auch nur in ihre Richtung schaute. »Oh, und Charlotte hat mit Sex natürlich auch nichts am Hut. Gordon Gelderman nennt sie deshalb nur *die Eiskönigin*. Aber mittlerweile bin ich mir gar nicht mehr so sicher, ob das wirklich passt . . .« Ich knirschte mit den Zähnen, weil ich daran dachte, wie Charlotte Gideon angesehen hatte – und umgekehrt. Wenn man sich überlegte, wie schnell Gideon auf die Idee gekommen war, mich zu küssen, nämlich exakt am zweiten Tag unserer Bekanntschaft, dann durfte ich mir gar nicht ausmalen, was zwischen ihm und Charlotte in den vielen Jahren, die sie sich kannten, alles passiert sein mochte.

»Was denn für eine Pille?«, fragte Lucas.

»Wie bitte?« Oh Gott, die verhüteten im Jahr 1948 wohl noch mit Kondomen aus Kuhdarm oder so – wenn überhaupt. Aber ich wollte es lieber gar nicht wissen. »Ich möchte mit dir nicht über Sex sprechen, Grandpa, wirklich nicht.«

Lucas sah mich kopfschüttelnd an. »Und ich möchte nicht mal das Wort aus deinem Mund hören. Und damit meine ich nicht das Wort *Grandpa*.«

»Okay.« Ich schälte die Banane, während Lucas sich Notizen machte. »Was sagt ihr denn dazu?«

»Wozu?«

»Anstelle von *Sex?*«

»Wir reden nicht darüber«, sagte Lucas, tief über seinen Block gebeugt. »Jedenfalls nicht mit sechzehnjährigen Mädchen. Also weiter: Der Chronograf wurde von Lucy und Paul gestohlen, bevor das Blut der letzten beiden Zeitreisenden eingelesen werden konnte. Daher wurde der zweite Chronograf in Betrieb genommen, aber dem fehlt jetzt natürlich das Blut aller anderen Zeitreisenden.«

»Nein, nicht mehr. Gideon hat beinahe alle Zeitreisenden aufsuchen und ihnen Blut abnehmen können. Es fehlen nur noch Lady Tilney und der Opal, Elise irgendwas.«

»Elaine Burghley«, sagte Lucas. »Eine Hofdame Elizabeth I., die mit achtzehn Jahren im Kindbettfieber starb.«

»Richtig. Und das Blut von Lucy und Paul, natürlich. Also sind wir hinter ihrem Blut her und sie hinter unserem. So jedenfalls habe ich das verstanden.«

»Jetzt gibt es zwei Chronografen, mit denen der Kreis komplett gemacht werden kann? Das ist wirklich – unglaublich!«

»Was passiert, wenn der Kreis komplett ist?«

»Dann wird das Geheimnis sich offenbaren«, sagte Lucas feierlich.

»Ach herrje! Nicht du auch noch.« Ich schüttelte ärgerlich den Kopf. »Geht es vielleicht *einmal* etwas konkreter?«

»Die Prophezeiungen sprechen vom Aufstieg des Adlers, vom Sieg der Menschheit über Krankheit und Tod, vom Anbruch eines neuen Zeitalters.«

»Aha«, sagte ich, genauso schlau wie vorher. »Es ist also etwas Gutes, oder?«

»Etwas sehr Gutes sogar. Etwas, das die ganze Menschheit entscheidend weiterbringt. Deshalb hat der Graf von Saint Germain die Gesellschaft der Wächter gegründet, deshalb sind in unseren Reihen die klügsten und mächtigsten Männer der Welt vertreten. Wir alle wollen das Geheimnis bewahren, damit es sich zum gegebenen Zeitpunkt entfalten und die Welt erretten kann.«

Okay. Das war doch mal eine klare Aussage. Zumindest die klarste, die ich in Sachen Geheimnis bisher bekommen hatte.

»Aber warum wollen Lucy und Paul nicht, dass der Kreis sich schließt?«

Lucas seufzte. »Ich habe keine Ahnung. Wann, sagtest du, hast du die beiden getroffen?«

»Im Jahr 1912«, sagte ich. »Juni. 22. Juni. Oder 24., ich hab's mir nicht genau gemerkt.« Je stärker ich versuchte, mich zu erinnern, desto unsicherer wurde ich. »Möglicherweise war es auch der 12.? Eine gerade Zahl war's, da bin ich mir ganz sicher. 18.? Jedenfalls irgendwann am Nachmittag. Lady Tilney hatte alles für einen High Tea auf dem Tisch stehen.« Dann dämmerte mir, was ich gerade gesagt hatte, und ich schlug mir die Hand vor den Mund. »Oh!«

»Was ist?«

»Jetzt habe ich es dir erzählt und du wirst es Lucy und Paul verraten, und *deshalb* können sie uns dort auflauern. Also bist *du* im Grunde der Verräter, nicht ich. Obwohl – das kommt vermutlich aufs Gleiche hinaus.«

»Was? Oh nein!« Lucas schüttelte energisch den Kopf. »Das werde ich nicht tun. Ich werde ihnen überhaupt nichts von dir erzählen – das wäre doch Wahnsinn! Wenn ich ihnen morgen sage, dass sie irgendwann den Chronografen stehlen und damit in die Vergangenheit reisen werden, fallen sie auf der Stelle tot um. Man muss sich sehr genau überlegen, was man jemandem über die Zukunft mitteilt, hörst du?«

»Na ja, vielleicht sagst du es ihnen noch nicht morgen, du hast ja noch viele Jahre Zeit.« Ich kaute nachdenklich an meiner Banane. »Andererseits . . . in welche Zeit sind sie wohl mit dem Chronografen gesprungen? Warum nicht in diese? Hier hätten sie immerhin schon einen Freund, nämlich dich. Vielleicht lügst du mich an und sie warten längst vor der Tür, um mir Blut abzuzapfen.«

»Ich habe nicht die geringste Ahnung, wohin sie gesprungen sein könnten.« Lucas seufzte. »Ich kann mir nicht mal vorstellen, dass sie so etwas Verrücktes tun werden. Oder warum!« Mutlos setzte er hinzu: »Ich habe überhaupt von nichts eine Ahnung.«

»Offensichtlich sind wir also alle beide zu diesem Zeitpunkt vollkommen ahnungslos«, sagte ich ebenso mutlos.

Lucas schrieb *grüner Reiter, zweiter Chronograf* und *Lady Tilney* auf den Block und versah alles mit einem großen Fragezeichen. »Was wir brauchen, ist ein weiteres Treffen – später! Bis dahin könnte ich eine Menge in Erfahrung bringen . . .«

Das leuchtete mir ein. »Ursprünglich sollte ich zum Elapsieren ins Jahr 1956 geschickt werden. Vielleicht könnten wir uns also morgen Abend schon wiedersehen.«

»Haha!«, machte Lucas. »Für dich ist 1956 vielleicht morgen Abend – für mich ist es . . . Aber gut, lass uns mal überlegen. Wenn du zum Elapsieren in eine Zeit nach dieser geschickt wirst, dann auch in diesen Raum?«

Ich nickte. »Ich denke schon. Aber du kannst ja schlecht Tag und Nacht hier unten auf mich warten. Außerdem könnte Gideon jederzeit hier aufkreuzen, er muss schließlich auch elapsieren.«

»Ich weiß, wie wir es machen«, sagte Lucas mit zunehmender Begeisterung. »Wenn du das nächste Mal in diesem Raum landest, kommst du einfach zu mir! Ich habe ein Büro im zweiten Stock. Du musst nur an zwei Wachposten vorbei, aber das ist kein Problem, wenn du sagst, du hättest dich verlaufen. Du bist meine Cousine. Hazel. Vom Land. Ich werde gleich heute anfangen, allen von dir zu erzählen.«

»Aber Mr Whitman sagt, hier ist immer abgeschlossen, und außerdem weiß ich gar nicht genau, wo wir überhaupt sind.«

»Du brauchst natürlich einen Schlüssel. Und die Parole des Tages.« Lucas sah sich um. »Ich werde dir einen Schlüssel nachmachen lassen und ihn irgendwo hier für dich deponieren. Das Gleiche gilt für die Parole. Ich werde sie auf einen Zettel schreiben und in unser Versteck legen. Am besten irgendwo im Mauerwerk. Dorthinten sind die Ziegel ein bisschen locker, siehst du? Vielleicht können wir dahinter einen Hohlraum schaffen.« Er stand auf, bahnte sich einen Weg durch das Gerümpel und kniete sich vor die Wand. »Guck mal, hier. Ich werde mit Werkzeug wiederkommen und ein perfektes Versteck bauen. Wenn du das nächste Mal hierherspringst, musst du nur diesen Stein herausziehen, dann findest du den Schlüssel und die Parole.«

»Das sind aber verdammt viele Steine«, sagte ich.

»Merk dir einfach diesen hier, fünfte Reihe von unten, ungefähr in der Raummitte. Mist! Das war mein Fingernagel! Egal, das ist jedenfalls der Plan und ich finde ihn gut.«

»Aber du müsstest ab jetzt jeden Tag hier runterkommen, um die Parole zu erneuern«, sagte ich. »Wie willst du das machen? Studierst du nicht in Oxford?«

»Die Parole wird nicht jeden Tag erneuert«, erwiderte Lucas. »Wir haben manchmal wochenlang dieselbe. Außerdem ist das die einzige Möglichkeit, ein weiteres Treffen zu arrangieren. Merk dir diesen Stein. Ich werde auch einen Plan dazulegen, damit du nach oben findest. Von hier gehen geheime Gänge durch halb London.« Er blickte auf seine Uhr. »Und jetzt setzen wir uns wieder hin und machen uns Notizen. Ganz systematisch. Du wirst sehen, am Ende sind wir beide klüger.«

»Oder immer noch zwei Ahnungslose in einem modrigen Keller.«

Lucas legte den Kopf schief und grinste mich an. »Vielleicht könntest du mir auch so ganz nebenbei verraten, ob der Name deiner Großmutter mit einem A anfängt. Oder vielleicht mit einem C?«

Ich musste lächeln. »Was wäre dir denn lieber?«

Der Kreis der Zwölf

Name	Edelstein	Alchimistische Entsprechung	Tier	Baum
Lancelot de Villiers 1560–1607	Bernstein	Calcinatio	Frosch	Buche
Elaine Burghley 1562–1580	Opal	Putrefactio et mortificio	Eule	Walnuss
William de Villiers 1636–1689	Achat	Sublimatio	Bär	Kiefer
Cecilia Woodville 1628–1684	Aquamarin	Solutio	Pferd	Ahorn
Robert Leopold Graf von Saint Germain 1703–1784	Smaragd	Distillatio	Adler	Eiche
Jeanne de Pontcarreé Madame d'Urfé 1705–1775	Citrin	Coagulatio	Schlange	Gingko
Jonathan und Timothy de Villiers 1875–1944 1875–1930	Karneole	Extractio	Falke	Apfelbaum
Margarete Tilney 1877–1944	Jade	Digestio	Fuchs	Linde
Paul de Villiers *1974	Schwarzer Turmalin	Ceratio	Wolf	Eberesche
Lucy Montrose *1976	Saphir	Fermentatio	Luchs	Weide
Gideon de Villiers *1992	Diamant	Multiplicatio	Löwe	Eibe
Gwendolyn Shepherd *1994	Rubin	Projectio	Rabe	Birke

Aus den Chroniken der Wächter, Band 4, Der Kreis der Zwölf

4.

Gwenny! Gwenny, du musst aufwachen!«

Ich tauchte schwerfällig aus den Tiefen meines Traums empor – im Traum war ich eine uralte, bucklige Frau gewesen, die einem blendend aussehenden Gideon gegenübersaß und behauptete, ihr Name sei Gwendolyn Shepherd und sie käme aus dem Jahr 2080 – und sah in das vertraute, stupsnasige Gesicht meiner kleinen Schwester Caroline.

»Na endlich!«, sagte sie. »Ich dachte schon, ich kriege dich nie wach. Ich habe schon geschlafen, als du gestern Abend nach Hause gekommen bist, dabei habe ich wirklich versucht, wach zu bleiben. Hast du wieder so ein irres Kleid mitgebracht?«

»Nein, dieses Mal nicht.« Ich setzte mich auf. »Dieses Mal konnte ich mich dort umziehen.«

»Wird das jetzt immer so sein? Wirst du immer erst nach Hause kommen, wenn ich schon schlafe? Mum ist so merkwürdig, seit diese Sache mit dir passiert ist. Und Nick und ich vermissen dich – ohne dich sind die Abendessen seltsam.«

»Das waren sie vorher auch schon«, versicherte ich ihr und ließ mich wieder auf das Kissen zurücksinken.

Ich war gestern Abend von einer Limousine nach Hause gefahren worden, den Chauffeur kannte ich nicht, aber der rothaarige Mr Marley hatte mich begleitet, exakt bis vor die Haustür.

Gideon hatte ich nicht noch einmal zu Gesicht bekommen und das war mir auch ganz recht so gewesen. Es reichte, dass ich die ganze Nacht von ihm träumen würde.

An der Haustür hatte mich Mr Bernhard, der Butler meiner Großmutter, in Empfang genommen, wie immer höflich und ansonsten absolut regungslos. Meine Mum war mir auf der Treppe entgegengekommen und hatte mich umarmt, als sei ich gerade von einer Südpolexpedition zurückgekehrt. Ich freute mich auch, sie zu sehen, aber ich war immer noch ein wenig sauer auf sie. Es war so befremdlich gewesen, feststellen zu müssen, von der eigenen Mutter belogen worden zu sein. Und die Gründe dafür wollte sie mir ja nicht verraten. Außer ein paar kryptischen Sätzen – »vertraue niemandem – gefährlich – Geheimnis – blablabla« – hatte ich von ihr nichts erfahren, was ihr Verhalten erklärt hätte. Deshalb und weil ich vor Müdigkeit beinahe umkam, hatte ich recht wortkarg ein kleines Stück kaltes Hähnchen verzehrt und war dann ins Bett gegangen, ohne Mum über die Geschehnisse des Tages in Kenntnis zu setzen. Was genau sollte sie auch mit den Informationen anfangen? Sie machte sich ohnehin viel zu viele Sorgen. Ich fand, dass sie beinahe so erschöpft aussah wie ich.

Caroline rüttelte erneut an meinem Arm. »Hey, nicht wieder einschlafen!«

»Schon gut.« Ich schob mit Schwung meine Füße über die Bettkante und stellte fest, dass ich trotz des langen Telefonats, das ich mit Leslie noch vor dem Einschlafen geführt hatte, einigermaßen ausgeschlafen war. Aber wo war Xemerius? Er war verschwunden, als ich gestern Abend ins Bad gegangen war, und seitdem nicht mehr wieder aufgetaucht. Unter der Dusche wurde ich endgültig wach. Ich wusch meine Haare verbotenerweise mit Mums teurem Shampoo und ihrer Haarspülung, auch auf die Gefahr hin, dass mich der wunderbare Duft nach Rosen und Pampelmusen verraten würde. Während ich meinen Kopf trocken rubbelte, fragte ich mich unwillkürlich, ob Gideon wohl Rosen und Pampelmusen mochte, um mich gleich darauf wieder streng zur Ordnung zu rufen.

Kaum hatte ich ein, zwei Stunden geschlafen, schon dachte ich wieder an diesen bekloppten Typen! Was, bitte schön, war denn schon groß passiert? Gut, wir hatten ein bisschen im Beichtstuhl geknutscht, aber kurz danach hatte er wieder die Rolle des Ekelpakets übernommen und mein Sturz von Wolke sieben war nichts, woran ich mich gerne erinnern wollte, ausgeschlafen hin oder her. Was ich im Übrigen auch Leslie gesagt hatte, die gestern Abend so gar nicht mehr von dem Thema hatte aufhören wollen.

Ich föhnte meine Haare, zog mich an und trabte dann die vielen Treppen nach unten, Richtung Esszimmer. Caroline, Nick, ich und meine Mum bewohnten den dritten Stock unseres Hauses. Dort war es im Gegensatz zu dem restlichen Kasten, der sich seit Anbeginn aller Zeiten (mindestens!) im Besitz meiner Familie befand, wenigstens einigermaßen gemütlich.

Das restliche Haus dagegen war vollgestopft mit Antiquitäten und Bildern von diversen Urahnen, von denen die wenigsten eine Augenweide waren. Und wir hatten einen Ballsaal, in dem Nick mit meiner Hilfe Fahrrad fahren gelernt hatte, natürlich heimlich, aber heutzutage war der Verkehr in der Großstadt entsetzlich gefährlich, wie jeder wusste.

Wie so oft bedauerte ich, dass meine Mum und wir nicht oben bei uns essen konnten, aber meine Großmutter, Lady Arista, bestand darauf, dass wir uns im düsteren Esszimmer einfanden, dessen Täfelung die Farbe von Vollmilchschokolade hatte, das zumindest war der einzig schöne Vergleich, der mir jemals eingefallen war. Der andere war . . . äh . . . eher unappetitlich.

Wenigstens war heute die Stimmung deutlich besser als am Vortag, wie mir gleich auffiel, als ich ins Zimmer kam.

Lady Arista, die immer etwas von einer Ballettlehrerin hatte, die einem gleich auf die Finger klopft, sagte freundlich: »Guten Morgen, mein Kind«, und Charlotte und ihre Mutter lächelten mich an, als ob sie etwas wüssten, wovon ich wiederum keine Ahnung hatte.

Da Tante Glenda mich sonst niemals anlächelte (überhaupt kaum jemanden, von einem säuerlichen Heben ihrer Mundwinkel mal abgesehen) und Charlotte mir gestern erst ein paar grässliche Dinge an den Kopf geworfen hatte, wurde ich sofort misstrauisch.

»Ist etwas passiert?«, fragte ich.

Mein zwölfjähriger Bruder Nick grinste mir zu, als ich mich auf meinen Platz neben Caroline setzte, und meine Mum schob mir einen riesigen Teller mit Toast und Rührei hin. Ich wurde fast ohnmächtig vor Hunger, als mir der Duft in die Nase stieg.

»Ach du liebe Güte«, sagte Tante Glenda. »Du willst wohl, dass deine Tochter ihren Bedarf an Fett und Cholesterin für diesen Monat gleich heute deckt, nicht wahr, Grace?«

»Ja genau«, sagte Mum gleichmütig.

»Später wird sie dich dafür hassen, dass du nicht besser auf ihre Figur achtgegeben hast«, sagte Tante Glenda und lächelte wieder.

»Gwendolyns Figur ist tadellos«, sagte meine Mum.

»Noch – vielleicht«, sagte Tante Glenda. Sie lächelte immer noch.

»Habt ihr Tante Glenda was in den Tee gekippt?«, flüsterte ich Caroline zu.

»Jemand hat vorhin angerufen und seitdem sind Tante Glenda und Charlotte ganz aufgekratzt«, raunte Caroline zurück. »Wie umgewandelt!«

In diesem Augenblick landete Xemerius draußen auf der Fensterbank, faltete seine Flügel zusammen und schob sich durch die Glasscheibe.

»Guten Morgen!«, sagte ich erfreut.

»Guten Morgen!«, erwiderte Xemerius und hopste von der Fensterbank auf einen leeren Stuhl.

Während die anderen mich ein wenig erstaunt anschauten, kratzte Xemerius sich am Bauch. »Eine ziemlich große Familie hast du da – ich habe mir noch nicht so ganz einen Überblick verschaffen können, aber es ist mir aufgefallen, dass es auffallend viele Weiber in diesem Haushalt gibt. Zu viele, würde ich mal sagen. Und die Hälfte davon sehen die meiste Zeit aus, als ob sie dringend durchgekitzelt werden müssten.« Er schüttelte die Flügel aus. »Wo sind die Väter zu all den Kinderchen? Und wo sind die Haustiere? So ein riesiges Haus und nicht mal ein Kanarienvogel – ich bin enttäuscht.«

Ich grinste. »Wo ist Großtante Maddy?«, fragte ich, während ich selig zu essen begann.

»Ich fürchte, das Schlafbedürfnis meiner lieben Schwägerin ist größer als ihre Neugier«, sagte Lady Arista würdevoll. Kerzengerade saß sie am Frühstückstisch und aß mit abgespreizten Fingern einen halben gebutterten Toast. (Ich hatte meine Großmutter übrigens noch nie anders als kerzengerade erlebt.) »Durch das frühe Aufstehen gestern war sie den ganzen Tag unerträglich schlecht gelaunt. Ich glaube nicht, dass wir sie noch mal vor zehn Uhr morgens zu Gesicht bekommen werden.«

»Das ist mir nur recht«, sagte Tante Glenda mit ihrer schrillen Stimme. »Ihr Geschwätz von Saphireiern und Turmuhren kann einem wirklich den letzten Nerv rauben. Und – wie fühlst du dich, Gwendolyn? Ich kann mir vorstellen, dass das alles sehr verwirrend für dich ist.«

»Hm«, machte ich.

»Es muss furchtbar sein, plötzlich feststellen zu müssen, dass man zu Höherem geboren ist, ohne den Erwartungen genügen zu können.« Tante Glenda spießte ein Stückchen Tomate von ihrem Teller auf.

»Mr George berichtet, dass Gwendolyn sich bisher sehr gut geschlagen hat«, sagte Lady Arista, und ehe ich mich über ihre Solidaritätsbezeugung freuen konnte, setzte sie hinzu: »Jedenfalls den Umständen entsprechend. Gwendolyn, du wirst heute wieder von der Schule abgeholt und nach Temple gebracht werden. Charlotte wird dich dieses Mal begleiten.« Sie nahm einen Schluck Tee.

Ich konnte meinen Mund nicht öffnen, ohne dass Rührei hinausgefallen wäre, also glotzte ich nur erschrocken, während Nick und Caroline an meiner Stelle fragten: »Warum das denn?«

»Weil«, sagte Tante Glenda und wackelte dabei eigenartig mit dem Kopf, »weil Charlotte alles das kann, was Gwendolyn können müsste, um ihrer Aufgabe einigermaßen gerecht zu werden. Und nun, aufgrund der – wie wir uns alle lebhaft vorstellen können – chaotischen Ereignisse der letzten beiden Tage, wünscht man in Temple, dass Charlotte ihrer Cousine hilft, sich auf ihre nächsten Zeitsprünge vorzubereiten.« Sie sah aus, als ob ihre Tochter gerade die Olympiade gewonnen hätte. Mindestens.

Auf die nächsten Zeitsprünge? Wie bitte?

»Wer ist denn dieser dürre rothaarige boshafte Besen?«, erkundigte sich Xemerius. »Ich hoffe für dich, dass es sich nur um entfernte Verwandtschaft handelt.«

»Nicht, dass diese Bitte für uns überraschend kam, aber wir haben dennoch überlegt, ob wir ihr nachkommen sollen. Schließlich bestehen für Charlotte eigentlich keinerlei Verpflichtungen mehr. Aber«, an dieser Stelle seufzte der dürre, rothaarige, boshafte Be. . . äh . . . Tante Glenda theatralisch, »Charlotte ist sich der Wichtigkeit dieser Mission sehr wohl bewusst und selbstlos bereit, ihren Anteil zum Gelingen beizutragen.«

Meine Mutter seufzte ebenfalls und bedachte mich mit einem mitleidigen Blick. Charlotte strich sich eine Strähne ihres glänzenden roten Haares hinter das Ohr und klimperte mit ihren Wimpern in meine Richtung.

»Hä?«, machte Nick. »Was soll Charlotte denn Gwenny beibringen?«

»Oh«, sagte Tante Glenda und ihre Wangen färbten sich rosig vor lauter Eifer. »Da gibt es wohl eine Menge, aber es wäre absurd zu denken, dass Gwendolyn in so kurzer Zeit nachholen kann, was sich Charlotte über viele Jahre angeeignet hat, ganz zu schweigen von der – nun – doch eher ungerechten Verteilung natürlicher Talente in diesem Fall. Man kann nur versuchen, das Allernötigste zu vermitteln. Vor allem anderen mangelt es Gwendolyn wohl auf geradezu tragische Weise an Allgemeinwissen und den der jeweiligen Epoche angepassten Manieren – wie ich hörte.«

Frechheit! Von wem sollte sie das denn gehört haben?

»Ja und Manieren braucht man auch dringend, wenn man allein in einem verschlossenen Kellerraum rumsitzt«, sagte ich. »Es könnte einem ja eine Kellerassel dabei zusehen, wie man sich in der Nase popelt.«

Caroline kicherte.

»Oh, nein, Gwenny, tut mir leid, dir das sagen zu müssen, aber in der nächsten Zeit wird es ein *bisschen* kniffliger für dich.« Charlotte schenkte mir einen Blick, der wohl mitfühlend sein sollte, aber eher hämisch und schadenfroh wirkte.

»Deine Cousine hat recht.« Schon immer hatte ich ein bisschen Angst vor Lady Aristas durchdringendem Blick gehabt, aber jetzt zuckte ich regelrecht darunter zusammen. »Auf allerhöchste Order wirst du viel Zeit im achtzehnten Jahrhundert verbringen«, sagte sie.

»Und zwar unter Menschen«, ergänzte Charlotte. »Menschen, die es sehr seltsam finden würden, wenn du nicht mal wüsstest, wie der König heißt, der das Land regiert. Oder was ein Retikül ist.«

Ein bitte was?

»Was ist ein Retikül?«, fragte Caroline.

Charlotte lächelte fein. »Lass es dir von deiner Schwester erklären.«

Ich starrte sie verärgert an. Warum bereitete es ihr nur immer eine so große Freude, mich dumm und unwissend dastehen zu lassen? Tante Glenda lachte leise.

»Ist 'ne Art Handtasche, 'n blöder Beutel, meist mit überflüssigem Stickkram gefüllt«, sagte Xemerius. »Und Taschentüchern. Und Riechsalzfläschchen.«

Ah!

»Ein Retikül ist ein überholter Ausdruck für Handtasche, Caroline«, sagte ich, ohne den Blick von Charlotte zu lassen. Sie zuckte überrascht mit den Lidern, behielt aber das feine Lächeln bei.

»Auf allerhöchste Order? Was sollte das denn heißen?« Meine Mutter hatte sich an Lady Arista gewandt. »Ich dachte, wir wären uns einig gewesen, dass Gwendolyn aus der ganzen Sache herausgehalten wird, so gut es geht. Dass sie lediglich zum Elapsieren in ungefährliche Zeiten geschickt wird. Wie können sie jetzt beschließen, sie einer solchen Gefahr auszusetzen?«

»Das ist nicht deine Sache, Grace«, sagte meine Großmutter kühl. »Du hast wirklich schon genug Unheil gestiftet.«

Meine Mutter biss sich auf ihre Lippen. Ihr zorniger Blick

wanderte einmal zwischen mir und Lady Arista hin und her, dann schob sie kurzerhand ihren Stuhl zurück und stand auf. »Ich muss zur Arbeit«, sagte sie. Sie drückte Nick einen Kuss aufs Haar und sah hinüber zu Caroline und mir. »Viel Spaß in der Schule. Caroline, denk an den Schal für den Handarbeitsunterricht. Wir sehen uns heute Abend.«

»Arme Mum«, flüsterte Caroline, als meine Mutter den Raum verlassen hatte. »Gestern Abend hat sie geweint. Ich glaube, es passt ihr gar nicht, dass du dieses Zeitreise-Gen hast.«

»Ja«, sagte ich. »Das ist mir auch schon aufgefallen.«

»Aber da ist sie ja nicht die Einzige«, sagte Nick und warf einen vielsagenden Blick auf Charlotte und Tante Glenda, die immer noch lächelte.

Noch nie hatte ich beim Betreten des Klassenraumes so viel Aufmerksamkeit erhalten wie heute. Das lag daran, dass die Hälfte meiner Mitschüler gesehen hatte, wie ich am Nachmittag zuvor von einer schwarzen Limousine abgeholt worden war.

»Noch werden Wetten entgegengenommen«, sagte Gordon Gelderman. »Super Quote für Nummer eins: Der lässige, schwule Typ von gestern ist ein Fernsehproduzent und hat Charlotte und Gwendolyn für eine Show gecastet, aber Gwendolyn hat gewonnen, Möglichkeit Nummer zwei: Der Typ ist euer schwuler Cousin und betreibt einen Limousinenservice, Möglichkeit Nummer drei . . .«

»Ach, halt die Klappe Gordon«, fauchte Charlotte, warf das Haar zurück und setzte sich auf ihren Platz.

»Ich finde, du könntest uns schon erklären, wieso du mit dem Typ rumgemacht hast, aber Gwendolyn anschließend mit ihm in die Limousine gestiegen ist«, sagte Cynthia Dale in einschmeichelndem Tonfall. »Leslie wollte uns weismachen, er sei Gwendolyns Nachhilfelehrer!«

»Klar, ein Nachhilfelehrer kommt ja auch mit einer Limousine angefahren und hält mit unserer Eiskönigin Händchen«, sagte Gordon und sah Leslie böse an. »Hier liegen ganz klar armselige Verschleierungsversuche vor.«

Leslie zuckte mit den Schultern und grinste mich an. »Was Besseres ist mir auf die Schnelle nicht eingefallen.« Sie ließ sich auf ihren Stuhl sinken.

Ich sah mich nach Xemerius um. Das letzte Mal hatte ich ihn auf dem Schuldach hocken sehen, von wo aus er mir fröhlich zugewinkt hatte. Er hatte zwar Anweisung, sich während des Unterrichts von mir fernzuhalten, aber ich glaubte nicht, dass er sich daran halten würde.

»Der grüne Reiter scheint eine echte Sackgasse zu sein«, sagte Leslie in gedämpftem Tonfall. Im Gegensatz zu mir hatte sie in der Nacht nicht viel geschlafen, sondern wieder Stunden im Internet verbracht. »Eine berühmte kleine Jadefigur aus der Ming-Dynastie heißt so, aber die steht in einem Museum in Peking, dann gibt es noch ein Standbild auf einem Marktplatz in einer deutschen Stadt namens Cloppenburg und zwei Bücher mit diesem Titel, einen Roman von 1926 und ein Kinderbuch, das aber erst nach dem Tod deines Großvaters erschienen ist. Das war alles, bisher.«

»Ich hatte gedacht, es könnte vielleicht ein Gemälde sein«,

sagte ich. In Filmen waren die Geheimnisse auch immer hinter oder in Gemälden versteckt.

»Fehlanzeige«, sagte Leslie. »Wenn es ein blauer Reiter wäre, sähe die Sache schon ganz anders aus ... Ich habe DER GRUENE REITER auch mehrmals durch einen Anagrammgenerator gejagt. Aber – na ja, falls ERDIGER EUTER REN etwas bedeuten sollte, erschließt es sich mir nicht. Ich habe mal ein paar ausgedruckt, vielleicht klingelt es ja bei dir da irgendwo?« Sie reichte mir ein Blatt.

»ERREGEND IRE RUTE«, las ich. »DEGEN IRRE ER TREU. Hm, hm, lass mich überlegen ...«

Leslie kicherte. »Mein Liebling ist: ENDE EIER ER GURRT. Oh, Mr Eichhörnchen ist im Anmarsch!«

Sie meinte Mr Whitman, der den Klassenraum wie üblich mit dynamischen Schritten betrat. Seinen Spitznamen hatte er von uns wegen seiner riesigen braunen Augen verpasst bekommen. Damals hatten wir allerdings noch keine Ahnung gehabt, wer er wirklich war.

»Ich warte immer noch darauf, dass wir wegen gestern einen Disziplinarverweis bekommen«, sagte ich, aber Leslie schüttelte den Kopf.

»Geht nicht«, gab sie knapp zurück. »Oder soll Direktor Gilles etwa erfahren, dass sein Englischlehrer ein wichtiges Mitglied in einer unheimlich geheimen Geheimgesellschaft ist? Denn genau das würde ich sagen, wenn er uns verpetzt. Oh, Shit, er kommt hierher. Und er guckt schon wieder so – überheblich!«

Mr Whitman kam tatsächlich auf uns zu. Er legte den dicken Ordner, den er gestern im Mädchenklo konfisziert hatte, vor Leslie auf den Tisch. »Ich dachte mir, du hättest diese . . . hochinteressante Blättersammlung gern zurück«, sagte er spöttisch.

»Ja, danke«, erwiderte Leslie und wurde ein bisschen rot. Bei der *Blättersammlung* handelte es sich um ihren großen Zeitreisephänomen-Erforschungsordner, in dem einfach alles stand, was wir beide (vor allem natürlich Leslie) bisher über die Wächter und den Grafen von Saint Germain herausgefunden hatten. Auf Seite 34, gleich hinter den gesammelten Einträgen zum Thema Telekinese, fand sich auch eine Notiz, die Mr Whitman persönlich betraf. *Eichhörnchen ebenfalls Mitglied der Loge? Ring. Bedeutung?* Wir konnten nur hoffen, dass Mr Whitman speziell diese Notiz nicht auf sich bezogen hatte.

»Leslie, ich sage es nur ungern, aber ich denke, du könntest deine Energie besser in einige Schulfächer investieren.« Mr Whitman hatte ein Lächeln aufgesetzt, aber in seinem Tonfall schwang noch etwas anderes mit als purer Spott. Er senkte seine Stimme. »Nicht alles, was einem interessant erscheint, ist auch gut für einen.«

War das etwa eine Drohung? Leslie nahm den Ordner schweigend entgegen und verstaute ihn in ihrer Schultasche.

Die anderen schauten neugierig zu uns hinüber. Offensichtlich fragten sie sich, wovon Mr Whitman redete. Charlotte saß nahe genug, um ihn zu verstehen, und sie hatte einen unverkennbar schadenfrohen Blick aufgesetzt. Als Mr Whitman sagte: »Und du, Gwendolyn, solltest allmählich begreifen, dass Diskretion eine der Eigenschaften ist, die von dir nicht nur gewünscht, sondern sogar gefordert wird«, nickte sie zustimmend. »Es ist wirklich schade, dass du dich als so *unwürdig* erweist.«

Wie ungerecht! Ich beschloss, Leslies Beispiel zu folgen, und Mr Whitman und ich starrten uns ein paar Sekunden lang stumm an. Dann wurde sein Lächeln breiter und er tätschelte unversehens meine Wange. »Na, aber Kopf hoch! Ich bin sicher, dass du noch eine Menge lernen kannst«, sagte er im Weitergehen. »Und Gordon, wie sieht es aus? Ist dein Aufsatz wieder mal komplett aus dem Internet abgeschrieben?«

»Sie sagen doch immer, wir dürften alle Quellen nutzen, die wir finden«, verteidigte sich Gordon, wobei er es schaffte, seine Stimmhöhe in diesem einen Satz über zwei Oktaven zu variieren.

»Was wollte Whitman von euch?« Cynthia Dale beugte sich zu uns nach hinten. »Was war das für ein Ordner? Und warum hat er dich *gestreichelt*, Gwendolyn?«

»Kein Grund zu Eifersucht, Cyn«, sagte Leslie. »Er hat uns kein Stück lieber als dich.«

»Ach«, sagte Cynthia. »Ich bin gar nicht eifersüchtig. Ich meine, *hallo?* Warum denken immer alle, ich sei in den Mann verliebt?«

»Vielleicht weil du die Vorsitzende des William-Whitman-Fanclubs bist?«, schlug ich vor.

»Oder weil du zwanzigmal *Cynthia Whitman* auf einen Zettel geschrieben hast, mit der Begründung, du wolltest wissen, wie sich das anfühlt?«, sagte Leslie.

»Oder weil du . . .«

»Schon gut«, zischte Cynthia. »Das war einmal. Das ist längst vorbei.«

»Das war vorgestern«, sagte Leslie.

»Mittlerweile bin ich reifer und erwachsener geworden.« Cynthia seufzte und sah sich in der Klasse um. »Daran sind nur alle diese *Kindsköpfe* schuld. Hätten wir halbwegs vernünftige Jungs in der Klasse, bräuchte sich niemand in einen Lehrer vergucken. Apropos. Was ist jetzt eigentlich mit diesem Typen, der dich gestern in der Limousine abgeholt hat, Gwenny? Läuft da was zwischen euch?«

Charlotte ließ ein amüsiertes Schnauben hören und hatte damit sogleich wieder Cynthias Aufmerksamkeit. »Jetzt mach es doch nicht immer so spannend, Charlotte. Hat eine von euch beiden was mit dem?«

Mr Whitman hatte sich inzwischen hinter sein Pult postiert und forderte uns auf, uns mit Shakespeare und seinen Sonetten zu beschäftigen.

Ausnahmsweise war ich ihm ganz dankbar dafür. Besser Shakespeare als Gideon! Das Geschwätz ringsherum verstummte und machte Seufzern und Papiergeraschel Platz. Ich bekam aber noch mit, dass Charlotte sagte: »Also Gwenny ganz sicher nicht.«

Leslie sah mich mitleidig an. »Sie hat ja keine Ahnung«, flüsterte sie. »Eigentlich kann sie einem nur leidtun.«

»Ja«, flüsterte ich zurück, aber in Wirklichkeit hatte ich nur Mitleid mit mir selbst. Der Nachmittag in Charlottes Gesellschaft würde bestimmt ein riesengroßes Vergnügen werden.

Die Limousine wartete nach Schulschluss diesmal nicht direkt vor dem Tor auf uns, sondern diskret ein Stück weit die Straße hinunter. Der rothaarige Mr Marley ging davor nervös auf und ab und wurde noch nervöser, als er uns auf sich zukommen sah.

»Ach, Sie sind's«, sagte Charlotte auffallend unerfreut und Mr Marley errötete. Charlotte warf durch die geöffnete Tür einen Blick ins Innere der Limousine. Sie war leer, bis auf den Fahrer und – Xemerius. Charlotte sah enttäuscht aus, was mir wiederum Auftrieb gab.

»Du hast mich wohl vermisst?« Xemerius lümmelte sich zufrieden in die Sitze, als der Wagen losschnurrte. Mr Marley war vorne eingestiegen und Charlotte neben mir starrte stumm aus dem Fenster.

»Das ist gut«, sagte Xemerius, ohne meine Antwort abzuwarten. »Aber du verstehst sicher, dass ich auch noch andere Verpflichtungen habe, als immer nur auf dich aufzupassen.«

Ich verdrehte meine Augen und Xemerius kicherte.

Ich hatte ihn wirklich vermisst. Der Unterricht hatte sich gezogen wie Kaugummi, und spätestens als Mrs Counter endlos über die Bodenschätze des Baltikums referierte, hatte ich mich nach Xemerius und seinen Bemerkungen gesehnt. Außerdem hätte ich ihn gern Leslie vorgestellt, so gut das eben möglich gewesen wäre. Leslie war nämlich ganz entzückt von meinen Schilderungen, auch wenn meine Zeichenversuche eher weniger schmeichelhaft für den armen Wasserspeierdämon ausgefallen waren. (»Was sind denn das für Wäscheklammern?«, hatte Leslie wissen wollen und auf die Hörner gezeigt, die ich gemalt hatte.)

»Endlich mal ein unsichtbarer Freund, der dir nützlich sein kann!«, hatte sie begeistert gesagt. »Überleg doch mal: Anders als James, der doch nur sinnfrei in seiner Nische herumsteht und über deine schlechten Manieren meckert, kann dieser Wasserspeier für dich spionieren und nachsehen, was sich hinter verschlossenen Türen abspielt.«

Den Gedanken hatte ich noch gar nicht gehabt. Aber tatsächlich – heute Morgen bei dieser Geschichte mit dem Reti... Revi... mit dem veralteten Begriff für Handtasche hatte sich Xemerius wirklich sehr nützlich gemacht.

»Xemerius könnte dein Trumpf im Ärmel sein«, hatte Leslie gemeint. »Nicht nur ein beleidigter Nichtsnutz wie James.«

Leider hatte sie recht, was James betraf. James war – ja, was war er eigentlich? Hätte er mit Ketten rasseln oder Kronleuchter zum Beben bringen können, hätte man ihn wohl offiziell als unser Schulgespenst bezeichnen können. James August Peregrin Pimplebottom war ein ungefähr zwanzig Jahre alter hübscher Junge mit weiß gepuderter Perücke und einem geblümten Gehrock und er war seit zweihundertneunundzwanzig Jahren tot. Die Schule war einst sein Elternhaus gewesen und wie die meisten Geister wollte er nicht wahrhaben, dass er gestorben war. Für ihn waren die Jahrhunderte seines Geisterlebens wie ein einziger seltsamer Traum, aus dem er immer noch zu erwachen hoffte. Leslie vermutete, er habe den entscheidenden Part mit dem Tunnel, an dessen Ende ein gleißendes Licht lockte, wohl einfach verpennt.

»James ist ja auch nicht ganz nutzlos«, hatte ich widersprochen. Schließlich hatte ich erst am Tag zuvor beschlossen, dass James mir – als Kind des 18. Jahrhunderts – sehr wohl behilflich sein konnte, zum Beispiel als Fechtlehrer. Ich hatte mich für ein paar Stunden an der grandiosen Vorstellung gefreut, dank James auch so geschickt mit dem Degen umgehen zu können wie Gideon. Leider hatte sich das als riesengroßer Irrtum herausgestellt.

Bei unserer ersten (und wie es aussah auch letzten) Fechtstunde vorhin in der Mittagspause im leeren Klassenraum hatte Leslie vor Lachen auf dem Boden gelegen. Natürlich hatte sie James und seine in meinen Augen wirklich sehr professionell wirkenden Bewegungen nicht sehen und seine Kommandos – »Nur parieren, Miss Gwendolyn, nur parieren! Terz! Prime! Terz! Quinte!« – nicht hören können. Sie hatte nur mich gesehen, wie ich mit Mrs Counters Zeigestock verzweifelt in der Luft herumfuchtelte – gegen einen unsichtbaren Degen, der sich wie Luft durchschneiden ließ. Nutzlos. Und lächerlich.

Als Leslie genug gelacht hatte, meinte sie, James solle mir lieber etwas anderes beibringen, und James war ausnahmsweise ihrer Meinung gewesen. Degengefechte und überhaupt Kämpfe aller Art seien Männersache, sagte er, das Gefährlichste, das Mädchen seiner Ansicht nach in die Hand nehmen dürften, seien Sticknadeln.

»Ohne Zweifel wäre die Welt ein besserer Ort, wenn auch Männer sich an diese Regel hielten«, hatte Leslie gesagt. »Aber solange sie das nicht tun, sollten Frauen vorbereitet sein.« Und James war beinahe in Ohnmacht gefallen, als Leslie ein zwanzig Zentimeter langes Messer aus ihrer Schultasche gezogen hatte. »Damit kannst du dich besser zur Wehr setzen, wenn dir noch mal ein fieser Kerl in der Vergangenheit ans Leder möchte.«

»Das sieht aus wie ein . . .«

».. . japanisches Kochmesser. Schneidet durch Gemüse und rohen Fisch wie Butter.«

Mir war ein Schauder den Rücken hinuntergelaufen.

»Es ist nur für den Notfall«, hatte Leslie hinzugefügt. »Nur, damit du dich ein bisschen sicherer fühlen kannst. Es war die beste Waffe, die ich so auf die Schnelle ohne Waffenschein kriegen konnte.«

Das Messer steckte mittlerweile in einem zur Messerscheide umfunktionierten Brillenetui von Leslies Mum in meiner Schultasche, zusammen mit einer Rolle Tape, die mir, wenn man Leslie Glauben schenken wollte, noch gute Dienste leisten würde.

Der Fahrer fuhr schwungvoll in eine Kurve und Xemerius, der sich nicht rechtzeitig festgehalten hatte, schlitterte über das glatte Lederpolster und prallte gegen Charlotte. Hastig rappelte er sich wieder auf.

»Steif wie eine Kirchensäule«, kommentierte er und schüttelte seine Flügel. Er musterte sie von der Seite. »Haben wir die jetzt den ganzen Tag an der Backe?«

»Ja – leider«, sagte ich.

»Ja leider was?«, fragte Charlotte.

»Leider habe ich schon wieder kein Mittagessen gehabt«, sagte ich.

»Selber schuld«, erwiderte Charlotte. »Aber ehrlich gesagt schadet es dir nicht, ein paar Pfund abzuspecken. Schließlich musst du ja in die Kleider passen, die Madame Rossini für mich angefertigt hat.« Sie presste kurz ihre Lippen aufeinander und ich spürte so etwas wie Mitleid in mir aufkeimen. Wahrscheinlich hatte sie sich ehrlich darauf gefreut, die Kostüme von Madame Rossini tragen zu können, und dann war ich gekommen und hatte alles kaputt gemacht. Natürlich nicht mit Absicht, aber trotzdem.

»Ich habe das Kleid, das ich für meinen Besuch beim Grafen von Saint Germain anziehen musste, zu Hause im Schrank«, sagte ich. »Wenn du willst, gebe ich es dir. Du könntest es bei Cynthias nächster Kostümparty anziehen – ich wette, alle würden bei deinem Anblick umfallen!«

»Das Kleid gehört dir nicht«, sagte Charlotte schroff. »Es ist Eigentum der Wächter, du kannst nicht darüber bestimmen. Bei dir zu Hause im Kleiderschrank hat es nichts verloren.« Sie sah wieder aus dem Fenster.

»Mecker, mecker, mecker«, sagte Xemerius.

Charlotte machte es einem wirklich nicht leicht, sie zu mögen, das hatte sie noch nie gekonnt. Trotzdem fand ich diese frostige Atmosphäre bedrückend. Ich startete einen erneuten Versuch. »Charlotte . . .?«

»Wir sind gleich da«, unterbrach sie mich. »Ich bin so gespannt, ob wir irgendwen vom Inneren Kreis zu Gesicht bekommen.« Ihre mürrische Miene hellte sich urplötzlich auf. »Also, ich meine, außer denen, die wir schon kennen. Das ist ungeheuer aufregend. In den nächsten Tagen wird es in Temple nur so von lebenden Legenden wimmeln. Berühmte Politiker, Nobelpreisträger und hochdekorierte Wissenschaftler werden sich in diesen heiligen Hallen aufhalten, ohne dass die Welt etwas davon mitbekommt. Koppe Jötland wird hier sein, oh, und Jonathan Reeves-Haviland . . . – ich würde ihm zu gern mal die Hand schütteln.« Für ihre Verhältnisse klang Charlotte richtig begeistert.

Ich hingegen hatte keine Ahnung, von wem sie da sprach. Ich sah Xemerius fragend an, aber er zuckte nur mit den Schultern. »Von den Pappnasen habe ich noch nie etwas gehört, sorry«, sagte er.

»Man kann ja auch nicht alles wissen«, erwiderte ich mit einem verständnisvollen Lächeln.

Charlotte seufzte. »Nein, aber es schadet nichts, ab und an eine seriöse Tageszeitung zu lesen oder ein Nachrichtenmagazin anzuschauen, um sich über die aktuelle Weltpolitik zu informieren. Klar, dazu müsste man auch mal das Gehirn einschalten . . . oder überhaupt eins haben.«

Wie gesagt, sie machte es einem nicht leicht.

Die Limousine hatte angehalten und Mr Marley öffnete die Wagentür. Auf Charlottes Seite, wie mir auffiel.

»Mr Giordano erwartet Sie im Alten Refektorium«, sagte Mr Marley und ich hatte das Gefühl, dass er nur mit Mühe das Wort »Sir« unterdrücken konnte. »Ich soll Sie hingeleiten.«

»Ich kenne den Weg«, sagte Charlotte und drehte sich zu mir um. »Komm!«

»Irgendwas hast du an dir, dass alle Leute dich rumkommandieren wollen«, sagte Xemerius. »Soll ich mitgehen?«

»Ja, bitte«, sagte ich, während wir in die engen Gassen von Temple eintauchten. »Ich fühle mich besser, wenn du dabei bist.«

»Kaufst du mir einen Hund?«

»Nein!«

»Aber du hast mich lieb, stimmt's? Ich glaube, ich muss mich öfters mal rarmachen!«

»Oder nützlich«, sagte ich und dachte an Leslies Worte. *Xe-*

merius könnte dein Ass im Ärmel sein. Sie hatte recht. Wann hatte man schon einmal einen Freund, der durch Wände gehen konnte?

»Trödle nicht so«, sagte Charlotte. Sie und Mr Marley gingen ein paar Meter vor uns nebeneinanderher und erst jetzt fiel mir auf, wie ähnlich sie sich waren.

»Jawohl, Fräulein Rottenmeier«, sagte ich.

Meet the time as it seeks us.
(Begegnen wir der Zeit, wie sie uns sucht.)

(The Tragedy of Cymbeline, William Shakespeare)

5.

Um es kurz zu machen: Der Unterricht mit Charlotte und Mr Giordano war noch viel schrecklicher, als ich es mir hatte träumen lassen. Das lag vor allem daran, dass man versuchte, mir alles gleichzeitig beizubringen: Während ich (angetan mit einem kirschrot gestreiften Reifrock, der sehr apart zu der kartoffelpüreefarbenen Bluse meiner Schuluniform aussah) mit den Tanzschritten des Menuetts kämpfte, sollte ich gleichzeitig begreifen, inwieweit sich die politischen Ansichten der Whigs von denen der Tories unterschieden, wie man einen Fächer hielt und was der Unterschied zwischen »Hoheit«, »Durchlaucht« und »Erlaucht« war. Nach nur einer Stunde und siebzehn verschiedenen Art und Weisen, einen Fächer zu öffnen, hatte ich stechende Kopfschmerzen und wusste nicht mehr, wo rechts und links war. Mein Versuch, das Ganze mit einem Witz aufzulockern – »Können wir nicht mal eine kleine Pause machen, ich bin total durchlaucht« –, kam auch nicht gut an.

»Das ist nicht komisch«, näselte Giordano. »Dummes Ding.«

Das Alte Refektorium war ein größerer Raum im Erdgeschoss mit hohen Fenstern, die auf einen Innenhof hinausgingen. Bis auf einen Flügel und ein paar an der Wand stehende Stühle gab es kein Mobiliar. Xemerius hängte sich daher wie so oft kopfüber an einen Kronleuchter und faltete seine Flügel ordentlich auf dem Rücken zusammen.

Mr Giordano hatte sich mit den Worten »Giordano, *nur* Giordano bitte« vorgestellt. »Promovierter Historiker, berühmter Modeschöpfer, Reikimeister, kreativer Schmuckdesigner, bekannter Choreograf, Adept dritten Grades, Fachmann für das 18. und 19. Jahrhundert.«

»Ach du Scheiße«, sagte Xemerius. »Da hat aber jemand als Kind zu heiß gebadet.«

Ich konnte ihm im Stillen leider nur recht geben. Mr Giordano, pardon *nur* Giordano, erinnerte fatal an einen dieser durchgedrehten Verkäufer auf einem Home-Order-TV-Kanal, die immer sprachen, als hätten sie eine Wäscheklammer auf der Nase und als würde ihnen unter dem Tisch gerade ein Rehpinscher in die Wade beißen. Ich wartete nur darauf, dass er seine (aufgespritzten?) Lippen zu einem Lächeln verzog und sagte: »Und nun, liebe Zuschauer, kommen wir zu unserem Modell Brigitte, das ist ein Zimmerbrunnen der absoluten Extraklasse, eine kleine Oase des Glücks, und das für nur siebenundzwanzig Pfund, absolutes Schnäppchen, da müssen Sie einfach zugreifen, ich habe selber zwei Stück davon zu Hause . . .«

Stattdessen sagte er – ohne zu lächeln – »Meine liebe Charlotte, hallohallohallöchen« und küsste die Luft links und rechts neben ihren Ohren. »Ich habe gehört, was passiert ist und finde es un-glaub-lich! All diese Jahre des Trainings und so viel Talent vergeudet! Es ist ein Jammer, ein himmelschreiender Skandal und so ungerecht . . . Und das ist sie nun, ja? Deine *Zweitbesetzung*.« Während er mich von Kopf bis Fuß musterte, spitzte er seine wulstigen Lippen. Ich konnte nicht anders, ich starrte ganz fasziniert zurück. Er hatte eine eigenartige Sturmfrisur, die mit Unmengen von Gel und Haarspray auf seinem Kopf festzementiert worden sein musste. Schmale schwarze Bärte durchzogen die untere Gesichtshälfte wie Flüsse eine Landkarte. Seine Augenbrauen waren in Form gezupft und mit einer Art schwarzem Edding nachgezeichnet, und wenn mich nicht alles täuschte, war seine Nase gepudert.

»Und *das* soll sich bis übermorgen Abend organisch in eine Soirée des Jahres 1782 einfügen?«, sagte er. Mit »das« war offensichtlich ich gemeint. Mit Soiree etwas anderes. Die Frage war nur, was.

»Hey, hey, ich glaube, Plusterlippe hat dich beleidigt«, sagte Xemerius. »Wenn du ein Schimpfwort suchst, das du ihm an den Kopf knallen kannst: Ich stehe als Souffleur zur Verfügung.«

Plusterlippe war schon mal nicht schlecht.

»Eine Soiree ist eine schnarchige Abendveranstaltung«, fuhr Xemerius fort. »Nur, falls du es nicht weißt. Man hockt nach dem Souper zusammen, spielt sich gegenseitig ein bisschen was auf dem Pianoforte vor und versucht, nicht einzuschlafen.«

»Ah, danke!«, sagte ich.

»Ich kann noch immer nicht glauben, dass sie das wirklich riskieren wollen«, sagte Charlotte, während sie ihren Mantel über einen Stuhl hängte. »Es widerspricht doch allen Regeln der Geheimhaltung, Gwendolyn unter Leute gehen zu lassen. Man muss sie nur ansehen und schon merkt man, dass mit ihr etwas nicht stimmt.«

»Ja, mein Gedanke!«, rief Plusterlippe. »Aber der Graf ist ja bekannt für seine exzentrischen Launen. Dort vorne liegt ihre Legende. Haarsträubend – lies sie dir bitte mal durch.«

Meine was, bitte schön? Legenden hatte ich bislang ins Reich der Märchen verbannt. Oder auf Landkarten.

Charlotte blätterte in einer Mappe, die auf dem Flügel lag. »Sie soll das Mündel Viscount Battens darstellen? Und Gideon ist sein Sohn? Ist das nicht ein wenig riskant? Es könnte doch jemand anwesend sein, der den Viscount und seine Familie kennt. Warum hat man sich nicht für einen französischen Vicomte im Exil entschieden?«

Giordano seufzte. »Das ging ja nicht wegen ihrer mangelnden Sprachkenntnisse. Wahrscheinlich möchte der Graf uns einfach auf die Probe stellen. Wir werden ihm beweisen müssen, dass es uns gelingt, aus diesem Mädchen eine Dame des 18. Jahrhunderts zu zaubern. Wir *müssen* einfach!« Er rang die Hände.

»Ich finde, wenn sie das mit Keira Knightley geschafft haben, dann kriegt man das auch mit mir hin«, sagte ich zuversichtlich. Keira Knightley war ja wohl so ziemlich das modernste Mädchen der Welt und trotzdem immer ganz wunderbar in Kostümfilmen, sogar mit den beklopptesten Perücken.

»Keira Knightley?« Die schwarzen Augenbrauen berührten nun beinahe den toupierten Haaransatz. »Für einen Film mag das ja angehen, aber Keira Knightley wäre keine zehn Minuten im 18. Jahrhundert, da hätte man sie schon als moderne Frau entlarvt. Schon, wie sie beim Lächeln immer ihre Zähne zeigt, beim Lachen den Kopf nach hinten wirft und den Mund aufreißt! Das hätte im 18. Jahrhundert keine Frau getan!«

»So genau können Sie das doch auch nicht wissen«, sagte ich.

»Wie war das, bitte?«

»Ich sagte, so genau können . . .«

Plusterlippes Augen funkelten mich an. »Wir sollten gleich einmal die erste Regel festlegen, die da wäre: Was der Meister sagt, wird nicht infrage gestellt.«

»Und wer ist der Meister – oh, verstehe, *Sie* sind das«, sagte ich und wurde ein bisschen rot, während Xemerius losgackerte. »Okay. Also beim Lachen nicht die Zähne zeigen. Habe ich mir gemerkt.« Das würde ich wohl leicht hinkriegen. Schwer vorstellbar, dass ich bei der/die/das Soiree irgendeinen Grund zum Lachen finden würde.

Meister Plusterlippe fuhr einigermaßen beschwichtigt seine Augenbrauen wieder ein, und da er Xemerius ja nicht hören konnte, der von der Decke laut »Knallkopf!« brüllte, begann er nun mit der traurigen Bestandsaufnahme. Er wollte wissen, was ich in Sachen Politik, Literatur, Sitten und Gebräuche über das Jahr 1782 wusste und meine Antwort (»Ich weiß, was es da alles *nicht* gab – zum Beispiel automatische Wasserspülungen auf dem Klo und das Wahlrecht für Frauen«) ließ ihn für ein paar Sekunden sein Gesicht in den Händen vergraben.

»Ich bepiss mich hier oben gleich vor Lachen«, sagte Xemerius und leider, leider steckte er mich allmählich an. Nur mit Mühe konnte ich das Gelächter unterdrücken, das sich aus der Tiefe meines Zwerchfelles nach oben drängte.

Charlotte sagte sanft: »Ich dachte, sie hätten dir erklärt, dass sie wirklich *absolut* unvorbereitet ist, Giordano.«

»Aber ich . . . wenigstens die Grundlagen . . .« Das Gesicht des Meisters tauchte aus seinen Händen empor. Ich wagte nicht hinzuschauen, denn wenn das Make-up jetzt verwischt war, würde es um mich geschehen sein.

»Wie steht es um deine musikalischen Fertigkeiten? Klavier? Gesang? Harfe? Und wie sieht es mit Gesellschaftstanz aus? Ein simples *Menuett à deux* wirst du wohl beherrschen, aber was ist mit den anderen Tänzen?«

Harfe? Menuett à deux? Klar doch! Jetzt war es um meine Selbstbeherrschung geschehen, ich begann, haltlos zu kichern.

»Schön, dass sich hier wenigstens einer amüsiert«, sagte Plusterlippe fassungslos, und das dürfte wohl der Moment gewesen sein, in dem er beschlossen hatte, mich so lange zu triezen, bis mir das Lachen vergehen würde.

Tatsächlich dauerte es nicht lange, bis es so weit war. Schon eine Viertelstunde später kam ich mir wie der allerletzte Oberblödmann und Versager vor. Und das, obwohl Xemerius unter der Decke sein Bestes gab, um mich aufzumuntern. »Komm schon, Gwendolyn, zeig den beiden Sadisten, dass du's draufhast!«

Nichts hätte ich lieber getan. Aber leider hatte ich es nicht drauf.

»Tour de Main, linke Hand, dummes Ding, aber rechts herum, Cornwallis kapitulierte, und Lord North trat im März 1782 zurück, was dazu führte, dass . . . Rechts herum – nein rechts! Lieber Himmel! Charlotte, bitte, zeig es ihr noch einmal!«

Und Charlotte zeigte es mir. Das musste man ihr lassen, sie tanzte ganz wunderbar, bei ihr sah es leicht wie ein Kinderspiel aus.

Und das war es ja im Grunde genommen auch. Man ging hin, man ging her, man ging rundherum und lächelte dabei unablässig, ohne die Zähne zu zeigen. Die Musik dazu kam aus in der Wandtäfelung verborgenen Lautsprechern und ich muss sagen, es war nicht gerade die Art Musik, bei der es einen sofort in den Beinen juckte.

Vielleicht hätte ich mir die Schrittfolgen besser merken können, wenn Plusterlippe nicht zusätzlich noch unablässig auf mich eingequatscht hätte. »Seit 1779 also auch Krieg mit Spanien ... nun die Mouline, bitte, den vierten Mann müssen wir uns einfach vorstellen, und Reverenz, jawohl, mit etwas mehr Anmut bitte. Noch mal von vorne, Lächeln nicht vergessen, Kopf gerade, Kinn nach oben, gerade eben ist Nordamerika für Großbritannien verloren gegangen, liebe Güte, nein, nach rechts, Arm auf Brusthöhe und Durchstrecken, das ist ein herber Schlag, und man ist nicht gut auf die Franzosen zu sprechen, es gilt als unpatriotisch ... Nicht auf die Füße gucken, die kann man in dieser Kleidung ohnehin nicht sehen.«

Charlotte beschränkte sich auf plötzliche seltsame Fragen (»Wer war 1782 König von Burundi?«) und permanentes Kopfschütteln, das mich zusätzlich verunsicherte.

Nach einer Stunde wurde es Xemerius zu langweilig. Er flatterte vom Kronleuchter, winkte mir zu und verschwand durch die Wand. Ich hätte ihm gern den Auftrag erteilt, nach Gideon Ausschau zu halten, aber das war gar nicht nötig, denn nach einer weiteren Viertelstunde Menuett-Folter betrat Gideon zusammen mit Mr George das Alte Refektorium. Sie bekamen gerade noch mit, wie ich, Charlotte und Plusterlippe zusammen mit einem nicht anwesenden vierten Mann eine Figur tanzten, die Plusterlippe »le chain« nannte und bei der ich dem unsichtbaren Tanzpartner die Hand geben musste. Leider gab ich ihm die falsche Hand.

»Rechte Hand, rechte Schulter, linke Hand, linke Schulter«, rief Plusterlippe zornig. »Ist das denn so schwer? Sieh doch, wie Charlotte es macht, so ist es perfekt!«

Die perfekte Charlotte tanzte auch noch weiter, als sie längst gemerkt hatte, dass wir Besuch bekommen hatten, während ich peinlich berührt stehen blieb und am liebsten im Boden versunken wäre.

»Oh«, sagte Charlotte schließlich, wobei sie so tat, als würde sie Mr George und Gideon jetzt erst sehen. Sie versank in einer anmutigen Reverenz, was, wie ich jetzt wusste, eine Art Knicks war, den man beim Menuett-Tanzen am Anfang und am Ende machte und ab und an auch zwischendrin. Es hätte total bescheuert aussehen müssen, zumal sie ja ihre Schuluniform trug, aber stattdessen wirkte es irgendwie . . . süß.

Ich fühlte mich gleich doppelt schlecht, zum einem wegen des rot-weiß gestreiften Reifrock-Ungetüms zur Schuluniformbluse (ich sah aus wie einer dieser Kunststoffkegel, die man im Straßenverkehr zur Sicherung einer Baustelle auf die Fahrbahn stellt), zum anderen, weil Plusterlippe keine Zeit verlor, sich über mich zu beklagen.

». . . weiß nicht, wo rechts und links ist . . . ein Ausbund an Plumpheit . . . schwer von Begriff . . . unmögliches Unterfangen . . . dummes Ding . . . aus einer Ente kann man keinen Schwan machen . . . sie kann keinesfalls auf dieser Soiree bestehen, ohne Aufsehen zu erregen . . . sehen Sie sie sich doch nur an!«

Das tat Mr George, und Gideon ebenfalls, und ich wurde feuerrot. Gleichzeitig spürte ich Wut in mir aufsteigen. Was genug war, war genug! Hastig knöpfte ich mir den Rock samt des gepolsterten Drahtgestells ab, das Plusterlippe mir um die Hüften geschnallt hatte, und dabei fauchte ich: »Ich weiß nicht, warum ich im 18. Jahrhundert über Politik reden muss. Das mache ich doch heute auch nicht – ich habe nicht den geringsten Schimmer davon! Ja und? Wenn jemand mich nach dem Marquess von Dingens fragt, sage ich einfach, dass mich Politik nicht die Bohne interessiert. Und falls jemand unbedingt ein Menuett mit mir tanzen will – was ich für ausgeschlossen halte, da ich ja im 18. Jahrhundert gar keinen kenne – sage ich, nein danke, sehr freundlich, aber mein Fuß ist verstaucht. Das kann ich auch hervorbringen, ohne meine Zähne zu zeigen.«

»Sehen Sie nun, was ich meine?«, fragte Plusterlippe und rang wieder seine Hände. Schien eine Angewohnheit zu sein. »Nicht mal der Hauch eines guten Willens – dazu erschreckende Unkenntnis und Talentlosigkeit auf allen Gebieten. Und dann bricht sie wie eine Fünfjährige in Gelächter aus, nur weil man den Namen Lord Sandwich erwähnt.«

Oh ja, Lord Sandwich. Nicht zu fassen, dass der wirklich so hieß. Der arme Kerl.

»Sie wird sicher . . .«, begann Mr George, aber Plusterlippe schnitt ihm das Wort ab.

»Im Gegensatz zu Charlotte besitzt das Mädchen überhaupt kein . . . *espliéglerie!*«

Ach! Was immer das auch war, wenn Charlotte es hatte, wollte ich es gar nicht haben.

Charlotte hatte die Musik ausgestellt und sich an den Flügel gesetzt, von wo aus sie Gideon verschwörerisch zulächelte. Er lächelte zurück.

Mich dagegen hatte er genau eines Blickes gewürdigt, der es allerdings in sich gehabt hatte. Und zwar nicht im positiven Sinn. Vermutlich war es ihm peinlich, mit einer Versagerin wie mir in einem Raum zu sein, noch dazu, weil ihm nur zu bewusst zu sein schien, wie großartig er selbst aussah, in seinen abgewetzten Jeans und einem engen schwarzen T-Shirt. Aus irgendeinem Grund wurde ich noch wütender. Beinahe hätte ich mit den Zähnen geknirscht.

Mr George sah bekümmert von mir zu Plusterlippe und wieder zurück und sagte, die Stirn in sorgenvolle Falten gelegt: »Sie bekommen das schon hin, Giordano. Mit Charlotte haben Sie ja eine fachkundige Assistentin. Außerdem haben wir noch ein paar Tage Zeit.«

»Und wenn es Wochen wären! Die Zeit reicht niemals, um sie auf einen großen Ball vorzubereiten«, sagte Plusterlippe. »Eine Soiree, ja vielleicht, im kleinen Kreis und mit viel Glück, aber ein Ball, möglicherweise sogar in Anwesenheit des Herzogpaars – ganz ausgeschlossen. Ich kann nur annehmen, dass der Graf sich hier einen Scherz erlaubt.«

Mr Georges Blick wurde kühl. »Ganz sicher nicht«, sagte er. »Und ganz sicher liegt es nicht bei Ihnen, die Entscheidungen des Grafen anzuzweifeln. Gwendolyn wird das schon schaffen, nicht wahr, Gwendolyn?«

Ich sagte nichts. Mein Selbstwertgefühl war in den vergangenen zwei Stunden zu heftig malträtiert worden. Wenn es nur darum ging, nicht unangenehm aufzufallen – das kriegte ich schon hin. Ich würde mich einfach in eine Ecke stellen und dezent mit dem Fächer herumwedeln. Oder lieber nicht wedeln, das konnte ja wer weiß was bedeuten. Einfach nur stehen und ohne Zähne lächeln. Natürlich durfte mich niemand dabei stören oder nach dem Marquess von Stafford fragen oder gar zum Tanzen auffordern.

Charlotte begann, leise auf dem Klavier herumzuklimpern. Sie spielte eine ganz herzige kleine Melodie im Stil der Musik, auf die wir zuvor getanzt hatten. Gideon stellte sich neben sie und sie sah zu ihm auf und sagte etwas, das ich nicht verstehen konnte, da Plusterlippe so laut seufzte.

»Wir haben versucht, ihr die Grundschritte des Menuetts konventionell beizubringen, aber ich fürchte, wir müssen zu anderen Methoden greifen!«

Ich konnte nicht anders, ich musste Charlotte für ihre Fähigkeit bewundern, gleichzeitig zu reden, Gideon in die Augen zu schauen, ihre entzückenden Grübchen zu zeigen *und* dabei Klavier zu spielen.

Plusterlippe jammerte immer noch. ». . . vielleicht helfen Schaubilder oder Kreidezeichen auf dem Boden, dazu sollten wir . . .«

»Sie werden den Unterricht gleich morgen fortsetzen können«, unterbrach ihn Mr George. »Gwendolyn muss jetzt zum Elapsieren. Kommst du, Gwendolyn?«

Ich nickte erleichtert und griff nach meiner Schultasche und dem Mantel. Endlich erlöst. Das Frustgefühl wich sogleich einer gespannten Erwartung. Wenn alles gut ging, würde ich heute zum Elapsieren an ein Datum *nach* meinem Treffen mit Grandpa geschickt werden und im Geheimversteck den Schlüssel und die Parole vorfinden.

»Lass mich das tragen.« Mr George nahm mir die Schultasche ab und bedachte mich mit einem aufmunternden Lächeln. »Noch vier Stunden, dann kannst du nach Hause. Du siehst heute schon viel weniger müde aus als gestern. Wir werden dir ein hübsches, ruhiges Jahr aussuchen – wie wäre es mit 1953? Gideon sagt, da ist es im Al- nun, im Chronografenraum ganz gemütlich. Es soll sogar ein Sofa geben.«

»1953 ist perfekt«, sagte ich und versuchte, nicht ganz so begeistert zu klingen. Fünf Jahre nach meinem letzten Treffen mit Lucas! Es war zu erwarten, dass er in der Zwischenzeit einiges in Erfahrung hatte bringen können.

»Ach und Charlotte: Mrs Jenkins hat dir einen Wagen gerufen, du kannst für heute Feierabend machen.«

Charlotte hörte auf zu spielen. »Ja, Mr George«, sagte sie höflich, dann legte sie ihren Kopf schief und lächelte Gideon an. »Hast du jetzt auch Feierabend?«

Was denn? Würde sie ihn jetzt etwa fragen, ob er mit ihr ins Kino gehen wollte? Ich hielt gespannt den Atem an.

Aber Gideon schüttelte den Kopf. »Nein. Ich werde Gwendolyn begleiten.«

Charlotte und ich guckten sicher gleichermaßen verblüfft.

»Wirst du nicht«, sagte Mr George »Du hast dein Kontingent für diesen Tag längst erfüllt.«

»Und du siehst erschöpft aus«, sagte Charlotte. »Was auch kein Wunder ist. Du solltest die Zeit lieber nutzen, um zu schlafen.«

Da war ich ausnahmsweise mal ihrer Meinung. Wenn Gideon mitkäme, konnte ich weder den Schlüssel aus dem Versteck holen noch meinen Großvater aufsuchen.

»Ohne mich verbringt Gwendolyn vier vollkommen sinnlose Stunden im Keller«, sagte Gideon. »Würde ich mitkommen, könnte sie in der Zeit etwas lernen.« Mit einem leichten Lächeln setzte er hinzu: »Zum Beispiel, wie man links und rechts auseinanderhält. Das mit dem Menuett muss doch hinzukriegen sein.«

Wie bitte? Um Gottes willen – nicht schon wieder Tanzunterricht!

»Vergebene Liebesmüh«, sagte Plusterlippe.

»Ich muss meine Hausaufgaben machen«, sagte ich so unfreundlich wie möglich. »Außerdem ist morgen mein Shakespeare-Aufsatz fällig.«

»Dabei kann ich dir auch helfen«, sagte Gideon und sah mich an. Seinen Blick konnte ich nicht deuten, für jemanden, der ihn nicht kannte, mochte er vielleicht unschuldig wirken, ich aber wusste es besser.

Charlotte lächelte zwar immer noch, aber jetzt ohne die niedlichen Grübchen.

Mr George zuckte mit den Schultern. »Von mir aus. Dann ist Gwendolyn nicht so allein und muss sich nicht fürchten.«

»Ich bin eigentlich ganz gern mal allein«, sagte ich verzweifelt. »Vor allem, wenn ich den ganzen Tag unter Leuten war, so wie heute.« Unter saublöden Leuten.

»Ach ja?«, fragte Charlotte spöttisch. »Und so richtig allein bist du ja auch nie, du hast ja immer noch all deine unsichtbaren Freunde, nicht wahr?«

»Genau«, erwiderte ich. »Gideon, da würdest du nur stören.«

Geh lieber mit Charlotte ins Kino. Oder gründet von mir aus einen Buchklub!

Dachte ich. Aber meinte ich das wirklich? Auf der einen Seite wollte ich nichts dringender, als mit meinem Großvater zu sprechen und nachfragen, was er über den grünen Reiter herausgefunden hatte. Auf der anderen Seite tauchten in meinem Hirn vage Erinnerungen an diese *Ohhh* und *Mmmh* und *Mehr* vom Vortag auf.

Mist! Ich musste mich zusammenreißen und an all das denken, was ich so verabscheuungswürdig an Gideon gefunden hatte.

Doch der ließ mir keine Zeit dazu. Er hielt mir und Mr George bereits die Tür auf. »Komm schon, Gwendolyn! Auf ins Jahr 1953!«

Ich war ziemlich sicher, dass Charlottes Blicke mir Löcher in den Rücken gebrannt hätten, wenn sie gekonnt hätte.

Auf dem Weg hinunter ins alte Alchemielabor verband Mr George mir – nicht ohne sich vorher dafür zu entschuldigen – die Augen und nahm dann seufzend meine Hand. Gideon musste meine Schultasche tragen.

»Ich weiß, dass Mr Giordano kein einfacher Mensch ist«, sagte Mr George, als wir den Abstieg über die Wendeltreppe hinter uns hatten. »Aber vielleicht kannst du dir trotzdem ein bisschen Mühe mit ihm geben.«

Ich ließ ein lautes Schnauben hören. »Er könnte sich ja auch etwas mehr Mühe mit mir geben! Reikimeister, kreativer Schmuckdesigner, Modeschöpfer . . . was hat er denn bei den Wächtern zu suchen? Ich dachte, das wären alles hochkarätige Wissenschaftler und Politiker.«

»Mr Giordano ist schon so etwas wie ein bunter Vogel unter den Wächtern«, räumte Mr George ein. »Aber er ist ein brillanter Kopf. Neben seinen exotischen . . . nun ja . . . Berufen, die ihn im Übrigen zum Multimillionär gemacht haben, ist er ein anerkannter Historiker und . . .«

». . . und spätestens, seit er vor fünf Jahren einen Aufsatz über bisher unbekannte Quellen zu einer Londoner Geheimgesellschaft mit Verbindungen zu den Freimaurern und dem legendären Grafen von Saint Germain veröffentlichte, beschlossen die Wächter, ihn dringend näher kennenlernen zu müssen«, sagte Gideon von weiter vorn. Seine Stimme hallte von den steinernen Wänden wider.

Mr George räusperte sich. »Ähm, ja, das auch. Vorsicht, Stufe.«

»Verstehe«, sagte ich. »Dann ist Giordano also Mitglied bei den Wächtern, damit er sie nicht verpetzen kann. Was waren das denn für unbekannte Quellen?«

»Jedes Mitglied gibt der Gesellschaft etwas, das sie stärker macht«, sagte Mr George, ohne auf meine Frage einzugehen. »Und Mr Giordanos Fähigkeiten sind besonders vielfältig.«

»Ohne Zweifel«, sagte ich. »Welcher Mann kann sich schon selber ein Strasssteinchen auf den Fingernagel kleben?«

Ich hörte Mr George husten, als ob er sich verschluckt hätte. Eine Weile gingen wir schweigend nebeneinanderher.

Von Gideon waren nicht mal mehr Schritte zu hören, ich nahm an, dass er vorgegangen war (durch meine Augenbinde waren wir nämlich schneckenlangsam). Schließlich fasste ich mir ein Herz und fragte leise: »Warum genau werde ich auf diese Soiree und den Ball gehen, Mr George?«

»Oh, hat dich noch niemand darüber informiert? Gideon war gestern Abend – oder vielmehr in der Nacht – beim Grafen, um ihn über eure jüngsten . . . Abenteuer aufzuklären. Und er kam mit einem Brief zurück, in welchem der Graf ausdrücklich wünscht, dass du und Gideon ihn auf eine Soiree zu Lady Brompton begleiten sowie zu einem großen Ball einige Tage später. Außerdem steht noch ein Nachmittagsbesuch in Temple an. Ziel des Ganzen ist, dass der Graf dich näher kennenlernt.«

Ich dachte an meine erste Begegnung mit dem Grafen und schauderte. »Ich verstehe, dass er mich besser kennenlernen will. Aber – warum möchte er, dass ich unter fremde Leute gehe? Ist das eine Art Test?«

»Es beweist einmal mehr, dass es keinen Zweck hat, dich aus allem herauszuhalten. Ehrlich gesagt habe ich mich über diesen Brief sehr gefreut. Es zeigt, dass der Graf dir weit mehr zutraut als so manch einer der Herren Wächter, die denken, dass du nur eine Art Statistin in diesem Spiel bist.«

»Und eine Verräterin«, sagte ich und dachte an Dr. White.

»*Oder* eine Verräterin«, sagte Mr George leichthin. »Die Meinungen gehen da auseinander. So, wir sind angekommen, mein Mädchen. Du kannst die Augenbinde abnehmen.«

Gideon wartete bereits auf uns. Ich versuchte noch ein letztes Mal, ihn loszuwerden, indem ich ankündigte, ein Shakespeare-Sonett auswendig lernen zu müssen, was ich nur laut könnte, aber da zuckte er nur mit den Schultern und meinte, er habe seinen iPod dabei und würde mich gar nicht hören. Mr George befreite den Chronografen aus dem Safe und schärfte uns ein, bloß nichts liegen zu lassen. »Nicht den kleinsten Papierschnipsel, hörst du, Gwendolyn? Du bringst den gesamten Inhalt deiner Schultasche wieder mit hierher. Und die Schultasche selber natürlich auch. Verstanden?«

Ich nickte, nahm Gideon die Tasche aus der Hand und drückte sie fest an mich. Dann reichte ich Mr George meinen Finger. Und zwar dieses Mal den kleinen – der Zeigefinger war schon zu sehr von den Nadelstichen malträtiert worden.

»Und falls jemand den Raum betritt, während wir da sind?«

»Das wird nicht passieren«, versicherte Gideon. »Es ist nämlich dort mitten in der Nacht.«

»Na und? Es könnte doch jemand auf die Idee kommen, ein inspiratives Treffen im Keller abzuhalten.«

»Konspirativ«, sagte Gideon. »Wennschon.«

»Wie bitte?«

»Keine Sorge«, sagte Mr George und schob meinen Finger durch das geöffnete Kläppchen ins Innere des Chronografen. Ich biss mir auf die Lippen, als sich das altbekannte Achterbahngefühl in meinem Magen breitmachte und die Nadel sich in mein Fleisch bohrte. Der Raum wurde in rubinrotes Licht getaucht, dann landete ich in völliger Dunkelheit.

»Hallo?«, fragte ich leise, aber niemand antwortete mir. Eine Sekunde später landete Gideon neben mir und knipste sofort eine Taschenlampe an.

»Siehst du, gar nicht so ungemütlich hier«, sagte er, während er zur Tür ging und das Licht einschaltete. Immer noch hing nur eine nackte Glühbirne von der Decke, aber der Rest des Raumes hatte seit meinem letzten Besuch eindeutig gewonnen. Mein erster Blick galt der Wand, in die Lucas unser Geheimversteck hatte bauen wollen. Davor waren Stühle aufgestapelt, aber sehr viel ordentlicher als beim letzten Mal. Es gab keinen Schutt mehr, der Raum war verglichen mit dem letzten Mal geradezu sauber und vor allem viel leerer. Außer den Stühlen vor der Wand gab es noch einen Tisch und ein Sofa, das mit verschlissenem grünem Samt überzogen war.

»Ja, tatsächlich deutlich gemütlicher als bei meinem letzten Besuch hier. Ich hatte die ganze Zeit Angst, eine Ratte könnte herauskommen und mich anknabbern.«

Gideon drückte die Türklinke herunter und rüttelte einmal kurz daran. Offensichtlich abgeschlossen.

»Einmal nur war die Tür offen«, sagte er mit einem Grinsen. »Das war ein wirklich schöner Abend. Von hier aus führt ein Geheimgang bis unter den Justizpalast. Und es geht noch tiefer hinab in Katakomben mit Gebeinen und Schädeln ... Und gar nicht weit von hier befindet sich – im Jahr 1953 – ein Weinkeller.«

»Einen Schlüssel müsste man haben.« Wieder schielte ich zu der Wand hinüber. Irgendwo dort hinter einem losen Ziegelstein lag ein Schlüssel. Ich seufzte. Wie verdammt schade, dass mir das jetzt gar nichts nutzte. Aber irgendwie war es auch ein gutes Gefühl, etwas zu wissen, wovon Gideon ausnahmsweise keine Ahnung hatte. »Hast du den Wein getrunken?«

»Was meinst du denn?« Gideon nahm einen der Stühle von der Wand und stellte ihn vor den Tisch. »Hier, für dich. Viel Spaß bei den Hausaufgaben.«

»Äh, danke.« Ich setzte mich, nahm die Sachen aus meiner Tasche und tat so, als würde ich mich ganz und gar in mein Buch vertiefen. Währenddessen streckte Gideon sich auf dem Sofa aus, nahm einen iPod aus seiner Hosentasche und steckte sich die Kopfhörer ins Ohr. Nach zwei Minuten riskierte ich einen Blick und sah, dass er die Augen geschlossen hatte. War er etwa eingeschlafen? Eigentlich kein Wunder, wenn man bedachte, dass er heute Nacht schon wieder unterwegs gewesen war.

Eine Weile lang verlor ich mich ein wenig in der Betrachtung der geraden, langen Nase, der blassen Haut, der weichen Lippen und der dichten, gebogenen Wimpern. So in entspanntem Zustand wirkte er viel jünger als sonst und plötzlich konnte ich mir ganz gut vorstellen, wie er als kleiner Junge ausgesehen hatte. Auf jeden Fall extrem niedlich. Seine Brust hob und senkte sich regelmäßig und ich überlegte, ob ich es vielleicht wagen könnte – nein, das war zu gefährlich. Ich sollte nicht mal mehr auf diese Wand schauen, wenn ich wollte, dass Lucas' und mein Geheimnis bewahrt wurde.

Weil mir nichts anderes übrig blieb und ich Gideon ja wohl auch schlecht vier Stunden am Stück beim Schlafen beobachten konnte (obwohl das durchaus seinen Reiz hatte), widmete ich mich schließlich meinen Hausaufgaben, zuerst den Bodenschätzen des Kaukasus, dann den unregelmäßigen französischen Verben. Dem Aufsatz über Shakespeares Schaffen und Leben fehlte nur noch der Schluss und den fasste ich beherzt in einem einzigen Satz zusammen: *Die letzten fünf Jahre seines Lebens verbringt Shakespeare in Stratford-upon-Avon, wo er 1616 stirbt.* So, fertig. Jetzt brauchte ich nur ein Sonett auswendig zu lernen. Da sie alle gleich lang waren, pickte ich willkürlich eins heraus. »Mine eye and heart are at a mortal war, how to divide the conquest of thy sight«, murmelte ich.

»Meinst du mich?«, fragte Gideon, setzte sich auf und nahm die Stöpsel aus seinem Ohr.

Ich konnte leider nicht verhindern, dass ich rot wurde. »Das ist Shakespeare«, sagte ich.

Gideon lächelte. »Mine eye my heart thy picture's sight would bar, my heart mine eye the freedom of that right . . . oder so ähnlich.«

»Nein, ziemlich genau so«, sagte ich und klappte das Buch zu.

»Du kannst es doch noch gar nicht«, sagte Gideon.

»Bis morgen hätte ich es ohnehin wieder vergessen. Am besten lerne ich es morgen früh direkt vor der Schule, dann habe ich gute Chancen, es bis zu Mr Whitmans Englischstunde zu behalten.«

»Umso besser! Dann können wir ja jetzt Menuett üben.« Gideon stand auf. »Platz genug haben wir hier auf jeden Fall.«

»Oh nein! Bitte nicht!«

Aber Gideon verbeugte sich bereits vor mir. »Darf ich um diesen Tanz bitten, Miss Shepherd?«

»Nichts würde ich lieber tun, mein Herr«, versicherte ich ihm und fächelte mir mit dem Shakespeare-Buch Luft zu. »Aber bedauernswerterweise ist mein Fuß verstaucht. Vielleicht fragen Sie meine Cousine dort. Die Dame in Grün.« Ich zeigte auf das Sofa. »Sie würde Ihnen gern zeigen, wie gut sie tanzen kann.«

»Ich möchte aber mit Euch tanzen – wie Eure Cousine tanzt, weiß ich längst.«

»Ich meinte meine Cousine Sofa, nicht meine Cousine Charlotte«, sagte ich. »Ich versichere Ihnen . . . äh . . . Euch, mit Sofa werdet Ihr viel mehr Spaß haben als mit Charlotte. Sofa ist vielleicht nicht ganz so anmutig, aber sie ist weicher, hat viel mehr Charme und einfach einen besseren Charakter.«

Gideon lachte. »Wie gesagt, mein Interesse gilt ausschließlich Euch. Bitte erweist mir die Ehre.«

»Aber ein Gentleman wie Ihr wird doch wohl Rücksicht auf meinen verstauchten Fuß nehmen!«

»Nein, bedaure.« Gideon nahm seinen iPod aus der Hosentasche. »Ein bisschen Geduld, das Orchester ist gleich so weit.« Er steckte mir die Hörstöpsel rechts und links in die Ohren und zog mich auf die Füße.

»Oh, gut, Linkin Park«, sagte ich, während mein Puls in die Höhe schnellte, weil Gideon mir plötzlich so nahe war.

»Was? Pardon. Moment, das haben wir gleich.« Seine Finger glitten über das Display. »So. Mozart – das passt.« Er reichte mir den iPod. »Nein, leg ihn in deine Rocktasche, du musst beide Hände frei haben.«

»Aber du hörst doch gar nichts von der Musik«, sagte ich, während mir Geigen in den Ohren rauschten.

»Ich höre genug, du musst nicht so schreien. Okay, stellen wir uns vor, das sei eine Aufstellung zu acht. Links neben mir steht noch ein Herr, rechts von mir gleich zwei, ordentlich in einer Reihe. Auf deiner Seite das gleiche Bild, nur mit Damen. Reverenz, bitte.«

Ich machte einen Knicks und legte zögernd die Hand in seine. »Ich höre aber sofort auf, wenn du *dummes Ding* zu mir sagst!«

»Würde ich doch niemals tun«, sagte Gideon und führte mich am Sofa vorbei geradeaus. »Beim Tanzen geht es vor allem um gepflegte Konversation. Darf ich fragen, woher Ihr Eure Abneigung gegen das Tanzen habt? Die meisten jungen Damen lieben es.«

»Psst, ich muss mich konzentrieren.« Bis jetzt ging es ganz gut. Ich war selber ganz erstaunt. Die *tour de main* klappte reibungslos, einmal links herum, einmal rechts. »Können wir das noch einmal machen?«

»Lass das Kinn oben, ja genau. Und sieh mich an. Du darfst mich nie aus den Augen lassen, egal wie gut aussehend mein Nachbar auch sein mag.«

Ich musste grinsen. Was war das jetzt? Ein *Fishing for compliments?* Na, den Gefallen würde ich ihm nicht tun. Obwohl ich zugeben musste, dass Gideon wirklich gut tanzte. Mit ihm war es ganz anders als mit Plusterlippe – es ging irgendwie ganz von selbst. So allmählich konnte ich diesem Menuett-Tanzen tatsächlich etwas abgewinnen.

Gideon bemerkte es auch. »Sieh mal einer an, du kannst es doch. Rechte Hand, rechte Schulter, linke Hand, linke Schulter – sehr gut.«

Er hatte recht. Ich konnte es! Eigentlich war es kinderleicht. Triumphierend drehte ich mich mit einem der unsichtbaren anderen Herren im Kreis, dann legte ich meine Hand wieder in Gideons. »Ha! Von wegen anmutig wie eine Windmühle!«, sagte ich.

»Ein absolut unverschämter Vergleich«, stimmte Gideon zu. »Du tanzt doch jede Windmühle locker an die Wand.«

Ich kicherte. Dann zuckte ich zusammen. »Ups – jetzt kommt wieder Linkin Park.«

»Egal.« Während mir *papercut* in den Ohren hämmerte, führte Gideon mich unbeirrt durch die letzte Figur und verneigte sich anschließend. Beinahe war ich traurig, dass es schon zu Ende war.

Ich machte einen tiefen Knicks und nahm die Ohrstöpsel ab. »Hier. Sehr lieb von dir, dass du es mir beigebracht hast.«

»Purer Eigennutz«, sagte Gideon. »Ich bin schließlich derjenige, der sich sonst mit dir blamiert, schon vergessen?«

»Nein.« Meine gute Laune verflüchtigte sich wieder. Mein Blick verirrte sich hinüber zu der Wand mit den Stühlen davor, ehe ich ihn daran hindern konnte.

»Hey, wir sind noch nicht fertig«, sagte Gideon. »Das war zwar schon ganz nett, aber noch nicht perfekt. Warum guckst du denn plötzlich so finster?«

»Warum, meinst du, will der Graf von Saint Germain unbedingt, dass ich auf eine Soiree und einen Ball gehe? Er könnte mich doch einfach hier nach Temple ordern, da bestünde keine Gefahr, dass ich mich vor fremden Leuten blamiere. Niemand müsste sich über mich wundern und könnte das womöglich für die Nachwelt festhalten.«

Gideon sah eine Weile auf mich hinunter, bevor er antwortete. »Der Graf lässt sich nur ungern in die Karten schauen, aber hinter jeder seiner Ideen steckt ein genialer Plan. Er hat einen konkreten Verdacht, was die Männer angeht, die uns im Hyde Park überfallen haben, und ich denke, er möchte den oder die Drahtzieher aus der Reserve locken, indem er uns beide einer größeren Gesellschaft vorstellt.«

»Oh«, machte ich. »Meinst du, wir werden wieder von Männern mit Degen . . .?«

»Nicht, solange wir unter Leuten sind«, sagte Gideon. Er setzte sich auf die Sofalehne und verschränkte die Arme vor der Brust. »Trotzdem halte ich es für zu gefährlich – jedenfalls für dich.«

Ich lehnte mich gegen die Tischkante. »Hattest du nicht Lucy und Paul wegen der Sache im Hyde Park im Verdacht?«

»Ja und nein«, erwiderte Gideon. »Ein Mann wie der Graf von Saint Germain hat sich im Laufe seines Lebens nicht wenige Feinde gemacht. In den Annalen gibt es einige Berichte von Anschlägen auf sein Leben. Ich vermute mal, dass Lucy und Paul sich, um ihre Ziele zu erreichen, mit einem oder mehreren dieser Feinde zusammengetan haben.«

»Denkt der Graf das auch?«

Gideon zuckte mit den Schultern. »Das hoffe ich.«

Ich überlegte eine Weile. »Ich bin dafür, dass du wieder gegen die Regeln verstößt und so eine James-Bond-Pistole mitnimmst«, schlug ich dann vor. »Dagegen können die ganzen Typen mit ihren Degen einpacken. Woher hast du sie eigentlich? Ich würde mich auch besser fühlen, wenn ich so ein Ding hätte.«

»Eine Waffe, mit der man nicht umgehen kann, wird in der Regel gegen einen verwendet«, sagte Gideon.

Ich dachte an mein japanisches Gemüsemesser. Eine unangenehme Vorstellung, wenn man es gegen mich verwenden würde.

»Ist Charlotte gut im Fechten? Und kann sie auch mit einer Pistole umgehen?«

Wieder ein Schulterzucken. »Sie hat seit ihrem zwölften Lebensjahr Fechtunterricht gehabt – natürlich ist sie gut.«

Natürlich. Charlotte war in allem gut. Außer im Nettsein.

»Dem Grafen hätte sie sicher gefallen«, sagte ich. »Ich war offensichtlich nicht sein Typ.«

Gideon lachte. »Noch kannst du sein Bild von dir revidieren. Er möchte dich auch vor allem deshalb näher kennenlernen, um zu überprüfen, ob die Prophezeiungen nicht doch recht haben, was dich angeht.«

»Wegen der Magie des Raben?« Wie immer, wenn die Rede darauf kam, fühlte ich mich unbehaglich. »Verraten die Prophezeiungen eigentlich auch, was damit gemeint ist?«

Gideon zögerte etwas, dann sagte er leise: ». . . *Der Rabe auf seinen rubinroten Schwingen, zwischen den Welten hört Tote er singen, kaum kennt er die Kraft, kaum kennt er den Preis, die Macht erhebt sich, es schließt sich der Kreis . . .*« Er räusperte sich. »Du hast ja eine Gänsehaut.«

»Das klingt ja auch unheimlich. Das mit den singenden Toten vor allem.« Ich rieb mir über die Arme. »Geht es noch weiter?«

»Nein. Das ist mehr oder weniger alles. Du musst zugeben, dass es auf dich nicht so recht passen will, oder?«

Ja, da hatte er wohl recht. »Gibt es über dich auch etwas in der Prophezeiung?«

»Natürlich«, sagte Gideon. »Über jeden Zeitreisenden. Ich

bin der Löwe mit der Mähne aus Diamant, bei dessen Anblick die Sonne . . .« Für einen Augenblick schien er plötzlich verlegen zu sein, dann fuhr er grinsend fort: »Blablabla. Oh und deine Urururgroßmutter, die störrische Lady Tilney, ist passenderweise ein Fuchs, ein Jadefuchs, der sich unter einer Linde versteckt.«

»Kann man aus dieser Prophezeiung überhaupt irgendwie schlau werden?«

»Durchaus – es wimmelt nur so von Symbolen. Alles eine Frage der Interpretation.« Er sah auf seine Armbanduhr. »Wir haben noch Zeit. Ich bin dafür, dass wir unsere Tanzstunden fortsetzen.«

»Wird auf der Soiree auch getanzt?«

»Eher nicht«, sagte Gideon. »Dort wird wohl nur gegessen, getrunken, geplaudert und – äh – musiziert. Dich wird man garantiert auch bitten, etwas zu spielen oder vorzutragen.«

»Tja«, sagte ich. »Ich hätte wohl doch besser Klavierunterricht genommen, als mit Leslie diesen Hip-Hop-Kurs zu machen. Aber ich kann eigentlich ganz gut singen. Letztes Jahr auf Cynthias Party habe ich absolut unangefochten den Karaokewettbewerb gewonnen. Mit meiner ganz persönlichen Interpretation von *Somewhere over the rainbow*. Und das, obwohl ich recht unvorteilhaft als Bushaltestelle verkleidet war.«

»Äh, ja. Wenn du gefragt wirst, sagst du einfach, dass dir die Stimme immer wegbleibt, wenn du vor Leuten etwas singen musst.«

»*Das* darf ich sagen, aber nicht, dass ich mir den Fuß verstaucht habe?«

»Hier, die Kopfhörer. Das Gleiche noch mal.« Er verbeugte sich vor mir.

»Was mache ich, wenn mich jemand anders auffordert als du?« Ich versank in meinen Knicks – quatsch, in meine Reverenz.

»Dann machst du alles genauso«, sagte Gideon und nahm meine Hand. »Aber im 18. Jahrhundert ging es, was das betrifft, recht förmlich zu. Man forderte nicht einfach ein fremdes Mädchen auf, ohne ihr offiziell vorgestellt worden zu sein.«

»Es sei denn, sie machte irgendwelche obszönen Bewegungen mit ihrem Fächer.« Allmählich gingen mir die Tanzschritte in Fleisch und Blut über. »Immer wenn ich meinen Fächer auch nur um einen Zentimeter gekippt habe, hat Giordano einen Nervenzusammenbruch erlitten und Charlotte hat den Kopf geschüttelt wie ein trauriger Wackeldackel.«

»Sie will dir doch nur helfen«, sagte Gideon.

»Ja, genau. Und die Erde ist eine Scheibe«, schnaubte ich, obwohl das beim Menuett-Tanzen sicher nicht erlaubt war.

»Man könnte denken, dass ihr euch nicht besonders mögt.« Wir drehten uns mit unserem jeweiligen Scheinpartner im Kreis.

Ach? Könnte man, ja?

»Ich glaube, außer Tante Glenda, Lady Arista und unseren Lehrern gibt es niemanden, der Charlotte mag.«

»Das glaube ich nicht«, sagte Gideon.

»Oh – ich vergaß natürlich noch Giordano und dich. Ups, jetzt habe ich mit den Augen gerollt, das ist bestimmt verboten im 18. Jahrhundert.«

»Kann es sein, dass du ein bisschen eifersüchtig auf Charlotte bist?«

Ich musste lachen. »Vertrau mir, wenn du sie so gut kennen würdest wie ich, würdest du so eine dumme Frage gar nicht erst stellen.«

»Ich kenne sie eigentlich ganz gut«, sagte Gideon leise und nahm wieder meine Hand.

Ja, aber nur von ihrer Schokoladenseite, wollte ich sagen, aber dann ging mir der Sinn seines Satzes auf und ich wurde auf einen Schlag tatsächlich ganz fürchterlich eifersüchtig auf Charlotte. »Wie gut kennt ihr euch denn so . . . im Einzelnen?« Ich entzog Gideon meine Hand und reichte sie stattdessen seinem nicht vorhandenen Nachbarn.

»Na ja, ich würde sagen, so gut, wie man sich eben kennt, wenn man viel Zeit miteinander verbringt.« Beim Vorbeigehen lächelte er maliziös. »Und wir hatten ja beide nicht besonders viel Zeit für andere . . . äh . . . Freundschaften.«

»Verstehe. Da muss man nehmen, was man hat.« Ich konnte es keine Sekunde länger aushalten. »Und – wie küsst Charlotte so?«

Gideon griff nach meiner Hand, die mindestens zwanzig Zentimeter zu hoch in der Luft hing. »Ich finde, Ihr macht großartige Fortschritte in Sachen Konversation – dennoch: Über solche Dinge spricht ein Gentleman nicht.«

»Ja, diese Ausrede würde ich gelten lassen, wenn du ein Gentleman wärst.«

»Sollte ich Euch jemals Anlass gegeben haben, mein Verhalten als nicht gentlemanlike zu beurteilen, so . . .«

»Ach, halt die Klappe! Was auch immer zwischen dir und

Charlotte läuft – es interessiert mich gar nicht. Aber ich finde es ziemlich dreist, dass du es gleichzeitig spaßig findest, mit mir . . . rumzumachen.«

»Rumzumachen? Was für ein unschönes Wort. Ich wäre Euch sehr dankbar, wenn Ihr mich über die Ursache Eures Unmuts aufklären und dabei an eure Ellenbogen denken könntet. Sie gehören bei dieser Figur nach unten.«

»Das ist nicht komisch«, fauchte ich. »Ich hätte mich nicht von dir küssen lassen, wenn ich gewusst hätte, dass du und Charlotte . . .« Ah, Mozart war vorbei und Linkin Park wieder an der Reihe. Gut, das passte auch besser zu meiner Stimmung.

»Ich und Charlotte – was?«

». . . mehr seid als Freunde.«

»Wer sagt das?«

»Du?«

»Das habe ich gar nicht.«

»Aha. Also – ihr habt euch noch nie – sagen wir mal – geküsst?« Ich verzichtete auf den Knicks und funkelte ihn stattdessen an.

»Das habe ich auch nicht gesagt.« Er verneigte sich und griff nach dem iPod in meiner Tasche. »Gleich noch einmal, das mit den Armen musst du noch üben. Sonst war es toll.«

»Dafür lässt deine Konversation aber sehr zu wünschen übrig«, sagte ich. »Hast du nun was mit Charlotte oder nicht?«

»Ich denke, es interessiert dich gar nicht, was mit mir und Charlotte ist.«

Ich funkelte noch immer. »Richtig, ja.«

»Dann ist es ja gut.« Gideon reichte mir den iPod zurück.

Aus den Kopfhörern kam *Hallelujah,* die Version von Bon Jovi.

»Das ist das falsche Stück«, sagte ich.

»Nein, nein«, sagte Gideon und grinste. »Ich dachte, du brauchst jetzt was Beruhigendes.«

»Du . . . du bist so . . . so ein . . .«

»Ja?«

»Kotzbrocken?«

Er kam noch einen Schritt näher, sodass schätzungsweise noch genau ein Zentimeter Platz zwischen uns war. »Siehst du: Das ist der Unterschied zwischen Charlotte und dir: Sie würde so etwas niemals sagen.«

Mir fiel das Atmen plötzlich schwer. »Vielleicht weil du ihr keinen Grund dazu gibst.«

»Nein, das ist es nicht. Ich glaube, sie hat einfach die besseren Manieren.«

»Ja, und die stärkeren Nerven«, sagte ich. Aus irgendeinem Grund musste ich auf Gideons Mund starren. »Nur für den Fall, dass du es noch einmal versuchen willst, wenn wir irgendwo in einem Beichtstuhl rumhängen und uns langweilen: Ein zweites Mal lasse ich mich nicht überrumpeln!«

»Du meinst – ein zweites Mal lässt du dich nicht von mir küssen?«

»Genau«, flüsterte ich, unfähig, mich zu rühren.

»Schade«, sagte Gideon, wobei sein Mund so nahe an meinen kam, dass ich seinen Atem auf meinen Lippen fühlte. Mir war klar, dass ich mich nicht unbedingt so verhielt, als würde ich meine Worte ernst meinen. Meinte ich auch nicht. Ich musste es mir schon hoch anrechnen, dass ich Gideon nicht die Arme um den Hals warf. Den Zeitpunkt, mich wegzudrehen oder ihn von mir zu schubsen, hatte ich jedenfalls längst verpasst.

Offensichtlich sah Gideon das genauso. Seine Hand begann, mein Haar zu streicheln, und dann spürte ich endlich die sanfte Berührung seiner Lippen.

»And every breath we took was hallelujah«, sang Bon Jovi in mein Ohr. Ich hatte diesen verdammten Song schon immer geliebt, es war einer von denen, die ich auch fünfzehn Mal hintereinander hören konnte, aber jetzt würde er wohl auf immer und ewig mit der Erinnerung an Gideon verknüpft sein.

Halleluja.

Stammbaum der Familie Montrose

Lord James Montrose ∞ Mary Elisabeth Montrose

Arista
∞
Lucas (Lord) Montrose

Madeleine Montrose

Harry
∞
Jane

Glenda
∞
Charles

Grace
∞
Nicolas Shepherd

Lucy Janet David   Charlotte   Gwendolyn Nick Caroline

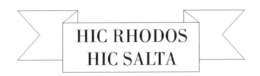

HIC RHODOS
HIC SALTA

(Motto im Familienwappen der Montroses.
Frei übersetzt: »Zeig, was du wirklich kannst.«)

6.

Dieses Mal wurden wir nicht gestört, weder durch einen Zeitsprung noch durch einen frechen Wasserspeierdämon. Während *Hallelujah* lief, blieb der Kuss ganz sanft und vorsichtig, aber dann vergrub Gideon beide Hände in meinen Haaren und zog mich fest an sich. Das war kein sanfter Kuss mehr und meine Reaktion darauf überraschte mich selber. Mein Körper fühlte sich plötzlich ganz weich und leicht an und ich schlang von ganz allein die Arme um Gideons Hals. Ich hatte keine Ahnung, wie, aber irgendwann in den nächsten Minuten und ohne aufzuhören, uns zu küssen, landeten wir auf dem grünen Sofa, und dort küssten wir uns weiter, so lange, bis Gideon sich sehr abrupt aufsetzte und auf seine Uhr sah.

»Wie gesagt, wirklich schade, dass ich dich nicht mehr küssen darf«, sagte er etwas atemlos. Seine Pupillen waren riesig und seine Wangen eindeutig gerötet.

Ich fragte mich, wie ich erst aussehen musste. Da ich vorübergehend zu einer Art menschlicher Pudding mutiert war, war ich nicht in der Lage, mich aus meiner halb liegenden Position zu befreien. Und ich musste mit Entsetzen feststellen, dass ich keine Ahnung hatte, wie viel Zeit seit *Hallelujah* vergangen war. Zehn Minuten? Eine halbe Stunde? Alles war möglich.

Gideon schaute mich an und ich glaubte, so etwas wie Fassungslosigkeit in seinem Blick zu erkennen.

»Wir sollten unsere Sachen zusammenpacken«, sagte er schließlich. »Und du solltest dringend etwas mit deinen Haaren machen – sie sehen aus, als hätte irgend so ein Idiot mit beiden Händen darin herumgewühlt und dich dann auf ein Sofa geworfen . . . Wer immer gleich auf uns wartet, wird eins und eins zusammenzählen können . . . Oh Gott, schau mich nicht so an.«

»Wie denn?«

»Als ob du dich nicht mehr bewegen könntest.«

»Aber genauso ist es«, sagte ich ernst. »Ich bin ein Pudding. Du hast mich in einen Pudding verwandelt.«

Ein kurzes Lächeln erhellte Gideons Gesicht, dann sprang er auf seine Füße und begann, meine Schulsachen in die Tasche zu packen. »Komm schon, kleiner Pudding, steh auf. Hast du einen Kamm oder eine Bürste dabei?«

»Irgendwo da drin«, sagte ich matt.

Gideon hielt das Sonnenbrillenetui von Leslies Mutter in die Höhe. »Da drin?«

»Nein!«, rief ich aus und vor lauter Schreck hatte mein Dasein als Pudding ein Ende. Ich sprang auf, riss Gideon das Etui mit dem japanischen Gemüsemesser aus der Hand und warf es zurück in die Tasche. Falls Gideon sich wunderte, ließ er es sich nicht anmerken. Er stellte den Stuhl zurück auf seinen Platz an der Wand und blickte erneut auf seine Uhr, während ich meine Haarbürste herausnahm.

»Wie viel Zeit haben wir noch?«

»Zwei Minuten«, sagte Gideon und hob den iPod vom Bo-

den auf. Keine Ahnung, wie er dorthin gekommen war. Oder
wann.

Ich bürstete mir hastig durch die Haare.

Gideon betrachtete mich mit ernstem Blick. »Gwendolyn?«

»Hm?« Ich ließ die Haarbürste sinken und erwiderte seinen
Blick, so ruhig ich konnte. Oh mein Gott! Er sah so unglaublich gut aus und ein Teil von meinem Körper wollte sich wieder in einen Pudding verwandeln.

»Hast du . . .?«

Ich wartete. »Was?«

»Ach nichts.«

In meinem Magen machte sich das altbekannte Schwindelgefühl breit. »Ich glaube, es geht gleich los«, sagte ich.

»Nimm die Tasche fest in die Hand, du darfst sie auf keinen
Fall loslassen. Und komm ein Stück hier rüber, sonst landest
du auf dem Tisch.«

Noch während ich ging, verschwamm alles vor meinen Augen. Und nur Bruchteile einer Sekunde später landete ich
sanft auf meinen Füßen, direkt vor den weit aufgerissenen
Augen von Mr Marley. Xemerius' freche Fratze blickte ihm
über die Schulter.

»Na endlich«, sagte Xemerius. »Ich muss dem Rothaarigen
schon seit einer Viertelstunde bei seinen Selbstgesprächen
zuhören.«

»Sind Sie wohlauf, Miss?«, stotterte Mr Marley, während er
einen Schritt zurücktrat.

»Ja, ist sie«, sagte Gideon, der hinter mir gelandet war, und
warf mir einen prüfenden Blick zu. Als ich ihn anlächelte,
schaute er schnell zur Seite.

Mr Marley räusperte sich. »Ich soll Ihnen ausrichten, dass Sie im Drachensaal erwartet werden, Sir. Der Innen. . . Nummer sieben ist eingetroffen und wünscht ein Gespräch mit Ihnen. Wenn Sie erlauben, bringe ich die Miss zu ihrem Wagen.«

»Die Miss hat überhaupt keinen Wagen«, sagte Xemerius. »Die hat nicht mal den Führerschein, du Pfeife.«

»Das ist nicht nötig, ich nehme sie mit hoch.« Gideon griff nach der schwarzen Augenbinde.

»Muss das denn wirklich sein?«

»Ja, das muss sein.« Gideon knotete den Schal auf meinem Hinterkopf zusammen. Er verarbeitete dabei auch ein paar meiner Haare und es ziepte, aber ich wollte nicht jammern, also biss ich mir nur auf die Lippe. »Wenn du den Aufenthaltsort des Chronografen nicht kennst, kannst du ihn nicht verraten und niemand kann uns überraschenderweise auflauern, wenn wir – wann auch immer – in besagtem Raum landen.«

»Aber dieser Keller gehört den Wächtern und die Ein- und Ausgänge sind doch zu allen Zeiten bewacht«, sagte ich.

»Erstens gibt es noch mehr Wege in diese Gewölbe als durch die Gebäude in Temple und zweitens kann man nicht ausschließen, dass jemand aus den eigenen Reihen Interesse an einem überraschenden Treffen hätte.«

»*Traue niemandem. Nicht mal deinem eigenen Gefühl*«, murmelte ich. Lauter misstrauische Menschen hier.

Gideon legte eine Hand um meine Taille und schob mich vorwärts. »Genau.«

Ich hörte Mr Marley Auf Wiedersehen sagen, dann fiel die

Tür hinter uns ins Schloss. Stumm gingen wir nebeneinanderher. Dabei gab es eine Menge Dinge, über die ich gern geredet hätte, ich wusste nur nicht, wo ich anfangen sollte.

»Mein Gefühl sagt mir, dass ihr wieder rumgeknutscht habt«, bemerkte Xemerius. »Das Gefühl und mein Scharfblick.«

»Unsinn«, erwiderte ich und hörte Xemerius in keckerndes Gelächter ausbrechen.

»Glaub mir, ich bin seit dem 11. Jahrhundert auf dieser Erde und ich weiß, wie ein Mädchen aussieht, das aus einem Heuhaufen kommt.«

»Heuhaufen!«, wiederholte ich empört.

»Sprichst du mit mir?«, fragte Gideon.

»Mit wem sonst?«, sagte ich. »Wie spät ist es eigentlich? Apropos Heu. Ich habe einen Bärenhunger.«

»Gleich halb acht.« Gideon ließ mich unvermittelt los. Eine Reihe von elektronischen Pieptönen war zu hören, dann rammte ich mit meiner Schulter eine Mauer.

»Hey!«

Xemerius brach erneut in Gelächter aus. »Das nenne ich mal einen echten Kavalier.«

»Entschuldige. Das Scheiß-Handy hat hier unten keinen Empfang. Vierunddreißig Anrufe in Abwesenheit, na super! Das kann nur . . . oh Gott, meine Mutter!« Gideon seufzte schwer. »Sie hat elfmal auf die Mailbox gesprochen.«

Ich tastete mich an der Mauer entlang vorwärts. »Entweder du nimmst mir die blöde Augenbinde ab oder du führst mich!«

»Schon gut.« Da war seine Hand wieder.

»Ich weiß nicht, was ich von Typen halten soll, die ihrer Freundin die Augen zubinden, damit sie in Ruhe ihr Handy checken können«, sagte Xemerius.

Das wusste ich allerdings auch nicht. »Ist was Schlimmes passiert?«

Wieder ein Seufzer. »Das nehme ich an. Wir telefonieren sonst nicht oft miteinander. Immer noch kein Empfang.«

»Achtung Stufe«, warnte Xemerius.

»Vielleicht ist jemand krank«, sagte ich. »Oder du hast was Wichtiges vergessen. Meine Mum hat mir neulich auch x-mal auf die Mailbox gesprochen, um mich daran zu erinnern, meinem Onkel Harry zum Geburtstag zu gratulieren. Huch.«

Wenn Xemerius keinen Warnruf ausgestoßen hätte, hätte ich mir den Treppengeländerknauf in den Bauch gerammt. Gideon merkte es noch nicht mal. Ich tastete mich selber, so gut es ging, die Wendeltreppe hinauf.

»Nein, das ist es nicht. Ich vergesse niemals einen Geburtstag.« Er klang gehetzt. »Es muss etwas mit Raphael sein.«

»Deinem kleinen Bruder?«

»Andauernd macht er gefährliche Sachen. Fährt ohne Führerschein Auto, stürzt sich von Klippen und klettert ohne Sicherung in den Bergen rum. Keine Ahnung, wem er damit was beweisen will. Letztes Jahr hat er sich beim Paragliding verletzt und lag drei Wochen mit einem Schädel-Hirn-Trauma im Krankenhaus. Man sollte doch denken, dass er daraus gelernt hätte, aber nein, zum Geburtstag hat er sich von Monsieur ein Speedboot schenken lassen. Und der Idiot liest ihm natürlich jeden Wunsch von den Augen ab.« Oben angelangt beschleunigte Gideon seine Schritte und ich geriet mehrmals ins Stolpern. »Ah, endlich! Hier geht's.« Offensichtlich hörte er nun im Gehen seine Mailbox ab. Leider konnte ich nichts verstehen.

»Oh, Scheiße!«, hörte ich ihn nur mehrmals murmeln. Er hatte mich wieder losgelassen und ich taperte blind vorwärts.

»Wenn du nicht gegen eine Wand laufen willst, solltest du jetzt links abbiegen«, informierte mich Xemerius. »Oh, jetzt ist ihm wohl auch eingefallen, dass du kein eingebautes Radarsystem besitzt.«

»Okay . . .«, murmelte Gideon. Seine Hände berührten kurz mein Gesicht, dann den Hinterkopf. »Gwendolyn, tut mir leid.« Sorge klang aus seiner Stimme, aber ich vermutete stark, dass sie nicht mir galt. »Findest du von hier aus allein zurück?« Er knotete den Schal auf und ich blinzelte ins Licht. Wir standen vor Madame Rossinis Atelier.

Gideon streichelte flüchtig meine Wange und lächelte schief. »Du kennst den Weg, ja? Dein Wagen wartet. Wir sehen uns dann morgen.«

Und ehe ich antworten konnte, hatte er sich schon abgewandt.

»Und weg ist er«, sagte Xemerius. »Nicht die feine Art, eigentlich.«

»Was ist denn passiert?«, rief ich hinter Gideon her.

»Mein Bruder ist von zu Hause abgehauen«, antwortete er, ohne sich umzudrehen oder langsamer zu werden. »Und dreimal darfst du raten, wohin er unterwegs ist.« Aber er war um die nächste Ecke verschwunden, ehe ich auch nur einmal raten konnte.

»Ich tippe dann mal nicht auf die Fidschis«, murmelte ich.

»Ich denke, du wärst besser nicht mit ihm ins Heu gegangen«, sagte Xemerius. »Jetzt denkt er, du bist leicht zu haben, und gibt sich keine Mühe mehr.«

»Halt die Klappe, Xemerius. Das Gerede von Heu macht mich ganz nervös. Wir haben uns nur ein bisschen geküsst.«

»Kein Grund, sich in eine Tomate zu verwandeln, Schätzchen!«

Ich fasste mir an die glühenden Wangen und ärgerte mich. »Los, lass uns gehen, ich habe Hunger. Heute habe ich wenigstens eine Chance, noch etwas vom Abendessen zu bekommen. Und vielleicht erhaschen wir auf dem Weg noch einen Blick auf diese geheimnisvollen Männer vom Inneren Kreis.«

»Bloß nicht! Ich habe sie den ganzen Nachmittag belauscht«, sagte Xemerius.

»Oh, gut! Erzähl!«

»Lang-wei-lig! Ich dachte, die würden Blut aus Totenköpfen trinken und sich geheimnisvolle Runen auf die Arme pinseln. Aber nee – nur geredet haben sie, in Anzug und Schlips.«

»Und worüber genau?«

»Mal sehen, ob ich das noch zusammenkriege.« Er räusperte sich. »Es ging im Wesentlichen um die Frage, ob man die goldenen Regeln brechen dürfte, um Schwarzer Turmalin und Saphir zu überlisten. Super Idee, meinten die einen; nee, auf keinen Fall, die anderen; dann die einen wieder: Doch, sonst wird das nie was mit der Rettung der Welt, ihr Feiglinge, darauf die anderen: Nee, aber das ist böse, außerdem gefährlich von wegen Kontinuum und Moral; die einen dann: Ja, aber scheißegal, wenn dadurch die Welt gerettet wird; dann salbungsvolles Geschwafel von beiden Seiten – ich glaube, dabei bin ich eingeschlafen. Anschließend waren sie sich aber wieder alle einig, dass der Diamant leider dazu neigt, eigenmächtig zu handeln, während der Rubin ein kleiner Volltrottel zu sein scheint und daher nicht für die Zeitreisemissionen Operation Opal und Operation Jade infrage kommt, weil einfach zu dämlich. Kannst du mir so weit folgen?«

»Äh . . .«

»Natürlich habe ich dich verteidigt, aber sie haben nicht auf mich gehört«, sagte Xemerius. »Die Rede war davon, dass man dich von allen Informationen so weit wie möglich fernhalten solle. Dass du in deiner durch mangelnde Erziehung bedingten Naivität und deiner Unwissenheit bereits jetzt ein Sicherheitsrisiko bist und außerdem die Indiskretion in Person. Deine Freundin Leslie jedenfalls wollen sie auch im Auge behalten.«

»Oh, Scheiße.«

»Die gute Nachricht ist, dass sie die Schuld an deiner Unfähigkeit ganz und gar deiner Mutter in die Schuhe schieben. Weiber sind überhaupt immer an allem schuld, da waren sie sich einig, die Herren Geheimniskrämer. Und dann ging es noch mal um lauter Beweise, Schneiderrechnungen, Briefe, gesunder Menschenverstand und nach einigem Hin und Her stimmten alle darin überein, dass Paul und Lucy mit dem Chronografen ins Jahr 1912 gesprungen seien, wo sie jetzt lebten. Wobei das Wort *jetzt* in diesem Fall nicht wirklich passt.« Xemerius kratzte sich am Kopf. »Egal, da verstecken sich die beiden jedenfalls, da sind sich alle ganz sicher, und bei der nächsten Gelegenheit soll dein wunderbarer, starker Held sie aufspüren, ihnen Blut abzapfen und den Chronografen wieder abnehmen, wo er schon mal dabei ist, und dann ging es wieder von vorne los, blablabla, goldene Regeln, salbungsvolles Geschwafel . . .«

»Ist ja interessant«, sagte ich.

»Findest du? Wenn ja, dann liegt es nur an meiner höchst amüsanten Art, den langweiligen Kram zusammenzufassen.«

Ich öffnete die Tür zum nächsten Korridor und wollte gerade Xemerius antworten, als ich eine Stimme hörte: »Du bist immer noch genauso arrogant wie früher!«

Das war meine Mum! Und tatsächlich, als ich um die Ecke bog, sah ich sie. Sie stand vor Falk de Villiers und hatte beide Hände zu Fäusten geballt.

»Und du noch genauso starrköpfig und uneinsichtig!«, sagte Falk. »Was du dir – warum auch immer – mit deinen Verschleierungsversuchen, Gwendolyns Geburt betreffend, erlaubt hast, hat der Sache erheblich geschadet.«

»Der *Sache!* Eure Sache war euch immer schon wichtiger als die Menschen, die an dieser Sache beteiligt sind!«, rief meine Mutter.

Ich schloss die Tür so leise wie möglich und ging langsam weiter.

Xemerius hangelte sich an der Wand entlang. »Boah, die sieht aber wütend aus.«

Das stimmte. Die Augen meiner Mum glitzerten, ihre Wangen waren gerötet und ihre Stimme war ungewöhnlich hoch. »Wir hatten uns darauf geeinigt, dass Gwendolyn da rausgehalten wird. Dass sie nicht in Gefahr gebracht wird! Und jetzt wollt ihr sie dem Grafen direkt auf einem Tablett servieren. Sie ist doch vollkommen . . . hilflos!«

»Und daran bist du allein schuld«, sagte Falk de Villiers kalt.

Mum biss sich auf ihre Lippe. »Als Großmeister dieser Loge hast du die Verantwortung!«

»Hättest du von Anfang an mit offenen Karten gespielt, wäre Gwendolyn jetzt nicht unvorbereitet. Nur damit du es weißt – mit deiner Geschichte, von wegen, du wolltest deiner Tochter eine unbeschwerte Kindheit verschaffen, konntest du vielleicht Mr George täuschen, aber nicht mich. Ich bin nach wie vor sehr gespannt auf das, was uns diese Hebamme erzählen kann.«

»Ihr habt sie noch nicht gefunden?« Meine Mutter klang nicht mehr ganz so schrill.

»Es ist nur eine Frage von Tagen, Grace. Wir haben unsere Leute überall.« Jetzt bemerkte er meine Gegenwart und der kalte, zornige Ausdruck auf seinem Gesicht verschwand.

»Warum bist du allein, Gwendolyn?«

»Liebling!« Meine Mum stürzte auf mich zu und umarmte mich. »Ich dachte, ehe es wieder so spät wird wie gestern, hole ich dich lieber ab.«

». . . und nutzt die Gelegenheit, mich mit Vorwürfen zu überhäufen«, ergänzte Falk mit einem kleinen Lachen. »Warum ist Mr Marley nicht bei dir, Gwendolyn?«

»Das letzte Stück durfte ich allein gehen«, sagte ich ausweichend. »Worüber habt ihr euch gestritten?«

»Deine Mummy denkt, deine Ausflüge ins 18. Jahrhundert seien zu gefährlich«, sagte Falk.

Ja, das konnte ich ihr nicht verübeln. Und dabei kannte sie nicht mal einen Bruchteil der Gefahren. Von den Männern, die uns im Hyde Park angegriffen hatten, hatte ihr niemand etwas erzählt. Ich jedenfalls hätte mir eher die Zunge abgebissen. Von Lady Tilney und den Pistolen konnte sie auch nichts wissen, und dass der Graf von Saint Germain mich auf sehr gruselige Weise bedroht hatte, das hatte ich bisher nur Leslie anvertraut. Ah, und meinem Grandpa, natürlich.

Ich sah Falk prüfend an. »Das mit dem Fächerwedeln und dem Menuett-Tanzen kriege ich schon hin«, sagte ich leichthin. »Das ist nicht wirklich riskant, Mum. Die einzige Gefahr besteht darin, dass ich den Fächer auf Charlottes Kopf zu Kleinholz haue . . .«

»Da hörst du's, Grace«, sagte Falk und zwinkerte mir zu.

»Wem willst du hier etwas vormachen, Falk!« Meine Mum schleuderte einen letzten finsteren Blick auf ihn, dann nahm sie meinen Arm und zog mich fort. »Komm. Die anderen warten mit dem Essen auf uns.«

»Bis morgen, Gwendolyn«, rief Falk hinter uns her. »Und äh – bis irgendwann mal, Grace.«

»Wiedersehen«, murmelte ich. Mum murmelte auch, allerdings etwas Unverständliches.

»Also wenn du mich fragst – *Heuhaufen*«, sagte Xemerius. »Mich können sie mit ihrem Gezänk nicht täuschen. Ich erkenne Heuhaufen-Bekanntschaften, wenn ich sie sehe.«

Ich seufzte. Mum seufzte ebenfalls und zog mich enger an sich, während wir die letzten Meter bis zum Ausgang hinter uns brachten. Ich machte mich erst ein bisschen steif, aber dann legte ich meinen Kopf gegen ihre Schulter. »Du sollst dich meinetwegen nicht mit Falk streiten. Du machst dir zu viele Sorgen, Mum.«

»Das sagst du so leicht . . . Es ist kein schönes Gefühl, wenn man denkt, alles falsch gemacht zu haben. Ich merke doch, dass du wütend auf mich bist.« Wieder seufzte sie. »Und das irgendwie zu Recht.«

»Ich hab dich aber trotzdem lieb«, sagte ich.

Mum kämpfte mit den Tränen. »Und ich liebe dich mehr, als du dir vorstellen kannst«, murmelte sie. Wir hatten die Gasse vor dem Haus erreicht und sie sah sich um, als fürchtete sie, dass uns jemand im Dunkeln auflauern könnte. »Ich würde alles dafür geben, eine ganz normale Familie mit einem ganz normalen Leben zu haben.«

»Was ist schon normal?«, sagte ich.

»Wir jedenfalls nicht.«

»Alles eine Frage der Einstellung. Also, wie war dein Tag?«, erkundigte ich mich ironisch.

»Oh, das Übliche«, sagte Mum mit einem schwachen Grinsen. »Erst ein kleiner Streit mit meiner Mutter, dann ein größerer Streit mit meiner Schwester, auf der Arbeit ein bisschen Streit mit meinem Chef und schließlich noch Streit mit meinem . . . Exfreund, der zufälligerweise der Großmeister einer unheimlich geheimen Geheimloge ist.«

»Hab ich es nicht gesagt?« Xemerius jubelte fast. »Heuhaufen!!«

»Siehst du, ganz normal, Mum!«

Mum lächelte immerhin. »Und wie war dein Tag, Liebling?«

»Auch keine besonderen Vorkommnisse. In der Schule Stress mit dem Eichhörnchen, danach ein bisschen Tanz- und

Anstandsunterricht bei dieser obskuren Geheimgesellschaft, die sich mit Zeitreisen beschäftigt, dann, bevor ich die liebenswerte Cousine erwürgen konnte, ein kleiner Ausflug ins Jahr 1953, um in Ruhe meine Hausaufgaben zu erledigen, um morgen wiederum weniger Stress mit besagtem Eichhörnchen zu haben.«

»Klingt ziemlich entspannt.« Mums Absätze klapperten über das Pflaster. Sie sah sich wieder um.

»Ich glaube nicht, dass uns jemand folgt«, beruhigte ich sie. »Sie haben alle genug zu tun – das Haus wimmelt nur so von unheimlich geheimen Leuten.«

»Der Innere Kreis tritt zusammen – das passiert nicht oft. Das letzte Mal sind sie zusammengekommen, als Lucy und Paul den Chronografen gestohlen haben. Sie sind über die ganze Welt verstreut ...«

»Mum? Meinst du nicht, es wäre an der Zeit, mir zu sagen, was du weißt? Es nutzt niemandem, dass ich immer nur im Dunkeln herumtappen muss.«

»Im wahrsten Sinne des Wortes«, sagte Xemerius.

Mum blieb stehen. »Du überschätzt mich! Das bisschen Wissen, das ich habe, würde dir gar nichts nutzen. Vermutlich würde es dich nur noch mehr verwirren. Oder noch schlimmer: dich zusätzlich in Gefahr bringen.«

Ich schüttelte den Kopf. So schnell wollte ich nicht aufgeben. »Wer oder was ist der grüne Reiter? Und warum wollen Lucy und Paul nicht, dass der Kreis sich schließt? Oder wollen sie es am Ende doch, aber nur, weil sie das Geheimnis für sich nutzen wollen?«

Mum rieb sich über ihre Schläfen. »Von einem grünen Reiter höre ich heute zum ersten Mal. Und was Lucy und Paul angeht: Ich bin sicher, dass ihre Motive nicht egoistischer Natur waren. Du hast den Grafen von Saint Germain kennengelernt. Er verfügt über Mittel . . .« Sie verstummte wieder.

»Ach Liebling, nichts von dem, was ich dir sagen könnte, würde dir helfen, glaub mir.«

»Bitte, Mum! Es ist schlimm genug, dass diese Männer so geheimnisvoll tun und mir nicht vertrauen, aber du bist meine Mutter!«

»Ja«, sagte sie und wieder schossen ihr Tränen in die Augen. »Das bin ich.« Aber offensichtlich zog das Argument trotzdem nicht. »Komm, das Taxi wartet schon seit einer halben Stunde. Es wird mich vermutlich ein halbes Monatsgehalt kosten.«

Ich folgte ihr mit einem Seufzer die Straße hinunter. »Wir können mit der U-Bahn fahren.«

»Nein, du brauchst schleunigst was Warmes zu essen. Außerdem vermissen deine Geschwister dich fürchterlich. Noch ein Abendessen ohne dich würden sie nicht aushalten.«

Überraschenderweise wurde es ein friedlicher und gemütlicher Abend, denn meine Großmutter war mit Tante Glenda und Charlotte in die Oper gegangen.

»Tosca«, sagte Großtante Maddy vergnügt und schüttelte ihre blonden Löckchen. »Sie werden hoffentlich ein wenig geläutert zurückkommen.« Sie zwinkerte mir verschmitzt zu. »Gut, dass Violet die Karten übrig hatte.«

Ich schaute fragend in die Runde. Es stellte sich heraus, dass Großtante Maddys Freundin (eine nette alte Dame mit dem wunderbaren Namen Mrs Violet Purpleplum, die uns immer Schals und Socken zu Weihnachten strickte) eigentlich mit ihrem Sohn und ihrer künftigen Schwiegertochter in die Oper hatte gehen wollen, aber wie es aussah, würde die zukünftige Schwiegertochter nun die zukünftige Schwiegertochter einer anderen Frau werden.

Wie immer, wenn Lady Arista und Tante Glenda außer Haus waren, machte sich bei uns sofort ausgelassene Stimmung breit. Es war ein bisschen wie in der Grundschule, wenn der Lehrer den Klassenraum verließ. Noch während des Essens musste ich aufspringen und meinen Geschwistern, Tante Maddy, Mum und Mr Bernhard zeigen, wie Plusterlippe und Charlotte mir beigebracht hatten, Menuett zu tanzen und einen Fächer zu benutzen, und Xemerius soufflierte mir, wenn ich etwas vergaß. So im Nachhinein fand ich es selber eher komisch als tragisch und ich konnte verstehen, dass die anderen sich amüsierten. Nach einer Weile tanzten alle (außer Mr Bernhard, der aber immerhin mit der Fußspitze im Takt wippte) durch den Raum und sprachen näselnd wie Giordano. Dabei riefen wir ständig durcheinander.

»Dummes Ding! Schau doch, wie Charlotte es macht!«

»Rechts! Nein, rechts ist, wo der Daumen links ist.«

Und: »Ich kann deine Zähne sehen! Das ist unpatriotisch!«

Nick stellte dreiundzwanzig verschiedene Arten und Weisen vor, sich mit einer Serviette Luft zuzufächeln und dabei dem Gegenüber ohne Worte eine Mitteilung zu machen. »Das hier bedeutet: *Ups, Sie haben den Hosenstall offen, mein Herr,* und wenn man den Fächer ein wenig senkt und dabei so hinüberschaut, heißt das: *Hach, ich möchte Sie heiraten.*

Aber wenn man es andersherum macht, heißt es: *Ätsch, ab heute befinden wir uns im Krieg mit Spanien* . . .«

Ich musste zugeben, Nick verfügte wirklich über großartiges schauspielerisches Talent. Caroline warf schließlich beim Tanzen (eher Cancan als Menuett) ihre Beine so hoch, dass einer ihrer Schuhe in der Schüssel mit der Bayerischen Creme landete, die es zum Nachtisch gab.

Dieses Ereignis dämpfte unseren Übermut ein wenig, bis Mr Bernhard den Schuh herausfischte, auf Carolines Teller legte und todernst sagte: »Ich freue mich, dass so viel von der Creme übrig geblieben ist. Miss Charlotte und die beiden Damen werden sicher eine Kleinigkeit essen wollen, wenn sie aus der Oper heimkehren.«

Meine Großtante strahlte ihn an. »Sie sind immer so fürsorglich, mein Lieber.«

»Es ist meine Aufgabe, dafür zu sorgen, dass es Ihnen allen gut geht«, sagte Mr Bernhard. »Das habe ich Ihrem Bruder vor seinem Tod versprochen.«

Ich schaute die beiden nachdenklich an. »Ich frage mich gerade, ob Grandpa Ihnen etwas von einem grünen Reiter erzählt hat, Mr Bernhard. Oder dir, Tante Maddy.«

Tante Maddy schüttelte den Kopf. »Ein grüner Reiter? Was soll das sein?«

»Ich habe keine Ahnung«, sagte ich. »Ich weiß nur, dass ich ihn finden muss.«

»Wenn ich etwas suche, dann gehe ich meistens in die Bibliothek Ihres Großvaters«, sagte Mr Bernhard und seine braunen Eulenaugen funkelten hinter der Brille. »Dort bin ich noch jedes Mal fündig geworden. Wenn Sie Hilfe benötigen:

Ich kenne mich gut aus, denn ich bin derjenige, der die Bücher abstaubt.«

»Das ist eine gute Idee, mein Lieber«, sagte Großtante Maddy.

»Immer zu Ihren Diensten, Madam.« Mr Bernhard legte noch Holz im Kamin nach, bevor er uns eine gute Nacht wünschte.

Xemerius folgte ihm. »Ich will doch unbedingt mal sehen, ob er seine Brille ablegt, wenn er schlafen geht«, sagte er. »Und ich werde dir berichten, falls er sich aus dem Haus schleicht, um heimlich in einer Heavy-Metal-Band den Bassisten zu mimen.«

Eigentlich mussten meine Geschwister unter der Woche immer zeitig ins Bett, aber heute machte meine Mutter eine Ausnahme. Wir machten es uns satt und müde gelacht vor dem Kamin gemütlich, Caroline kuschelte sich in Mums Arme, Nick kuschelte sich an mich und Großtante Maddy setzte sich in Lady Aristas Ohrensessel, pustete sich eine blonde Locke aus dem Gesicht und betrachtete uns zufrieden.

»Kannst du was von früher erzählen, Tante Maddy?«, bat Caroline. »Als du ein kleines Mädchen warst und deine schreckliche Cousine Hazel auf dem Land besuchen musstest?«

»Ach, das habt ihr doch schon so oft gehört«, sagte Tante Maddy und legte ihre rosa Filzpantoffeln auf das Fußbänkchen. Aber sie ließ sich nicht lange bitten. Alle ihre Geschichten über ihre schreckliche Cousine begannen mit den Worten: »Hazel war so ungefähr das eingebildetste Mädchen, das man sich vorstellen kann«, dann sagten wir im Chor: »Genau wie Charlotte!«, und Großtante Maddy schüttelte den Kopf und sagte: »Nein, Hazel war noch viel, viel schlimmer. Sie hob Katzen an ihren Schwänzen in die Höhe und schleuderte sie über ihrem Kopf im Kreis herum.«

Während ich, das Kinn auf Nicks Haar gelegt, der Geschichte lauschte, in deren Verlauf Tante Maddy als Zehnjährige alle gequälten Katzen Gloucestershires rächte und dafür sorgte, dass Cousine Hazel ein Bad in der Jauchegrube nahm, wanderten meine Gedanken zu Gideon. Wo mochte er gerade sein? Was tat er? Wer war bei ihm? Und dachte er vielleicht auch gerade an mich – mit diesem seltsamen, warmen Gefühl in der Magengegend? Vermutlich nicht.

Ich unterdrückte nur mit Mühe einen tiefen Seufzer, als ich an unseren Abschied vor Madame Rossinis Atelier dachte. Gideon hatte mich nicht mal mehr angesehen, obwohl wir uns ein paar Minuten vorher noch geküsst hatten.

Schon wieder. Dabei hatte ich Leslie gestern Abend am Telefon noch geschworen, dass das niemals wieder vorkommen würde. »Nicht, solange wir nicht eindeutig geklärt haben, was zwischen uns läuft!«

Leslie allerdings hatte nur gelacht. »Komm schon, wem willst du hier was vormachen? Es ist ganz klar, was da zwischen euch läuft: Du bist wahnsinnig in den Kerl verliebt! «

Aber wie konnte ich in einen Jungen verliebt sein, den ich erst ein paar Tage kannte? Einen Jungen, der sich die meiste Zeit mir gegenüber unmöglich verhielt? Allerdings, in den Augenblicken, wo er das nicht tat, war er einfach . . . er war so . . . so unglaublich . . .

»Hier bin ich wieder!«, krähte Xemerius und landete mit Schwung auf dem Esstisch neben der Kerze. Caroline in Mums Schoß zuckte zusammen und starrte in seine Richtung.

»Was ist, Caroline?«, fragte ich leise.

»Ach nichts«, sagte sie. »Ich dachte, ich hätte einen Schatten gesehen.«

»Tatsächlich?« Ich sah Xemerius verblüfft an.

Der hob nur eine Schulter und grinste. »Es ist bald Vollmond. Sensible Menschen können uns da manchmal sehen, meistens nur aus den Augenwinkeln. Wenn sie dann genauer hinschauen, sind wir gar nicht da . . .« Er hängte sich wieder an den Kronleuchter. »Die alte Dame mit den Löckchen sieht und spürt auch mehr, als sie zugibt. Als ich ihr probeweise eine Klaue auf die Schulter gelegt habe, hat sie dorthin gefasst . . . In deiner Familie wundert mich das nicht.«

Ich betrachtete Caroline liebevoll. Das sensible Kind – nicht dass sie am Ende noch Großtante Maddys Gabe der Visionen geerbt hatte.

»Jetzt kommt meine Lieblingsstelle«, sagte Caroline mit leuchtenden Augen und Großtante Maddy erzählte genüsslich, wie die sadistisch veranlagte Hazel mit ihrem feinen Sonntagskleid bis zum Hals in der Jauche gestanden und laut gekreischt hatte: »Das zahle ich dir heim, Madeleine, das zahle ich dir heim!«

»Und das tat sie dann ja auch«, sagte Großtante Maddy. »Mehr als einmal.«

»Aber die Geschichte hören wir ein anderes Mal«, sagte meine Mum energisch. »Die Kinder müssen ins Bett. Morgen ist Schule.«

Da seufzten wir alle und Großtante Maddy seufzte am lautesten.

Freitag war Pfannkuchentag, da ließ sich niemand das Essen in der Schulmensa entgehen, denn es war so ziemlich das einzige Gericht, das dort genießbar war. Da ich wusste, dass Leslie für diese Pfannkuchen sterben würde, erlaubte ich nicht, dass sie bei mir im Klassenraum blieb, wo ich mit James verabredet war.

»Geh essen«, sagte ich. »Ich wäre stinksauer, wenn du meinetwegen auf Pfannkuchen verzichten musst.«

»Aber dann ist niemand hier, der Schmiere stehen kann. Außerdem möchte ich noch genauer hören, wie das gestern mit dir, Gideon und dem grünen Sofa war . . .«

»Noch genauer kann ich es beim besten Willen nicht erzählen«, sagte ich.

»Dann erzähl's einfach noch mal, es ist so romantisch!«

»Geh Pfannkuchen essen!«

»Du musst ihn heute unbedingt nach seiner Handynummer fragen«, sagte Leslie. »Ich meine, das ist eine goldene Regel: Man küsst keinen Jungen, von dem man nicht mal die Telefonnummer hat.«

»Leckere, knusprige Pfannkuchen mit Äpfeln . . .«, sagte ich. »Aber . . .«

»Xemerius ist bei mir.« Ich zeigte auf die Fensterbank, wo Xemerius saß und gelangweilt auf dem spitzen Ende seines Schwanzes herumkaute.

Leslie kapitulierte. »Also gut. Aber lass dir heute etwas Sinnvolles beibringen! Das Herumgefuchtel mit Mrs Counters Stock bringt keinem was! Und sollte dich dabei jemand beobachten, wirst du in die Klapsmühle eingeliefert, denk daran.«

»Jetzt geh endlich«, sagte ich und schob sie zur Tür hinaus, gerade als James eintrat.

James freute sich, dass wir dieses Mal allein waren. »Die Sommersprossige macht mich immer nervös mit ihrem unhöflichen Dazwischengequatsche. Sie behandelt mich wie Luft.«

»Das liegt daran, dass . . . ach, vergiss es.«

»Also – wie kann ich heute behilflich sein?«

»Ich dachte, du könntest mir vielleicht beibringen, wie man auf einer Soiree im 18. Jahrhundert Hallo sagt.«

»Hallo?«

»Ja. Hallo. Hi. Guten Abend. Du weißt schon, wie man sich eben begrüßt hat, wenn man sich gegenübersteht. Und was man dabei tut. Hände schütteln, Handkuss, Verbeugung, Knicks, Durchlaucht, Erlaucht, Hoheit . . . das ist alles so kompliziert und man kann so viel falsch machen.«

James setzte eine hochnäsige Miene auf. »Nicht, wenn du tust, was ich dir sage. Als Erstes bringe ich dir bei, wie eine Dame vor einem Herrn knickst, der den gleichen gesellschaftlichen Rang bekleidet wie sie.«

»Super«, sagte Xemerius. »Die Frage ist aber doch, wie Gwendolyn überhaupt erkennen soll, was für einen gesellschaftlichen Rang ein Herr bekleidet.«

James starrte ihn an. »Was ist das denn? Kusch, kusch, Miezekatze! Verschwinde!«

Xemerius schnaubte ungläubig. »Wie war das?«

»Ach James!«, sagte ich. »Sieh doch bitte mal genau hin! Das ist Xemerius, mein Freund, äh, der Wasserspeierdämon. Xemerius, das ist James, ebenfalls ein Freund.«

James schüttelte ein Taschentuch aus dem Ärmel und mir stieg der Geruch von Maiglöckchen in die Nase. »Was immer es ist . . . es soll weggehen. Es erinnert mich daran, dass ich mich gerade in einem schrecklichen Fiebertraum befinde, ein Fiebertraum, in dem ich einem ungezogenen Mädchen Anstandsunterricht geben muss.«

Ich seufzte. »James. Das hier ist kein Traum, wann verstehst du das denn endlich? Vor über zweihundert Jahren magst du vielleicht mal einen Fiebertraum gehabt haben, aber danach bist du . . . – also, du und Xemerius, ihr seid beide . . . ihr seid . . .«

». . . tot«, sagte Xemerius. »Wenn man es genau nimmt.« Er legte den Kopf auf die Seite. »Ist doch wahr. Was redest du denn so um den heißen Brei herum?«

James wedelte mit seinem Taschentuch. »Ich will das nicht hören. Katzen können nicht sprechen.«

»Sehe ich vielleicht aus wie eine Katze, du dummer Geist?«, rief Xemerius.

»Irgendwie schon«, sagte James, ohne hinzuschauen. »Bis auf die Ohren vielleicht. Und die Hörner. Und die Flügel. Und den komischen Schwanz. Ah, wie ich diese Fieberfantasien verabscheue!«

Xemerius pflanzte sich breitbeinig vor James auf. Sein Schwanz peitschte wütend um ihn herum. »Ich bin keine Fantasie. Ich bin ein Dämon«, sagte er und spuckte vor Aufregung einen großen Schwall Wasser auf den Boden. »Ein *mächtiger* Dämon. Beschworen von Magiern und Baumeistern im elften Jahrhundert eurer Zeitrechnung, um in der Gestalt eines steinernen Wasserspeiers den Turm einer Kirche zu bewachen, die es heute längst nicht mehr gibt. Als mein Sandsteinkörper vor vielen Hundert Jahren zerstört wurde, blieb nur noch das hier von mir übrig – sozusagen der Schatten meines alten Ichs, für immer dazu verflucht, auf dieser Erde zu wandeln, bis sie auseinanderfällt. Was vermutlich noch ein paar Millionen Jahre dauern kann.«

»Lalala, ich höre nichts«, sagte James.

»Du bist armselig«, sagte Xemerius. »Im Gegensatz zu dir habe ich keine andere Möglichkeit – durch den Bannspruch des Magiers bin ich an dieses Dasein gebunden. Du aber könntest jederzeit dein jämmerliches Geisterleben aufgeben und dorthin gehen, wohin Menschen kommen, wenn sie gestorben sind.«

»Ich bin aber nicht gestorben, du dumme Miezekatze!«, rief James. »Ich bin lediglich krank und liege mit schrecklichen Fieberfantasien im Bett. Und wenn wir jetzt nicht auf der Stelle ein anderes Thema anschneiden, gehe ich wieder!«

»Schon gut«, sagte ich, während ich die Pfütze, die Xemerius hinterlassen hatte, mit dem Tafelschwamm aufzuwischen versuchte. »Machen wir also weiter. Der Knicks vor dem gleichgestellten Herrn . . .«

Xemerius schüttelte den Kopf und flatterte über unsere Köpfe hinweg zur Tür. »Also, ich steh dann mal Schmiere. Zu peinlich, wenn dich jemand hier beim Knicksen erwischen würde.«

Die Mittagspause war nicht lang genug, um alle Kniffe zu lernen, die James mir beibringen wollte, aber am Ende konnte ich auf drei verschiedene Arten und Weisen knicksen und mir die Hand küssen lassen. (Eine Sitte, von der ich sehr froh war, dass sie heute in Vergessenheit geraten ist.) Als meine Mitschüler zurückkamen, verabschiedete sich James mit einer Verbeugung und ich flüsterte ihm noch schnell ein Dankeschön zu.

»Und?«, fragte Leslie.

»James hält Xemerius für eine komische Katze aus seiner Fieberfantasie«, informierte ich sie. »Ich kann daher nur hoffen, dass das, was er mir beigebracht hat, nicht auch von Fieberfantasien verzerrt ist. Ansonsten wüsste ich jetzt, was ich mache, wenn ich dem Herzog von Devonshire vorgestellt werde.«

»Oh, gut«, sagte Leslie. »Und was machst du?«

»Tief und ausdauernd knicksen«, sagte ich. »Fast so ausdauernd wie vor dem König, aber ausdauernder als vor einem Marquess oder einem Grafen. Es ist eigentlich ganz einfach. Ansonsten immer brav die Hand abknutschen lassen und dabei lächeln.«

»Sieh einer an – dass James doch noch mal für was gut sein kann, hätte ich nicht gedacht.« Leslie blickte sich anerkennend um. »Du wirst sie alle verblüffen im 18. Jahrhundert.«

»Hoffen wir das mal«, sagte ich. Aber den Rest des Unterrichts konnte nichts meine gute Laune trüben. Charlotte und die blöde Plusterlippe würden staunen, dass ich nun sogar den Unterschied zwischen Durchlaucht und Erlaucht kannte, obwohl sie alles versucht hatten, mir das so kompliziert wie nur irgend möglich zu erklären.

»Ich habe da übrigens eine Theorie zur Magie des Raben entwickelt«, sagte Leslie nach Schulschluss, auf dem Weg vom Klassenraum zu unseren Spinden. »Die ist so einfach, dass noch keiner darauf gekommen ist. Wir treffen uns morgen Vormittag bei euch und ich bringe alles mit, was ich zusammengetragen habe. Wenn meine Mum nicht wieder einen Familienputztag geplant hat und Gummihandschuhe an alle verteilt . . .«

»Gwenny?« Cynthia Dale schlug mir von hinten auf den Rücken. »Kannst du dich noch an Regina Curtiz erinnern, die bis letztes Jahr mit meiner Schwester in eine Klasse ging? Die ist jetzt in einer Klinik für Magersüchtige. Willst du da auch landen?«

»Nein«, sagte ich verdutzt.

»Okay, dann iss das! *Sofort!*« Cynthia warf mir ein Karamellbonbon zu. Ich fing es auf und wickelte gehorsam das Papier ab. Aber als ich mir das Bonbon in den Mund schieben wollte, fiel Cynthia mir in den Arm. »Halt! Du willst das also wirklich essen? Dann machst du überhaupt gar keine Diät?«

»Nein«, sagte ich wieder.

»Dann hat Charlotte gelogen. Sie hat behauptet, du kommst nicht zum Mittagessen, weil du so dürr werden willst wie sie . . . Her mit dem Bonbon. Du bist ja gar nicht magersuchtgefährdet.« Cynthia warf sich das Bonbon selber in den Mund. »Hier, die Einladung zu meinem Geburtstag. Es ist wieder eine Kostümparty. Und dieses Jahr ist das Motto *Es grünt so grün*. Du darfst auch deinen Freund mitbringen.«

»Äh . . .«

»Weißt du, ich hab Charlotte das Gleiche gesagt, mir ist egal, wer von euch beiden diesen Typen mitbringt. Hauptsache, er kommt überhaupt auf meine Party.«

»Sie spinnt«, flüsterte Leslie mir zu.

»Das habe ich gehört«, sagte Cynthia. »Du darfst Max auch mitbringen, Leslie.«

»Cyn, wir sind schon seit einem halben Jahr nicht mehr zusammen.«

»Oh, das ist jetzt blöd«, sagte Cynthia. »Es sind irgendwie dieses Mal zu wenig Jungs da. Entweder ihr bringt welche mit oder ich muss ein paar Mädchen wieder ausladen. Aishani zum Beispiel, aber die wird wahrscheinlich eh absagen, weil ihre Eltern keine gemischten Partys erlauben ... Oh mein Gott, was ist denn *das da?* Kann mich mal einer kneifen?«

»Das da« war ein hochgewachsener Junge mit blonden kurz geschnittenen Haaren. Er stand vor dem Büro unseres Direktors, zusammen mit Mr Whitman. Und er kam mir seltsam bekannt vor.

»Autsch«, kreischte Cynthia auf, denn Leslie hatte sie wunschgemäß gekniffen.

Mr Whitman und der Junge drehten sich zu uns um. Als mich der Blick aus grünen Augen unter dichten dunklen Wimpern streifte, wusste ich sofort, wer der Fremde war. Himmel! Jetzt sollte Leslie vielleicht auch mich kneifen.

»Das passt ja gut«, sagte Mr Whitman. »Raphael, das sind drei Schülerinnen aus deiner Klasse. Cynthia Dale, Leslie Hay und Gwendolyn Shepherd. Sagt Hallo zu Raphael Bertelin, Mädchen, er wird ab Montag in eure Klasse gehen.«

»Hallo«, murmelten Leslie und ich und Cynthia sagte: »Echt jetzt?«

Raphael grinste uns an, die Hände lässig in seinen Hosentaschen versteckt. Er sah Gideon wirklich ziemlich ähnlich, auch wenn er ein bisschen jünger war. Seine Lippen waren voller und seine Haut hatte einen bronzefarbenen Ton, so als käme er gerade von einem vierwöchigen Karibikurlaub. Wahrscheinlich sahen die glücklichen Menschen da unten in Südfrankreich alle so aus.

»Warum wechselst du mitten im Schuljahr die Schule?«, fragte Leslie. »Hast du was ausgefressen?«

Raphaels Grinsen wurde breiter. »Kommt darauf an, was du darunter verstehst«, sagte er. »Eigentlich bin ich hier, weil ich von Schule die Nase voll hatte. Aber aus irgendwelchen Gründen . . .«

»Raphael ist aus Frankreich hierhergezogen«, fiel ihm Mr Whitman ins Wort. »Komm jetzt, Raphael, Direktor Gilles wartet.«

»Bis Montag dann«, sagte Raphael und ich hatte das Gefühl, dass er es ausschließlich zu Leslie sagte.

Cynthia wartete, bis Mr Whitman und Raphael in Direktor Gilles' Büro verschwunden waren, dann streckte sie beide Hände zur Decke und rief: »Danke!! Danke, lieber Gott, dass du meine Gebete erhört hast.«

Leslie stieß mir den Ellenbogen in die Rippen. »Du siehst aus, als wäre dir gerade ein Bus über den Fuß gefahren.«

»Warte, bis ich dir erzähle, wer das ist«, flüsterte ich. »Dann siehst du auch so aus.«

Jede Zeit ist eine Sphinx, die sich in den Abgrund stürzt,
sobald man ihr Rätsel gelöst hat.

(Heinrich Heine)

7.

Durch die Begegnung mit Gideons kleinem Bruder und dem anschließenden hastigen Gespräch mit Leslie (sie fragte zehnmal »Bist du sicher?«, ich sagte zehnmal »Absolut sicher!«, dann sagten wir beide noch an die hundertmal »Wahnsinn« und »Ich fasse es nicht« und »Hast du seine Augen gesehen?«) kam ich etliche Minuten nach Charlotte zu der wartenden Limousine. Wieder war Mr Marley geschickt worden, um uns abzuholen, und er schien nervöser denn je. Xemerius hockte auf dem Autodach und fegte seinen Schwanz hin und her. Charlotte saß bereits im Fond und sah mich gereizt an. »Wo zur Hölle warst du denn so lange? Einen Giordano lässt man nicht warten. Ich glaube, dir ist überhaupt nicht klar, was für eine große Ehre es für dich ist, dass er dich unterrichtet.«

Mr Marley komplimentierte mich mit betretenem Gesichtsausdruck in den Wagen und schloss die Tür.

»Ist irgendwas?« Ich hatte das ungute Gefühl, etwas Wichtiges verpasst zu haben. Charlottes Miene bestärkte mich nur darin.

Als der Wagen sich in Bewegung setzte, ließ Xemerius sich durch das Dach ins Wageninnere gleiten und auf den Sitz mir gegenüber plumpsen. Mr Marley hatte wie beim letzten Mal vorne neben dem Fahrer Platz genommen.

»Es wäre schön, wenn du dir heute mehr Mühe geben könntest«, sagte Charlotte. »Für mich ist das alles entsetzlich peinlich. Du bist schließlich meine Cousine.«

Ich musste laut auflachen. »Ach, komm schon Charlotte! Bei mir musst du doch nicht so heucheln. Es ist das reinste Vergnügen für dich, dass ich mich so dumm anstelle!«

»Das ist nicht wahr!« Charlotte schüttelte den Kopf. »Das ist wieder typisch für dich, dass du so was denkst, in deiner kindischen Selbstbezogenheit. Alle wollen dir nur helfen, damit du . . . nicht alles kaputt machst mit deiner Unfähigkeit. Obwohl – vielleicht wirst du ja jetzt keine Gelegenheit mehr dazu haben. Ich könnte mir vorstellen, dass sie alles abblasen . . .«

»Weswegen das denn?«

Charlotte sah mich eine Weile schweigend an, dann sagte sie in beinahe schadenfrohem Tonfall: »Das wirst du schon noch früh genug erfahren. Wenn überhaupt.«

»Ist etwas passiert?«, fragte ich, aber ich wandte mich nicht an Charlotte, sondern an Xemerius. Ich war ja nicht blöd. »Hat Mr Marley etwas erzählt, als ich noch nicht hier war?«

»Nur kryptisches Zeug«, sagte Xemerius, während Charlotte die Lippen zusammenkniff und aus dem Fenster sah. »Offensichtlich gab es einen Zwischenfall bei einem Zeitsprung heute Morgen von äh Funkelsteinchen . . .« Er kratzte sich mit dem Schwanz die Augenbraue.

»Jetzt lass dir doch nicht alles aus der Nase ziehen!«

Charlotte, die verständlicherweise dachte, ich redete mir ihr, sagte: »Wenn du nicht zu spät gekommen wärst, wüsstest du's.«

».. . *Diamant*«, sagte Xemerius. »Jemand hat ihn ... tja, wie drücke ich mich am besten aus? Jemand hat ihm wohl eins über die Rübe gebraten.«

Mein Magen krampfte sich schmerzhaft zusammen. »Was?«

»Reg dich bloß nicht auf«, sagte Xemerius. »Er lebt ja noch. Jedenfalls habe ich das aus dem aufgeregten Gestammel des Rothaarigen geschlossen. Ach du liebe Güte! Du bist ja weiß wie ein Bettlaken. Oh, oh – du wirst doch jetzt nicht kotzen? Reiß dich bitte ein bisschen am Riemen.«

»Ich kann nicht«, flüsterte ich. Mir war wirklich todschlecht.

»Du kannst was nicht?«, zischte Charlotte. »Das Erste, das ein Genträger lernt, ist, seine eigenen Bedürfnisse zurückzustellen und sein Bestes für die Sache zu geben. Du dagegen machst das Gegenteil.«

Vor meinem inneren Auge sah ich Gideon blutüberströmt am Boden liegen. Das Atmen fiel mir schwer.

»Andere würden alles dafür tun, um von Giordano unterrichtet zu werden. Und du tust so, als würde man dich damit quälen.«

»Ach, halt doch einfach mal die Klappe, Charlotte!«, rief ich.

Charlotte drehte sich wieder zum Fenster. Ich begann zu zittern.

Xemerius streckte eine seiner Klauen aus und legte sie begütigend auf mein Knie. »Ich werde sehen, was ich herausbekomme. Ich finde deinen Knutschfreund und erstatte dir dann Bericht, in Ordnung? Aber heul jetzt bloß nicht! Ich rege mich sonst nur auf und spucke Wasser auf diese guten Lederpolster und dann denkt deine Cousine, du hättest dir in die Hose gemacht.«

Mit einem Ruck verschwand er durch das Autodach und flog davon. Es dauerte eineinhalb quälende Stunden, bis er endlich wieder an meiner Seite auftauchte.

Eineinhalb Stunden, in denen ich mir die schrecklichsten Dinge ausmalte und mich mehr tot als lebendig fühlte. Es machte die Sache nicht besser, dass wir in der Zwischenzeit in Temple angekommen waren, wo der unerbittliche Meister schon auf mich lauerte. Aber ich war weder in der Lage, Giordanos Ausführungen zum Thema Kolonialpolitik zu lauschen, noch Charlottes Tanzschritte nachzuahmen. Was, wenn Gideon wieder von Männern mit Degen überfallen worden war und sich dieses Mal nicht hatte wehren können? Wenn ich ihn nicht gerade blutüberströmt am Boden liegen sah, stellte ich mir vor, wie er auf der Intensivstation an tausend Schläuche angeschlossen in einem Bett lag und weißer war als das Laken. Warum war denn niemand da, den ich fragen konnte, wie es ihm ging?

Da endlich kam Xemerius direkt durch die Wand ins Alte Refektorium geflogen.

»Und?«, fragte ich, ohne Rücksicht auf Giordano und Charlotte. Sie waren gerade dabei, mir beizubringen, wie man auf einer Soiree im 18. Jahrhundert Beifall klatschte. Natürlich auf jeden Fall ganz anders, als ich es tat.

»Das ist *backe backe Kuchen*, dummes Ding«, sagte Giordano. »So klatschen Kleinkinder im Sandkasten, wenn sie sich freuen . . . Wo guckt sie denn jetzt schon wieder hin? Ich werde *wahnsinnig!*«

»Alles in bester Ordnung, Heuhaufenmädchen«, sagte Xemerius und grinste dabei fröhlich. »Der Junge hat was auf den Kopf gedonnert bekommen und war ein paar Stündchen außer Gefecht gesetzt, aber wie es aussieht, hat er einen diamantenharten Schädel und nicht mal eine Gehirnerschütterung. Und diese Wunde an der Stirn macht ihn irgendwie . . . äh . . . oh, nein, nicht schon wieder blass werden! Ich sagte doch, es ist alles in Ordnung!«

Ich holte tief Luft. Vor Erleichterung war mir ganz schwindelig.

»So ist es gut«, sagte Xemerius. »Kein Grund zum Hyperventilieren. Loverboy hat noch alle seine hübschen weißen Zähne. Und er flucht die ganze Zeit vor sich hin, ich nehme an, das ist ein gutes Zeichen.«

Gott sei Dank. Gott sei Dank. Gott sei Dank.

Wer allerdings kurz vor dem Hyperventilieren stand, war Giordano. Meinetwegen. Plötzlich machte mir sein Herumgekreische nichts mehr aus. Ganz im Gegenteil, es war eigentlich recht amüsant zu beobachten, wie die Hautfarbe zwischen seinen Bartlinien von Dunkelrosa ins Violette wechselte.

Mr George kam gerade rechtzeitig, um zu verhindern, dass die Plusterlippe mich vor lauter Zorn ohrfeigte.

»Heute war es, wenn möglich, noch schlimmer.« Giordano ließ sich auf einen zierlichen Stuhl sinken und tupfte sich mit einem Taschentuch in seiner derzeitigen Hautfarbe den Schweiß ab. »Sie hat die ganze Zeit mit glasigen Augen vor sich hin gestiert – wenn ich es nicht besser wüsste, würde ich auf Drogen tippen!«

»Giordano, bitte . . .«, sagte Mr George. »Wir haben heute alle keinen besonders guten Tag . . .«

»Wie geht es . . . ihm denn?«, fragte Charlotte leise, mit einem Seitenblick zu mir.

»Den Umständen entsprechend«, erwiderte Mr George ernst.

Wieder warf Charlotte mir einen kurzen, prüfenden Blick zu. Ich starrte finster zurück. Gab es ihr irgendeine kranke Art von Befriedigung, dass sie etwas wusste, von dem sie dachte, dass es mich brennend interessieren würde?

»Ach, papperlapapp«, sagte Xemerius. »Dem geht es super, glaub mir, Schätzchen! Er hat vorhin ein Riesenkalbsschnitzel mit Bratkartoffeln und Grünzeug vertilgt. Klingt das nach *den Umständen entsprechend?*«

Giordano ärgerte sich, dass niemand ihm zuhörte. »Ich möchte nur nicht, dass es am Ende auf mich zurückfällt«, sagte er schrill und schob sein Stühlchen beiseite. »Ich habe mit unbekannten Talenten und den ganz Großen dieser Welt gearbeitet, aber noch nie, niemals ist mir dabei etwas untergekommen wie *das hier.*«

»Mein lieber Giordano, Sie wissen, wie sehr wir Sie hier schätzen. Und niemand wäre besser geeignet, Gwendolyn auf ihre . . .« Mr George verstummte, weil Giordano schmollend seine Unterlippe vorgeschoben und den Kopf mit der Betonfrisur in den Nacken geworfen hatte.

»Sagen Sie nicht, ich hätte Sie nicht gewarnt«, schnappte er. »Das ist alles, was ich fordere.«

»In Ordnung«, sagte Mr George seufzend. »Ich . . . ja, nun gut. Ich werde das so weitergeben. Kommst du, Gwendolyn?«

Ich hatte bereits den Reifrock abgeschnallt und hängte ihn ordentlich über den Klavierhocker. »Wiedersehen«, sagte ich zu Giordano.

Der hatte immer noch sein Schmollgesicht aufgesetzt. »Ich fürchte, das wird sich wohl nicht vermeiden lassen.«

Auf dem Weg hinunter zum alten Alchemielabor, den ich inzwischen fast schon mit verbundenen Augen kannte, erzählte mir Mr George, was am Morgen passiert war. Er war ein bisschen erstaunt, dass Mr Marley mich noch nicht über die Ereignisse informiert hatte, und ich machte mir nicht die Mühe zu erklären, wie es dazu gekommen war.

Man hatte Gideon für eine kleinere Aufgabe (was für eine Aufgabe das war, wollte Mr George mir nicht verraten) mit dem Chronografen in die Vergangenheit geschickt (das Jahr wollte Mr George mir ebenfalls nicht verraten) und ihn zwei Stunden später ohnmächtig in einem Gang unweit vom Chronografenraum wiedergefunden. Mit einer Platzwunde an der Stirn, die offensichtlich von einem keulenähnlichen Gegenstand stammte. Gideon konnte sich an nichts erinnern, der Angreifer musste im Hinterhalt gelauert und zugeschlagen haben.

»Aber wer . . .?«

»Wir wissen es nicht. Eine bedrückende Situation, gerade in unserer jetzigen Lage. Wir haben ihn gründlich untersucht, es gibt nirgendwo eine Einstichstelle, aus der sich schließen ließe, dass man ihm Blut abgenommen haben könnte . . .«

»Hätte nicht das Blut aus der Stirnwunde ausgereicht?«, fragte ich mit einem leisen Schaudern.

»Möglich«, gab Mr George zu. »Aber wenn . . . jemand auf Nummer sicher hätte gehen wollen, hätte er das Blut auf andere Weise entnommen. Nun ja, es gibt unzählige Erklärungsmöglichkeiten. Niemand wusste, dass Gideon an diesem Abend dort auftauchen würde, es ist also unwahrscheinlich, dass jemand speziell auf ihn gewartet hat. Viel wahrscheinlicher ist es, dass es sich um eine zufällige Begegnung handelt. Es . . . in bestimmten Jahren wimmelte es hier unten nur so von subversiven Objekten, Schmugglern, Verbrechern, Unterweltlern im wahrsten Sinne des Wortes. Ich persönlich glaube an einen ärgerlichen Zufall . . .« Er räusperte sich. »Nun ja, auf jeden Fall scheint Gideon das Abenteuer gut überstanden zu haben, jedenfalls konnte Dr. White keine ernsthafte Verletzung feststellen. Und so werdet ihr wie geplant Sonntagmittag zu der Soiree aufbrechen können.« Er lachte auf. »Wie das klingt: Eine Soiree am Sonntagmittag.«

Ja, hahaha, sehr komisch. »Wo ist Gideon jetzt?«, fragte ich ungeduldig. »Im Krankenhaus?«

»Nein. Er ruht sich aus – hoffe ich. Im Krankenhaus war er nur zur Computertomografie und da die Gott sei Dank ohne Befund war, hat er sich selber wieder entlassen. Er hat nämlich gestern Abend überraschend Besuch von seinem Bruder bekommen . . .«

»Ich weiß«, sagte ich. »Mr Whitman hat Raphael heute in Saint Lennox angemeldet.«

Ich hörte Mr George tief seufzen. »Der Junge ist von zu Hause ausgerissen, nachdem er mit seinen Freunden irgendeinen Unsinn angestellt hatte. Eine verrückte Idee von Falk, Raphael in England zu behalten. In diesen turbulenten Zeiten haben wir alle – und Gideon am meisten – Besseres zu tun, als uns um renitente Jugendliche zu kümmern . . . Aber Falk konnte Selina noch nie etwas abschlagen, und wie es aussieht, ist das Raphaels letzte Chance, einen Highschool-Abschluss zu machen, weit weg von den Freunden, die einen so schlechten Einfluss auf ihn haben.«

»Selina – ist das Gideons und Raphaels Mutter?«

»Ja«, sagte Mr George. »Die Frau, von der die beiden diese schönen grünen Augen geerbt haben. So, da wären wir. Du kannst das Tuch abnehmen.«

Dieses Mal waren wir ganz allein im Chronografenraum.

»Charlotte hat behauptet, dass Sie die geplanten Besuche im 18. Jahrhundert unter diesen Umständen absagen würden«, sagte ich hoffnungsvoll. »Oder verschieben? Nur, damit Gideon Zeit hat, sich zu erholen, und ich vielleicht noch etwas mehr üben kann . . .«

Mr George schüttelte den Kopf. »Nein. Das werden wir nicht tun. Wir werden alle erdenklichen Vorsichtsmaßnahmen ergreifen, aber der enge Zeitplan war dem Grafen sehr wichtig. Gideon und du, ihr werdet übermorgen auf diese Soiree gehen, das steht fest. Hast du besondere Wünsche, was das Jahr angeht, in das wir dich heute zum Elapsieren schicken?«

»Nein«, sagte ich betont gleichgültig. »Es spielt ja ohnehin keine Rolle, wenn man in einem Kellerraum eingesperrt ist, oder?«

Mr George nahm den Chronografen vorsichtig aus seinem Samttuch. »Das ist richtig. Gideon schicken wir meistens ins Jahr 1953, das war ein ruhiges Jahr, da müssen wir nur darauf achten, dass er sich nicht selber begegnet.« Er schmunzelte. »Das stelle ich mir gruselig vor, mit dem eigenen Ich irgendwo eingesperrt zu sein.« Er strich sich über seinen kugeligen Bauch und sah nachdenklich in die Luft. »Wie wäre es mit dem Jahr 1956? Auch ein sehr ruhiges Jahr.«

»Ja, klingt perfekt«, sagte ich.

Mr George reichte mir die Taschenlampe und zog seinen Ring vom Finger. »Nur für den Fall . . . – keine Angst, es wird garantiert niemand kommen, nachts um halb drei.«

»Nachts um halb drei?«, wiederholte ich entsetzt. Wie sollte ich mitten in der Nacht meinen Großvater aufsuchen? Kein Mensch würde mir glauben, dass ich mich im Keller verirrt hatte, nachts um halb drei. Vielleicht war noch nicht mal jemand im Haus. Dann wäre doch alles vergeblich! »Oh, Mr George, bitte nicht! Schicken Sie mich nicht nachts in diese gruseligen Katakomben, ganz allein . . .!«

»Aber Gwendolyn, das spielt doch gar keine Rolle, tief unter der Erde, in einem verschlossenen Raum . . .«

»Ich habe aber . . . nachts Angst! Bitte, Sie dürfen mich auf keinen Fall allein . . .« Ich war so verzweifelt, dass sich meine Augen mit Tränen füllten, ohne dass ich künstlich nachhelfen musste.

»Schon gut«, sagte Mr George und sah mich aus seinen kleinen Äuglein begütigend an. »Ich vergaß, dass du . . . Nehmen wir einfach eine andere Tageszeit. Sagen wir nachmittags gegen drei?«

»Das ist besser«, sagte ich. »Danke, Mr George.«

»Nichts zu danken.« Mr George hob kurz den Blick vom Chronografen und lächelte mir zu. »Wir verlangen wirklich viel von dir – ich glaube, mir wäre an deiner Stelle auch mul-

mig zumute, so ganz allein in einem Keller. Zumal du doch
ab und an Dinge siehst, die andere nicht sehen . . .«

»Ja, danke, dass Sie mich daran erinnern«, sagte ich. Xemerius war nicht da, er hätte sich sicher fürchterlich über das
Wort »Dinge« aufgeregt. »Wie war das noch mit den Gräbern
voller Gebeine und Schädel direkt um die Ecke?«

»Oh«, sagte Mr George. »Ich wollte dich nicht noch zusätzlich ängstigen.«

»Keine Sorge«, sagte ich. »Vor den Toten fürchte ich mich
nicht. Im Gegensatz zu lebendigen Menschen können sie einem – meiner Erfahrung nach – nichts tun.« Ich sah, dass Mr
George eine Augenbraue hochzog, und fügte schnell hinzu:
»Natürlich sind sie mir trotzdem unheimlich und ich will auf
keinen Fall nachts neben Katakomben herumsitzen . . .« Ich
reichte ihm meine Hand, mit der anderen hielt ich die Schultasche fest an mich gedrückt. »Nehmen Sie bitte dieses Mal
den vierten Finger, der war noch nie dran.«

Mein Herz klopfte wie verrückt, als ich den Schlüssel aus seinem Versteck hinter den Ziegeln nahm und den Zettel aus-
einanderfaltete, den Lucas hineingelegt hatte. Es standen nur
lateinische Worte darauf, keine persönliche Mitteilung. Die
Parole des Tages kam mir ungewöhnlich lang vor und ich
versuchte gar nicht erst, sie auswendig zu lernen. Ich nahm
einen Kugelschreiber aus meinem Mäppchen und schrieb sie
mir auf die Handfläche. Lucas hatte auch einen Plan von den
Kellergewölben gezeichnet. Demnach musste ich mich vor
der Tür rechts halten, dann insgesamt dreimal links abbiegen, bis ich zu der großen Treppe kam, an der die ersten Wa-

chen stehen würden. Die Tür sprang mühelos auf, als ich den Schlüssel im Schloss drehte. Ich überlegte kurz, entschied aber dann, nicht wieder abzuschließen, nur für den Fall, dass ich es auf dem Rückweg eilig haben würde. Es roch modrig hier unten und an den Wänden konnte man deutlich das Alter dieser Gewölbe erkennen. Die Decke war niedrig und die Gänge recht eng. Alle paar Meter zweigte ein weiterer Gang ab oder es war eine Tür in die Wand eingelassen. Ohne meine Taschenlampe und den Plan von Lucas wäre ich vermutlich verloren gewesen, auch wenn ich ein seltsam vertrautes Gefühl hier unten hatte. Als ich am letzten Gang vor der Treppe links abbog, hörte ich Stimmen und holte tief Luft.

Jetzt kam es darauf an, die Wachen davon zu überzeugen, dass es einen wirklich guten Grund gab, mich durchzulassen. Anders als im 18. Jahrhundert sahen diese beiden hier kein bisschen gefährlich aus. Sie saßen am Fuß der Treppe und spielten Karten. Ich trat entschlossen näher. Als sie mich sahen, fielen dem einen die Karten aus der Hand, der andere sprang auf und suchte hektisch nach seinem Degen, der an der Wand lehnte.

»Guten Tag«, sagte ich mutig. »Lassen Sie sich von mir nicht stören.«

»Wie . . . wie . . . wie?«, stotterte der erste, während der zweite den Degen ergriffen hatte und mich unschlüssig anstarrte.

»Ist ein Degen nicht eine etwas exotische Waffe für das 20. Jahrhundert?«, fragte ich verdutzt. »Was machen Sie denn, wenn hier jemand mit einer Handgranate vorbeikommt? Oder einem Maschinengewehr?«

»Hier kommt nicht oft jemand vorbei«, sagte der mit dem Degen und grinste verlegen. »Es ist mehr eine traditionelle Waffe, die . . .« Er schüttelte den Kopf, als wolle er sich selber zur Ordnung rufen, dann gab er sich einen Ruck und stellte sich gerade hin. »Parole?«

Ich schaute auf meine Handfläche. »Nam quod in iuventus non discitur, in matura aetate nescitur.«

»Das ist richtig«, sagte der, der immer noch auf der Treppe saß. »Aber woher kommen Sie, wenn ich das fragen darf?«

»Vom Justizpalast«, sagte ich. »Eine super Abkürzung. Kann ich Ihnen bei Gelegenheit mal zeigen. Aber jetzt habe ich eine sehr wichtige Verabredung mit Lucas Montrose.«

»Montrose? Ich weiß gar nicht, ob der heute im Haus ist«, sagte der mit dem Degen und der andere sagte: »Wir bringen Sie nach oben, Miss, aber vorher müssen Sie uns Ihren Namen sagen. Fürs Protokoll.«

Ich sagte den ersten Namen, der mir in den Sinn kam. Vielleicht etwas zu vorschnell.

»Violet Purpleplum?«, wiederholte der mit dem Degen ungläubig, während der andere meine Beine begaffte. Wahrscheinlich ging die Rocklänge unserer Schuluniform mit der Mode des Jahres 1956 nicht ganz konform. Egal, da musste er jetzt durch.

»Ja«, sagte ich leicht aggressiv, weil ich mich über mich selber ärgerte. »Kein Grund, so komisch zu grinsen. Nicht jeder kann Smith oder Miller heißen. Können wir jetzt?«

Die beiden Männer stritten sich kurz, wer von ihnen mich hochbringen durfte, dann gab der mit dem Degen nach und machte es sich wieder auf der Treppe gemütlich. Auf dem

Weg nach oben wollte der andere wissen, ob ich schon mal hier gewesen sei. Ich sagte, aber ja, schon einige Male, und wie schön der Drachensaal doch sei, nicht wahr, und dass meine halbe Familie Mitglied bei den Wächtern sei, und da glaubte der Mann sich plötzlich zu erinnern, mich auf dem letzten Gartenfest gesehen zu haben.

»Sie waren das Mädchen, das die Limonade ausgeschenkt hat, oder? Zusammen mit Lady Gainsley.«

»Äh, genau«, sagte ich und da waren wir auch schon mittendrin in einem wunderbaren Plausch über das Gartenfest, die Rosen und lauter Menschen, die ich nicht kannte. (Was mich aber nicht daran hinderte, mich über den komischen Hut von Mrs Lamotte auszulassen und die Tatsache, dass ausgerechnet Mr Mason sich mit einem Büromädchen eingelassen hatte, pfui!)

Als wir an den ersten Fenstern vorbeikamen, schaute ich neugierig nach draußen – es sah alles sehr vertraut aus. Zu wissen, dass die Stadt außerhalb der ehrwürdigen Mauern von Temple allerdings einen vollkommen anderen Anblick bieten würde als zu meiner Zeit, war irgendwie seltsam. So als müsste ich auf der Stelle hinausstürzen und es mir anschauen, um es zu glauben.

Im ersten Stock klopfte der Wächter an eine Bürotür. Ich las den Namen meines Großvaters auf einem Schild und wurde von einer Welle des Stolzes überschwemmt. Ich hatte es tatsächlich geschafft!

»Eine Miss Purpleplum für Mr Montrose«, sagte der Wächter durch den Türspalt.

»Vielen Dank fürs Bringen«, sagte ich, während ich mich an

ihm vorbei ins Büro schob. »Wir sehen uns dann auf dem nächsten Gartenfest.«

»Ja. Darauf freue ich mich schon«, sagte er, aber da hatte ich die Tür schon vor seiner Nase geschlossen. Triumphierend drehte ich mich um. »Na, was sagst du jetzt?«

»Miss . . . äh . . . *Purpleplum?*« Der Mann am Schreibtisch sah mich mit großen Augen an. Er war eindeutig nicht mein Großvater. Ich starrte erschrocken zurück. Er war sehr jung, eigentlich noch fast ein Junge, und er hatte ein rundes, glattes Gesicht mit hellen, freundlichen Äuglein, die mir mehr als bekannt vorkamen.

»*Mr George?*«, fragte ich ungläubig.

»Kennen wir uns?« Der junge Mr George hatte sich erhoben.

»Ja, natürlich. Vom letzten Gartenfest«, stotterte ich, während die Gedanken in meinem Kopf durcheinanderwirbelten. »Ich war diejenige, die Limonade . . . wo ist denn Gran. . . Lucas? Hat er nicht gesagt, dass er heute mit mir verabredet ist?«

»Ich bin sein Assistent und noch nicht so lange hier«, stammelte Mr George verlegen. »Aber nein, er hat nichts gesagt. Er müsste allerdings jeden Augenblick wiederkommen. Möchten Sie sich so lange setzen, Miss – äh?«

»Purpleplum!«

»Richtig. Kann ich Ihnen vielleicht einen Kaffee bringen lassen?« Er kam um den Schreibtisch herum und rückte mir einen Stuhl zurecht, der mir ziemlich gelegen kam. Meine Beine fühlten sich ganz wacklig an. »Nein danke. Keinen Kaffee.«

Er betrachtete mich unschlüssig. Ich starrte sprachlos zurück.

»Sind Sie . . . bei den Pfadfindern?«

»Wie bitte?«

»Ich meine nur – wegen der Uniform.«

»Nein.« Ich konnte nicht anders, ich musste Mr George einfach weiter anstarren. Er war es – unverkennbar! Sein fünfundfünfzig Jahre älteres Ich sah ihm unerhört ähnlich, nur dass es keine Haare mehr hatte, dafür eine Brille trug und ungefähr so hoch wie breit war.

Der junge Mr George hingegen hatte jede Menge Haare, die er mit einem ordentlichen Scheitel und viel Pomade gebändigt hatte, und war regelrecht schlank. Offensichtlich war es ihm unangenehm, so angestarrt zu werden, denn er errötete, setzte sich wieder an seinen Platz hinter dem Schreibtisch und blätterte in irgendwelchen Papieren herum. Ich überlegte, was er wohl sagen würde, wenn ich seinen Siegelring aus der Tasche nehmen und ihm zeigen würde.

Mindestens eine Viertelstunde schwiegen wir so vor uns hin, dann ging die Bürotür auf und mein Großvater trat ein. Als er mich sah, wurden seine Augen für einen kleinen Moment kugelrund, bevor er sich wieder in den Griff bekam und sagte: »Ach, schau einer an, mein liebes Cousinchen!«

Ich sprang auf. Seit unserem letzten Treffen war Lucas Montrose eindeutig erwachsen geworden. Er trug einen eleganten Anzug und eine Fliege und er hatte einen Schnurrbart, der ihm nicht besonders gut stand. Der Schnurrbart kitzelte an meiner Wange, als er mich auf beide Wangen küsste.

»Was für eine Freude, Hazel! Wie lange wirst du denn in der Stadt bleiben? Und sind deine lieben Eltern auch mitgekommen?«

»Nein«, stotterte ich. Dass ich ausgerechnet die schreckliche Hazel sein musste! »Die sind zu Hause, bei den Katzen . . .«

»Das ist übrigens Thomas George, mein neuer Assistent, Thomas, das ist Hazel Montrose aus Gloucestershire. Ich habe dir doch gesagt, dass sie mich sicher bald mal besuchen kommt.«

»Ich dachte, ihr Name sei Purpleplum!«, sagte Mr George.

»Ja«, sagte ich. »Das ist er auch. Mein zweiter Name. Hazel Violet Montrose Purpleplum – aber wer kann sich das schon merken?«

Lucas sah mich stirnrunzelnd an. »Ich werde jetzt mit Hazel einen kleinen Spaziergang unternehmen«, wandte er sich dann an Mr George. »In Ordnung? Wenn jemand nach mir fragt, sagst du, ich wäre in einem Klientengespräch.«

»Ja, Mr Montrose, Sir«, sagte Mr George, um einen gleichgültigen Gesichtsausdruck bemüht.

»Wiedersehen«, sagte ich.

Lucas nahm meinen Arm und zog mich aus dem Zimmer. Beide lächelten wir angespannt um die Wette. Erst als wir die schwere Haustür hinter uns zugezogen hatten und draußen auf der sonnenbeschienenen Gasse standen, sprachen wir wieder.

»Ich will nicht die schreckliche Hazel sein«, sagte ich vorwurfsvoll und sah mich neugierig um. Temple schien sich nicht viel verändert zu haben in den fünfundfünfzig Jahren, wenn man mal die Autos außer Acht ließ. »Sehe ich vielleicht aus wie jemand, der Katzen an ihren Schwänzen über den Kopf wirbelt?«

»Purpleplum!«, sagte Lucas genauso vorwurfsvoll. »Auffälliger ging es wohl nicht, oder?« Dann packte er mich an beiden Schultern und betrachtete mich. »Lass dich anschauen, Enkeltochter! Du siehst noch genauso aus wie vor acht Jahren.«

»Ja, das war ja auch erst vorgestern«, sagte ich.

»Unglaublich«, sagte Lucas. »Ich habe all die Jahre gedacht, ich hätte das alles vielleicht nur geträumt . . .«

»Gestern bin ich im Jahr 1953 gelandet, aber da war ich nicht allein.«

»Wie viel Zeit haben wir heute?«

»Ich bin um drei Uhr eurer Zeit gelandet, um Punkt halb sieben werde ich wieder zurückspringen.«

»Dann haben wir wenigstens ein bisschen Zeit, um zu reden. Komm, um die Ecke ist ein kleines Café, da können wir einen Tee trinken.« Lucas nahm meinen Arm und wir gingen in Richtung Strand. »Du wirst es nicht glauben, aber seit drei Monaten bin ich Vater«, erzählte er im Weitergehen. »Ich muss sagen, das ist ein gutes Gefühl. Und ich glaube, Arista war eine gute Wahl. Claudine Seymore hingegen ist ziemlich aus dem Leim gegangen und außerdem hebt sie gern mal einen, sagt man. Schon am Vormittag.« Wir liefen durch eine kleine Gasse und traten dann durch den Torbogen hinaus auf die Straße. Dort blieb ich überwältigt stehen. Der Verkehr brauste über Strand wie eh und je, aber er bestand aus lauter Oldtimern. Die roten Doppeldeckerbusse sahen aus wie aus einem Museum und machten einen mörderischen Krach und die meisten Menschen, die auf den Bürgersteigen entlanggingen, trugen Hüte – Männer, Frauen, sogar die Kinder! An der Hauswand schräg gegenüber hing ein Filmplakat, das

Werbung für *High Society* mit der überirdisch schönen Grace Kelly und dem unglaublich hässlichen Frank Sinatra machte. Mit aufgesperrtem Mund gaffte ich nach links und rechts und kam kaum vorwärts. Alles sah aus wie auf einer Nostalgiepostkarte im Retrostyle – nur viel bunter.

Lucas führte mich zu einem hübschen Eckcafé und bestellte Tee und Scones. »Beim letzten Mal warst du hungrig«, erinnerte er sich. »Sie machen hier auch gute Sandwichs.«

»Nein danke«, sagte ich. »Grandpa, wegen Mr George! Im Jahr 2011 tut er so, als hätte er mich noch nie gesehen.«

Lucas zuckte mit den Schultern. »Ach, mach dir keine Sorgen wegen dem Jungen. Bis ihr euch wiederseht, sind es noch fünfundfünfzig Jahre. Wahrscheinlich wird er dich einfach vergessen.«

»Ja, vielleicht«, sagte ich und schaute irritiert auf die vielen Raucher. Direkt neben uns, vor einem Nierentisch, auf dem ein gläserner Aschenbecher in der Größe eines Totenkopfs stand, saß ein dicker Herr mit einer Zigarre. Die Luft war zum Schneiden dick. Hatten die im Jahr 1956 noch nichts von Lungenkrebs gehört? »Hast du mittlerweile herausgefunden, was der grüne Reiter ist?«

»Nein, aber ich habe etwas viel Wichtigeres herausgefunden. Ich weiß jetzt, warum Lucy und Paul den Chronografen stehlen werden.« Lucas sah sich kurz um und rückte seinen Stuhl näher an meinen. »Nach deinem Besuch sind Lucy und Paul noch einige Male zum Elapsieren gekommen, ohne dass etwas Besonderes passiert wäre. Wir haben zusammen Tee getrunken, ich habe sie französische Verben abgefragt und wir haben uns vier Stunden lang gepflegt gelangweilt. Sie durften das Haus nicht verlassen, das war Vorschrift, und Kenneth de Villiers, die alte Petze, hat dafür gesorgt, dass wir uns an diese Vorschriften hielten. Einmal habe ich Lucy und Paul nämlich herausgeschmuggelt, damit sie sich einen Film angucken und ein bisschen umschauen konnten, aber dummerweise hat man uns dabei erwischt. Ach, was sag ich: *Kenneth* hat uns dabei erwischt. Es gab einen Riesenärger. Mir wurde eine Disziplinarstrafe auferlegt und für ein halbes Jahr stand dann immer ein Wachposten vor der Tür des Drachensaals, während Lucy und Paul bei uns waren. Das hat sich erst wieder geändert, als ich meinen dritten Adeptengrad erworben habe. Oh, vielen Dank.« Letzteres galt der Kellnerin, die original aussah wie Doris Day in dem Film »Der Mann, der zu viel wusste«. Ihre hellblond gefärbten Haare waren kurz geschnitten und sie trug ein duftiges Kleid mit weit schwingendem Rock. Mit einem strahlenden Lächeln stellte sie unsere Bestellung vor uns hin und ich hätte mich nicht gewundert, wenn sie angefangen hätte, *Que sera, sera* zu singen.

Lucas wartete, bis sie außer Hörweite war, dann sprach er weiter. »Natürlich habe ich durch vorsichtiges Nachfragen versucht herauszufinden, was für einen Grund sie haben könnten, mit dem Chronografen abzuhauen. Fehlanzeige. Ihr einziges Problem war, dass sie schrecklich ineinander verliebt waren. Offensichtlich wurde ihre Verbindung in ihrer Zeit nicht gern gesehen, also hielten sie sie geheim. Nur wenige Menschen wussten davon, ich zum Beispiel, und deine Mutter, Grace.«

»Dann sind sie vielleicht in die Vergangenheit geflohen,

nur weil sie nicht zusammen sein durften! Wie Romeo und Julia?« Ach. Wie schrecklich romantisch.

»Nein«, sagte Lucas. »Nein, das war nicht der Grund.« Er rührte in seinem Teeglas, während ich das Körbchen voller warmer Scones, die unter einer Stoffserviette lagen und verführerisch dufteten, gierig anstarrte.

»Der Grund dafür war ich«, fuhr Lucas fort.

»Was? *Du?*«

»Also, nicht direkt *ich*. Aber es war meine Schuld. Eines Tages nämlich bin ich auf die hirnverbrannte Idee gekommen, Lucy und Paul einfach noch ein Stück weiter zurück in die Vergangenheit zu schicken.«

»Mit dem Chronografen? Aber wie . . .«

»Herrje, ja, es war hirnverbrannt, das sage ich doch.« Lucas fuhr sich durch sein Haar. »Aber wir waren täglich an die vier Stunden in diesem verdammten Saal eingeschlossen, zusammen mit dem Chronografen. Und was lag da näher, als auf solch dumme Gedanken zu kommen? Ich studierte alte Pläne, die Geheimschriften und die Annalen gründlich, dann besorgte ich Kostüme aus dem Fundus und schließlich lasen wir Lucys und Pauls Blut in den Chronografen ein und ich schickte sie probeweise für zwei Stunden ins Jahr 1590. Es klappte vollkommen reibungslos. Als die zwei Stunden um waren, sprangen sie zurück zu mir ins Jahr 1948, ohne dass jemand gemerkt hatte, dass sie überhaupt weg gewesen waren. Und eine halbe Stunde später sprangen sie von dort zurück ins Jahr 1992. Es war perfekt.«

Ich schob mir einen Scone, reich bestrichen mit *clotted cream,* in den Mund. Ich konnte besser denken, wenn ich kaute. Es gab eine Menge Fragen, die sich mir aufdrängten, und ich nahm einfach die erstbeste davon. »Aber 1590 – da gab es die Wächter doch noch gar nicht?«

»Genau«, sagte Lucas. »Da gab es nicht mal dieses Gebäude. Und das war unser Glück. Oder Pech, wie man's nimmt.« Er nahm einen Schluck Tee. Gegessen hatte er noch nichts und langsam begann ich, mich zu fragen, wie er sich die vielen Kilos anfuttern wollte. »Anhand von alten Plänen habe ich herausgefunden, dass das Gebäude mit dem Drachensaal exakt an einer Stelle erbaut wurde, an der sich vom späten 16. Jahrhundert bis Ende des 17. Jahrhunderts ein kleiner Platz mit einem Brunnen befand.«

»Ich verstehe nicht ganz . . .«

»Wart's ab. Diese Entdeckung war wie ein Freifahrtschein für uns. Lucy und Paul konnten aus dem Drachensaal auf diesen Platz in die Vergangenheit springen und sie mussten sich lediglich rechtzeitig wieder dort einfinden, dann sprangen sie automatisch zurück in den Drachensaal. Kannst du mir noch folgen?«

»Und wenn sie am helllichten Tag auf dem Platz landeten? Wurden sie dann nicht sofort verhaftet und als Hexen verbrannt?«

»Es war ein ruhiger kleiner Platz, meistens wurden sie gar nicht bemerkt. Und wenn doch, dann rieben sich die Leute nur verwundert die Augen und dachten, sie hätten einen Moment lang nicht aufgepasst. Natürlich war es trotzdem unglaublich gefährlich, aber uns erschien es geradezu genial. Wir freuten uns diebisch darüber, dass wir auf diese Idee gekommen waren und alle austricksen konnten, und Lucy und

Paul hatten unglaublich viel Spaß. Ich auch, selbst wenn ich immer wie auf heißen Kohlen im Drachensaal auf Lucys und Pauls Rückkehr wartete. Nicht auszudenken, wenn jemand hereingekommen wäre ...«

»Ganz schön mutig«, sagte ich.

»Ja«, gab Lucas zu und sah ein bisschen schuldbewusst aus. »So was macht man nur, wenn man jung ist. Heute würde ich es nicht mehr tun, ganz bestimmt nicht. Aber ich dachte, wenn es wirklich gefährlich wäre, dann würde mein altes weises Ich aus der Zukunft eingreifen, verstehst du?«

»Welches weise Ich aus der Zukunft?«, fragte ich grinsend.

»Na, ich selber«, rief Lucas und dämpfte seine Stimme sofort wieder. »Ich werde doch 1992 noch wissen, was ich im Jahr 1948 mit Lucy und Paul ausgeheckt habe, und wäre es schiefgegangen, hätte ich die beiden sicher vor meinem leichtsinnigen jungen Ich gewarnt ... dachte ich.«

»Okay«, sagte ich gedehnt und nahm mir noch einen Scone, sozusagen als Gehirnnahrung. »Aber das hast du nicht getan?«

Lucas schüttelte den Kopf. »Offensichtlich nicht, ich Idiot. Und so wurden wir immer leichtsinniger. Als Lucy in der Schule *Hamlet* durchnahm, schickte ich die beiden ins Jahr 1602. An drei Tagen hintereinander konnten sie sich die Originalaufführung der Lord Chamberlain's Men im Globe-Theater anschauen.«

»In Southwark?«

Lucas nickte. »Ja, das war ziemlich aufwendig. Sie mussten über die London Bridge auf die andere Themseseite, dort versuchen, so viel von Hamlet zu ergattern wie möglich, und zurück sein, bevor der Zeitsprung erfolgte. Zwei Tage ging es gut, aber am dritten Tag gab es einen Unfall auf der London Bridge und Lucy und Paul wurden Zeugen eines Verbrechens. Sie schafften es nicht rechtzeitig zu ihrem Zeitsprung an dieses Ufer, sondern landeten im Southwark des Jahres 1948, halb in der Themse, während ich ganz wahnsinnig wurde vor Sorgen.« Offenbar nahm ihn schon die Erinnerung daran mit, er wurde blass um die Nase. »Nur ganz knapp, klatschnass und in ihren Kostümen des 17. Jahrhunderts erreichten sie Temple, bevor sie ins Jahr 1992 zurücksprangen. Ich erfuhr das alles erst bei ihrem nächsten Besuch . . .«

Mir schwirrte schon wieder der Kopf von den vielen unterschiedlichen Jahreszahlen. »Was war das für ein Verbrechen, dessen Zeugen sie wurden?«

Lucas rückte seinen Stuhl noch ein wenig näher. Seine Augen hinter der Brille waren ganz dunkel vor lauter Ernsthaftigkeit. »Das ist genau der Punkt! Lucy und Paul sahen, wie der Graf von Saint Germain jemanden umbrachte.«

»Der Graf?«

»Lucy und Paul waren dem Grafen bis dahin nur zweimal begegnet. Trotzdem waren sie sich ganz sicher, dass er es war. Nach ihrem Initiationssprung wurden sie ihm jeweils im Jahr 1784 vorgestellt. Das hatte der Graf selber so bestimmt, er wollte die Zeitreisenden, die nach ihm geboren wurden, erst am Ende seines Lebens kennenlernen. Ich würde mich wundern, wenn es bei dir anders gewesen wäre.« Er räusperte sich. »Sein wird. Wie auch immer. Jedenfalls reisten die Wächter mit Lucy und Paul und dem Chronografen eigens nach Norddeutschland, wo der Graf seine letzten Lebensjahre

verbrachte. Ich selber war dabei. Werde dabei sein. Als Großmeister der Loge – kannst du das glauben?«

Ich runzelte die Stirn. »Könnten wir vielleicht . . .?«

»Ah, ich verzettele mich wieder, richtig? Es übersteigt immer mein Fassungsvermögen, dass die Dinge erst noch geschehen werden, obwohl sie längst geschehen sind. Wo waren wir stehen geblieben?«

»Wie konnte der Graf im Jahr 1602 einen Mord begehen . . .
oh, ich verstehe! Er tat es auf einer seiner Zeitreisen!«

»Genau. Und zwar als sehr viel jüngerer Mann. Es war ein
ungeheuerlicher Zufall, dass Lucy und Paul in genau demselben Augenblick an genau derselben Stelle waren. Wenn man
in diesem Zusammenhang von Zufall sprechen kann. Der Graf
selber schreibt in einer seiner zahlreichen Schriften: *Wer an
Zufälle glaubt, hat die Macht des Schicksals nicht begriffen.*«

»Wen ermordete er? Und warum?«

Lucas sah sich wieder im Café um. »Das, liebe Enkeltochter,
wussten wir zunächst auch nicht. Es dauerte Wochen, bis wir
dahinterkamen. Sein Opfer war niemand anders als Lancelot
de Villiers, der erste Zeitreisende im Kreis. Der Bernstein!«

»Er hat seinen eigenen Vorfahren ermordet? Aber warum
das denn?«

»Lancelot de Villiers war ein belgischer Baron, der im Jahr
1602 mit seiner ganzen Familie nach England übersiedelte.
In den Chroniken und Geheimschriften des Grafen von Saint
Germain, die er den Wächtern hinterlassen hat, steht, dass
Lancelot 1607 gestorben ist, deshalb sind wir zunächst nicht
auf ihn gekommen. Tatsächlich aber – ich erspare dir jetzt die
Einzelheiten unserer detektivischen Nachforschungen – wur-

de dem Baron im Jahr 1602 in seiner eigenen Kutsche die Kehle durchgeschnitten . . .«

»Das verstehe ich nicht«, murmelte ich.

»Ich habe selber noch nicht alle Puzzleteile zusammenbringen können«, sagte Lucas, während er eine Packung Zigaretten aus seiner Tasche nahm und sich eine Zigarette anzündete. »Dazu kommt, dass ich Lucy und Paul seit dem 24. September 1949 nicht mehr gesehen habe. Ich vermute, dass sie mit dem Chronografen in eine Zeit vor meiner gesprungen sind, denn sonst hätten sie mich längst aufgesucht. Oh . . . *verdammt!* Sieh bloß nicht hin!«

»Was ist denn? Und seit wann rauchst du?«

»Da kommt Kenneth de Villiers mit seiner Schreckschraube von Schwester.« Lucas versuchte, hinter der Speisekarte in Deckung zu gehen.

»Sag doch einfach, wir wollen ungestört sein«, flüsterte ich.

»Das kann ich nicht – er ist mein Vorgesetzter: In der Loge wie im richtigen Leben. Ihm gehört diese verdammte Kanzlei . . . Wenn wir Glück haben, sehen sie uns nicht.«

Wir hatten kein Glück. Ein hochgewachsener Mittvierziger und eine Dame mit türkisfarbenem Hut hielten zielstrebig auf unseren Tisch zu und nahmen auf den beiden freien Stühlen Platz, ohne dass jemand sie darum gebeten hatte.

»Da machen wir heute Nachmittag wohl alle beide blau, was, Lucas?«, sagte Kenneth de Villiers leutselig und schlug Lucas auf die Schulter. »Nicht, dass ich nicht alle beide Augen zudrücken würde, nachdem du den Fall Parker gestern so bravourös zu Ende gebracht hast. Noch einmal meinen Glückwunsch. Ich hörte schon, dass du Besuch vom Lande hast.« Seine bernsteinfarbenen Augen unterzogen mich einer genauen Musterung. Ich versuchte, so unbefangen wie möglich zurückzuschauen. Es war schon seltsam, wie sich die de Villiers mit ihren betonten Wangenknochen und der aristokratischen, geraden Nase in allen Zeiten ähnlich sahen. Dieser hier war ebenfalls eine beeindruckende Erscheinung, wenn auch nicht ganz so gut aussehend wie zum Beispiel Falk de Villiers in meiner Zeit.

»Hazel Montrose, meine Cousine«, stellte Lucas mich vor. »Hazel, das sind Mr und Mrs de Villiers.«

»Ich bin aber seine Schwester«, sagte Mrs de Villiers und kicherte. »Oh, gut, Sie haben Zigaretten – ich muss sofort eine von Ihnen schnorren.«

»Leider wollten wir gerade gehen«, sagte Lucas, während er ihr galant eine Zigarette reichte und Feuer gab. »Ich habe da noch einiges an Akten aufzuarbeiten . . .«

»Aber nicht heute, mein Freund, nicht heute.« Sein Chef zwinkerte ihm freundlich zu.

»Mit Kenneth allein ist es immer so langweilig«, sagte Mrs de Villiers und pustete den Rauch der Zigarette durch ihre Nase wieder aus. »Man kann mit ihm über nichts reden außer über Politik. Kenneth, bitte bestell doch noch einmal Tee für uns alle. Von wo genau kommen Sie, meine Liebe?«

»Gloucestershire«, sagte ich und hustete ein bisschen.

Lucas seufzte ergeben. »Mein Onkel, also Hazels Vater, hat dort ein großes Gut mit vielen Tieren.«

»Ach, ich liebe das Landleben. Und ich liebe Tiere!«, sagte Mrs de Villiers enthusiastisch.

»Und ich erst«, sagte ich. »Vor allem Katzen.«

Aus den Annalen der Wächter/Protokoll der
Zerberuswache

24. Juli 1956

»Nam quod in iuventus non discitur, in matura aetate
nescitur.«

7 Uhr: Novize Cartrell, der bei der nächtlichen Ariadne-
Prüfung als vermisst gemeldet worden war, erreicht den
Aufgang mit sieben Stunden Verspätung. Er taumelt
leicht und riecht nach Alkohol, was vermuten lässt, dass
er zwar die Prüfung nicht bestanden, aber den
verschollenen Weinkeller aufgespürt hat. Ich lasse ihn
ausnahmsweise mit der Parole des Vortages passieren.

Ansonsten keine besonderen Vorkommnisse.
Bericht: J. Smith, Novize, Vormittagsschicht

13.12 Uhr: Wir sichten eine Ratte. Ich will sie mit dem
Degen aufspießen, aber Leroy füttert sie mit Resten von
seinem Sandwich und tauft sie auf den Namen Audrey.
15.15 Uhr: Miss Violet Purpleplum erreicht den Aufgang
über einen uns unbekannten Weg vom Justizpalast. Sie
trägt die Parole des Tages fehlerfrei vor, Leroy eskortiert
sie wunschgemäß nach oben in die Büros.

15:24 Uhr: Audrey ist wieder da. Ansonsten keine
besonderen Vorkommnisse.
Bericht: P. Ward, Novize, Nachmittagsschicht

18 Uhr bis 0.00 Uhr: Keine besonderen Vorkommnisse
Bericht: N. Cartrell, Novize, Abendschicht

0.00 Uhr bis 6.00 Uhr: Keine besonderen Vorkommnisse
Bericht: K. Elbereth/M. Ward, Novizen

8.

Die Wache am Fuße der Treppe schlief, den Kopf auf das Geländer gelegt.

»Armer Cartrell«, flüsterte Lucas, als wir an dem schnarchenden Mann vorbeischlichen. »Ich fürchte, er wird es nicht zum Adepten schaffen, wenn er weiterhin so viel trinkt . . . Aber umso besser für uns. Komm, schnell!«

Ich war schon vollkommen außer Atem, da wir den Weg vom Café hierher im Laufschritt hatten zurücklegen müssen. Kenneth de Villiers und seine Schwester hatten uns Ewigkeiten aufgehalten, stundenlang hatten wir mit ihnen geplaudert, über das Landleben im Allgemeinen und das in Gloucestershire im Besonderen (ich hatte ein paar hübsche Anekdoten über meine Cousine Madeleine und ein Schaf namens Clarisse beizusteuern), über den Fall Parker (von dem ich nur verstand, dass mein Großvater ihn gewonnen hatte), über den niedlichen kleinen Thronfolger Charles (hallo?) und über alle Filme von Grace Kelly und ihre Hochzeit mit einem monegassischen Fürsten. Ab und an hustete ich und versuchte, das Gespräch auf die verheerenden Folgen des Rauchens für die Gesundheit zu bringen, aber das kam nicht gut an. Als wir das Café endlich verlassen konnten, war es so spät, dass ich nicht mal Zeit hatte, die Toilette aufzusuchen, obwohl ich einen gefühlten Liter Tee in der Blase hatte.

»Noch drei Minuten«, keuchte Lucas, während wir durch die Kellergänge rannten. »Dabei gibt es noch unendlich viel, das ich dir sagen wollte. Wenn diese blöde Pestbeule von einem Chef nicht gekommen wäre . . .«

»Ich hatte nicht gewusst, dass du bei einem de Villiers *angestellt* bist«, sagte ich. »Du bist schließlich der künftige Lord Montrose, Mitglied des Oberhauses.«

»Ja«, erwiderte Lucas griesgrämig. »Aber bis ich das Erbe meines Vaters antrete, muss ich trotzdem den Unterhalt für meine Familie verdienen. Dieser Job hat sich einfach angeboten . . . Egal, hör zu: Alles, was der Graf von Saint Germain den Wächtern hinterlassen hat, die sogenannten Geheimschriften, die Briefe, die Chroniken, all diese Dinge gingen vorher durch seine Zensur. Die Wächter wissen nur, was Saint Germain zuließ, und alle Informationen zielen darauf ab, dass die Generationen nach ihm alles daran setzen werden, den Kreis zu schließen. Aber keiner der Wächter kennt das ganze Geheimnis.«

»Aber du kennst es?«, rief ich aus.

»Schschsch! Nein. Ich kenne es auch nicht.«

Wir bogen um die letzte Ecke und ich riss die Tür zum alten Alchemielabor auf. Meine Sachen lagen auf dem Tisch, genau, wie ich sie zurückgelassen hatte.

»Aber Lucy und Paul kennen das Geheimnis, davon bin ich überzeugt. Als wir uns das letzte Mal gesehen haben, waren sie kurz davor, die Dokumente zu finden.« Er sah auf seine Uhr. »Verdammt.«

»Weiter!«, drängte ich, während ich meine Schultasche und die Taschenlampe an mich nahm. In letzter Sekunde fiel mir noch ein, Lucas den Schlüssel wiederzugeben. In meinem Magen machte sich bereits das altbekannte Achterbahngefühl breit. »Und bitte, rasier dir den Schnurrbart ab, Grandpa!«

»Der Graf hatte Feinde, von denen in den Chroniken nur am Rande die Rede ist«, sprudelte Lucas hervor. »Insbesondere hatte es eine alte kirchennahe Geheimorganisation auf ihn abgesehen, die sich *die florentinische Allianz* nannte. Diese Organisation gelangte 1745, im Gründungsjahr der Loge hier in London, in den Besitz von Dokumenten aus dem Erbe des Grafen von Saint Germain . . . findest du, der Schnurrbart steht mir nicht?«

Der Raum begann, sich um mich zu drehen.

»Ich hab dich lieb, Grandpa!«, stieß ich hervor.

». . . Dokumente, die unter anderem beweisen, dass es nicht damit getan ist, alle zwölf Zeitreisenden mit ihrem Blut in den Chronografen einzulesen! Das Geheimnis offenbart sich erst, wenn . . .«, hörte ich Lucas noch sagen, bevor es mich von den Füßen riss.

Bruchteile einer Sekunde später blinzelte ich ins helle Licht. Und gegen eine weiße Hemdenbrust. Einen Zentimeter weiter links und ich wäre direkt auf Mr Georges Füßen gelandet.

Ich stieß einen leisen Schreckensschrei aus und machte ein paar Schritte zurück.

»Wir müssen beim nächsten Mal daran denken, dir Kreide für eine Markierung mitzugeben«, sagte Mr George kopfschüttelnd und nahm mir die Taschenlampe aus der Hand. Er hatte nicht allein auf meine Rückkehr gewartet. Neben ihm stand Falk de Villiers, Dr. White saß auf einem Stuhl am

Tisch, Robert, der kleine Geistjunge, lugte hinter seinen Beinen hervor und an der Wand neben der Tür lehnte Gideon, mit einem riesigen weißen Pflaster auf der Stirn.

Bei seinem Anblick musste ich tief Luft holen.

Er hatte seine übliche Haltung eingenommen, die Arme vor der Brust verschränkt, aber seine Gesichtsfarbe war kaum dunkler als das Pflaster und die Schatten unter seinen Augen ließen seine Iris unnatürlich grün erscheinen. Ich spürte ein geradezu übermächtiges Verlangen, zu ihm zu laufen, ihn in die Arme zu nehmen und auf seine Wunde zu pusten, so wie ich es früher immer mit Nick gemacht hatte, wenn er sich wehgetan hatte.

»Alles in Ordnung, Gwendolyn?«, fragte Falk de Villiers.

»Ja«, sagte ich, ohne Gideon aus den Augen zu lassen. Gott, ich hatte ihn vermisst, wie sehr, das wurde mir jetzt erst bewusst. War dieser Kuss auf dem grünen Sofa erst einen Tag her? Obwohl – von *einem* Kuss konnte man wohl schlecht sprechen.

Gideon gab meinen Blick reglos zurück, beinahe unbeteiligt, als würde er mich gerade zum ersten Mal sehen. Keine Spur mehr von dem, was gestern gewesen war.

»Ich bringe Gwendolyn hinauf, damit sie nach Hause fahren kann«, sagte Mr George ruhig, legte eine Hand auf meinen Rücken und schob mich sanft an Falk vorbei zur Tür. Direkt auf Gideon zu.

»Hast du . . . geht es dir wieder gut?«, fragte ich.

Gideon sagte nichts, er sah mich nur an. Aber irgendetwas stimmte nicht mit der Art und Weise, wie er mich ansah. Als wäre ich keine Person, sondern ein Gegenstand. Irgendetwas

Unbedeutendes, Alltägliches, so etwas wie ein . . . Stuhl. Möglicherweise hatte er doch eine Gehirnerschütterung und wusste nicht mehr, wer ich war? Unvermittelt wurde mir kalt.

»Gideon gehört ins Bett, aber er muss einige Stunden elapsieren, wenn wir keinen unkontrollierten Zeitsprung riskieren wollen«, erklärte Dr. White barsch. »Es ist Leichtsinn, ihn wieder allein . . .«

»Zwei Stunden in einem ruhigen Kellerraum im Jahr 1953, Jake«, fiel ihm Falk ins Wort. »Auf einem Sofa. Das wird er überleben.«

»Ja, allerdings«, sagte Gideon und sein Blick wurde, wenn überhaupt möglich, noch finsterer. Plötzlich war mir zum Heulen zumute.

Mr George öffnete die Tür. »Komm, Gwendolyn.«

»Einen Moment noch, Mr George.« Gideon hielt mich am Arm fest. »Eins würde ich gern noch wissen: In welches Jahr schickten Sie Gwendolyn gleich?«

»Gerade eben? 1956, Juli«, sagte Mr George. »Warum?«

»Nun – weil sie nach Zigaretten riecht«, sagte Gideon, während sich der Griff um meinen Arm schmerzhaft verstärkte. Beinahe hätte ich die Schultasche fallen gelassen.

Automatisch roch ich an meinem Jackenärmel. Richtig – der stundenlange Aufenthalt in dem verqualmten Café hatte eindeutig Spuren hinterlassen. Wie um Himmels willen sollte ich das erklären?

Alle Blicke im Raum waren jetzt auf mich gerichtet und ich begriff, dass ich mir ganz schnell eine gute Ausrede einfallen lassen musste.

»Okay – erwischt«, sagte ich und guckte auf den Boden. »Ich

habe ein bisschen geraucht. Aber nur drei Zigaretten. Ehrlich.«

Mr George schüttelte den Kopf. »Aber Gwendolyn, ich hatte dir doch eingeschärft, keinen Gegenstand . . .«

»Es tut mir leid«, fiel ich ihm ins Wort. »Aber es ist so langweilig in diesem dunklen Keller und eine Zigarette hilft gegen die Angst . . .« Ich bemühte mich um einen betretenen Gesichtsausdruck. »Ich habe die Stummel sorgfältig eingesammelt und alles wieder mitgebracht, Sie müssen keine Sorge haben, dass jemand eine Packung Lucky Strike findet und sich wundert.«

Falk lachte.

»Unser Prinzesschen hier ist eben nicht ganz so brav, wie es aussieht«, sagte Dr. White und ich atmete erleichtert auf. Offensichtlich glaubten sie mir. »Guck nicht so schockiert, Thomas. Meine erste Zigarette habe ich mit dreizehn geraucht.«

»Ich auch. Meine erste und meine letzte.« Falk de Villiers hatte sich wieder über den Chronografen gebeugt. »Rauchen ist wirklich nicht empfehlenswert, Gwendolyn. Ich bin sicher, deine Mutter wäre ziemlich schockiert, wenn sie davon wüsste.«

Selbst der kleine Robert nickte heftig und sah mich vorwurfsvoll an.

»Außerdem ist es nicht gut für die Schönheit«, ergänzte Dr. White. »Von Nikotin bekommt man eine schlechte Haut und hässliche Zähne.«

Gideon sagte nichts. Er hatte auch seinen Griff um meinen Arm noch nicht gelockert. Ich zwang mich, ihm möglichst unbefangen in die Augen zu sehen, und versuchte ein entschuldigendes Lächeln. Er erwiderte meinen Blick mit leicht verengten Augen und schüttelte unmerklich den Kopf. Dann ließ er mich langsam los. Ich schluckte, weil ich plötzlich einen Kloß im Hals hatte.

Warum war Gideon so? In einem Augenblick nett und zärtlich und im nächsten wieder kühl und unnahbar? Das konnte doch kein Mensch aushalten. Ich jedenfalls nicht. Das hier unten, das mit uns, das hatte sich wirklich echt angefühlt. Richtig. Und nun hatte er nichts Besseres zu tun, als mich bei der ersten Gelegenheit vor versammelter Mannschaft bloßzustellen? Was wollte er damit erreichen?

»Komm jetzt«, sagte Mr George zu mir.

»Wir sehen uns dann übermorgen, Gwendolyn«, sagte Falk de Villiers. »Zu deinem großen Tag.«

»Vergessen Sie nicht, ihr die Augen zu verbinden«, sagte Dr. White und ich hörte Gideon kurz auflachen, als hätte Dr. White einen schlechten Witz gemacht. Dann fiel die schwere Tür hinter uns zu und wir standen draußen im Gang.

»Sieht so aus, als würde er keine Raucher mögen«, sagte ich leise und wäre am liebsten in Tränen ausgebrochen.

»Lass dir bitte die Augen verbinden«, sagte Mr George und ich hielt still, bis er das schmale Tuch auf meinem Hinterkopf zu einem Knoten geschlungen hatte. Dann nahm er mir die Schultasche ab und schob mich behutsam vorwärts. »Gwendolyn . . . Du musst wirklich vorsichtiger sein.«

»Ein paar Zigaretten bringen einen nicht gleich um, Mr George.«

»Das meinte ich nicht.«

»Was denn dann?«

»Ich meinte, was deine Gefühle angeht.«

»Wie bitte? Meine Gefühle?«

Ich hörte Mr George seufzen. »Mein liebes Kind, selbst ein Blinder könnte sehen, dass du . . . – du solltest einfach vorsichtiger sein, was deine Gefühle für Gideon angeht.«

»Ich . . .« Ich verstummte wieder. Mr George verfügte offenbar über mehr Scharfblick, als ich ihm zugetraut hätte.

»Beziehungen zwischen zwei Zeitreisenden haben noch nie unter einem guten Stern gestanden«, sagte er. »Ebenso wenig wie Beziehungen zwischen den Familien der de Villiers und den Montroses. Und in Zeiten wie diesen muss man sich immer wieder vor Augen führen, dass man im Grunde niemandem trauen kann.« Vielleicht bildete ich es mir nur ein, aber ich hatte den Eindruck, dass Mr Georges Hand an meinem Rücken zitterte. »Es ist leider eine unumstößliche Tatsache, dass der gesunde Menschenverstand leidet, sobald Liebe im Spiel ist. Und gesunder Menschenverstand ist das, was du jetzt am meisten gebrauchen kannst. Vorsicht, Stufe.«

Schweigend bewältigten wir den Aufgang, dann löste Mr George die Augenbinde und sah mich ernst an. »Du kannst das alles schaffen, Gwendolyn. Ich glaube fest an dich und deine Fähigkeiten.«

Sein rundes Gesicht war wieder einmal voller Schweißtröpfchen. In seinen hellen Augen las ich nichts als Sorge – ähnlich wie bei meiner Mutter, wenn sie mich ansah. Ich wurde von einer Welle der Zuneigung überschwemmt.

»Hier. Ihr Siegelring«, sagte ich. »Wie alt sind Sie eigentlich, Mr George? Darf ich Sie das fragen?«

»Sechsundsiebzig Jahre«, sagte Mr George. »Das ist kein Geheimnis.«

Ich starrte ihn an. Auch wenn ich nie richtig darüber nachgedacht hatte, ich hätte ihn glatt zehn Jahre jünger geschätzt. »Dann waren Sie 1956 . . .?«

»Einundzwanzig. Das war das Jahr, in dem ich hier als Anwaltsgehilfe angefangen habe und Mitglied der Loge wurde.«

»Kennen Sie eigentlich Violet Purpleplum, Mr George? Das ist eine Freundin meiner Großtante.«

Mr George zog eine Augenbraue hoch. »Nein, ich glaube nicht. Komm, ich bringe dich zu deinem Wagen – ich bin sicher, deine Mutter wartet schon sehnsüchtig auf dich.«

»Ja, ganz sicher sogar. Mr George . . .?«

Aber Mr George hatte sich bereits zum Gehen gewandt. Mir blieb nichts anderes übrig, als mich an seine Fersen zu heften. »Morgen wirst du mittags von zu Hause abgeholt. Madame Rossini braucht dich für die Anprobe, danach wird Giordano versuchen, dir noch einiges beizubringen. Und schließlich musst du noch elapsieren.«

»Das klingt nach einem tollen Tag«, sagte ich matt.

»Aber das ist doch keine . . . *Magie!*«, flüsterte ich schockiert.

Leslie seufzte. »Nicht im Sinne von Hokus-Pokus-Zauberritualen, vielleicht – aber es ist eine magische Fähigkeit. Es ist die Magie des Raben.«

»Es ist mehr eine Art Spleen«, sagte ich. »Etwas, weswegen man ausgelacht wird – was einem ohnehin niemand glaubt.«

»Gwenny, es ist kein Spleen, wenn jemand übersinnliche

Wahrnehmungen hat. Es ist vielmehr eine Gabe. Du kannst Geister sehen und mit ihnen sprechen.«

»Und Dämonen«, ergänzte Xemerius.

»Der Rabe steht in der Mythologie für die Verbindung der Menschen mit der Götterwelt. Die Raben sind die Mittler zwischen den Lebenden und Toten.« Leslie drehte ihren Ordner so, dass ich lesen konnte, was sie über den Raben im Internet gefunden hatte. »Du musst zugeben, dass das außerordentlich gut zu deinen Fähigkeiten passt.«

»Und zur Haarfarbe«, sagte Xemerius. »Schwarz wie Rabengefieder . . .«

Ich kaute an meiner Unterlippe. »Aber in den Prophezeiungen klingt es immer so, ach, keine Ahnung, so wichtig und mächtig und so. Als ob die Magie des Raben eine Art Geheimwaffe wäre.«

»Aber das kann sie doch auch sein«, sagte Leslie. »Wenn du aufhörst zu denken, es sei nur eine Art seltsamer Spleen, der dich dazu befähigt, Geister zu sehen.«

»Und Dämonen«, sagte Xemerius wieder.

»Ich würde so gern diese Texte mit den Prophezeiungen haben«, sagte Leslie. »Es würde mich brennend interessieren, wie der Text nun genau lautet.«

»Charlotte kann die sicher alle auswendig runterrasseln«, sagte ich. »Ich denke, sie hat das alles in ihrem Mysterienunterricht gelernt. Überhaupt sprechen die da ständig in Reimen. Die Wächter. Selbst meine Mum. Und *Gideon*.«

Ich wandte mich schnell ab, damit Leslie nicht bemerkte, dass sich meine Augen urplötzlich mit Tränen gefüllt hatten, aber es war schon zu spät.

»Ach, Süße! Nicht schon wieder weinen!« Sie reichte mir ein Taschentuch. »Du übertreibst wirklich.«

»Nein, das tu ich nicht. Weißt du noch, als du wegen Max drei Tage lang am Stück geheult hast?«, schniefte ich.

»Klar weiß ich das noch«, sagte Leslie. »Ist ja erst ein halbes Jahr her.«

»Jetzt kann ich mir vorstellen, wie du dich damals gefühlt hast. Und ich verstehe auch plötzlich, warum du dir gewünscht hast, du wärst tot.«

»Ich war ja so blöd! Du hast die ganze Zeit bei mir gesessen und gesagt, dass Max es nicht wert sei, an ihn auch nur einen Gedanken zu verschwenden, weil er sich wie ein Arschloch verhalten hätte. Und dass ich mir die Zähne putzen solle . . .«

»Ja, und dabei lief in Endlosschleife *The winner takes it all.*«

»Das kann ich holen«, bot Leslie an. »Wenn du dich dabei besser fühlst.«

»Nein. Aber du kannst mir das japanische Gemüsemesser reichen, dann kann ich Harakiri begehen.« Ich ließ mich hintenüber auf mein Bett fallen und schloss die Augen.

»Dass Mädchen immer so dramatisch sein müssen«, sagte Xemerius. »Da hat der Junge mal schlechte Laune und guckt mürrisch, weil er was gegen den Kopf gekriegt hat, und schon bricht für dich die Welt zusammen.«

»Weil er mich nicht *liebt*«, sagte ich verzweifelt.

»Das kannst du doch gar nicht wissen«, sagte Leslie. »Bei Max war ich da leider ganz sicher, weil er genau eine halbe Stunde, nachdem er mit mir Schluss gemacht hat, knutschend mit dieser Anna im Kino gesichtet wurde. Aber so was kann man Gideon wirklich nicht vorwerfen. Er ist halt nur ein wenig . . . wankelmütig.«

»Aber warum? Du hättest sehen sollen, wie er mich angeguckt hat! Irgendwie angeekelt. Als ob ich . . . eine Kellerassel wäre. Ich halte das einfach nicht aus.«

»Vorhin war es noch ein Stuhl.« Leslie schüttelte den Kopf. »Jetzt nimm dich gefälligst zusammen. Mr George hat recht: Sobald Liebe im Spiel ist, verabschiedet sich der gesunde Menschenverstand. Dabei sind wir doch unmittelbar davor, einen bahnbrechenden Durchbruch zu erzielen!«

Am Morgen nämlich, als Leslie gerade bei uns angekommen war und wir es uns zusammen auf meinem Bett bequem gemacht hatten, hatte Mr Bernhard an meine Zimmertür geklopft – etwas, was er sonst niemals tat – und ein Tablett mit Tee auf meinem Schreibtisch abgestellt.

»Eine kleine Erfrischung für die jungen Ladys«, hatte er gesagt.

Ich hatte ihn nur verblüfft anstarren können, denn ich konnte mich nicht erinnern, dass er dieses Stockwerk überhaupt jemals betreten hatte.

»Nun, da Sie neulich danach fragten, habe ich mir die Freiheit genommen, ein wenig Ausschau zu halten«, war Mr Bernhard fortgefahren und seine Eulenaugen hatten uns über den Rand seiner Brille ernst angeblickt. »Und, wie ich mir schon dachte, habe ich es auch gefunden.«

»Was denn?«, hatte ich gefragt.

Mr Bernhard hatte die Serviette auf dem Tablett zur Seite geschoben und darunter war ein Buch zum Vorschein gekommen. »Der Grüne Reiter«, hatte er gesagt. »Ich meine, mich zu erinnern, dass es das war, wonach Sie suchten.«

Leslie war aufgesprungen und hatte das Buch in die Hand genommen. »Aber ich habe mir den Band bereits in der Bibliothek angeschaut, es ist nichts Besonderes . . .«, hatte sie gemurmelt.

Mr Bernhard hatte sie nachsichtig angelächelt. »Ich nehme an, das lag daran, dass das Buch, das Sie in der Bibliothek gesehen haben, nicht das Eigentum von Lord Montrose war. Ich denke, dieses Exemplar dagegen könnte Sie vielleicht interessieren.« Mit einer kleinen Verbeugung hatte er sich zurückgezogen und Leslie und ich hatten uns sofort auf das Buch gestürzt. Ein Zettel, auf den jemand mit winzig kleiner Schrift Hunderte von Zahlen geschrieben hatte, war zu Boden geschwebt. Leslie hatte vor Aufregung ganz rote Wangen bekommen.

»Oh, mein Gott, das ist ein Code!«, hatte sie ausgerufen. »Wie absolut *wundervoll!* Das habe ich mir immer schon gewünscht. Jetzt müssen wir nur herausfinden, was er bedeutet!«

»Ja«, hatte Xemerius gesagt. Er hing an meiner Gardinenstange. »Das habe ich schon oft gehört. Ich glaube, das ist auch einer dieser berühmten letzten Sätze . . .«

Aber Leslie hatte keine fünf Minuten gebraucht, um zu begreifen, dass die Zahlen sich auf einzelne Buchstaben im Text bezogen. »Die erste Zahl ist immer die Seite, die zweite bezeichnet die Zeile, die dritte das Wort, die vierte den Buchstaben. Siehst du? 14 – 22 – 6 – 3, das ist auf Seite vierzehn, Zeile zweiundzwanzig, das sechste Wort und davon der dritte

Buchstabe.« Sie schüttelte den Kopf. »Was für ein billiger Trick. Wird in jedem zweiten Kinderbuch bemüht, wenn ich mich richtig erinnere. Egal, der erste Buchstabe ist demnach ein e.«

Xemerius hatte beeindruckt mit dem Kopf genickt. »Hör auf deine Freundin.«

»Vergiss nicht, dass es hier um Leben und Tod geht«, sagte Leslie. »Meinst du, ich will meine beste Freundin verlieren, nur weil sie nach einem bisschen Rumgeknutsche nicht mehr in der Lage war, ihr Gehirn zu benutzen?«

»Meine Rede!« Das kam von Xemerius.

»Es ist wichtig, dass du aufhörst zu heulen, und stattdessen herausfindest, was Lucy und Paul entdeckt haben«, fuhr Leslie eindringlich fort. »Wenn du heute zum Elapsieren wieder ins Jahr 1956 geschickt wirst – du musst Mr George einfach nur darum bitten –, wirst du auf einem Vieraugengespräch mit deinem Großvater beharren! Was für eine hirnverbrannte Idee, in ein Café zu gehen! Und diesmal wirst du alles aufschreiben, alles, was er dir sagt, jedes noch so kleine Detail, hörst du?« Sie seufzte. »Bist du sicher, dass es *florentinische Allianz* hieß? Ich konnte nirgends etwas darüber finden. Wir müssen unbedingt einen Blick in diese Geheimschriften werfen, die der Graf von Saint Germain den Wächtern hinterlassen hat. Wenn Xemerius doch nur in der Lage wäre, Gegenstände zu bewegen, dann könnte er die Archive suchen, durch die Wand hineingehen und einfach alles lesen . . .«

»Ja, reib mir meine Nutzlosigkeit nur unter die Nase«, sagte Xemerius gekränkt. »Ich habe ja nur sieben Jahrhunderte gebraucht, um mich damit abzufinden, nicht einmal mehr eine Buchseite umblättern zu können.«

Es klopfte an meine Zimmertür und Caroline steckte ihren Kopf zu uns herein. »Lunch ist fertig! Gwenny, du und Charlotte werdet in einer Stunde abgeholt.«

Ich stöhnte. »Charlotte auch?«

»Ja, hat Tante Glenda gesagt. Die arme Charlotte wird als Lehrerin für hoffnungslose Talente missbraucht oder so ähnlich.«

»Ich habe keinen Hunger«, sagte ich.

»Wir sind gleich da«, sagte Leslie und gab mir einen Stoß in die Rippen. »Gwenny, jetzt komm schon. Du kannst dich später noch in Selbstmitleid suhlen. Jetzt brauchst du was zu essen!«

Ich setzte mich auf und schniefte in mein Taschentuch. »Ich habe jetzt nicht den Nerv, mir Tante Glendas hämische Bemerkungen anzuhören.«

»Tja, aber Nervenstärke wirst du brauchen, wenn du die nächste Zeit überleben willst.« Leslie zog mich auf die Beine. »Charlotte und deine Tante sind schon mal eine gute Übung für den Ernstfall. Wenn du den Lunch überlebst, schaffst du diese Soiree mit links.«

»Und wenn nicht, kannst du immer noch Harakiri machen«, sagte Xemerius.

Madame Rossini zog mich zur Begrüßung an ihren ausladenden Busen. »Mein Schwanenhälschen! Da bist du endlich. Du hast mir gefehlt!«

»Sie mir auch«, sagte ich ehrlich. Schon die bloße Gegenwart von Madame Rossini mit ihrer überschäumenden Herzlichkeit und ihrem wunderbaren französischen Akzent *(Schwanen'älschen!* Wenn Gideon das nur hören könnte!) wirkte belebend und beruhigend gleichzeitig. Sie war Balsam für mein angeschlagenes Selbstwertgefühl.

»Du wirst entzückt sein, wenn du siehst, was ich dir genäht habe. Giordano hat beinahe geweint, als ich ihm deine Kleider gezeigt habe, so schön sind sie.«

»Das glaube ich«, sagte ich. Giordano hatte sicher geweint, weil er die Kleider nicht selber anziehen durfte. Immerhin war er heute einigermaßen freundlich geblieben, nicht zuletzt, weil ich das mit dem Tanzen dieses Mal ganz gut hinbekommen hatte und dank Xemerius' Souffleurtätigkeit auch genau gewusst hatte, welcher Lord Anhänger der Tories und welcher Anhänger der Whigs war. (Xemerius hatte einfach von hinten über Charlottes Schulter auf ihren Zettel geschaut.) Meine eigene *Legende* – Penelope Mary Gray, geboren 1765 – konnte ich ebenfalls dank Xemerius fehlerfrei herunterrasseln, inklusive sämtlicher Vornamen meiner verstorbenen Eltern. Nur mit dem Fächer stellte ich mich nach wie vor ungeschickt an, aber Charlotte hatte den konstruktiven Vorschlag gemacht, dass ich einfach gar keinen benutzen sollte.

Am Schluss der Unterrichtsstunde hatte Giordano mir noch eine Liste überreicht, mit lauter Worten darauf, die ich unter gar keinen Umständen benutzen durfte. »Bis morgen auswendig lernen und verinnerlichen!«, hatte er genäselt. »Im 18. Jahrhundert gibt es keine Busse, keine Nachrichtensprecher, keine Staubsauger, nichts ist super, klasse oder cool, man wusste nichts von Atomspaltung, collagenhaltigen Pflegecremes oder Ozonlöchern.«

Ach, tatsächlich? Während ich mir vorzustellen versuchte, warum zur Hölle ich auf einer Soiree im 18. Jahrhundert in Versuchung geraten sollte, einen Satz zu bilden, in dem die Worte Nachrichtensprecher, Ozonloch und collagenhaltige Pflegecreme vorkommen würden, hatte ich höflich »Okay« gesagt, aber da hatte Giordano schon aufgekreischt: »Neiiiin! Eben nicht okay! Es gibt kein *Okay* im 18. Jahrhundert, dummes Ding!«

Madame Rossini schnürte die Korsage auf meinem Rücken zusammen. Wieder war ich überrascht, wie bequem sie war. Man nahm in so einem Ding automatisch eine gerade Haltung. Ein gepolstertes Drahtgestell wurde um meine Hüften geschnallt (ich nehme an, das 18. Jahrhundert war eine wunderbar entspannte Zeit für alle Frauen mit einem dicken Popo und breiten Hüften), dann streifte mir Madame Rossini ein dunkelrotes Kleid über den Kopf. Sie schloss eine lange Reihe von Häkchen und Knöpfen auf dem Rücken, während ich mit den Fingern bewundernd über die schwere bestickte Seide strich. Hach, was war das wieder schön!

Madame Rossini ging langsam einmal um mich herum und auf ihrem Gesicht breitete sich ein zufriedenes Lächeln aus. »Zauberhaft. *Magnifique.*«

»Ist das das Kleid für den Ball?«, fragte ich.

»Nein, das ist die Robe für die Soiree.« Madame Rossini steckte winzige, perfekt gearbeitete Seidenrosen rund um den tiefen Ausschnitt fest. Da sie den Mund voller Stecknadeln hatte, sprach sie recht undeutlich zwischen den Zähnen hindurch. »Da darfst du das Haar ungepudert tragen und die dunkle Farbe sieht fantastisch aus zu diesem Rot. Genau, wie ich es mir gedacht habe.« Sie zwinkerte mir verschmitzt zu. »Aufsehen wird du erregen, mein Schwanenhälschen, n'est-ce pas - obwohl das sicher nicht der Sinn der Sache ist. Aber was kann ich tun?« Sie rang die Hände, aber bei ihrer kleinen Person mit dem Schildkrötenhals sah das im Gegensatz zu Giordano sehr süß aus. »Du bist nun mal eine kleine Schönheit und es würde gar nichts helfen, dich in flohfarbene Gewänder zu stecken. So, Schwanenhälschen, fertig. Jetzt kommt das Ballkleid an die Reihe.«

Das Ballkleid war von einem blassen Blau mit cremefarbenen Stickereien und Rüschen und es saß genauso perfekt wie das rote Kleid. Wenn möglich hatte es einen noch spektakuläreren Ausschnitt und der Rock schwang meterweit um mich herum. Madame Rossini wog sorgenvoll meinen Zopf in ihren Händen. »Ich bin mir noch nicht sicher, wie wir das machen werden. Mit einer Perücke wirst du es nicht wirklich bequem haben, zumal wir diese Unmengen von eigenen Haaren darunter verbergen müssen. Aber deine Haare sind so dunkel, dass wir mit Puder wahrscheinlich nur einen hässlichen Grauton erreichen werden. Quelle catastrophe!« Sie runzelte die Stirn. »Egal. Tatsächlich wärst du damit modisch *absolument* im Trend, aber – lieber Himmel, was war das für eine schreckliche Mode!«

Das erste Mal an diesem Tag musste ich grinsen. *Ässlisch! Schrecklisch!!* Ja, wie wahr! Nicht nur die Mode, sondern auch Gideon war *ässlisch* und *schrecklisch* und von mir aus *garstig*, so würde ich das auf jeden Fall von nun an sehen. (Basta!)

Madame Rossini schien nichts davon mitzubekommen, welche Wohltat sie für meine Seele war. Noch immer entrüstete sie sich über die damalige Zeit. »Junge Mädchen, die ihre Haare puderten, bis sie aussahen wie die von ihrer Omama – fürchterlich! Schlüpf bitte mal in diese Schuhe. Denk daran, du musst darin tanzen können und noch ist Zeit, sie zu ändern.«

Die Schuhe – bestickte rote zum roten Kleid, hellblaue mit goldener Schnalle zum Ballkleid – waren verblüffend bequem, obwohl sie aussahen wie aus einem Museum. »Das sind die schönsten Schuhe, die ich jemals angehabt habe«, sagte ich begeistert.

»Das will ich doch meinen«, sagte Madame Rossini und strahlte über das ganze Gesicht. »So, mein Engelchen, fertig. Sieh zu, dass du heute früh ins Bett kommst, das wird ein aufregender Tag morgen.« Während ich wieder in meine Jeans und meinen dunkelblauen Lieblingspulli schlüpfte, drapierte Madame Rossini die Kleider über die kopflosen Schneiderpuppen. Dann sah sie hinüber zur Wanduhr und runzelte ärgerlich die Stirn. »Dieser unzuverlässige Junge! Er sollte schon vor einer Viertelstunde hier sein!«

Sofort schnellte mein Puls in die Höhe. »Gideon?«

Madame Rossini nickte. »Er nimmt das hier nicht ernst, er denkt, es ist unwichtig, ob eine Hose gut sitzt. Aber das ist es nicht! Es ist sogar ungeheuer wichtig, wie gut eine Hose sitzt.«

Ässlisch. Fürchterlisch. Schrecklisch, probierte ich mein neues Mantra aus.

Es klopfte an die Tür. Es war nur ein kleines Geräusch, aber meine sämtlichen Vorsätze lösten sich in Luft auf.

Plötzlich konnte ich es gar nicht erwarten, Gideon wieder-
zusehen. Und gleichzeitig fürchtete ich mich entsetzlich vor
einer Begegnung. Noch einmal würde ich diese finsteren Blicke nicht überleben.

»Ah«, sagte Madame Rossini. »Da ist er ja. Herein!«

Mein ganzer Körper versteifte sich, aber es war nicht Gideon, der zur Tür hereinkam, sondern der rothaarige Mr Marley. Wie immer nervös und verlegen, stotterte er: »Ich soll
den Ru-, äh . . . die Miss zum Elapsieren geleiten.«

»In Ordnung«, sagte ich. »Wir sind gerade fertig geworden.«

Hinter Mr Marley grinste mich Xemerius an. Vor der Anprobe hatte ich ihn weggeschickt.

»Ich bin eben durch einen waschechten Innenminister hin-
durchgeflogen«, sagte er fröhlich. »Das war cool!«

»Und wo ist der Junge?«, grollte Madame Rossini. »Er sollte
zur Anprobe kommen!«

Mr Marley räusperte sich. »Ich sah den Dia. . . Mr de Villiers
gerade noch mit dem anderen Ru. . . mit Miss Charlotte sprechen. Er war in Begleitung seines Bruders.«

»Tiens! Das ist mir vollkommen gleichgültig«, sagte Madame Rossini zornig.

Mir aber nicht, dachte ich. In Gedanken schrieb ich bereits
eine SMS an Leslie. Nur ein einziges Wort: *Harakiri.*

»Wenn er nicht sofort hier auftaucht, werde ich mich beim
Großmeister über ihn beschweren«, sagte Madame Rossini.
»Wo ist mein Telefon?«

»Es tut mir leid«, murmelte Mr Marley. Er drehte verlegen
ein schwarzes Tuch zwischen seinen Händen hin und her.
»Darf ich . . .?«

»Natürlich«, sagte ich und ließ mir seufzend die Augen verbinden.

»Der Streber hier sagt leider die Wahrheit«, sagte Xemerius. »Dein Funkelsteinchen flirtet da oben auf Teufel komm raus mit deiner Cousine herum. Und sein hübscher Bruder ebenfalls. Was Jungs nur immer an Rothaarigen finden? Ich glaube, sie gehen jetzt zusammen ins Kino. Aber das sage ich dir lieber nicht, sonst heulst du wieder.«

Ich schüttelte den Kopf.

Xemerius sah zur Decke. »Ich könnte sie für dich im Auge behalten. Soll ich?«

Ich nickte heftig.

Auf dem langen Weg hinunter in den Keller schwieg Mr Marley beharrlich und ich hing meinen eigenen düsteren Gedanken nach. Erst als wir im Chronografenraum angekommen waren und Mr Marley mir die Augenbinde abnahm, fragte ich: »Wohin werden Sie mich heute schicken?«

»Ich . . . wir warten auf Nummer neun, äh Mr Whitman«, sagte Mr Marley und schaute an mir vorbei auf den Boden. »Ich habe selbstverständlich nicht die Befugnis, den Chronografen zu bedienen. Bitte, setzen Sie sich doch.«

Aber kaum hatte ich mich auf einen Stuhl fallen lassen, ging die Tür wieder auf und Mr Whitman kam herein. Und direkt hinter ihm Gideon.

Mein Herz setzte für einen Schlag aus.

»Hallo, Gwendolyn«, sagte Mr Whitman mit seinem charmantesten Eichhörnchen-Lächeln. »Schön, dich zu sehen.« Er schob den Wandbehang zur Seite, hinter dem der Safe verborgen war. »Dann wollen wir dich mal zum Elapsieren schicken.«

Ich hörte kaum, was er sagte. Gideon war immer noch sehr blass, aber er sah viel gesünder aus als gestern Abend. Das dicke weiße Pflaster war verschwunden und ich konnte die Wunde am Haaransatz sehen, die gut zehn Zentimeter lang und mit zahlreichen schmalen Pflasterstreifen geklammert worden war. Ich wartete darauf, dass er etwas sagte, aber er sah mich nur an.

Xemerius sprang mit einem großen Satz direkt neben Gideon durch die Wand und ich schnappte erschrocken nach Luft.

»Ups. Da isser ja schon!«, sagte Xemerius. »Ich wollte dich noch warnen, ehrlich, Schätzchen. Aber ich konnte mich nicht entscheiden, wem ich hinterherrennen sollte. Offenbar hat Charlotte für heute Nachmittag den Babysitterdienst für Gideons hübschen Bruder übernommen. Sie sind zusammen Eis essen. Und anschließend gehen sie ins Kino. Die Kinos sind die Heuhaufen der Neuzeit, würde ich mal sagen.«

»Alles in Ordnung mit dir, Gwendolyn?«, fragte Gideon und zog eine Augenbraue hoch. »Du siehst nervös aus – hättest du gern eine Zigarette zur Beruhigung? Was war noch mal deine bevorzugte Marke? Lucky Strike?«

Ich konnte ihn nur sprachlos anstarren.

»Lass sie in Ruhe«, sagte Xemerius. »Merkst du denn nicht, dass sie Liebeskummer hat, du dumme Torfnase? Und zwar deinetwegen! Was machst du überhaupt hier?«

Mr Whitman hatte den Chronografen aus dem Safe genommen und auf den Tisch gestellt. »Dann wollen wir doch mal sehen, wohin es heute geht . . .«

»Madame Rossini wartet mit der Anprobe auf Sie, Sir«, wandte sich Mr Marley an Gideon.

»Mist«, sagte Gideon, für einen Moment aus dem Konzept gebracht. Er blickte auf seine Uhr. »Das habe ich ja ganz vergessen. War sie sehr sauer?«

»Sie machte einen ziemlich ungehaltenen Eindruck«, sagte Mr Marley. In diesem Augenblick ging die Tür erneut auf und Mr George trat ein. Er war vollkommen außer Atem, und wie immer, wenn er sich angestrengt hatte, war seine Stirnglatze mit winzigen Schweißperlen besetzt. »Was ist hier los?«

Mr Whitman runzelte die Stirn. »Thomas? Gideon sagte, du wärst noch im Gespräch mit Falk und dem Innenminister.«

»Das war ich auch. Bis ich einen Anruf von Madame Rossini bekam und erfuhr, dass Gwendolyn bereits zum Elapsieren abgeholt worden ist«, sagte Mr George. Zum ersten Mal erlebte ich ihn richtig zornig.

»Aber – Gideon hat behauptet, du hättest uns beauftragt . . .«, sagte Mr Whitman ehrlich verwirrt.

»Das habe ich nicht! Gideon – was geht hier vor?« Jegliche Gutmütigkeit war aus Mr Georges kleinen Äuglein verschwunden.

Gideon hatte seine Arme vor der Brust verschränkt. »Ich dachte, Sie würden sich vielleicht freuen, wenn wir Ihnen diese Aufgabe abnehmen«, sagte er glatt.

Mr George tupfte sich die Schweißperlen mit seinem Taschentuch ab. »Danke für deine Fürsorglichkeit«, erwiderte er mit einem deutlich sarkastischen Unterton. »Aber das wäre nicht nötig gewesen. Du gehst jetzt sofort hinauf zu Madame Rossini.«

»Ich würde Gwendolyn gern begleiten«, sagte Gideon.

»Nach den gestrigen Vorfällen ist es vielleicht besser, wenn sie nicht allein ist.«

»Unsinn«, widersprach Mr George. »Es gibt keinen Grund zu der Annahme, es bestünde irgendeine Gefahr für sie, solange sie nicht zu weit zurückspringt.«

»Das stimmt«, sagte Mr Whitman.

»Zum Beispiel ins Jahr 1956?«, fragte Gideon gedehnt und sah Mr George dabei direkt in die Augen. »Ich habe heute Vormittag ein bisschen in den Annalen geblättert und ich muss sagen, das Jahr 1956 macht wirklich einen ausgesprochen ruhigen Eindruck. Der Satz, der sich dort am häufigsten findet, lautet: *keine besonderen Vorkommnisse.* So ein Satz ist doch Musik in unseren Ohren, nicht wahr?«

Mir klopfte das Herz mittlerweile bis zum Hals. Gideons Verhalten war nur zu erklären, wenn er herausgefunden hatte, was ich gestern wirklich getan hatte. Aber wie zum Teufel konnte er das wissen? Schließlich hatte ich lediglich nach Zigaretten gerochen, was vielleicht verdächtig war, ihm aber noch längst nicht verraten konnte, was 1956 vorgefallen war.

Mr George erwiderte seinen Blick, ohne mit der Wimper zu zucken. Er sah allenfalls ein bisschen irritiert aus. »Das war keine Bitte, Gideon. Madame Rossini wartet. Marley, Sie können auch gehen.«

»Ja, Sir, Mr George, Sir«, murmelte Mr Marley und hätte fast salutiert.

Als die Tür hinter ihm ins Schloss gefallen war, funkelte Mr George Gideon an, der sich nicht gerührt hatte. Auch Mr Whitman musterte ihn mit mildem Erstaunen.

»Worauf wartest du?«, sagte Mr George kühl.

»Warum haben Sie Gwendolyn am helllichten Nachmittag landen lassen – ist das nicht gegen die Vorschriften?«, fragte Gideon.

»Oh, oh«, sagte Xemerius.

»Gideon, es ist nicht deine . . .«, sagte Mr Whitman.

»Es spielt keine Rolle, um welche Tageszeit sie gelandet ist«, fiel ihm Mr George ins Wort. »Sie ist in einem verschlossenen Kellerraum gelandet.«

»Ich hatte Angst«, sagte ich schnell und vielleicht ein bisschen schrill. »Ich wollte nicht in der Nacht allein in diesem Keller sein, direkt neben den Katakomben . . .«

Gideon wandte seinen Blick kurz mir zu und hob wieder eine seiner Augenbrauen. »Oh, ja, du bist ja auch so ein ängstliches kleines Ding, das hatte ich ganz vergessen.« Er lachte leise. »1956 – das war das Jahr, in dem Sie Mitglied der Loge geworden sind, Mr George, nicht wahr? Was für ein komischer Zufall.«

Mr George runzelte seine Stirn.

»Ich verstehe nicht, worauf du hinauswillst, Gideon«, sagte Mr Whitman. »Aber ich würde vorschlagen, dass du jetzt zu Madame Rossini gehst. Mr George und ich werden uns um Gwendolyn kümmern.«

Gideon schaute wieder auf mich. »Folgender Vorschlag: Ich werde die Anprobe hinter mich bringen und dann schicken Sie mich Gwendolyn einfach hinterher, egal, wohin. Dann muss sie sich in der Nacht nicht fürchten.«

»Außer vor dir«, sagte Xemerius.

»Du hast dein Kontingent für heute längst erfüllt«, sagte

mein Lehrer. »Aber wenn Gwendolyn sich fürchtet . . .« Er blickte mitleidig zu mir herüber.

Ich konnte es ihm nicht übel nehmen. Es war anzunehmen, dass ich wirklich irgendwie verängstigt wirkte. Das Herz klopfte mir immer noch bis zum Hals und ich war unfähig, irgendetwas zu sagen.

»Von mir aus können wir das so machen«, sagte Mr Whitman mit einem Achselzucken. »Es spricht nichts dagegen, oder Thomas?«

Mr George schüttelte langsam den Kopf, auch wenn er so aussah, als ob er eigentlich das Gegenteil hatte tun wollen.

Über Gideons Gesicht glitt ein zufriedenes Lächeln und er löste sich endlich aus seiner starren Haltung neben der Tür. »Wir sehen uns dann nachher«, sagte er triumphierend und es kam mir vor wie eine Drohung.

Als die Tür hinter ihm zufiel, seufzte Mr Whitman. »Er ist seltsam drauf, seit er diesen Schlag auf den Kopf bekommen hat, findest du nicht auch, Thomas?«

»Allerdings«, sagte Mr George.

»Wir sollten vielleicht noch einmal ein Gespräch mit ihm führen, den Umgangston mit Höhergestellten betreffend«, sagte Mr Whitman. »Für sein Alter ist er ganz schön . . . Nun ja. Er steht unter großem Druck, darauf müssen wir auch Rücksicht nehmen.« Er sah mich aufmunternd an. »Also, Gwendolyn, bist du bereit?«

Ich stand auf. »Ja«, log ich.

Der Rabe auf seinen rubinroten Schwingen

Zwischen den Welten hört Tote er singen,

Kaum kennt er die Kraft, kaum kennt er den Preis,

Die Macht erhebt sich, es schließt sich der Kreis.

Der Löwe – so stolz das diamant'ne Gesicht,

Der jähe Bann trübt das strahlende Licht,

Im Sterben der Sonne bringt er die Wende,

Des Raben Tod offenbart das Ende.

Aus den Geheimschriften des Grafen von Saint Germain

9.

Ich hatte nicht nach dem Jahr gefragt, in das sie mich geschickt hatten, denn es spielte ohnehin keine Rolle. Es sah eigentlich alles so aus wie bei meinem letzten Besuch. Das grüne Sofa stand mitten im Raum und ich warf ihm einen zornigen Blick zu, als wäre es an allem schuld. Wie beim letzten Mal waren Stühle vor der Wand mit Lucas' Versteck gestapelt und ich kämpfte mit mir. Sollte ich das Versteck räumen? Falls Gideon Verdacht geschöpft hatte – und das hatte er zweifellos –, würde er doch als Erstes auf die Idee kommen, den Raum zu durchsuchen, oder nicht? Ich konnte den Inhalt irgendwo draußen in den Gängen verstecken und dann zurückkommen, bevor Gideon eintraf . . .

Fieberhaft begann ich, die Stühle beiseitezuschieben, dann überlegte ich es mir wieder anders. Erstens: Den Schlüssel konnte ich nicht mit verstecken, denn ich musste die Tür ja auch wieder abschließen, und zweitens: Selbst wenn Gideon das Versteck finden würde, wie wollte er beweisen, dass es für mich bestimmt war? Ich würde mich einfach dumm stellen.

Sorgfältig stellte ich die Stühle wieder an ihren Platz und sorgte dafür, dass die verräterischen Spuren im Staub verwischt wurden. Dann prüfte ich, ob die Tür auch wirklich abgeschlossen war, und setzte mich auf das grüne Sofa.

Ich fühlte mich ein bisschen wie vor vier Jahren, als Leslie und ich wegen der Sache mit dem Frosch in Direktor Gilles' Büro warten mussten, bis er Zeit hatte, uns eine Strafpredigt zu halten. Eigentlich hatten wir gar nichts Böses getan. Cynthia hatte den Frosch höchstpersönlich mit ihrem Fahrrad überfahren, und weil sie anschließend keine angemessenen Schuldgefühle gezeigt hatte (»Das ist doch bloß ein blöder Frosch gewesen«), hatten Leslie und ich zornentbrannt beschlossen, den Frosch zu rächen. Wir wollten ihn im Park begraben, aber vorher – und weil er ja schon tot war – dachten wir, es würde Cynthia vielleicht aufrütteln und künftig Fröschen gegenüber ein wenig sensibilisieren, wenn sie ihn noch einmal wiedersehen würde – in ihrer Suppe. Niemand hatte ahnen können, dass Cynthia bei seinem Anblick einen hysterischen Schreikrampf erleiden würde . . . Direktor Gilles jedenfalls hatte uns behandelt wie zwei Schwerverbrecher und leider hatte er diese Episode nicht vergessen. Wenn er uns heute irgendwo in den Fluren begegnete, sagte er stets »Ah, die bösen Froschmädchen« zu uns und wir fühlten uns dann jedes Mal wieder ganz mies.

Ich schloss für einen Moment die Augen. Gideon hatte keinen Grund, mich so schlecht zu behandeln. Ich hatte nichts Schlimmes getan. Ständig sagten alle, dass man mir nicht trauen könne, sie verbanden mir die Augen, niemand gab mir Antworten auf meine Fragen – da war es doch nur natürlich, dass ich versuchte, auf eigene Faust herauszufinden, was hier eigentlich passierte, oder etwa nicht?

Wo blieb er denn nur? Die Glühbirne an der Decke knisterte, das Licht flackerte für einen Moment. Es war ganz schön kalt hier unten. Vielleicht hatten sie mich in einen dieser kalten Nachkriegswinter geschickt, von denen Tante Maddy immer erzählte. Ganz toll. Die Wasserleitungen waren eingefroren und auf den Straßen hatten tote Tiere gelegen, steif vom Frost. Testweise prüfte ich, ob mein Atem in der Luft vielleicht weiße Wölkchen bildete. Was nicht der Fall war.

Wieder flackerte das Licht und ich bekam Angst. Was, wenn ich plötzlich im Dunkeln hier sitzen musste? Diesmal hatte niemand daran gedacht, mir eine Taschenlampe mitzugeben, überhaupt konnte man nicht sagen, dass man mich irgendwie fürsorglich behandelt hatte. Im Dunkeln würden sich die Ratten sicher aus ihren Verstecken trauen. Vielleicht hatten sie Hunger . . . Und wo sich Ratten aufhielten, waren Kakerlaken nicht weit. Auch der Geist des einarmigen Tempelritters, von dem Xemerius gesprochen hatte, würde vielleicht einen kleinen Abstecher machen.

Krrrrk.

Das war die Glühbirne.

Langsam gelangte ich zu der Überzeugung, dass Gideons Gegenwart auf jeden Fall der von Ratten und Geistern vorzuziehen war. Aber er kam nicht. Stattdessen flackerte das Licht, als läge es bereits in den letzten Zügen.

Wenn ich als Kind Angst im Dunkeln gehabt hatte, hatte ich immer gesungen, und das tat ich auch jetzt automatisch. Zuerst ganz leise, dann immer lauter. Schließlich gab es hier niemanden, der mich hören konnte.

Das Singen half gegen die Angst. Und auch gegen die Kälte. Nach den ersten Minuten hörte sogar die Glühbirne wieder auf zu flackern. Allerdings fing sie bei allen Songs von Maria

Mena wieder damit an, auch Emiliana Torrini schien sie nicht zu mögen. Alte Abba-Songs hingegen quittierte sie mit einem ruhigen, gleichmäßigen Strahlen. Leider kannte ich davon nicht ganz so viele, vor allem nicht die Texte. Aber die Glühbirne akzeptierte auch »lalala, one chance in a lifetime, lalalala«.

Ich sang stundenlang. So kam es mir jedenfalls vor. Nach *The winner takes it all* (Leslies ultimativem Liebeskummer-Song) fing ich wieder bei *I wonder* an. Dabei tanzte ich durch den Raum, damit mir nicht zu kalt wurde. Erst nach dem dritten Mal *Mamma mia* war ich überzeugt davon, dass Gideon nicht mehr kommen würde.

Verdammt! Ich hätte mich also doch gefahrlos nach oben schleichen können. Ich versuchte es mit *Head over heels* und bei *You're wasting my time* stand er dann plötzlich neben dem Sofa.

Ich klappte den Mund zu und sah ihn vorwurfsvoll an. »Warum kommst du so spät?«

»Ich kann mir vorstellen, dass dir die Zeit lang vorkam.« Sein Blick war immer noch so kühl und seltsam wie vorhin. Er ging zur Tür und rüttelte an der Klinke. »Immerhin warst du so klug, den Raum nicht zu verlassen. Du konntest ja auch nicht wissen, wann ich nachkomme.«

»Haha«, sagte ich. »Soll das ein Witz sein?«

Gideon lehnte sich mit dem Rücken gegen die Tür. »Gwendolyn, bei mir kannst du dir dieses Unschuldsgetue sparen.«

Ich konnte die Kälte in seinem Blick kaum ertragen. Das Grün in seinen Augen, das ich sonst so mochte, hatte jetzt die Farbe von Götterspeise angenommen. Der widerlichen aus der Schulmensa, wohlgemerkt. »Warum bist du so . . . gemein zu mir?« Die Glühbirne flackerte wieder. Sie vermisste vermutlich meine Abba-Gesänge. »Du hast nicht zufällig eine Glühbirne dabei?«

»Der Zigarettengeruch hat dich verraten.« Gideon spielte mit der Taschenlampe in seiner Hand. »Ich habe dann ein bisschen nachgeforscht und eins und eins zusammengezählt.«

Ich schluckte. »Was ist so schlimm daran, dass ich geraucht habe?«

»Du hast nicht geraucht. Und du kannst nur halb so gut lügen, wie du denkst. Wo ist der Schlüssel?«

»Was für ein Schlüssel?«

»Der Schlüssel, den Mr George dir mitgegeben hat, damit du ihn und deinen Großvater im Jahr 1956 aufsuchen konntest.« Er machte einen Schritt auf mich zu. »Wenn du klug bist, hast du ihn hier irgendwo versteckt, wenn nicht, trägst du ihn noch bei dir.« Er trat ans Sofa, nahm die Kissen herunter und warf sie nacheinander auf den Boden. »Hier ist er schon mal nicht.«

Ich starrte ihn entsetzt an. »Mr George hat mir keinen Schlüssel gegeben. Wirklich nicht! Und das mit dem Zigarettengeruch ist total . . .«

»Es waren nicht nur Zigaretten. Du hast auch nach Zigarre gerochen«, sagte er ruhig. Sein Blick glitt durch den Raum und blieb an den aufgestapelten Stühlen vor der Wand hängen.

Ich fing wieder an zu frieren und passend dazu wurde auch die Glühbirne irgendwie noch zittriger. »Ich . . .«, begann ich unschlüssig.

»Ja?«, sagte Gideon betont freundlich. »Du hast auch noch eine Zigarre geraucht? Zusätzlich zu den drei Lucky Strike? Wolltest du das sagen?«

Ich schwieg.

Gideon bückte sich und leuchtete mit seiner Taschenlampe unter das Sofa. »Hat Mr George dir die Parole auf einen Zettel geschrieben oder hast du sie auswendig gelernt? Und wie bist du auf dem Rückweg wieder an der Zerberuswache vorbeigekommen, ohne dass sie es im Protokoll erwähnt haben?«

»Wovon zum Teufel redest du überhaupt?«, sagte ich. Es sollte empört klingen, aber es kam leider ein bisschen eingeschüchtert rüber.

»Violet Purpleplum – was für ein merkwürdiger Name, findest du nicht? Schon mal gehört?« Gideon hatte sich wieder aufgerichtet und sah mich an. Nein, Götterspeise war nicht der richtige Vergleich für seine Augen. Eher funkelten sie jetzt giftmüllgrün.

Ich schüttelte langsam den Kopf.

»Komisch«, sagte er. »Dabei ist sie doch eine Freundin eurer Familie. Als ich den Namen zufällig Charlotte gegenüber erwähnte, meinte sie, die gute Mrs Purpleplum würde euch immer kratzige Schals stricken.«

Oh. Die verdammte Charlotte! Konnte sie nicht einfach mal ihre Klappe halten? »Nein, das stimmt nicht«, sagte ich trotzig. »Nur die für Charlotte kratzen. Unsere sind immer ganz weich.«

Gideon lehnte sich gegen das Sofa und verschränkte die Arme vor der Brust. Die Taschenlampe leuchtete an die Decke, wo die Glühbirne immer noch nervös vor sich hin flackerte. »Zum letzten Mal. Wo ist der Schlüssel, Gwendolyn?«

»Ich schwöre dir, dass Mr George mir keinen Schlüssel gegeben hat«, sagte ich, verzweifelt um Katastrophenbegrenzung bemüht. »Er hat überhaupt nichts damit zu tun.«

»Ach nein? Wie gesagt, ich finde nicht, dass du besonders gut lügst.« Er leuchtete mit der Taschenlampe zu den Stühlen hinüber. »Wenn ich du wäre, hätte ich den Schlüssel irgendwo unter ein Polster geschoben.«

Okay. Sollte er doch die Polster durchsuchen. Dann hatte er wenigstens was zu tun, bis wir zurücksprangen. So lange konnte es jetzt nicht mehr dauern.

»Andererseits . . .« Gideon schwenkte die Taschenlampe so, dass der Lichtkegel genau auf mein Gesicht zeigte. »Andererseits wäre das eine ziemliche Sisyphusarbeit.«

Ich machte einen Schritt zur Seite und sagte ärgerlich: »Lass das!«

»Und man sollte ja nicht immer von sich auf andere schließen«, fuhr Gideon fort. Im flackernden Licht der Glühbirne wurden seine Augen immer dunkler und plötzlich machte er mir Angst. »Vielleicht hast du den Schlüssel einfach in deiner Hosentasche. Gib ihn mir!« Er streckte seine Hand aus.

»Ich habe keinen Schlüssel, verdammt noch mal.«

Gideon kam langsam auf mich zu. »Ich würde ihn mir freiwillig geben, wenn ich du wäre. Aber wie gesagt, man soll ja nicht immer von sich auf andere schließen.«

In diesem Augenblick gab die Glühbirne ihren Geist endgültig auf.

Gideon stand direkt vor mir, seine Taschenlampe leuchtete irgendwo auf die Wand. Abgesehen von diesem Spotlight war es stockdunkel. »Also?«

»Komm bloß nicht näher«, sagte ich. Ich machte ein paar Schritte rückwärts, bis mein Rücken gegen die Wand stieß. Vorgestern noch hatte er mir gar nicht nahe genug sein können. Aber jetzt kam es mir vor, als wäre ich mit einem Fremden zusammen. Plötzlich wurde ich furchtbar wütend. »Was ist nur mit dir los?«, fauchte ich. »Ich habe dir überhaupt nichts getan! Ich verstehe nicht, wie du mich an einem Tag küssen kannst und am nächsten hassen. *Warum?*« Die Tränen kamen so schnell, dass ich nicht verhindern konnte, dass sie mir die Wangen hinabströmten. Gut, dass man das im Dunkeln nicht sehen konnte.

»Vielleicht, weil ich nicht gerne belogen werde.« Gideon kam trotz meiner Warnung auf mich zu und diesmal konnte ich nicht weiter zurückweichen. »Besonders ungern von Mädchen, die sich mir an einem Tag an den Hals werfen und mich am nächsten zusammenschlagen lassen.«

»Was redest du denn da?«

»Ich habe dich *gesehen*, Gwendolyn.«

»Wie bitte? Wo hast du mich gesehen?«

»Bei meinem Zeitsprung gestern Morgen. Ich hatte einen kleinen Auftrag zu erledigen, aber ich bin nur ein paar Meter weit gekommen, da hast du plötzlich im Weg gestanden – wie eine Fata Morgana. Du hast mich angeschaut und gelächelt, als würdest du dich freuen, mich zu sehen. Dann hast du dich auf dem Absatz umgedreht und bist um die nächste Ecke verschwunden.«

»Wann soll das gewesen sein?« Ich war so verwirrt, dass ich für ein paar Sekunden aufhörte zu weinen.

Gideon ignorierte meinen Einwurf. »Als ich eine Sekunde später um eben diese Ecke bog, bekam ich einen Schlag vor den Kopf und war leider nicht mehr in der Lage, mit dir ein klärendes Gespräch zu führen.«

»Ich soll dir . . . diese Wunde ist von *mir?*« Die Tränen begannen wieder zu fließen.

»Nein«, sagte Gideon. »Das glaube ich nicht. Du hattest nichts in der Hand, als ich dich gesehen habe, außerdem bezweifle ich, dass du so hart zuschlagen könntest. Nein – du hast mich nur um die Ecke gelockt, weil dort jemand auf mich wartete.«

Ausgeschlossen. Ganz und gar ausgeschlossen.

»So etwas würde ich nie tun«, brachte ich schließlich einigermaßen deutlich heraus. »Niemals!«

»Ich war auch ein wenig schockiert«, sagte Gideon leichthin. »Wo ich doch dachte, wir wären . . . Freunde. Aber als du dann gestern Abend vom Elapsieren zurückkamst und nach Zigarren gerochen hast, kam mir der Gedanke, du könntest mich schon die ganze Zeit anlügen. Gib mir jetzt den Schlüssel!«

Ich wischte mir die Tränen von den Wangen. Leider flossen unaufhörlich neue nach. Nur mit Mühe konnte ich ein Aufschluchzen unterdrücken und dafür hasste ich mich nur noch mehr. »Wenn das wirklich stimmt, warum hast du dann allen gesagt, du hättest nicht gesehen, wer dich niedergeschlagen hat?«

»Weil es die Wahrheit ist. Ich habe nicht gesehen, wer es war.«

»Aber du hast auch nichts von mir gesagt. Warum nicht?«

»Weil ich Mr George schon länger ... *Weinst du etwa?*« Die Taschenlampe leuchtete mir ins Gesicht und ich musste geblendet die Augen schließen. Wahrscheinlich sah ich aus wie ein Streifenhörnchen. Warum hatte ich auch Wimperntusche aufgetragen?

»Gwendolyn ...« Gideon knipste die Taschenlampe aus. Was kam denn jetzt? Eine Leibesvisitation im Dunkeln?

»Geh weg«, sagte ich schluchzend. »Ich habe keinen Schlüssel bei mir, das schwöre ich. Und wen immer du gesehen hast, ich kann das nicht gewesen sein. Ich würde niemals, *niemals* zulassen, dass dich jemand verletzt.«

Obwohl ich nichts sehen konnte, spürte ich, dass Gideon direkt vor mir stand. Seine Körperwärme war wie ein Heizstrahler in der Dunkelheit. Als seine Hand meine Wange berührte, zuckte ich zusammen. Schnell zog er seine Hand wieder zurück.

»Es tut mir leid«, hörte ich ihn flüstern. »Gwen, ich ...« Plötzlich klang er hilflos, aber ich war viel zu verstört, um darüber Genugtuung zu empfinden.

Ich weiß nicht, wie viel Zeit verstrich, während wir einfach nur dastanden. Mir liefen noch immer die Tränen herunter. Was er tat – ich konnte es nicht sehen.

Irgendwann knipste er die Taschenlampe wieder an, räusperte sich und leuchtete dann auf seine Armbanduhr. »Noch drei Minuten, dann springen wir zurück«, sagte er in sachlichem Ton. »Du solltest aus der Ecke herauskommen, sonst landest du auf der Truhe.« Er ging zum Sofa zurück und hob die Polster wieder auf, die er auf den Boden geworfen hatte.

»Weißt du, von allen Wächtern erschien mir Mr George immer einer der loyalsten zu sein. Einer, dem man auf jeden Fall trauen kann.«

»Aber Mr George hat damit wirklich nicht das Geringste zu tun«, sagte ich, während ich zögernd aus meiner Ecke herauskam. »Es war ganz anders.« Mit dem Handrücken wischte ich mir die Tränen vom Gesicht. Besser, ich erzählte ihm die Wahrheit, damit er wenigstens nicht den armen Mr George der Illoyalität verdächtigen konnte. »Als ich das erste Mal allein zum Elapsieren geschickt wurde, habe ich meinen Großvater zufällig hier getroffen.« Okay, vielleicht nicht *ganz* die Wahrheit. »Er war auf der Suche nach dem Wein . . . ist ja jetzt auch egal. Es war eine merkwürdige Begegnung, vor allem, als wir begriffen hatten, wer wir waren. Er hat den Schlüssel und die Parole für meinen nächsten Besuch in diesem Raum versteckt, damit wir uns noch mal unterhalten konnten. Und deshalb bin ich gestern, beziehungsweise 1956, als Violet Purpleplum hier zu Besuch gewesen. Um meinen Großvater zu treffen! Er ist seit ein paar Jahren tot und ich vermisse ihn sehr. Hättest du nicht das Gleiche getan, wenn du gekonnt hättest? Noch einmal mit ihm zu reden, war so . . .« Ich verstummte wieder.

Gideon schwieg. Ich starrte auf seine Silhouette und wartete.

»Und Mr George? Er war damals schon der Assistent deines Großvaters«, sagte er schließlich.

»Ich habe ihn tatsächlich kurz gesehen, mein Großvater hat ihm erzählt, ich sei seine Cousine Hazel. Er hat das sicher längst vergessen – für ihn war das eine unwichtige Begegnung, die geschlagene fünfundfünfzig Jahre her ist.« Ich legte die Hand auf meinen Magen. »Ich glaube . . .«

»Ja«, sagte Gideon. Er streckte die Hand aus, besann sich dann aber offenbar anders. »Es geht gleich los«, sagte er nur lahm. »Komm noch ein paar Schritte hier rüber.«

Der Raum begann sich um mich drehen, dann blinzelte ich leicht schwankend ins helle Licht und Mr Whitman sagte: »Da seid ihr ja.«

Gideon legte seine Taschenlampe auf den Tisch und warf mir einen kurzen Blick zu. Vielleicht bildete ich es mir nur ein, aber diesmal lag so etwas wie Mitgefühl darin. Ich wischte mir noch einmal verstohlen übers Gesicht, aber Mr Whitman sah trotzdem, dass ich geweint hatte. Außer ihm war niemand hier. Xemerius war es sicher zu langweilig geworden.

»Was ist denn los, Gwendolyn?«, fragte Mr Whitman in seinem einfühlsamsten Vertrauenslehrerton. »Ist etwas passiert?« Wenn ich ihn nicht besser gekannt hätte, wäre ich vermutlich versucht gewesen, wieder in Tränen auszubrechen und ihm mein Herz auszuschütten. (»Der bö-höse Gideon hat mich geä-härgert!«) Aber dazu kannte ich ihn viel zu gut. Den gleichen Ton hatte er letzte Woche auch angeschlagen, als er uns gefragt hatte, wer die Karikatur von Mrs Counter an die Tafel gemalt hatte. »Ich finde ja, der Künstler hat wirklich Talent«, hatte er gesagt und dabei amüsiert gelächelt. Prompt hatte Cynthia (natürlich!) verraten, dass es Peggy gewesen war, und Mr Whitman hatte zu lächeln aufgehört und Peggy einen Eintrag ins Klassenbuch verpasst. »Das mit dem Talent war übrigens nicht gelogen. Dein Talent, dich in Schwierigkeiten zu bringen, ist bemerkenswert«, hatte er noch gesagt.

»Hm?«, machte er jetzt und lächelte vertrauenswürdig und mitfühlend. Aber ich würde bestimmt nicht darauf reinfallen.

»Eine Ratte«, murmelte ich. »Sie haben gesagt, es gäbe keine . . . Und dann ist die Glühbirne kaputtgegangen und Sie haben mir keine Taschenlampe mitgegeben. Ich war ganz allein im Dunkeln mit dieser fiesen Ratte.« Beinahe hätte ich noch »Das sage ich meiner Mummy« hinzugefügt, aber ich verkniff es mir gerade noch einmal.

Mr Whitman sah ein bisschen betroffen aus. »Das tut mir leid«, sagte er. »Beim nächsten Mal denken wir daran.« Dann schlug er wieder seinen überlegenen Lehrerton an. »Du wirst jetzt nach Hause gebracht. Ich empfehle dir, früh ins Bett zu gehen, morgen wird ein anstrengender Tag für dich.«

»Ich bringe sie zu ihrem Wagen«, sagte Gideon, während er sich das schwarze Tuch vom Tisch nahm, mit dem man mir immer die Augen verband. »Wo ist Mr George?«

»Er ist in einer Besprechung«, erwiderte Mr Whitman mit einem Stirnrunzeln. »Gideon, ich finde, du solltest deinen Umgangston noch einmal überdenken. Wir lassen dir viel durchgehen, weil wir wissen, dass du es im Augenblick nicht leicht hast, aber du solltest etwas mehr Respekt vor den Mitgliedern des Inneren Kreises zeigen.«

Gideons Miene zeigte keinerlei Regung. Aber er sagte höflich. »Sie haben recht, Mr Whitman. Es tut mir leid.« Er hielt mir seine Hand hin. »Kommst du?«

Beinahe hätte ich nach seiner Hand gegriffen, aus reinem Reflex. Und dass ich es nicht tun konnte, ohne vollends mein

Gesicht zu verlieren, versetzte mir einen Stich. Ich war kurz davor, erneut in Tränen auszubrechen.

»Äh, Wiedersehen«, sagte ich zu Mr Whitman und starrte dabei angestrengt auf den Boden.

Gideon öffnete die Tür.

»Bis morgen«, sagte Mr Whitman. »Und denkt beide daran: Ausreichend Schlaf ist die beste Vorbereitung.«

Die Tür fiel hinter uns ins Schloss.

»Soso, du warst also ganz allein mit einer fiesen Ratte im dunklen Keller«, sagte Gideon und grinste mich an.

Ich konnte es kaum fassen. Zwei Tage lang hatte er mir nur kalte Blicke zugeworfen, die letzten Stunden sogar einige, die mich fast genauso wie die armen Tiere in den Kriegswintern zu einem steifen Brett hatten gefrieren lassen. Und jetzt das? Ein Scherz, als sei alles wie immer? Vielleicht war er ja ein Sadist und konnte erst dann lächeln, wenn er mich so richtig fertiggemacht hatte?

»Willst du mir nicht die Augen verbinden?« Ich war noch nicht wieder in der Stimmung für seine blöden Witze, das sollte er ruhig merken.

Gideon zuckte mit den Schultern. »Ich nehme an, du kennst den Weg. Das mit dem Augenverbinden können wir uns deshalb schenken. Komm.« Wieder ein freundliches Grinsen.

Zum ersten Mal sah ich die Kellergänge in unserer Zeit. Sie waren sauber verputzt, in die Wände eingelassene Lichter, zum Teil mit Bewegungsmeldern, leuchteten den ganzen Weg perfekt aus.

»Nicht besonders beeindruckend, oder?«, sagte Gideon. »Alle Gänge, die nach draußen führen, sind mit Spezialtüren und

Alarmanlagen gesichert, heutzutage ist es hier so sicher wie in einem Banksafe. Aber das alles entstand erst in den Siebzigerjahren, vorher konnte man von hier aus unterirdisch durch halb London spazieren.«

»Interessiert mich nicht«, sagte ich mürrisch.

»Worüber möchtest du denn reden?«

»Über nichts.« Wie konnte er nur so tun, als wäre gar nichts geschehen? Sein blödes Grinsen und dieser Small-Talk-Ton machten mich erst richtig wütend. Ich ging schneller, und obwohl ich dabei die Lippen fest aufeinanderpresste, konnte ich nicht verhindern, dass die Worte aus mir herausplatzten. »Ich kann das nicht, Gideon! Ich komm nicht damit klar, dass du mich immer abwechselnd küsst und dann wieder behandelst, als würdest du mich zutiefst verabscheuen.«

Gideon schwieg einen Moment lang. »Ich würde dich auch lieber die ganze Zeit küssen, als dich zu verabscheuen«, sagte er dann. »Aber du machst es einem irgendwie auch nicht leicht.«

»Ich habe dir nichts getan«, sagte ich.

Er blieb stehen. »Ach komm schon, Gwendolyn! Du denkst doch nicht ernsthaft, dass ich dir die Story mit deinem Großvater abnehme? Als ob der ausgerechnet zufällig in dem Raum auftaucht, in den du elapsierst! Genauso wenig, wie Lucy und Paul zufällig bei Lady Tilney aufgetaucht sind. Oder diese Männer im Hyde Park.«

»Ja, genau, ich habe die höchstpersönlich dahin bestellt, weil ich immer schon mal jemanden mit einem Degen durchbohren wollte. Nicht zu vergessen, einen Mann zu Gesicht bekommen wollte, dem das halbe Gesicht fehlt!«, fauchte ich.

»Was und warum du in der Zukunft tun . . .«

»Ach, halt den Mund!«, rief ich aufgebracht. »Ich habe das alles so satt! Seit letztem Montag lebe ich wie in einem Albtraum, der nicht mehr enden will. Wenn ich denke, ich bin aufgewacht, merke ich, dass ich immer noch träume. In meinem Kopf sind Millionen von Fragen, auf die mir niemand eine Antwort gibt, und alle erwarten, dass ich mein Bestes gebe, für etwas, das ich überhaupt nicht verstehe!« Ich hatte mich wieder in Bewegung gesetzt, rannte beinahe, aber Gideon hielt mühelos Schritt. An der Treppe stand niemand, um nach der Parole zu fragen. Warum auch, wenn alle Eingänge gesichert waren wie in Fort Knox? Ich nahm immer zwei Stufen auf einmal. »Keiner hat mich gefragt, ob ich das hier überhaupt will. Ich muss mich mit durchgeknallten Tanzlehrern herumschlagen, die mich ununterbrochen beschimpfen, meine liebe Cousine darf mir zeigen, was sie alles kann, aber ich niemals lernen werde, und du . . . du . . .«

Gideon schüttelte den Kopf. »Hey, kannst du dich einmal in meine Lage versetzen?« Jetzt war es auch um seine Ruhe geschehen. »Mir geht es nämlich ähnlich! Oder wie würdest du dich verhalten, wenn du genau wüsstest, dass ich früher oder später dafür sorgen würde, dass dir jemand eine Keule vor den Kopf donnert? Ich glaube kaum, dass du mich unter diesen Umständen noch für liebenswert und unschuldig halten würdest, oder?«

»Das tue ich sowieso nicht!«, sagte ich heftig. »Weißt du, was? Mittlerweile könnte ich mir durchaus vorstellen, dass ich dir selber gern diese Keule vor den Kopf donnern würde.«

»Na bitte«, sagte Gideon und grinste wieder.

Ich schnaubte nur wütend. Wir liefen an Madame Rossinis Atelier vorbei. Unter der Tür fiel Licht in den Korridor. Wahrscheinlich arbeitete sie noch an unseren Kostümen.

Gideon räusperte sich. »Wie gesagt, es tut mir leid. Können wir jetzt wieder normal miteinander reden?«

Normal! Dass ich nicht lachte.

»Und – was machst du heute Abend noch?«, fragte er in seinem besten freundlich-unverfänglichem Plauderton.

»Ich werde natürlich fleißig Menuett-Tanzen üben und vor dem Einschlafen noch Sätze ohne die Wörter Staubsauger, Pulsuhr, Jogging und Herztransplantation bilden«, erwiderte ich bissig. »Und du?«

Gideon sah auf seine Uhr. »Ich werde Charlotte und meinen Bruder treffen und . . . ja, mal schauen. Wir haben schließlich Samstagabend.«

Ja, natürlich. Sollten die doch so viel schauen, wie sie wollten, mir reichte es.

»Danke fürs Hochbringen«, sagte ich so kühl ich konnte. »Von hier aus finde ich den Wagen allein.«

»Es liegt sowieso auf meinem Weg«, sagte Gideon. »Und du kannst ruhig aufhören zu rennen. Ich soll übermäßige Anstrengungen vermeiden. Anweisung von Dr. White.«

Und obwohl ich so sauer auf ihn war, bekam ich für einen Moment so etwas wie ein schlechtes Gewissen. Ich sah ihn von der Seite aus an. »Aber wenn dir an der nächsten Ecke jemand was gegen den Kopf haut, sag nicht, ich hätte dich dorthin gelockt.«

Gideon lächelte. »*Noch* würdest du so was nicht tun.«

Niemals würde ich so etwas tun, schoss es mir durch den

Kopf. Ganz egal, wie ekelhaft er sich mir gegenüber benahm. Niemals würde ich zulassen, dass ihm jemand wehtat. Wen auch immer er gesehen hatte – ich konnte es auf keinen Fall gewesen sein.

Der Torbogen vor uns wurde vom Blitz eines Fotoapparates erhellt. Obwohl es schon dunkel war, waren immer noch viele Touristen in Temple unterwegs. Auf dem Parkplatz dahinter stand die schwarze Limousine, die ich schon kannte. Als er uns näher kommen sah, stieg der Fahrer aus und öffnete mir die Tür. Gideon wartete, bis ich im Wagen war, dann beugte er sich zu mir hinunter. »Gwendolyn?«

»Ja?« Es war zu dunkel, um sein Gesicht genau zu erkennen.

»Ich wünschte, du würdest mir mehr vertrauen.« Das klang so ernst und ehrlich, dass es mir für eine Sekunde die Sprache verschlug.

»Ich wünschte, das könnte ich«, sagte ich dann. Erst als Gideon die Tür zugeschlagen und das Auto sich in Bewegung gesetzt hatte, fiel mir ein, dass ich besser »Ich wünsche mir das Gleiche von dir« gesagt hätte.

Madame Rossinis Augen leuchteten vor Begeisterung. Sie nahm meine Hand und führte mich vor den großen Wandspiegel, damit ich das Ergebnis ihrer Bemühungen begutachten konnte. Auf den ersten Blick erkannte ich mich kaum wieder. Das lag vor allem an den normalerweise glatten Haaren, die zu unzähligen Locken gedreht und auf dem Kopf zu einer gigantischen Hochfrisur gesteckt worden waren, ähnlich der, die meine Cousine Janet bei ihrer Hochzeit getragen hatte. Einzelne Strähnen fielen in Korkerzieherlöckchen auf meine nackten Schultern. Der dunkelrote Farbton des Kleides ließ mich noch blasser wirken, als ich ohnehin schon war, aber ich sah nicht krank aus, sondern strahlend. Madame Rossini hatte nämlich meine Nase und die Stirn dezent abgepudert und mir ein bisschen Rouge auf die Wangen gepinselt, und obwohl es gestern noch spät geworden war, hatte ich dank ihrer Schminkkünste keine Schatten mehr unter den Augen.

»Wie Schneewittchen«, sagte Madame Rossini und tupfte sich ganz gerührt mit einem Stoffrest gegen die feuchten Augen. »Rot wie Blut, weiß wie Schnee, schwarz wie Ebenholz. Sie werden mit mir schimpfen, weil du auffallen wirst wie ein bunter Hund. Zeig mir deine Fingernägel, ja, très bien, schön sauber und kurz. Und jetzt schüttle mal den Kopf. Nein, ruhig stärker, diese Frisur muss den ganzen Abend halten.«

»Fühlt sich ein bisschen an, als hätte ich einen Hut auf«, sagte ich.

»Daran gewöhnst du dich«, erwiderte Madame Rossini, während sie die Haare mit noch mehr Spray fixierte. Zusätzlich zu den geschätzten elf Pfund Haarnadeln, die das Lockengebirge auf dem Kopf zusammenhielten, gab es noch welche, die nur der Zierde dienten, sie waren mit den gleichen Rosen besetzt, die auch den Ausschnitt des Kleides säumten. Allerliebst! »So, fertig, Schwanenhälschen. Soll ich wieder Fotos machen?«

»Oh bitte!« Ich sah mich nach meiner Tasche mit dem Handy um. »Leslie würde mich umbringen, wenn ich diesen Augenblick nicht festhalten würde.«

»Ich würde gern welche von euch beiden machen«, sagte Madame Rossini, nachdem sie mich ungefähr zehnmal von allen Seiten abgelichtet hatte. »Von dir und dem ungezogenen Jungen. Damit man sehen kann, wie perfekt und dennoch absolut dezent die Garderobe aufeinander abgestimmt ist. Aber Giordano kümmert sich um Gideon, ich habe mich geweigert, mich noch einmal über die Notwendigkeit von gemusterten Strümpfen zu streiten. Was zu viel ist, ist zu viel.«

»Diese Strümpfe hier sind gar nicht so schlecht«, sagte ich.

»Das liegt daran, dass sie zwar so aussehen wie die Strümpfe der damaligen Zeit, aber dank Elastan viel bequemer sind«, sagte Madame Rossini. »Früher hat einem so ein Strumpfband wahrscheinlich den halben Oberschenkel abgeschnürt, deins hingegen ist nur zur Zierde da. Natürlich hoffe ich nicht, dass jemand einen Blick unter deinen Rock wirft – aber falls doch, kann sich niemand beschweren, n'est-ce pas?« Sie klatschte in die Hände. »Bien, ich rufe jetzt oben an und sage, dass du fertig bist.«

Während sie telefonierte, stellte ich mich wieder vor den Spiegel. Ich war aufgeregt. Gideon hatte ich seit heute Morgen energisch aus meinen Gedanken verbannt und es war mir einigermaßen gelungen, aber nur zu dem Preis, dass ich nun ständig an den Grafen von Saint Germain denken musste. Zu der Angst vor einer neuerlichen Begegnung mit dem Grafen mischte sich auch eine unerklärliche Vorfreude auf die Soiree, die mir selber ein bisschen unheimlich war.

Mum hatte erlaubt, dass Leslie in der vergangenen Nacht bei uns schlief, und deshalb war es noch ein netter Abend geworden, irgendwie. Mit Leslie und Xemerius die Geschehnisse ganz genau zu analysieren, hatte mir gutgetan. Vielleicht hatten sie es ja nur gesagt, um mich aufzumuntern, aber sowohl Leslie als auch Xemerius waren der Meinung, dass es noch keinen Grund für mich gebe, mich wegen unerfüllter Liebe von der Brücke zu stürzen. Sie behaupteten alle beide, Gideon habe angesichts der Umstände durchaus berechtigte Gründe für sein Verhalten gehabt, und Leslie meinte, im Zuge der Gleichberechtigung der Geschlechter solle man auch Jungs mal Phasen schlechter Laune zubilligen, und sie spüre ganz genau, dass er tief in seinem Inneren ein wirklich lieber Kerl sei.

»Du kennst ihn gar nicht!« Ich hatte den Kopf geschüttelt.

»Das sagst du nur, weil du weißt, dass ich das hören will!«

»Ja und weil ich auch will, dass es die Wahrheit ist«, hatte Leslie gesagt. »Wenn er sich am Ende als Arschloch entpuppen sollte, werde ich ihn höchstpersönlich aufsuchen und ihm eine reinhauen! Versprochen.«

Xemerius war erst spät nach Hause gekommen, vorher nämlich hatte er auf meine Bitte hin Charlotte, Raphael und Gideon beschattet.

Im Gegensatz zu ihm fanden Leslie und ich es kein bisschen langweilig zu hören, wie Raphael so war.

»Wenn ihr mich fragt, sieht der Kleine ein bisschen zu gut aus«, hatte Xemerius genörgelt. »Und das weiß er auch genau.«

»Womit er bei Charlotte an der richtigen Adresse wäre«, sagte Leslie zufrieden. »Unsere Eisprinzessin hat bisher noch jedem die Lebensfreude geraubt.«

Wir hatten uns auf meine breite Fensterbank gehockt, während Xemerius auf dem Tisch Platz nahm, seinen Schwanz ordentlich um sich herumlegte und seinen Bericht begann.

Charlotte und Raphael waren zuerst Eis essen gewesen, dann ins Kino gegangen und schließlich hatten sie sich bei einem Italiener mit Gideon getroffen. Leslie und ich hatten alles ganz ganz genau wissen wollen, vom Titel des Films über den Belag der Pizzas bis zum allerletzten gesprochenen Wort. Laut Xemerius hatten Charlotte und Raphael tatsächlich immer hartnäckig aneinander vorbeigeredet. Während Raphael gern über die Unterschiede zwischen englischen und französischen Mädchen und ihr Sexualverhalten diskutiert hätte, sei Charlotte immer wieder auf die Literaturnobelpreisträger der letzten zehn Jahre zurückgekommen, was dazu geführt habe, dass Raphael sich zusehends gelangweilt und vor allem auffällig damit beschäftigt habe, anderen Mädchen hinterherzublicken. Und im Kino habe Raphael (zu Xemerius' großer Verwunderung) keinerlei Anstalten gemacht, Charlotte irgendwie zu begrapschen, im Gegenteil, nach ungefähr zehn Minuten sei er tief und fest eingeschlafen. Leslie meinte, das sei das Sympathischste, das sie seit Langem gehört habe, und ich war ganz ihrer Ansicht. Dann wollten wir natürlich unbedingt wissen, ob Gideon, Charlotte und Raphael beim Italiener auch über mich gesprochen hätten, und Xemerius hatte uns (etwas widerwillig) folgenden empörenden Dialog wiedergegeben (den ich für Leslie sozusagen simultan übersetzte):

Charlotte: Giordano ist sehr besorgt, dass Gwendolyn morgen alles falsch machen wird, was sie falsch machen kann.

Gideon: Kannst du mir bitte mal das Olivenöl reichen?

Charlotte: Politik und Geschichte sind für Gwendolyn ein-fach Geheimnisse mit sieben Siegeln und Namen kann sie sich auch nicht merken – das geht zum einen Ohr rein und zum anderen wieder raus. Sie kann nichts dafür, ihr Gehirn hat einfach nicht genügend Aufnahmekapazität. Es ist zuge-stopft mit den Namen von Boygroupmitgliedern und elend langen Besetzungslisten von kitschigen Liebesfilmen.

Raphael: Gwendolyn ist deine Zeitreise-Cousine, oder? Ich habe sie gestern in der Schule gesehen. Es ist doch die mit den langen dunklen Haaren und den blauen Augen, oder?

Charlotte: Ja und mit diesem Muttermal an der Schläfe, das aussieht wie eine Banane.

Gideon: Wie ein kleiner Halbmond.

Raphael: Wie heißt noch mal die Freundin? Die Blonde mit den Sommersprossen? Lilly?

Charlotte: Leslie Hay. Etwas mehr Gehirnkapazität als Gwendolyn, dafür ist sie ein gutes Beispiel dafür, dass Halter ihren Hunden ähnlich sehen. Ihrer ist ein zotteliger Golden-Retriever-Mischling. Er heißt Bertie.

Raphael: Ach wie süß!

Charlotte: Du magst Hunde?

Raphael: Vor allem Golden-Retriever-Mischlinge mit Som-mersprossen.

Charlotte: Verstehe! Na, du kannst ja mal dein Glück versu-chen. Besonders schwer wirst du es nicht haben. Leslie hat ei-nen noch größeren Verschleiß an Jungs als Gwendolyn.

Gideon: Tatsächlich? Wie viele . . . äh . . . Freunde hatte Gwendolyn denn schon?

Charlotte: Ach Gott. Puh. Das ist mir jetzt irgendwie pein-

lich. Ich will nichts Schlechtes über sie sagen, es ist nur so, dass sie da ziemlich wahllos ist, vor allem, wenn sie was getrunken hat. In unserer Klasse hat sie so ungefähr alle einmal durch und bei den Jungs aus den Klassen über uns . . . Tja, ich habe irgendwann den Überblick verloren. Den Spitznamen, den sie ihr gegeben haben, will ich lieber auch nicht wiederholen.

Raphael: Schulmatratze?

Gideon: Kannst du mir bitte mal das Salz reichen?

Als Xemerius an dieser Stelle seiner Erzählung angelangt war, hatte ich sofort aufspringen, zu Charlotte hinunterlaufen und sie erwürgen wollen, aber Leslie hatte mich festgehalten und gemeint, Rache solle man immer kalt genießen. Mein Argument, meine Motivation sei nicht Rache, sondern pure Mordlust, hatte sie nicht gelten lassen. Außerdem hatte sie gesagt, wenn Gideon und Raphael nur ein Viertel so klug wie gut aussehend seien, würden sie Charlotte ohnehin kein Wort glauben.

»Ich finde, Leslie sieht wirklich ein bisschen aus wie ein Golden Retriever«, hatte Xemerius gesagt und unter meinem vorwurfsvollen Blick schnell hinzugefügt: »Ich mag Hunde, das weißt du doch! Es sind so kluge Tiere.«

Ja, Leslie war wirklich klug. Sie hatte nämlich unterdessen dem Grünen-Reiter-Buch sein Geheimnis entlockt. Allerdings war das mühsam abgezählte Ergebnis ein bisschen enttäuschend. Es war lediglich ein weiterer Zahlencode mit zwei Buchstaben und dazu noch komischen Strichen drin.

Einundfünfzig null drei null vier eins Punkt sieben acht n Komma null null null acht vier neun Punkt neun eins o.

Es war schon fast Mitternacht, als wir uns quer durch das Haus in die Bibliothek geschlichen hatten, das heißt, nur Leslie und ich schlichen, Xemerius war vorausgeflogen.

Dort suchten wir in den Regalen bestimmt eine Stunde nach neuen Hinweisen. Das einundfünfzigste Buch in der dritten Reihe ... Einundfünfzigste Reihe, dreißigstes Buch, Seite vier, Zeile sieben, achtes Wort ... aber egal, in welcher Ecke wir anfingen zu zählen – nichts machte Sinn. Schließlich zogen wir wahllos Bücher heraus und schüttelten sie, in der Hoffnung, weitere Zettel zu finden. Fehlanzeige. Aber Leslie war trotzdem zuversichtlich. Sie hatte sich den Code auf einen Zettel geschrieben, den sie andauernd aus ihrer Hosentasche nahm und anschaute. »Das bedeutet irgendetwas«, murmelte sie unaufhörlich vor sich hin. »Und ich werde auch herausfinden, was.«

Danach waren wir endlich ins Bett gegangen. Mein Wecker hatte mich morgens unsanft aus meinem traumlosen Schlaf gerüttelt – und von dem Zeitpunkt an hatte ich fast nur noch an die Soiree gedacht.

»Da kommt Monsieur George, um dich abzuholen«, riss mich Madame Rossini aus meinen Gedanken. Sie reichte mir ein Täschchen, mein *Retikül,* und ich überlegte, ob ich nicht noch in letzter Sekunde das Gemüsemesser dort hineinschmuggeln sollte. Entgegen Leslies Rat hatte ich nämlich davon Abstand genommen, es mir mit Tape an den Oberschenkel zu kleben. Bei meinem Glück hätte ich mich nur selber verletzt, und wie ich im Ernstfall unter meinem Rock das Tape vom Bein friemeln sollte, war mir ohnehin ein Rätsel. Als Mr George den Raum betrat, drapierte Madame Rossini einen breiten, aufwendig bestickten Schal um meine Schultern und küsste mich auf beide Wangen. »Viel Glück, mein Schwanenhälschen«, sagte sie. »Bringen Sie sie nur heil wieder zurück, Monsieur George.«

Mr George lächelte ein bisschen gequält. Er kam mir nicht ganz so rundlich und gemütlich vor wie sonst. »Das liegt leider nicht in meiner Hand, Madame. Komm, mein Mädchen, es gibt da ein paar Leute, die dich kennenlernen wollen.«

Es war bereits früher Nachmittag, als wir eine Etage weiter nach oben in den Drachensaal gingen. Das Anziehen und Frisieren hatte über zwei Stunden gedauert. Mr George war ungewöhnlich schweigsam und ich konzentrierte mich darauf, auf der Treppe nicht auf den Saum des Kleides zu treten. Ich musste an unseren letzten Besuch im 18. Jahrhundert denken und daran, wie schwierig es werden würde, in dieser sperrigen Garderobe Männern mit einem Degen zu entkommen.

»Mr George, können Sie mir bitte das mit der florentinischen Allianz erklären?«, fragte ich, einer plötzlichen Eingebung folgend.

Mr George blieb stehen. »Die florentinische Allianz? Wer hat dir denn davon erzählt?«

»Im Grunde niemand«, sagte ich mit einem Seufzer. »Aber ab und zu bekomme ich schon etwas mit. Ich frage auch nur, weil ich . . . Angst habe. Es waren die Typen der Allianz, die uns im Hyde Park überfallen haben, richtig?«

Mr George sah mich ernst an. »Vielleicht, ja. Wahrscheinlich sogar. Aber du musst keine Angst haben. Ich glaube nicht, dass ihr heute mit einem Angriff rechnen müsst. Wir

haben zusammen mit dem Grafen und Rakoczy alle nur erdenklichen Vorsichtsmaßnahmen ergriffen.«

Ich öffnete den Mund, um etwas zu sagen, aber Mr George
fiel mir ins Wort: »Also gut, weil du sonst keine Ruhe gibst:
Tatsächlich müssen wir davon ausgehen, dass es im Jahr
1782 einen Verräter bei den Wächtern gibt, vielleicht dersel-
be Mann, der auch schon in den Jahren vorher Informationen preisgegeben hat, die zu den Anschlägen auf das Leben
des Grafen von Saint Germain in Paris, in Dover, in Amster-
dam und in Deutschland geführt haben.« Er rieb sich über
seine Glatze. »In den Annalen ist dieser Mann aber nicht namentlich erwähnt. Obwohl es dem Grafen gelungen ist, die
florentinische Allianz zu zerschlagen, wurde der Verräter in
den Reihen der Wächter niemals entlarvt. Eure Besuche im
Jahr 1782 sollen das nun ändern.«

»Gideon meint, Lucy und Paul hätten etwas damit zu tun.«

»Tatsächlich gibt es einige Hinweise, die diese Vermutung
nahelegen.« Mr George zeigte auf die Tür zum Drachensaal.
»Wir haben aber jetzt keine Zeit, noch mehr ins Detail zu gehen. Egal, was auch passiert: Halt dich an Gideon. Solltet ihr
getrennt werden, versteck dich irgendwo, wo du sicher auf
den Rücksprung warten kannst.«

Ich nickte. Aus irgendeinem Grund bekam ich einen ganz
trockenen Mund.

Mr George öffnete die Tür und ließ mir den Vortritt. Mit
meinem weiten Rock kam ich gerade so an ihm vorbei. Der
Raum war voller Menschen, die mich anstarrten, und prompt
schoss mir vor Verlegenheit das Blut ins Gesicht. Außer Dr.
White, Falk de Villiers, Mr Whitman, Mr Marley, Gideon und

dem unsäglichen Giordano standen fünf weitere Männer mit dunklen Anzügen und ernsten Gesichtern unter dem riesigen Drachen. Ich wünschte, Xemerius wäre hier gewesen, um mir zu sagen, wer von ihnen der Innenminister und wer der Nobelpreisträger war, aber Xemerius hatte einen anderen Auftrag erhalten. (Nicht von mir – von Leslie. Aber dazu später.)

»Meine Herren? Darf ich Ihnen Gwendolyn Shepherd vorstellen?« Das war wohl eher eine rhetorische Frage, von Falk de Villiers in feierlichem Ton vorgetragen. »Sie ist unser Rubin. Die letzte Zeitreisende im Kreis der Zwölf.«

»Heute Abend unterwegs als Penelope Gray, Mündel des vierten Viscount of Batten«, ergänzte Mr George und Giordano murmelte: »Die wahrscheinlich ab dem heutigen Abend als *die Dame ohne Fächer* in die Geschichte eingehen wird.«

Ich warf einen schnellen Blick zu Gideon hinüber, dessen weinroter, bestickter Gehrock tatsächlich wunderbar zu meinem Kleid passte. Zu meiner großen Erleichterung trug er keine Perücke, sonst wäre ich vermutlich vor lauter Anspannung in hysterisches Gelächter ausgebrochen. Aber an seinem Anblick war gar nichts Lächerliches. Er sah einfach perfekt aus. Seine braunen Haare waren im Nacken zu einem Zopf gebunden, eine Locke fiel wie aus Versehen in seine Stirn und kaschierte geschickt die Wunde. Wie so oft konnte ich den Ausdruck in seinem Gesicht nicht wirklich deuten.

Nacheinander musste ich den unbekannten Herren die Hand schütteln, jeder nannte mir seinen Namen (ging zum einen Ohr herein und zum anderen wieder hinaus, Charlotte hatte ja so recht, was meine Gehirnkapazität anging) und ich murmelte jeweils etwas wie »Freut mich sehr« oder »Guten Abend, Sir«. Alles in allem handelte es sich um recht ernste Zeitgenossen. Nur ein einziger von ihnen lächelte, die anderen guckten, als stünde ihnen eine Beinamputation unmittelbar bevor. Der, der lächelte, war bestimmt der Innenminister, Politiker waren einfach freigiebiger mit ihrem Lächeln, das brachte der Beruf so mit sich.

Giordano musterte mich von Kopf bis Fuß und ich wartete auf einen Kommentar, aber stattdessen seufzte er nur übertrieben laut. Falk de Villiers lächelte auch nicht, aber wenigstens sagte er: »Das Kleid steht dir wirklich ganz hervorragend, Gwendolyn. Die echte Penelope Gray wäre sicher glücklich, wenn sie so gut ausgesehen hätte. Madame Rossini hat großartige Arbeit geleistet.«

»Das stimmt! Ich habe ein Porträt von der echten Penelope Gray gesehen. Kein Wunder, dass sie ihr Lebtag unverheiratet im hintersten Winkel von Derbyshire verbrachte«, entfuhr es Mr Marley. Gleich darauf wurde er feuerrot und starrte peinlich berührt auf den Boden.

Mr Whitman zitierte Shakespeare – jedenfalls nahm ich stark an, dass es Shakespeare war, Mr Whitman war geradezu besessen von Shakespeare. »*Nun denn, wofür sind Reize wohl zu achten, die einen Himmel mir zur Hölle machten?* – Oh, das ist doch kein Grund zu erröten, Gwendolyn.«

Ich sah ihn ärgerlich an. Blödes Eichhörnchen! Wenn, dann war ich vorher schon rot gewesen, sicher nicht seinetwegen. Abgesehen davon hatte ich das Zitat gar nicht verstanden – es konnte genauso gut ein Kompliment wie eine Beleidigung sein.

Unerwarteterweise erhielt ich Unterstützung von Gideon. *»Der Eingebildete überschätzt sich im Verhältnis zu seinem eigenen Wert«*, sagte er freundlich zu Mr Whitman. »Aristoteles.«

Mr Whitmans Lächeln wurde ein wenig schmallippiger.

»Mr Whitman wollte eigentlich nur ausdrücken, wie toll du aussiehst«, sagte Gideon zu mir und prompt schoss mir wieder das Blut in die Wangen.

Gideon tat so, als würde er das nicht bemerken. Aber als ich ein paar Sekunden später wieder zu ihm hinüberblickte, lächelte er zufrieden vor sich hin. Mr Whitman dagegen schien sich ein weiteres Shakespeare-Zitat nur schwer verkneifen zu können.

Dr. White, hinter dessen Anzugbeinen sich Robert versteckt hatte und mich mit großen Augen anschaute, blickte auf seine Uhr. »Wir sollten jetzt allmählich aufbrechen. Der Pfarrer hat um sechzehn Uhr eine Taufe.«

Der *Pfarrer?*

»Ihr werdet heute nicht aus dem Keller in die Vergangenheit springen, sondern aus einer Kirche in der North Audley Street«, erklärte mir Mr George. »Damit ihr nicht so viel Zeit damit verliert, zu Lord Bromptons Haus zu gelangen.«

»Auf diese Weise minimieren wir auch die Gefahr eines Angriffs auf dem Hin- oder Rückweg«, sagte einer der fremden Männer, wofür er einen ärgerlichen Blick von Falk de Villiers einfing.

»Der Chronograf ist schon vorbereitet«, sagte er. Er zeigte auf eine Truhe mit silbernen Tragegriffen, die auf dem Tisch stand. »Draußen warten zwei Limousinen. Meine Herren...«

»Viel Erfolg«, sagte der, den ich für den Innenminister hielt.

Giordano seufzte noch einmal schwer.

Dr. White, einen Medizinkoffer (wofür?) in der Hand, hielt die Tür auf. Mr Marley und Mr Whitman ergriffen jeweils einen Griff der Truhe und trugen sie hinaus, so feierlich, als handle es sich um die Bundeslade.

Gideon war mit ein paar Schritten an meiner Seite und reichte mir seinen Arm. »Na, kleine Penelope, dann wollen wir dich mal der feinen Londoner Gesellschaft vorstellen«, sagte er. »Bereit?«

Nein. Ich war kein bisschen bereit. Und Penelope war wirklich ein fürchterlicher Name. Aber mir blieb wohl keine andere Wahl. Ich blickte so gelassen wie möglich zu Gideon auf. »Bereit, wenn du es bist.«

. . . gelobe ich Ehrenhaftigkeit und Höflichkeit,
Anständigkeit und Mitleid,
Widerstand gegen das Unrecht,
Hilfe für Schwache,
Treue gegenüber dem Gesetz,
Bewahren der Geheimnisse,
Einhalten der Goldenen Regeln,
von jetzt an bis zu meinem Tode.

(Text aus der Vereidigung der Adepten)

Chroniken der Wächter, Band 1,
Die Bewahrer des Geheimnisses

10.

Am meisten fürchtete ich mich vor einer neuerlichen Begegnung mit dem Grafen von Saint Germain. Bei unserem letzten Treffen hatte ich seine Stimme in meinem Kopf gehört und seine Hand hatte meine Kehle umfasst und zusammengedrückt, obwohl er mehr als vier Meter von mir entfernt gestanden hatte. *Ich weiß nicht genau, welche Rolle du spielst, Mädchen oder ob du überhaupt wichtig bist. Aber ich dulde nicht, dass man gegen meine Regeln verstößt.*

Es war anzunehmen, dass ich in der Zwischenzeit gegen einige seiner Regeln verstoßen hatte – man musste mir allerdings zugestehen, dass ich mich damit auch nicht auskannte. Das erfüllte mich mit einem gewissen Trotz: Da sich niemand die Mühe gemacht hatte, mir irgendwelche Regeln zu erklären oder gar zu begründen, mussten sie sich auch nicht wundern, wenn ich mich nicht daran hielt.

Ich fürchtete mich aber auch vor allem anderen – insgeheim war ich nämlich überzeugt davon, dass Giordano und Charlotte recht hatten: Ich blamierte mich sicher ganz fürchterlich in der Rolle der Penelope Gray und jeder würde merken, dass mit mir etwas nicht stimmte. Für einen Moment fiel mir nicht mal mehr der Ort in Derbyshire ein, aus dem sie stammte. Irgendwas mit B. Oder P. Oder D. Oder . . .

»Hast du die Gästeliste auswendig gelernt?« Mr Whitman

neben mir trug auch nicht dazu bei, meine Aufregung zu mindern. Warum zur Hölle sollte ich die Gästeliste auswendig lernen? Mein Kopfschütteln quittierte Mr Whitman mit einem leisen Seufzer.

»Ich kann sie auch nicht auswendig«, sagte Gideon. Er saß mir in der Limousine gegenüber. »Es verdirbt einem doch den ganzen Spaß, wenn man immer schon vorher weiß, wem man begegnen wird.«

Ich hätte gern gewusst, ob er auch so aufgeregt war. Ob seine Hände schwitzten und sein Herz so schnell klopfte wie meins. Oder war er so oft ins 18. Jahrhundert gereist, dass das schon nichts Besonderes mehr für ihn war?

»Du beißt dir noch die Lippe blutig«, sagte er.

»Ich bin ein bisschen . . . nervös.«

»Das merkt man. Würde es helfen, wenn ich deine Hand hielte?«

Ich schüttelte vehement den Kopf.

Nein, das würde alles nur noch schlimmer machen, du Idiot! Abgesehen davon, dass ich, was dein Verhalten mir gegenüber betrifft, inzwischen sowieso völlig auf dem Schlauch stehe! Nicht zu reden von unserer Beziehung im Allgemeinen! Außerdem guckt Mr Whitman jetzt schon wie ein besserwisserisches Eichhörnchen!

Fast hätte ich aufgestöhnt. Ob es mir besser gehen würde, wenn ich ihm ein paar von meinen Ausrufezeichengedanken laut an den Kopf werfen würde? Ich überlegte einen Moment, ließ es dann aber bleiben.

Endlich waren wir da. Als Gideon mir vor der Kirche aus dem Wagen half (in einem solchen Kleid benötigte man für solche Manöver in jedem Fall eine helfende Hand, wenn nicht sogar zwei), fiel mir auf, dass er dieses Mal keinen Degen bei sich hatte. Wie leichtsinnig!

Passanten musterten uns neugierig und Mr Whitman hielt uns das Kirchenportal auf. »Ein bisschen schneller, bitte!«, sagte er »Wir wollen doch kein Aufsehen erregen.« Nee, klar, das war ja auch kein bisschen aufsehenerregend, dass zwei schwarze Limousinen am helllichten Nachmittag in der North Audley Street parkten und Männer in Anzügen die Bundeslade aus dem Kofferraum zogen und über den Bürgersteig in die Kirche trugen. Obwohl – von Weitem konnte die Truhe auch als ein kleiner Sarg durchgehen . . . Ich bekam eine Gänsehaut.

»Ich hoffe, du hast wenigstens an die Pistole gedacht«, flüsterte ich Gideon zu.

»Du hast ja eine komische Vorstellung von dieser Soiree«, gab er in normaler Lautstärke zurück und legte mir den Schal um die Schultern. »Hat eigentlich schon jemand den Inhalt deiner Handtasche kontrolliert? Nicht, dass mitten während eines Vortrags dein Handy klingelt.«

Bei der Vorstellung musste ich kurz lächeln, denn mein Handyton war zurzeit ein laut quakender Frosch. »Außer dir ist ja niemand da, der mich anrufen könnte«, sagte ich.

»Und ich hab nicht mal deine Nummer. Kann ich bitte trotzdem mal einen Blick in die Tasche werfen?«

»Es heißt *Retikül*«, sagte ich und hielt ihm mit einem Achselzucken den Beutel hin.

»Riechsalz, Taschentuch, Parfüm, Puder . . . vorbildlich«, sagte Gideon. »Wie es sich gehört. Komm.« Er gab mir das Retikül zurück, griff nach meiner Hand und führte mich durch das Kirchenportal, das Mr Whitman direkt hinter uns verriegelte. Drinnen vergaß Gideon, meine Hand loszulassen, und das war jetzt doch ganz gut so, denn sonst hätte ich in letzter Minute Panik bekommen und wäre davongelaufen.

Auf dem freien Platz vor dem Altar waren Falk de Villiers und Mr Marley dabei, unter den skeptischen Blicken des Pfarrers (im vollen Messornat) den Chronografen aus der Bundesla- äh . . . der Truhe zu befreien. Dr. White durchmaß den Raum mit großen Schritten und sagte: »Von der vierten Säule elf Schritte nach links, dann geht ihr auf Nummer sicher.«

»Ich weiß nicht, ob ich dafür garantieren kann, dass die Kirche um 18:30 Uhr wirklich menschenleer ist«, sagte der Pfarrer nervös. »Der Organist bleibt gern noch länger und es gibt einige Gemeindemitglieder, die mich an der Tür in Gespräche verwickeln, die ich nur schwer . . .«

»Machen Sie sich keine Sorgen«, sagte Falk de Villiers. Der Chronograf stand nun direkt auf dem Altar. Das Licht der Nachmittagssonne brach sich in den bunten Kirchenfenstern und ließ die Edelsteine unendlich riesig erscheinen. »Wir werden hier sein und Ihnen nach dem Gottesdienst helfen, Ihre Schäfchen loszuwerden.« Er blickte zu uns hinüber. »Seid ihr so weit?«

Gideon ließ endlich meine Hand los. »Ich springe als Erster«, sagte er. Dem Pfarrer stand der Mund weit offen, als er sah, wie Gideon in einem Strudel gleißend hellen Lichts einfach verschwand.

»Gwendolyn.« Während Falk meine Hand nahm und meinen Finger in den Chronografen schob, lächelte er mir ermutigend zu. »Wir sehen uns in genau vier Stunden wieder.«

»Hoffentlich«, murmelte ich, da bohrte sich die Nadel auch schon in mein Fleisch, der Raum füllte sich mit rotem Licht und ich schloss die Augen.

Als ich sie wieder öffnete, taumelte ich leicht und jemand hielt mich an der Schulter fest. »Alles in Ordnung«, flüsterte Gideons Stimme an meinem Ohr.

Viel konnte man nicht sehen. Nur eine einzelne Kerze erhellte den Altarraum, der Rest der Kirche lag in gespenstischem Dunkel.

»Bienvenue«, sagte eine raue Stimme aus ebendiesem Dunkel, und obwohl ich damit gerechnet hatte, zuckte ich zusammen. Eine Männergestalt löste sich aus dem Schatten einer Säule und im Licht der Kerze erkannte ich das bleiche Gesicht von Rakoczy, dem Freund des Grafen. Wie bei unserer ersten Begegnung erinnerte er mich an einen Vampir, die schwarzen Augen waren ohne jeden Glanz, im spärlichen Licht wirkten sie einmal mehr wie unheimliche schwarze Löcher.

»Monsieur Rakoczy«, sagte Gideon auf Französisch und verbeugte sich höflich. »Ich freue mich, Euch zu sehen. Meine Begleiterin kennt Ihr ja bereits.«

»Sicher. Mademoiselle Gray, für heute Abend. Es ist mir eine Freude.« Rakoczy deutete eine Verbeugung an.

»Äh, très . . . «, murmelte ich. »Die Freude ist ganz auf meiner Seite«, wechselte ich dann ins Englische. Man konnte ja nie wissen, was man in einer fremden Sprache so mir nichts, dir nichts sagte, noch dazu, wenn man mit ihr auf Kriegsfuß stand.

»Meine Männer und ich werden Euch zu Lord Bromptons Haus geleiten«, sagte Rakoczy.

Gruseligerweise war von diesen Männern nichts zu sehen, aber ich hörte sie in der Dunkelheit atmen und sich bewegen, als wir hinter Rakoczy her durch das Kirchenschiff hinüber zur Tür gingen. Auch draußen auf der Straße konnte ich niemanden entdecken, obwohl ich mich mehrmals umschaute. Es war kühl und es fiel leichter Sprühregen, und wenn es schon Straßenlaternen gab, dann waren sie in dieser Straße heute Abend alle kaputt. Es war so dunkel, dass ich nicht mal Gideons Gesicht neben mir richtig erkennen konnte, und überall schienen die Schatten lebendig zu werden, zu atmen und leise zu klirren. Ich klammerte meine Hand fest um Gideons. Wehe, er ließ mich jetzt los!

»Das sind alles meine Leute«, raunte Rakoczy. »Gute, kampferprobte Männer aus den Kuruzzen. Wir werden Euch auch auf dem Rückweg sicher geleiten.«

Wie beruhigend.

Es war nicht weit zu Lord Bromptons Haus, und je näher wir kamen, desto weniger düster wurde es. Das Herrenhaus in der Wigmore Street schließlich war hell erleuchtet und sah richtig anheimelnd aus. Rakoczys Männer blieben im Schatten zurück, er allein geleitete uns bis ins Haus, wo in der großen Eingangshalle, von der eine pompöse Treppe mit geschwungenem Geländer in den ersten Stock führte, Lord Brompton höchstpersönlich auf uns wartete. Er war noch genauso dick, wie ich ihn in Erinnerung hatte, und im Licht der vielen Kerzen glänzte sein Gesicht fettig.

Die Halle war bis auf den Lord und vier Lakaien leer. Die Diener warteten, ordentlich neben einer Tür aufgereiht, auf weitere Anweisungen. Von der angekündigten Gesellschaft war nichts zu sehen, doch Stimmengewirr und einige Takte einer geklimperten Melodie drangen gedämpft an mein Ohr.

Während Rakoczy sich mit einer Verbeugung zurückzog, wurde mir klar, warum Lord Brompton uns gleich hier persönlich in Empfang nahm, bevor uns jemand zu Gesicht bekommen konnte. Er versicherte, wie überaus erfreut er sei und wie sehr er unser erstes Treffen genossen habe, aber dass es – »ähem, ähem« – klüger sei, ebendieses Treffen seiner Frau gegenüber nicht zu erwähnen.

»Nur um Missverständnissen vorzubeugen«, sagte er. Dabei zwinkerte er ununterbrochen, als hätte er etwas ins Auge bekommen, und küsste mindestens dreimal meine Hand. »Der Graf hat mir versichert, dass Ihr aus einer der besten Familien Englands stammt, ich hoffe, Ihr verzeiht mir meine Unverschämtheiten bei unserem amüsanten Gespräch über das 21. Jahrhundert und meine *absurde* Idee, Ihr könntet Schauspieler sein.« Wieder zwinkerte er übertrieben.

»Das ist sicher auch unsere Schuld«, sagte Gideon glatt. »Der Graf hat ja alles versucht, um Euch auf diese falsche Fährte zu setzen. Wo wir gerade unter uns sind: Er ist ein wunderlicher alter Herr, nicht wahr? Meine Ziehschwester und ich sind schon an seine Scherze gewöhnt, aber wenn man ihn nicht so gut kennt, ist der Umgang mit ihm oft ein wenig befremdlich.« Er nahm mir den Schal ab und reichte ihn einem der Lakaien. »Nun – wie dem auch sei. Wir hörten, dass Euer Salon über ein ausgezeichnetes Pianoforte und eine wunderbare Akustik verfügt. Wir haben uns jedenfalls sehr über Lady Bromptons Einladung gefreut.«

Lord Brompton verlor sich ein paar Sekunden lang im Anblick meines Dekolletés, dann sagte er: »Und sie wird ebenfalls entzückt sein, Eure Bekanntschaft zu machen. Kommt, die anderen Gäste sind alle schon da.« Er reichte mir seinen Arm. »Miss Gray?«

»Mylord.« Ich warf Gideon einen Blick zu und er lächelte ermutigend, während er uns in den Salon folgte, den man durch eine geschwungene Flügeltür direkt von der Eingangshalle erreichte.

Unter Salon hatte ich mir so etwas wie ein Wohnzimmer vorgestellt, aber der Raum, den wir jetzt betraten, konnte es fast mit unserem Ballsaal zu Hause aufnehmen. In einem großen Kamin an einer der Längsseiten loderte ein Feuer und vor den Fenstern mit den schweren Vorhängen stand ein Spinett. Mein Blick glitt über zierliche Tischchen mit ausladenden Beinen, Sofas mit bunten Mustern und Stühlen mit goldenen Armlehnen. Das Ganze wurde durch Hunderte von Kerzen angestrahlt, die überall hingen und standen und dem Raum ein so wunderbar magisches Glitzern verliehen, dass ich für einen Moment ganz sprachlos vor Entzücken war. Leider strahlten sie aber auch viele fremde Menschen an und in mein Staunen (ich presste, Giordanos Ermahnungen im Kopf, meine Lippen fest zusammen, damit mein Mund nicht aus Versehen offen stehen blieb) mischte sich jetzt wieder die Angst. Das sollte eine kleine, intime Abendgesellschaft sein? Wie sah dann bloß erst der Ball aus?

Ich kam nicht dazu, mir einen genaueren Überblick zu verschaffen, denn Gideon zog mich schon unerbittlich in die Menge. Viele Augenpaare musterten uns neugierig und einen Augenblick später eilte eine kleine, rundliche Frau auf uns zu, die sich als Lady Brompton entpuppte.

Sie trug ein samtbesetztes hellbraunes Kleid und ihr Haar war unter einer voluminösen Perücke verborgen, die, wenn man die vielen Kerzen hier bedachte, ungeheuer brandgefährlich aussah. Unsere Gastgeberin hatte ein nettes Lächeln und sie begrüßte uns herzlich. Ganz automatisch versank ich in eine Reverenz, während Gideon die Gelegenheit nutzte, mich allein zu lassen, beziehungsweise ließ er sich von Lord Brompton weiterziehen. Ehe ich noch entscheiden konnte, ob ich nun darüber sauer sein sollte, hatte mich Lady Brompton schon in ein Gespräch verwickelt. Glücklicherweise fiel mir genau im richtigen Moment der Name des Ortes wieder ein, in dem ich – beziehungsweise Penelope Gray – lebte. Durch ihr begeistertes Nicken ermutigt, versicherte ich Lady Brompton, dass es dort zwar friedlich und ruhig sei, es aber an gesellschaftlicher Zerstreuung fehle, die mich hier in London schier überwältigen würde.

»Das werdet Ihr sicher nicht mehr denken, wenn Genoveva Fairfax auch heute wieder ihr gesamtes Repertoire auf dem Pianoforte zum Besten geben darf.« Eine Dame in einem primelfarbenen Kleid trat zu uns. »Im Gegenteil, ich bin mir ziemlich sicher, dann werdet Ihr Euch nach den Zerstreuungen des Landlebens zurücksehnen.«

»Pssst«, machte Lady Brompton, aber sie kicherte dabei. »Das ist ungezogen, Georgiana!« Wie sie mich so verschwörerisch anstrahlte, kam sie mir plötzlich ziemlich jung vor. Wie war sie nur an diesen fetten alten Sack geraten?

»Ungezogen vielleicht, aber wahr!« Die Dame in Gelb (selbst im Kerzenlicht eine so unvorteilhafte Farbe!) teilte mir mit gesenkter Stimme mit, dass ihr Gatte bei der letzten Soiree eingeschlafen sei und laut zu schnarchen angefangen habe.

»Das kann heute nicht passieren«, versicherte mir Lady Brompton. »Wir haben doch den wunderbaren, mysteriösen Grafen von Saint Germain zu Besuch, der uns nachher noch auf seiner Violine beglücken wird. Und Lavinia kann es gar nicht erwarten zu singen, im Duett mit unserem Mr Merchant.«

»Dazu musst du ihm aber erst noch ordentlich Wein einflößen«, sagte die Dame in Gelb, lächelte mich breit an und zeigte dabei ganz offen ihre Zähne. Ich lächelte automatisch genauso breit zurück. Ha! Ich hatte es ja gewusst. Giordano war nichts als ein mieser Wichtigtuer!

Irgendwie waren die sowieso viel lockerer drauf, als ich gedacht hatte.

»Das ist ein reiner Balanceakt«, seufzte Lady Brompton und ihre Perücke zitterte ein wenig. »Zu wenig Wein und er wird nicht singen, zu viel und er singt unanständige Seemannslieder. Kennt Ihr den Grafen von Saint Germain, meine Liebe?«

Sofort wurde ich wieder ernst und schaute mich unwillkürlich um. »Ich wurde ihm bereits vor ein paar Tagen vorgestellt«, sagte ich und unterdrückte ein Zähneklappern. »Mein Ziehbruder . . . ist mit ihm bekannt.« Mein Blick fiel auf Gideon, der in der Nähe des Kamins stand und gerade

mit einer zierlichen jungen Frau in einem umwerfend schönen grünen Kleid sprach. Sie sahen aus, als ob sie sich schon
länger kennen würden. Auch sie lachte so, dass man ihre
Zähne sehen konnte. Es waren schöne Zähne, keine verfaul-
ten lückenhaften Stumpen, wie Giordano es mir hatte weismachen wollen.

»Ist der Graf nicht einfach unglaublich? Ich könnte ihm
stundenlang zuhören, wenn er erzählt«, sagte die Dame in
Gelb, nachdem sie mir erklärt hatte, dass sie Lady Bromptons
Cousine war. »Vor allem die Geschichten aus Frankreich liebe
ich!«

»Ja, die *pikanten* Geschichten«, sagte Lady Brompton. »Die
sind natürlich nichts für die unschuldigen Ohren einer Debü-
tantin.«

Ich suchte mit den Augen den Raum nach dem Grafen ab
und fand ihn in einer Ecke sitzend, im Gespräch mit zwei
weiteren Männern. Von Weitem wirkte er elegant und alters-
los, und als ob er meine Blicke gespürt hätte, richtete er seine
dunklen Augen auf mich.

Der Graf war ähnlich wie alle Männer im Saal gekleidet – er
trug eine Perücke und einen Gehrock, dazu etwas alberne
Kniebundhosen und merkwürdige Schuhe mit Schnallen.
Aber im Gegensatz zu den anderen kam er mir nicht so vor,
als sei er geradewegs aus einem Kostümfilm entsprungen,
und zum ersten Mal wurde mir so richtig bewusst, wo ich hier
eigentlich gelandet war.

Seine Lippen kräuselten sich zu einem Lächeln und ich
neigte höflich den Kopf, während mein ganzer Körper sich
mit einer Gänsehaut überzog. Nur mit Mühe unterdrückte ich

den Reflex, an meine Kehle zu greifen. Ich wollte ihn lieber gar nicht erst auf dumme Gedanken bringen.

»Euer Ziehbruder ist übrigens ein wirklich gut aussehender Mann, meine Liebe«, sagte Lady Brompton. »Ganz entgegen den Gerüchten, die an uns herangetragen wurden.«

Ich löste meinen Blick vom Grafen von Saint Germain und schaute wieder zu Gideon hinüber. »Das stimmt. Er ist wirklich sehr . . . gut aussehend.« Das schien die Dame in Grün auch zu finden. Sie zupfte gerade mit einem koketten Lächeln sein Halstuch zurecht. Giordano hätte mich für ein solches Verhalten vermutlich getötet. »Wer ist denn die Dame, die ihn da befu. . . äh, mit der er spricht?«

»Lavinia Rutland. Londons schönste Witwe.«

»Aber kein Mitleid bitte«, warf Primelblume ein. »Sie lässt sich schon länger vom Herzog von Lancashire trösten, sehr zum Missvergnügen der Herzogin, und parallel dazu hat sie eine Vorliebe für aufstrebende Politiker entwickelt. Interessiert sich Euer Bruder für Politik?«

»Ich glaube, das spielt im Moment keine Rolle«, sagte Lady Brompton. »Lavinia sieht aus, als habe sie gerade ein Geschenk zum Auspacken bekommen.« Wieder musterte sie Gideon von Kopf bis Fuß. »Nun, gerüchteweise war die Rede von schwächlicher Konstitution und teigiger Statur. Wie überaus erfreulich, dass das nicht zutrifft.« Plötzlich trat ein erschrockener Ausdruck auf ihr Gesicht. »Oh, Ihr habt ja noch gar nichts zu trinken!«

Lady Bromptons Cousine sah sich um und stupste einen jungen Mann in die Seite, der in der Nähe stand. »Mr Merchant? Macht Euch ein wenig nützlich und besorgt uns ein paar Gläser von Lady Bromptons Spezialpunsch. Und bringt Euch selber auch ein Glas mit. Wir möchten Euch heute noch singen hören.«

»Das hier ist übrigens die zauberhafte Miss Penelope Gray, das Mündel des Viscount of Batten«, sagte Lady Brompton. »Ich würde Euch einander gründlicher vorstellen, aber sie ist ohne jedes Vermögen und Ihr seid ein Mitgiftjäger – es lohnt sich also nicht, hier meiner Passion des Verkuppelns nachzukommen.«

Mr Merchant, der einen Kopf kleiner war als ich, wie im Übrigen viele hier im Saal, sah nicht besonders beleidigt aus. Er verbeugte sich galant und sagte mit einem intensiven Blick in meinen Ausschnitt: »Das heißt aber nicht, dass ich den Reizen einer so zauberhaften jungen Dame gegenüber blind wäre.«

»Das freut mich für Euch«, sagte ich unsicher und darüber brachen Lady Brompton und ihre Cousine in lautes Gelächter aus.

»Oh, nein, Lord Brompton und Miss Fairfax nähern sich dem Pianoforte!«, sagte Mr Merchant und rollte mit den Augen. »Ich ahne Böses.«

»Schnell! Unsere Getränke!«, befahl Lady Brompton. »Das kann kein Mensch nüchtern ertragen.«

Der Punsch, an dem ich erst nur zögernd nippte, schmeckte wunderbar. Sehr nach Früchten, ein bisschen nach Zimt und nach etwas anderem. Mein Magen wurde davon angenehm warm. Für einen Moment war ich ganz entspannt und begann, den prachtvoll ausgeleuchteten Raum mit diesen vielen gut gekleideten Leuten zu genießen, aber dann griff mir

Mr Merchant von hinten ins Dekolleté und ich hätte beinahe den Punsch verschüttet.

»Eines der entzückenden kleinen Röschen war verrutscht«, behauptete er, wobei er ziemlich anzüglich grinste. Ich starrte ihn unschlüssig an. Giordano hatte mich nicht auf eine solche Situation vorbereitet und so wusste ich auch nicht, was die Etikette im Fall eines Rokoko-Grapschers vorsah. Hilfe suchend sah ich zu Gideon hinüber, aber er war so vertieft in sein Gespräch mit der jungen Witwe, dass er das gar nicht bemerkte. Wären wir in meinem Jahrhundert gewesen, hätte ich Mr Merchant gesagt, er solle seine schmutzigen Griffel gefälligst bei sich behalten, sonst würde bei ihm gleich was ganz anderes verrutschen als ein Röschen. Aber unter den gegebenen Umständen schien mir diese Reaktion ein wenig – unhöflich. Also lächelte ich ihn an und sagte: »Oh, vielen Dank, sehr freundlich. Das hatte ich gar nicht bemerkt.«

Mr Merchant verneigte sich. »Immer zu Euren Diensten, Madam.« Unfassbar, wie dreist er war. Aber in Zeiten, in denen Frauen kein Wahlrecht besaßen, musste man sich ja nicht wundern, wenn es ihnen gegenüber auch sonst an Respekt fehlte.

Das Geplauder und das Lachen verstummten nach und nach, als Miss Fairfax, eine dünnnasige Person in einem schilfgrünen Kleid, zum Pianoforte trat, sich niederließ, ihre Röcke ordnete und in die Tasten griff. Sie spielte nicht mal schlecht. Das Einzige, das ein wenig störte, war ihr Gesang. Er war unglaublich ... hoch. Noch ein klitzekleines bisschen höher und man hätte sie für eine Hundepfeife halten können.

»Erfrischend, nicht wahr?« Mr Merchant sorgte dafür, dass mein Glas wieder aufgefüllt wurde. Zu meiner Verblüffung (und irgendwie auch Erleichterung) grapschte er Lady Brompton ebenfalls ganz unverblümt an den Busen, unter dem Vorwand, sie habe dort ein Haar. Lady Brompton schien das nicht weiter zu stören, sie schalt ihn lediglich einen Lüstling und schlug ihm mit ihrem Fächer auf die Finger (Aha! Dafür waren die Fächer also wirklich gemacht!), und dann nahmen sie und ihre Cousine mich mit zu einem blau geblümten Sofa, das in der Nähe der Fenster stand. Sie platzierten mich in ihrer Mitte.

»Hier seid Ihr vor klebrigen Fingern sicher«, sagte Lady Brompton und tätschelte mütterlich mein Knie. »Nur Eure Ohren sind noch in Gefahr.«

»Trinkt!«, riet mir die Cousine leise. »Ihr werdet es brauchen! Miss Fairfax hat gerade erst angefangen.«

Das Sofa fühlte sich ungewohnt hart an und die Rückenlehne war so ausladend, dass man sich unmöglich dagegenlehnen konnte, es sei denn, ich wollte mitsamt meiner vielen Röcke in seinen Untiefen versinken. Ganz offensichtlich waren Sofas im 18. Jahrhundert nicht zum Herumgammeln gebaut worden.

»Ich weiß nicht – ich bin Alkohol nicht gewöhnt«, sagte ich zögernd. Meine einzige Erfahrung mit Alkohol lag genau zwei Jahre zurück. Es war auf einer Pyjamaparty bei Cynthia gewesen. Einer ganz harmlosen Party. Ohne Jungs, dafür mit Chips und »High-School-Musical«-DVDs. Und einer Salatschüssel voller Vanilleeis, Orangensaft und Wodka . . . Das Gemeine an dem Wodka war, dass man ihn wegen all des Vanilleeises gar nicht herausschmecken konnte, und offensichtlich hatte dieses Zeug auf jeden eine andere Wirkung. Während Cynthia nach drei Gläsern die Fenster aufriss und laut »Zac Efron, ich liebe dich!« durch Chelsea brüllte, hatte Leslie mit dem Kopf über der Kloschüssel gehangen und sich übergeben, Peggy hatte Sarah eine Liebeserklärung gemacht (»du bisso sssön, heirate miss«) und Sarah hatte einen Heulkrampf bekommen, ohne zu wissen, warum. Bei mir war es am schlimmsten gewesen. Ich war auf Cynthias Bett herumgesprungen und hatte in einer Art Endlos-Schleife *Breaking free* gegrölt. Als Cynthias Vater ins Zimmer gekommen war, hatte ich ihm Cynthias Haarbürste als Mikro hingehalten und gerufen: »Sing mit, Glatzkopf! Schwing deine Hüften.« Auch wenn ich es mir am nächsten Tag absolut nicht mehr erklären konnte.

Nach dieser etwas peinlichen Geschichte hatten Leslie und ich beschlossen, von nun an einen weiten Bogen um Alkohol zu machen (und ein paar Monate lang auch um Cynthias Vater), und wir hatten uns seitdem konsequent an diesen Vorsatz gehalten. Auch wenn es manchmal seltsam war, sich als Einziger nüchtern unter lauter Saufnasen aufzuhalten. Wie jetzt zum Beispiel.

Von der gegenüberliegenden Seite des Raumes fühlte ich wieder den Blick des Grafen von Saint-Germain auf mir ruhen und mein Nacken kribbelte unangenehm.

»Man sagt, er verstünde sich in der Kunst des Gedankenlesens«, wisperte Lady Brompton neben mir, und da beschloss ich, das Alkoholverbot vorübergehend aufzuheben. Nur für heute Abend. Und nur für ein paar Schlucke. Um meine

Angst vor dem Grafen von Saint Germain zu vergessen. Und vor allem anderen.

Lady Bromptons Spezialpunsch wirkte verblüffend schnell, nicht nur bei mir. Nach dem zweiten Glas fanden alle den Gesang schon deutlich weniger schrecklich, nach dem dritten begannen wir, mit den Füßen im Takt mitzuwippen, und ich war der Ansicht, noch niemals auf so einer netten Party gewesen zu sein. Wirklich – die Leute waren hier viel lockerer, als ich gedacht hatte. Lockerer als im 21. Jahrhundert, wenn man es genau nahm. Und die Beleuchtung war wirklich grandios. Warum war mir vorhin noch nicht aufgefallen, dass die Hunderten von Kerzen dafür sorgten, dass jeder in diesem Raum einen Teint hatte wie mit Blattgold überzogen? Auch der Graf, der mir vom anderen Ende des Raumes von Zeit zu Zeit zulächelte.

Das vierte Glas brachte meine warnende innere Stimme (»Sei wachsam! Traue niemandem!«) endgültig zum Schweigen. Einzig die Tatsache, dass Gideon nur Augen für die Frau im grünen Kleid zu haben schien, störte noch mein Wohlbefinden.

»Jetzt sind unsere Ohren genügend trainiert«, befand Lady Brompton schließlich, erhob sich Beifall klatschend und ging nach vorne zum Spinett. »Meine liebe, *liebe* Miss Fairfax. Das war wieder einmal ganz exquisit«, sagte sie, wobei sie Miss Fairfaix auf beide Wangen küsste und auf den nächstbesten Stuhl drückte. »Aber nun bitte ich alle um einen herzlichen Applaus für Mr Merchant und Lady Lavinia, nein, nein, keine Widerrede, ihr beiden, wir wissen, dass ihr heimlich zusammen geübt habt.«

Lady Bromptons Cousine neben mir kreischte wie ein durchgeknallter Boygroup-Teenie-Fan, als sich der Busengrapscher ans Spinett setzte und ein schwungvolles Arpeggio anschlug. Die schöne Lady Lavinia schenkte Gideon ein strahlendes Lächeln und rauschte in ihren grünen Röcken nach vorne. Ich konnte sehen, dass sie nicht mehr ganz so jung war, wie ich gedacht hatte. Aber sie sang toll! Wie Anna Netrebko, die wir vor zwei Jahren im Royal Opera House in Covent Garden gehört hatten. Na ja, vielleicht nicht ganz so toll wie die Netrebko, aber auf jeden Fall war es die reine Freude, ihr zuzuhören. Wenn man auf schwülstige italienische Opernarien stand. Was ich normalerweise nicht tat, ehrlich gesagt, aber dank des Punsches nun doch. Und italienische Opernarien waren offensichtlich die absoluten Stimmungsbringer im 18. Jahrhundert. Die Leute im Raum wurden richtig ausgelassen. Nur die arme Hundepfei-, äh Miss Fairfax machte ein säuerliches Gesicht.

»Kann ich dich mal für einen Augenblick entführen?« Gideon war von hinten an das Sofa herangetreten und lächelte auf mich herunter. Klar, jetzt wo die grüne Dame anderweitig beschäftigt war, war ich ihm wieder eingefallen. »Der Graf würde sich freuen, wenn du ihm ein wenig Gesellschaft leistest.«

Oh. Richtig, da war ja noch was. Ich holte tief Luft, nahm mein Glas und kippte den Inhalt beherzt meine Kehle hinunter. Als ich aufstand, verspürte ich ein angenehmes Schwindelgefühl im Kopf. Gideon nahm mir das leere Glas aus der Hand und stellte es auf einem der kleinen Tische mit diesen süßen Füßchen ab.

»War da etwa Alkohol drin?«, flüsterte er.

»Nein, das war nur Punsch«, flüsterte ich zurück. Ups, der Boden war hier aber irgendwie ein bisschen uneben. »Ich trinke grundsätzlich keinen Alkohol, weißt du? Eins meiner eisernen Prinzipien. Man kann auch ohne Alkohol Spaß haben.«

Gideon hob eine Augenbraue und hielt mir seinen Arm hin. »Ich freue mich, dass du dich gut amüsierst.«

»Ja, das beruht auf Gegenseitigkeit«, versicherte ich ihm. Puh, diese Fußböden im 18. Jahrhundert waren wirklich irgendwie wackelig. Das war mir vorhin gar nicht aufgefallen. »Ich meine, sie ist vielleicht ein bisschen alt für dich, aber das muss dich ja nicht stören. Auch nicht, dass sie was mit dem Herzog von Woauchimmer hat. Nein, wirklich, tolle Party. Die Leute hier sind viel netter, als ich gedacht habe. So *kontaktfreudig* und *körperbetont.*« Ich sah zu dem klavierspielenden Grapscher und dem Netrebko-Verschnitt hinüber. »Und . . . sie singen offensichtlich gern. Sehr sympathisch. Man möchte sofort aufspringen und mitmachen.«

»Untersteh dich«, flüsterte Gideon, während er mich zu dem Sofa führte, auf dem der Graf saß. Als er uns näher kommen sah, erhob er sich mit der mühelosen Geschmeidigkeit eines sehr viel jüngeren Mannes und kräuselte seine Lippen zu einem erwartungsvollen Lächeln.

Also gut, dachte ich und hob mein Kinn. *Tun wir mal so, als wüsste ich nicht, dass du laut Google überhaupt kein richtiger Graf bist. Tun wir so, als hättest du wirklich eine Grafschaft und wärst kein Hochstapler ungewisser Herkunft.*

Tun wir so, als hättest du mich beim letzten Mal nicht ge-
würgt. Und tun wir so, als wäre ich stocknüchtern.

Ich ließ Gideon los, griff in die schwere rote Seide, breitete
meine Röcke aus und versank in einer tiefen Reverenz, aus
der ich erst wieder emportauchte, als der Graf mir seine be-
ringte und juwelenbesetzte Hand entgegenstreckte.

»Mein liebes Kind«, sagte er und in seinen schokoladen-
braunen Augen glitzerte es amüsiert, während er mir die
Hand tätschelte. »Ich bewundere deine Eleganz. Nach vier
Gläsern von Lady Bromptons Spezialpunsch können andere
nicht mal mehr ihren Namen lallen.«

Oh, er hatte mitgezählt. Ich senkte schuldbewusst den
Blick. Eigentlich waren es fünf Gläser gewesen. Aber die waren es wirklich wert gewesen! Ich jedenfalls trauerte dem be-
klemmenden Gefühl diffuser Ängste kein bisschen hinterher.
Und ich vermisste auch meine Minderwertigkeitskomplexe
nicht. Nein, ich mochte mein betrunkenes Ich. Auch wenn es
ein bisschen wackelig auf den Beinen war.

»*Merci pour le compliment*«, murmelte ich.

»Entzückend!«, sagte der Graf.

»Es tut mir leid, ich hätte besser aufpassen müssen«, sagte
Gideon.

Der Graf lachte leise. »Mein lieber Junge, du warst anderweitig beschäftigt. Und in erster Linie geht es uns doch heute
Abend darum, uns zu amüsieren, nicht wahr? Zumal Lord
Alastair, dem ich diese liebenswerte junge Dame unbedingt
vorstellen wollte, bis jetzt noch nicht erschienen ist. Ich habe
mir aber sagen lassen, dass er hierher unterwegs ist.«

»Allein?«, fragte Gideon.

Der Graf lächelte. »Das spielt keine Rolle.«

Die Anna Netrebko für Arme und der Busengrapscher beendeten ihre Arie mit einem furiosen letzten Akkord und der Graf ließ meine Hand los, um Beifall zu klatschen. »Ist sie nicht wunderbar? Ein wirklich großes Talent und so schön dazu.«

»Ja«, sagte ich leise und klatschte ebenfalls in die Hände, bemüht, nicht Backe-backe-Kuchen zu mimen. »Da gehört schon einiges zu, die Kronleuchter so zum Klirren zu bringen.« Das Klatschen brachte mein empfindliches Gleichgewicht durcheinander und ich taumelte leicht.

Gideon fing mich auf. »Ich fasse das nicht«, sagte er böse, die Lippen ganz nah an meinem Ohr. »Wir sind keine zwei Stunden hier und du bist total betrunken! Was um Himmels willen hast du dir dabei gedacht?«

»Du hast *total* gesagt, das petze ich aber Giordano«, kicherte ich. Im allgemeinen Tumult konnte es niemand sonst hören. »Außerdem ist es jetzt zu spät, um zu meckern. Das Kind ist bereits in den Spezialpunsch gefallen, würde ich mal sagen.« Ein Schluckauf unterbrach mich. »Hopsa. 'tschuldigung.« Ich sah mich um. »Die anderen sind aber noch viel betrunkener als ich, also keine falsche moralische Entrüstung, bitte. Ich habe alles unter Kontrolle. Du kannst mich auch ruhig wieder loslassen, ich stehe hier wie ein Fels in der Brandung.«

»Ich *warne* dich«, flüsterte Gideon, aber dann ließ er mich tatsächlich los.

Sicherheitshalber stellte ich mich ein bisschen breitbeiniger hin. Unter dem weiten Rock konnte man das ja nicht sehen.

Der Graf hatte uns amüsiert zugeschaut, seine Miene zeigte

nichts anderes als großväterlichen Stolz. Ich warf ihm einen verstohlenen Blick zu und erntete dafür ein Lächeln, das mir ganz warm ums Herz werden ließ. Warum hatte ich bloß so viel Angst vor ihm gehabt? Nur mit Mühe konnte ich mir in Erinnerung rufen, was Lucas erzählt hatte: dass dieser Mann seinem eigenen Vorfahren die Kehle durchgeschnitten hatte . . .

Lady Brompton war wieder nach vorne geeilt und dankte Mr Merchant und Lady Lavinia für ihre Darbietung. Dann – bevor Miss Fairfax sich erneut erheben konnte – bat sie um einen kräftigen Applaus für den heutigen Ehrengast, den weit gereisten, geheimnisumwitterten, berühmten Grafen von Saint Germain. »Er hat mir versprochen, heute etwas auf seiner Violine zu spielen«, sagte sie und Lord Brompton kam mit einem Geigenkasten herbeigelaufen, so schnell, wie es seine dicke Wampe erlaubte. Das punschselige Publikum tobte vor Begeisterung. Wirklich, das war eine obercoole Party.

Der Graf lächelte, während er die Violine aus dem Kasten nahm und zu stimmen begann. »Niemals würde es mir einfallen, Euch zu enttäuschen, Lady Brompton«, sagte er mit weicher Stimme. »Aber meine alten Finger sind nicht mehr so flink wie einst, als ich mit dem berüchtigten Giacomo Casanova am französischen Hof Duette spielte . . . und die Gicht quält mich in diesen Tagen ein wenig.«

Ein kollektives Raunen und Aufseufzen ging durch den Raum.

». . . und deshalb möchte ich die Violine heute Abend an meinen jungen Freund hier weitergeben«, fuhr der Graf fort.

Gideon sah ein bisschen erschrocken aus und schüttelte

den Kopf. Aber als der Graf seine Augenbraue hochzog und »Bitte!« sagte, nahm er das Instrument und den Bogen mit einer kleinen Verbeugung entgegen und ging damit nach vorne ans Spinett.

Der Graf griff nach meiner Hand. »Und wir beide setzen uns auf das Sofa und genießen das Konzert, ja? Oh, kein Grund zu zittern. Nimm Platz, mein Kind. Du weißt es nicht, aber seit gestern Nachmittag sind wir die allerbesten Freunde, du und ich. Denn wir hatten ein wirklich, wirklich inniges Gespräch und konnten alle Differenzen beseitigen.«

Hä?

»Gestern Nachmittag?«, wiederholte ich.

»Von mir aus betrachtet«, sagte der Graf. »Für dich liegt diese Begegnung noch in der Zukunft.« Er lachte. »Ich habe es gern kompliziert, merkst du?«

Ich starrte ihn perplex an. In diesem Augenblick begann Gideon zu spielen und ich vergaß ganz, was ich fragen wollte. Oh mein Gott! Möglicherweise lag es am Punsch, aber – wow! So eine Violine war wirklich sexy. Schon die Art, wie Gideon sie in die Hand nahm und unter sein Kinn legte! Mehr hätte er gar nicht mehr tun müssen, ich war schon hin und weg. Seine langen Wimpern warfen Schatten auf seine Wangen und die Haare fielen ihm ins Gesicht, als er den Bogen ansetzte und damit über die Saiten strich. Während die ersten Töne den Raum erfüllten, blieb mir fast die Luft weg, so zart und schmelzend waren sie, und plötzlich war mir zum Weinen zumute. Violinen hatten bisher ziemlich weit unten auf der Liste meiner Lieblingsinstrumente gestanden, eigentlich mochte ich sie nur im Film, zur Untermalung besonderer Momente. Aber das hier war einfach unglaublich schön, und zwar alles: die bittersüße Melodie und der Junge, der sie dem Instrument entlockte. Alle im Raum lauschten atemlos und Gideon spielte ganz versunken, so, als wäre sonst niemand da.

Ich merkte erst, dass ich weinte, als der Graf mir an die Wange fasste und eine Träne sanft mit seinem Finger auffing. Erschrocken fuhr ich zusammen.

Er lächelte auf mich hinunter und in seinen dunkelbraunen Augen war ein warmer Glanz zu erkennen. »Dafür musst du dich nicht schämen«, sagte er leise. »Wäre es anders, wäre ich sehr enttäuscht.«

Ich war selber verblüfft, dass ich zurücklächelte (wirklich! Wie konnte ich nur! Das war der Mann, der mich gewürgt hatte!).

»Was ist das für eine Melodie?«, fragte ich.

Der Graf hob die Schultern. »Ich weiß es nicht. Ich nehme an, sie wird erst noch komponiert werden.«

Im Saal brach infernalischer Beifall aus, als Gideon endete. Er verbeugte sich lächelnd und wehrte sich erfolgreich gegen eine Zugabe, weniger erfolgreich allerdings gegen eine Umarmung der schönen Lady Lavinia. Sie hängte sich an seinen Arm und ihm blieb nichts anderes übrig, als sie mit zu unserem Sofa zu schleppen.

»War er nicht großartig?«, rief Lady Lavinia. »Aber als ich diese Hände gesehen habe, wusste ich gleich, dass sie zu Außergewöhnlichem fähig sind.«

»Darauf wette ich«, murmelte ich. Ich wäre gern vom Sofa aufgestanden, schon damit Lady Lavinia nicht so auf mich hinunterschauen konnte, aber ich schaffte es nicht. Der Alkohol hatte meine Bauchmuskeln außer Gefecht gesetzt.

»Ein wunderbares Instrument, Marquis«, sagte Gideon zum Grafen und reichte ihm die Violine.

»Eine Stradivari. Vom Meister persönlich für mich gebaut«, erwiderte der Graf träumerisch. »Ich möchte gern, dass du sie bekommst, mein Junge. Heute Abend ist wohl der richtige Augenblick für eine feierliche Übergabe.«

Gideon errötete leicht. Vor Freude, vermutete ich. »Das . . . kann ich nicht . . .« Er sah dem Grafen in die dunklen Augen, dann schlug er seinen Blick nieder und setzte hinzu: »Es ist mir eine große Ehre, Marquis.«

»Die Ehre ist ganz auf meiner Seite«, erwiderte der Graf ernst.

»Meine Güte«, murmelte ich. Die zwei hatten sich anscheinend echt lieb.

»Seid Ihr auch so musikalisch wie Euer Ziehbruder, Miss Gray?«, fragte Lady Lavinia.

Nein, vermutlich nicht. Aber allemal so musikalisch wie du, dachte ich. »Ich singe nur gern«, sagte ich.

Gideon sah mich warnend an.

»Singen!«, rief Lady Lavinia. »Wie ich und unsere liebe Miss Fairfax.«

»Nein«, sagte ich bestimmt. »Ich komme weder in solch hohe Tonlagen wie Miss Fairfax« – ich war schließlich keine Fledermaus – »noch verfüge ich über so viel Lungenvolumen wie Ihr. Aber ich singe gern.«

»Für heute Abend dürften wir genug musiziert haben«, sagte Gideon.

Lady Lavinia sah beleidigt aus.

»Natürlich wären wir begeistert, wenn *Ihr* uns noch einmal die Ehre geben würdet«, fügte Gideon schnell an und warf mir einen finsteren Blick zu. Weil ich so herrlich betrunken war, war es mir dieses eine Mal egal.

»Du hast . . . wunderbar gespielt«, sagte ich. »Ich musste weinen! Wirklich.«

Er grinste, als habe ich einen Scherz gemacht, und verstaute die Stradivari in ihrem Kasten.

Lord Brompton keuchte mit zwei Punschgläsern zu uns heran und versicherte Gideon, dass er absolut entzückt von seiner Virtuosität sei, und wie bedauerlich es für den armen Alastair sein würde, diesen unzweifelhaften Höhepunkt des Abends verpasst zu haben.

»Meint Ihr denn, Alastair wird heute Abend noch den Weg hierherfinden?«, fragte der Graf ein wenig ungehalten.

»Davon bin ich überzeugt«, sagte Lord Brompton und reichte mir eins der Gläser. Ich nahm einen gierigen Schluck. Mann, war das Zeug gut. Man brauchte es nur zu riechen und schon war man high. Bereit, sich eine Haarbürste zu schnappen, auf ein Bett zu springen und *Breaking free* zu singen, mit oder ohne Zac Efron!

»Mylord, Ihr müsst Miss Gray unbedingt überreden, etwas für uns darzubieten«, sagte Lady Lavinia. »Sie singt so gern.«

Es schwang ein seltsamer Unterton in ihrer Stimme mit, der mich aufhorchen ließ. Irgendwie erinnerte sie mich an Charlotte. Sie sah zwar ganz anders aus, aber irgendwo tief unter diesem hellgrünen Kleid steckte auf jeden Fall eine Charlotte, davon war ich überzeugt. Die Art Mensch, die immer alles daran setzte, dass man anhand der eigenen Mittelmäßigkeit merkte, wie absolut großartig und einmalig sie selber war. Pah!

»Na gut«, sagte ich und versuchte noch einmal, mich vom Sofa emporzustemmen. Diesmal klappte es. Ich blieb sogar stehen. »Dann singe ich eben.«

»Wie bitte?«, sagte Gideon und schüttelte den Kopf. »Auf *keinen* Fall wird sie singen – ich fürchte, der Punsch . . .«

»Miss Gray, Ihr würdet uns allen eine große Freunde machen, wenn Ihr für uns singen würdet«, sagte Lord Brompton und zwinkerte so heftig, dass seine fünfzehn Doppelkinne beträchtlich ins Wackeln gerieten. »Und wenn der Punsch dafür verantwortlich sein sollte, dann umso besser. Kommt mit mir nach vorne. Ich werde Euch ankündigen.«

Gideon hielt mich am Arm fest. »Das ist keine gute Idee«, sagte er. »Lord Brompton, ich bitte Euch, meine Ziehschwester hat noch nie vor Publikum . . .«

»Es gibt für alles ein erstes Mal«, sagte Lord Brompton und zog mich weiter. »Wir sind doch hier unter uns. Seid kein Spielverderber!«

»Genau. Sei kein Spielverderber«, sagte ich und schüttelte Gideons Hand ab. »Hast du vielleicht eine Haarbürste dabei? Ich kann einfach besser singen, wenn ich eine in der Hand habe.«

Gideon sah ein wenig verzweifelt aus. »Auf keinen Fall«, sagte er und folgte mir und Lord Brompton zum Spinett.

Hinter uns hörte ich den Grafen leise lachen.

»Gwen . . .«, zischte Gideon. »Hör bitte auf mit diesem Quatsch.«

»Penelope«, verbesserte ich, leerte das Punschglas in einem

Zug und reichte es ihm. »Was meinst du – wird ihnen *Over the rainbow* gefallen? Oder«, hier kicherte ich, *»Hallelujah!*«

Gideon stöhnte. »Das kannst du wirklich nicht machen. Komm jetzt mit mir zurück!«

»Nein, das ist zu modern, oder? Mal sehen . . .« In Gedanken ging ich meine ganze Playlist durch, während Lord Brompton mich mit vollmundigen Vokabeln ankündigte. Mr Merchant, der Grapscher, stellte sich zu uns. »Benötigt die Dame kompetente Begleitung am Spinett?«, fragte er.

»Nein, die Dame benötigt . . . etwas ganz anderes«, sagte Gideon und ließ sich auf den Klavierschemel sinken. »Bitte, Gwen . . .«

»Pen, wennschon«, sagte ich. »Ich weiß, was ich singen werde. *Don't cry for me, Argentina.* Da kann ich den ganzen Text und Musicals sind irgendwie zeitlos, findest du nicht? Aber vielleicht kennen die Argentinien nicht . . .«

»Du willst dich doch nicht wirklich vor so vielen Leuten blamieren, oder?«

Es war ein süßer Versuch, mir Angst zu machen, aber unter diesen Umständen war es vergebens. »Hör mal«, raunte ich ihm vertraulich zu. »Die Leute machen mir gar nichts aus. Erstens sind sie schon seit zweihundert Jahren tot und zweitens sind doch alle supergut drauf und betrunken – außer dir natürlich.«

Gideon lehnte stöhnend seine Stirn gegen seine Handfläche und schlug dabei mit dem Ellenbogen eine Reihe von Tönen auf dem Spinett an.

»Kennen Sie – äh kennt Ihr vielleicht *Memory?* Aus Cats?«, fragte ich Mr Merchant.

»Oh – nein, bedaure«, sagte Mr Merchant.

»Macht nichts, dann singe ich eben a capella«, sagte ich zuversichtlich und wandte mich an das Publikum. »Das Lied heißt *Memory* und es geht darin um ... eine Katze mit Liebeskummer. Aber im Grunde passt es auch auf uns Menschen. Im weitesten Sinne.«

Gideon hatte den Kopf wieder gehoben und sah mich ungläubig an. »Bitte ...«, sagte er noch einmal.

»Wir erzählen einfach niemandem was davon«, sagte ich. »Okay? Das hier bleibt unser Geheimnis.«

»Es ist so weit. Die großartige, einmalige und wunderschöne Miss Gray wird nun für uns singen!«, rief Lord Brompton. »Zum ersten Mal vor Publikum!«

Ich hätte aufgeregt sein müssen, weil alle Gespräche verstummten und alle Blicke auf mich gerichtet waren, aber ich war es nicht. Hach, war dieser Punsch himmlisch! Ich musste mir unbedingt das Rezept geben lassen.

Was wollte ich noch mal singen?

Gideon schlug ein paar Töne auf dem Spinett an und ich erkannte die ersten Takte. *Memory.* Ach ja, genau. Ich lächelte Gideon dankbar an. Wie lieb von ihm mitzumachen. Ich holte tief Luft. Der erste Ton war bei diesem Lied besonders wichtig. Wenn man den versemmelte, konnte man genauso gut wieder aufhören. Man musste »Midnight« glasklar und trotzdem unaufdringlich in den Raum setzen.

Ich freute mich, weil es bei mir klang wie bei Barbra Streisand. »Not a sound from the pavement, has the moon lost her memory? She is smiling alone.«

Sieh mal einer an. Gideon konnte offensichtlich auch Klavier spielen. Und nicht mal schlecht. Oh Gott, wenn ich nicht schon so schrecklich in ihn verliebt gewesen wäre, hätte ich mich spätestens jetzt in ihn verliebt. Er musste nicht mal auf die Tasten gucken, er schaute nur mich an. Und er sah ein bisschen erstaunt aus, wie jemand, der gerade eine verblüffende Entdeckung gemacht hat. Vielleicht, weil der Mond eine *Sie* war?

»All alone in the moonlight I can dream at the old days«, sang ich nur für ihn. Der Raum hatte eine tolle Akustik, es war fast so, als würde ich mit einem Mikro singen. Oder es lag daran, dass nun alle mucksmäuschenstill waren. »Let the memory live again.« Das machte viel mehr Spaß als mit Sing Star. Es war wirklich, wirklich toll. Und auch wenn das alles nur ein schöner Traum war und jeden Moment Cynthias Vater ins Zimmer kommen und ein riesiges Donnerwetter über uns hereinbrechen würde – dieser Augenblick war es einfach wert.

Das würde mir wieder mal kein Mensch glauben.

Time ain't nothin' but time. It's a verse with no rhyme,
and it all comes down to you.

Bon Jovi

11.

Das einzig Doofe war, dass der Song so kurz war. Ich war versucht, eine Strophe dazuzudichten, aber so was konnte den guten Gesamteindruck nur verderben, also ließ ich es sein. Ein bisschen bedauernd sang ich also meine Lieblingszeilen: »If you touch me, you'll understand what happiness is. Look, a new day has begun« – und fand einmal mehr, dass das Lied nicht speziell für Katzen geschrieben sein konnte. Vielleicht lag es am Punsch – ja, ganz sicher, sogar –, aber die Gäste dieser Soiree schienen unseren Vortrag genauso zu mögen wie die italienischen Opernarien zuvor. Jedenfalls applaudierten sie begeistert, und während Lady Brompton nach vorne eilte, beugte ich mich zu Gideon hinab und sagte innig: »Danke! Das war wirklich lieb von dir! Und du spielst *so* toll!«

Er stützte wieder seinen Kopf in seine Hand, als könne er nicht fassen, was er getan hatte.

Lady Brompton umarmte mich und Mr Merchant küsste mich überschwänglich auf beide Wangen, nannte mich »Goldkehlchen« und verlangte eine Zugabe.

Ich war in so guter Stimmung, dass ich sofort weitergemacht hätte, aber da erwachte Gideon aus seiner Erstarrung, stand auf und packte mein Handgelenk. »Ich bin sicher, Andrew Lloyd Webber wäre entzückt, wenn er wüsste, dass man seine Musik hier bereits zu schätzen weiß, aber meine Schwester muss sich jetzt ausruhen. Sie hatte bis zur letzten Woche noch eine schlimme Halsentzündung und muss ihre Stimme auf ärztliche Anweisung schonen – sie könnte sie sonst eventuell für immer verlieren.«

»Um Himmels willen«, rief Lady Brompton. »Warum habt Ihr das nicht früher gesagt? Das arme Mädchen!«

Ich summte vergnügt vor mich hin – »I feel pretty« aus West Side Story.

»Ich . . . Euer Punsch hat es wohl wirklich in sich«, sagte Gideon. »Ich denke, er verführt dazu, alle Vorsicht außer Acht zu lassen.«

»Oh ja, das tut er«, sagte Lady Brompton und strahlte über das ganze Gesicht. Mit gedämpfter Stimme fuhr sie fort: »Ihr habt soeben das Geheimnis um meine Gastgeberqualitäten gelüftet. Ganz London beneidet uns um unsere stimmungsvollen Feste, man reißt sich um eine Einladung bei uns. Aber ich habe Jahre gebraucht, um das Rezept zu verfeinern, und ich gedenke, es erst auf meinem Sterbebett weiterzugeben.«

»Wie schade«, sagte ich. »Aber es stimmt: Ihre Soiree ist so viel schöner, als ich es mir vorgestellt hatte! Man hatte mir versichert, dass es sich um eine langweilige, steife . . .«

». . . ihre Gouvernante ist ein wenig konservativ«, fiel Gideon mir ins Wort. »Und man kann sagen, dass das gesellschaftliche Leben in Derbyshire ein wenig rückständig ist.«

Lady Brompton kicherte. »Oh ja, davon bin ich überzeugt. Oh, da ist ja endlich Lord Alastair!« Sie sah hinüber zur Tür, wo Lord Brompton einen Neuankömmling begrüßte. Es war ein Mann vermutlich mittleren Alters (schwer zu sagen wegen der schneeweißen Perücke, die er aufhatte), der einen so üppig mit Glitzergarn und -steinchen bestickten Gehrock trug, dass er weithin zu funkeln schien. Der Glitzereffekt wurde noch verstärkt durch den ganz in Schwarz gekleideten Mann, der neben ihm stand. Er war in einen schwarzen Umhang gehüllt und hatte pechschwarze Haare zu olivfarbenem Teint und selbst auf die Entfernung konnte ich sehen, dass seine Augen, ähnlich denen von Rakoczy, riesigen schwarzen Löchern glichen. In der bunten, juwelengeschmückten Gesellschaft wirkte er wie ein Fremdkörper. »Ich dachte schon, Alastair würde uns heute nicht mehr beehren. Was nicht weiter tragisch gewesen wäre, wenn Ihr mich fragt. Seine Anwesenheit trägt nicht gerade zu Ausgelassenheit und Frohsinn bei. Ich werde versuchen, ihm ein Gläschen Punsch aufzuschwatzen und ihn dann nach nebenan zum Kartenspielen schicken . . .«

»Und wir werden versuchen, seine Stimmung mit ein wenig Gesang zu heben«, sagte Mr Merchant und setzte sich ans Spinett. »Würdet Ihr mir die Ehre erweisen, Lady Lavinia? *Cosi fan tutte?*«

Gideon legte meine Hand auf seinen Arm und führte mich ein paar Schritte zur Seite. »Wie viel, zur Hölle, hast du getrunken?«

»Ein paar Gläser«, gab ich zu. »Bestimmt ist die geheime Zutat noch etwas anderes als Alkohol. Vielleicht Absinth? Wie in diesem traurigen Film mit Nicole Kidman. *Moulin Rouge.*«

Ich seufzte. »*The greatest thing you'll ever learn is just to love and be loved in return.* Ich wette, das kannst du auch spielen.«

»Nur um das mal klarzustellen: Ich *hasse* Musicals«, sagte Gideon. »Meinst du, du hältst noch ein paar Minuten durch? Lord Alastair ist endlich eingetroffen, und wenn wir ihn begrüßt haben, können wir gehen.«

»Jetzt schon? Wie schade«, sagte ich.

Gideon sah mich kopfschüttelnd an. »Du hast offensichtlich jegliches Zeitgefühl verloren. Wenn ich könnte, würde ich deinen Kopf unter kaltes Wasser halten.«

Der Graf von Saint Germain trat an unsere Seite. »Das war ja ein . . . ganz besonderer Vortrag«, sagte er und blickte Gideon mit hochgezogener Augenbraue an.

»Es tut mir leid«, sagte Gideon mit einem Seufzer und sah hinüber zu den beiden Neuankömmlingen. »Lord Alastair wirkt ein wenig fülliger als früher.«

Der Graf lachte. »Mach dir keine falschen Hoffnungen. Mein Feind ist immer noch blendend in Form. Rakoczy hat ihn heute Nachmittag bei Galliano fechten sehen – all die jungen Gecken hatten keine Chance gegen ihn. Folgt mir, ich kann es gar nicht erwarten, sein Gesicht zu sehen.«

»Er ist heute so *nett*«, flüsterte ich Gideon zu, während wir dem Grafen hinterhergingen. »Weißt du, letztes Mal hat er mir so eine Angst eingejagt, aber heute habe ich fast das Gefühl, als wäre er mein Großvater oder so. Irgendwie mag ich ihn. Es war so lieb von ihm, dir die Stradivari zu schenken. Sie ist sicher ein Vermögen wert, wenn man sie bei eBay versteigert. Ups, immer noch alles so wackelig hier.«

Gideon legte seine Hand um meine Taille. »Ich schwöre dir, ich bringe dich um, wenn wir das hier hinter uns haben«, murmelte er.

»Nuschle ich eigentlich?«

»Noch nicht«, sagte er. »Aber ich bin sicher, das kommt noch.«

»Habe ich Euch nicht gesagt, dass er jeden Moment eintreffen kann?« Lord Brompton legte eine Hand auf die Schulter des Mannes in glitzerndem Gold und die andere auf die des Grafen. »Man sagte mir, Ihr seid bereits miteinander bekannt. Lord Alastair, Ihr habt nie ein Wort darüber verloren, dass Ihr den berühmten Grafen von Saint Germain persönlich kennt.«

»Das ist nichts, mit dem ich zu prahlen pflege«, sagte Lord Alastair arrogant und der schwarz gekleidete Mann mit dem olivfarbenen Teint, der ein kleines Stück hinter ihm stand, ergänzte mit rauer Stimme: »So ist es.« Seine schwarzen Augen brannten dem Grafen förmlich Löcher ins Gesicht, sodass kein Zweifel daran bestehen konnte, dass er ihn zutiefst hasste. Für einen Moment kam mir der Gedanke, dass er unter seinem Umhang einen Degen verborgen hatte, den zu zücken er jeden Augenblick beabsichtigte. Warum er überhaupt einen solchen Umhang trug, war mir ein Rätsel. Erstens war es warm genug und zweitens wirkte es in dieser festlichen Umgebung unhöflich und wunderlich.

Lord Brompton strahlte fröhlich in die Runde, als würde er von der feindseligen Stimmung gar nichts mitbekommen.

Der Graf trat vor. »Lord Alastair, welche Freude! Auch wenn unsere Bekanntschaft einige Jahre zurückliegt, habe ich Euch niemals vergessen«, sagte er.

Da ich hinter Saint Germain stand, konnte ich sein Gesicht nicht sehen, aber es hörte sich an, als ob er lächelte. Seine Stimme klang freundlich und heiter. »Ich erinnere mich noch an unsere Gespräche über Sklaverei und Moral und wie erstaunlich ich es fand, dass Ihr beides so perfekt voneinander zu trennen in der Lage wart – genau wie Euer Vater.«

»Der Graf vergisst niemals etwas«, sagte Lord Brompton schwärmerisch. »Sein Gehirn ist phänomenal! In den letzten Tagen in seiner Gesellschaft habe ich mehr gelernt als in meinem ganzen Leben zuvor. Wusstet Ihr beispielsweise, dass der Graf in der Lage ist, künstliche Edelsteine herzustellen?«

»Ja, das war mir bekannt.« Lord Alastairs Blick wurde, wenn überhaupt möglich, noch kälter und sein Begleiter atmete schwer, wie jemand, der kurz davor ist, Amok zu laufen. Ich starrte ganz fasziniert auf seinen Umhang.

»Die Wissenschaft ist nicht unbedingt Lord Alastairs Steckenpferd, soweit ich mich erinnere«, sagte der Graf. »Oh, wie unhöflich von mir.« Er trat einen Schritt zur Seite und gab den Blick auf Gideon und mich frei. »Ich wollte Euch doch diese beiden bezaubernden jungen Menschen vorstellen. Ehrlich gesagt war das der einzige Grund, warum ich mich heute hier eingefunden habe. In meinem Alter meidet man Gesellschaften und begibt sich abends früh zu Bett.«

Bei Gideons Anblick weiteten sich die Augen des Lords ungläubig.

Lord Brompton schob seinen massigen Leib zwischen Gideon und mich. »Lord Alastair, darf ich Euch den Sohn des Viscount of Batten vorstellen? Und das Mündel des Viscount, die entzückende Miss Gray.«

Meine Reverenz fiel aus zweierlei Gründen etwas weniger ehrerbietig aus, als die Etikette es vorschrieb: Zum einen fürchtete ich um mein Gleichgewicht, zum anderen wirkte der Lord so arrogant, dass ich ganz vergaß, dass ich nur das mittellose Mündel des Viscount of Batten darstellte. Hey, ich war selber die Enkeltochter eines Lords mit einer langen und ruhmvollen Ahnenreihe und außerdem spielte die Herkunft in unserer Zeit überhaupt keine Rolle mehr – alle Menschen waren gleich, oder etwa nicht?

Lord Alastairs Blick hätte mir zu jeder anderen Zeit das Blut in den Adern gefrieren lassen, aber der Punsch war ein zuverlässiges Antifrostmittel, und daher erwiderte ich seinen Blick so hoheitsvoll wie möglich. Lange schenkte er mir ohnehin keine Aufmerksamkeit, es war Gideon, den er nicht aus den Augen ließ, während Lord Brompton fröhlich auf uns einplapperte.

Niemand machte sich die Mühe, den schwarz gekleideten Begleiter von Lord Alastair vorzustellen, und niemand schien mitzubekommen, wie er mich über Lord Alastairs Schulter anstarrte und knurrte: »Du! Dämon mit den Saphiraugen! Du wirst bald zur Hölle fahren.«

Wie bitte? Das ging jetzt aber wirklich zu weit. Ich sah Hilfe suchend zu Gideon, der ein etwas angespanntes Lächeln zur Schau trug. Aber er sprach erst, als Lord Brompton sich entfernen wollte, um seine Frau zu holen – und ein paar Gläser Punsch.

»Bitte keine Mühe, Lord Brompton«, sagte er. »Wir müssen uns ohnehin bald verabschieden. Meine Schwester ist noch etwas schwach nach der langen Krankheit und das lange Aufbleiben nicht gewöhnt.« Er legte seinen Arm wieder um meine Taille und fasste mit der anderen nach meinem Unterarm. »Wie Ihr seht, ist sie ein wenig unsicher auf den Beinen.«

Wie recht er hatte! Der Boden schwankte wirklich unangenehm unter meinen Füßen. Dankbar lehnte ich mich an Gideon.

»Oh, ich bin gleich wieder da!«, rief der Lord. »Meine Frau kann Euch gewiss noch zum Bleiben überreden.«

Der Graf von Saint Germain sah ihm lächelnd hinterher. »Er ist so eine Seele von einem Mensch – harmoniebedürftig wie er ist, würde er es nicht ertragen, wenn wir uns streiten.«

Lord Alastair musterte Gideon mit unverhohlener Feindseligkeit. »Damals war er noch als ein gewisser Marquess Welldone unterwegs, wenn ich mich recht erinnere. Und heute also der Sohn eines Viscounts. Wie Ihr neigt wohl auch Euer Protegé zur Hochstapelei. Wie bedauerlich.«

»Das nennt man diplomatisches Pseudonym«, sagte der Graf immer noch lächelnd. »Aber davon versteht Ihr nichts. Wie auch immer: Ich hörte, Ihr habt den kleinen Fechtkampf bei Eurem Treffen vor elf Jahren sehr genossen.«

»Ich genieße *jeden* Fechtkampf«, sagte Lord Alastair. Er tat so, als hörte er nicht, wie sein Begleiter »Zerschmettert die Feinde Gottes mit den Schwertern der Engel und Erzengel« raunte, sondern fuhr ungerührt fort: »Und ich habe seitdem einige Kniffe dazugelernt. Euer Protegé hingegen scheint in diesen elf Jahren um nur wenige Tage gealtert zu sein – und wie ich mich selber überzeugen konnte, hatte er keine Zeit, seine Technik zu verbessern.«

»*Selber* überzeugen?«, sagte Gideon und lachte verächtlich. »Dazu hättet Ihr auch *selber* vorbeikommen müssen. Aber Ihr habt nur Eure Männer geschickt und für die hat meine Technik vollkommen ausgereicht. Womit sich wieder zeigt, dass es besser ist, so etwas selber in die Hand zu nehmen.«

»Solltet Ihr . . .?« Lord Alastairs Augen verengten sich. »Ach – Ihr sprecht von dem Vorfall im Hyde Park vergangenen Montag. Richtig – das hätte ich wohl selber in die Hand nehmen sollen. Es war ohnehin nur eine spontane Idee. Aber ohne die Hilfe von schwarzer Magie und einem . . . *Mädchen* hättet Ihr wohl kaum überlebt.«

»Ich bin froh, dass Ihr das so offen ansprecht«, sagte der Graf. »Denn seit Eure Männer meinen jungen Freunden hier ans Leben wollten, bin ich etwas ungehalten . . . ich dachte, ich sei derjenige, auf den Ihr Eure Aggressionen konzentriert. Sicher versteht Ihr, dass ich so etwas nicht noch einmal dulden werde.«

»Ihr tut, was Ihr glaubt tun zu müssen, und ich tue, was ich tun muss«, erwiderte Lord Alastair und sein Begleiter röchelte: »Tod! Tod den Dämonen!«, so eigenartig, dass ich nicht mehr ausschloss, dass er unter seinem Umhang ein Laserschwert versteckt hatte. Er hatte doch wohl eindeutig einen an der Waffel. Ich fand es nicht länger zulässig, sein merkwürdiges Verhalten zu ignorieren.

»Wir sind uns zwar nicht vorgestellt worden und ich gebe zu, dass ich auch so meine Probleme mit den heutigen Umgangsformen habe«, sagte ich und sah ihm direkt in die Augen. »Aber dieses Gerede von Tod und Dämonen finde ich absolut unangebracht.«

»Sprich nicht mit mir, Dämon!«, sagte Darth Vader unwirsch. »Ich bin für deine Saphiraugen unsichtbar! Und deine Ohren können mich nicht hören.«

»Ja, schön wär's«, sagte ich und wollte plötzlich nach Hause. Oder wenigstens zurück aufs Sofa, harte Lehne hin oder her. Der ganze Raum schwankte um mich herum wie ein Schiff auf hoher See.

Gideon, der Graf und Lord Alastair schienen vorübergehend aus dem Konzept gebracht worden zu sein. Sie vergaßen ganz, sich kryptische Dinge an den Kopf zu werfen, und starrten mich befremdet an.

»Die Schwerter meiner Nachfahren werden sich durch euer Fleisch bohren, die florentinische Allianz wird rächen, was meinem Geschlecht angetan wurde, und vom Antlitz dieser Erde tilgen, was nicht von Gott gewollt ist«, sagte Darth Vader zu niemandem Bestimmten.

»Mit wem sprichst du?«, flüsterte Gideon.

»Mit dem da«, sagte ich, klammerte mich ein bisschen fester an ihn und zeigte auf Darth Vader. »Jemand sollte ihm sagen, dass sein Umhang schei. . . nicht gerade der neusten Mode entspricht. Und dass ich – bitte schön – kein Dämon bin und auch nicht von den Schwertern seiner Nachfahren durchbohrt und von der Erde getilgt werden will. *Au.*«

Gideons Hand hatte meinen Unterarm zusammengepresst.

»Was soll diese Komödie, Graf?«, fragte Lord Alastair und rückte sich eine protzige Brosche an seinem Halstuch zurecht.

Der Graf beachtete ihn nicht. Sein Blick unter den schweren Augenlidern ruhte auf mir. »Das ist interessant«, sagte er mit leiser Stimme. »Offensichtlich kann sie direkt in Eure schwarze, verwirrte Seele blicken, lieber Alastair.«

»Sie hat so viel Wein getrunken, dass ich fürchte, sie fantasiert«, sagte Gideon und zischte mir ins Ohr: »Halt die *Klappe!*«

Mein Magen zog sich vor Schreck schmerzhaft zusammen, weil mir auf einen Schlag klar wurde, dass die anderen Darth Vader nicht sehen und hören konnten, und zwar deshalb nicht, weil er ein verdammter Geist war! Wäre ich nicht so betrunken gewesen, hätte ich schon früher auf diese naheliegende Idee kommen müssen. Wie dumm konnte man eigentlich sein? Weder seine Kleider noch seine Frisur passten in dieses Jahrhundert, und spätestens als er mit seinem pathetischen Geröchel angefangen hatte, hätte ich merken müssen, wen beziehungsweise was ich da vor mir hatte.

Lord Alastair legte seinen Kopf in den Nacken und sagte: »Wir beide wissen, wessen Seele hier des Teufels ist, Graf. Mit Gottes Hilfe werde ich verhindern, dass diese . . . *Kreaturen* überhaupt erst geboren werden!«

»Durchbohrt von den Schwertern der heiligen florentinischen Allianz«, ergänzte Darth Vader salbungsvoll.

Der Graf lachte. »Ihr habt die Gesetze der Zeit immer noch nicht begriffen, Alastair. Allein die Tatsache, dass diese beiden hier vor Euch stehen, beweist, dass Euer Vorhaben nicht gelingen wird. Vielleicht solltet Ihr also nicht allzu sehr auf Gottes Hilfe in dieser Angelegenheit bauen. Und auch nicht weiterhin auf meine Langmut.« Plötzlich lag eine Eiseskälte in seinem Blick und seiner Stimme und ich bemerkte, wie der Lord zurückschreckte. Für einen kurzen Augenblick war jegliche Arroganz aus seiner Miene verschwunden und nackte Angst stand ihm ins Gesicht geschrieben.

»Indem Ihr die Spielregeln verändert habt, habt Ihr Euer eigenes Leben verwirkt«, sagte der Graf mit genau derselben Stimme, mit der er mich bei unserem letzten Treffen zu Tode erschreckt hatte, und auf einmal war ich auch wieder überzeugt davon, dass er jemandem eigenhändig die Kehle durchschneiden konnte.

»Eure Drohung wirkt bei mir nicht«, flüsterte Lord Alastair, aber seine Miene strafte ihn Lügen. Leichenblass griff er sich an den Adamsapfel.

»Ihr wollt doch wohl nicht wirklich schon gehen, meine Lieben?« Lady Brompton kam mit rauschenden Röcken herbeigeeilt und sah fröhlich in die Runde.

Die Züge des Grafen von Saint Germain entspannten sich wieder und in ihnen war nichts als Liebenswürdigkeit zu sehen. »Ah, da ist ja unsere zauberhafte Gastgeberin. Ich muss sagen, Ihr werdet Eurem Ruf wirklich gerecht, Mylady. Ich habe mich lange nicht mehr so gut amüsiert.«

Lord Alastair rieb sich seinen Hals. Langsam kehrte die Farbe in seine Wangen zurück.

»Satanas! Satanas!«, rief Darth Vader aufgebracht. »Zerschmettern werden wir dich, die verlogene Zunge werden wir eigenhändig dir herausreißen . . .«

»Meine jungen Freunde hier bedauern ebenso sehr wie ich, dass wir schon aufbrechen müssen«, fuhr der Graf mit einem Lächeln fort. »Aber Ihr werdet sie ja schon bald wiedertreffen, auf dem Ball von Lord und Lady Pimplebottom.«

»Eine Gesellschaft ist immer nur so interessant wie ihre Gäste«, sagte Lady Brompton. »Ich würde mich daher freuen, Euch bald wieder bei mir begrüßen zu dürfen. Ebenso Eure entzückenden jungen Freunde. Es war uns allen ein großes Vergnügen.«

»Das Vergnügen ist ganz auf unserer Seite«, sagte Gideon und ließ mich vorsichtig los, so als wäre er nicht sicher, ob ich allein stehen konnte. Obwohl der Raum immer noch schwankte wie ein Schiff und die Gedanken in meinem Kopf unter heftiger Seekrankheit zu leiden schienen (um im Bild zu bleiben), gelang es mir bei der Verabschiedung noch einmal, mich zusammenzureißen und Giordanos und vor allem James' Erziehung alle Ehre zu machen. Nur Lord Alastair und den immer noch wüste Drohungen ausstoßenden Geist würdigte ich keines Blickes mehr. Ich knickste vor Lord und Lady Brompton und bedankte mich für den schönen Abend und ich zuckte nicht mit der Wimper, als Lord Brompton eine feuchte Kussspur auf meiner Hand hinterließ.

Vor dem Grafen machte ich eine sehr tiefe Reverenz, aber ich wagte es nicht, ihm noch einmal ins Gesicht zu sehen. Als er leise sagte: »Wir sehen uns dann gestern Nachmittag«, nickte ich nur und wartete mit niedergeschlagenen Augen, bis Gideon wieder an meiner Seite war und nach meinem Arm griff. Dankbar ließ ich mich von ihm aus dem Salon führen.

»Verdammt, Gwendolyn – das ist doch keine Party bei deinen Schulfreunden! Wie konntest du nur?« Grob legte Gideon mir meinen Schal um die Schultern. Er sah aus, als ob er mich am liebsten geschüttelt hätte.

»Es tut mir leid«, sagte ich zum wiederholten Mal.

»Lord Alastair ist nur in Begleitung eines Pagen und seines

Kutschers hier«, raunte Rakoczy, der wie eine Art Kastenteufel hinter Gideon auftauchte. »Der Weg und die Kirche sind gesichert. Alle Eingänge der Kirche sind bewacht.«

»Dann komm«, sagte Gideon und griff nach meiner Hand.

»Ich könnte die junge Dame auch tragen«, schlug Rakoczy vor. »Sie scheint nicht mehr so sicher auf den Beinen zu sein.«

»Eine reizvolle Idee, aber – nein danke«, sagte Gideon. »Die paar Meter schafft sie allein, oder?«

Ich nickte entschlossen.

Der Regen war stärker geworden. Nach dem hell erleuchteten Salon der Bromptons war der Gang durch die Dunkelheit zurück zur Kirche noch unheimlicher als auf dem Hinweg. Wieder schienen die Schatten lebendig zu werden, wieder vermutete ich in jedem Winkel eine Gestalt, bereit, sich auf uns zu stürzen. *». . . vom Antlitz dieser Erde tilgen, was nicht von Gott gewollt ist«,* schienen die Schatten zu raunen.

Auch Gideon schien der Weg nicht geheuer zu sein. Er ging so schnell, dass ich Mühe hatte, Schritt zu halten, und er sagte kein einziges Wort. Leider sorgte die Nässe weder für einen klaren Kopf noch dafür, dass der Boden aufhörte zu schwanken. Daher war ich unendlich erleichtert, als wir in der Kirche angekommen waren und Gideon mich auf eine der Bänke vor dem Altar niederdrückte. Während er ein paar Worte mit Rakoczy wechselte, schloss ich die Augen und verfluchte meine Unvernunft. Sicher, dieser Punsch hatte auch positive Nebenwirkungen gehabt, aber alles in allem hätte ich mich besser an Leslies und meinen Antialkohol-Pakt gehalten. Hinterher war man immer klüger.

Wie bei unserer Ankunft hier brannte nur eine einzige Kerze auf dem Altar und von dieser kleinen, flackernden Lichtinsel abgesehen lag die Kirche im Düsteren. Als Rakoczy sich zurückzog – »Alle Türen und Fenster werden von meinen Leuten überwacht, bis Ihr zurückspringt« –, wurde ich von Angst übermannt. Ich sah zu Gideon hoch, der neben meine Bank getreten war.

»Hier drin ist es genauso gruselig wie draußen. Warum bleibt er nicht bei uns?«

»Aus Höflichkeit.« Er verschränkte seine Arme. »Er möchte nicht mit anhören, wie ich dich anschreie. Aber keine Sorge, wir sind allein. Rakoczys Leute haben jeden Winkel abgesucht.«

»Wie lange dauert es denn noch, bis wir springen?«

»Nicht mehr lang. Gwendolyn – dir ist schon klar, dass du so ziemlich genau das Gegenteil von dem gemacht hast, was du tun solltest, oder? Wie immer, eigentlich.«

»Du hättest mich eben nicht allein lassen sollen – ich wette, das war auch so ziemlich das Gegenteil von dem, was du tun solltest!«

»Jetzt gib bloß nicht mir die Schuld! Erst betrinkst du dich, dann singst du Musical-Songs und schließlich benimmst du dich ausgerechnet vor Lord Alastair wie eine Verrückte! Was sollte denn das Gerede über Schwerter und Dämonen?«

»Ich habe nicht damit angefangen. Das war dieser schwarze, unheimliche Gei-« Ich biss mir auf die Lippen. Das konnte ich ihm einfach nicht sagen, er hielt mich ohnehin für merkwürdig genug.

Gideon missverstand mein plötzliches Schweigen vollkommen falsch. »Oh nein! Bitte übergib dich nicht! Oder wenn, dann irgendwo weit weg von mir.« Er betrachtete mich leicht angewidert. »Himmel, Gwendolyn, ich verstehe ja, dass es einen gewissen Reiz hat, sich auf einer Party zu betrinken, aber doch nicht auf *dieser!*«

»Mir ist nicht schlecht.« Noch jedenfalls nicht. »Und ich trinke niemals auf Partys – ganz gleich, was dir Charlotte erzählt hat.«

»Sie hat mir gar nichts erzählt«, sagte Gideon.

Ich musste lachen. »Nee, klar. Sie hat auch nicht behauptet, dass ich und Leslie mit jedem Jungen aus unserer Klasse was hatten und außerdem so ziemlich mit jedem aus den Klassen darüber, oder?«

»Warum sollte sie so was sagen?«

Lass mal überlegen – vielleicht, weil sie eine hinterhältige rothaarige Hexe ist? Ich versuchte, mich an der Kopfhaut zu kratzen, aber meine Finger kamen nicht durch den aufgetürmten Lockenberg. Darum zog ich eine Haarnadel heraus und benutzte sie als Kratzer. »Es tut mir leid – wirklich! Man kann über Charlotte sagen, was man will, aber ganz sicher hätte sie nicht mal an diesem Punsch *gerochen.*«

»Das stimmt«, sagte Gideon und lächelte plötzlich. »Allerdings hätten diese Menschen dann auch nicht Andrew Lloyd Webber zu hören bekommen, zweihundert Jahre zu früh, und das wäre doch sehr schade gewesen.«

»Richtig . . . auch wenn ich morgen wahrscheinlich vor Scham darüber im Boden versinken möchte.« Ich vergrub das Gesicht in meinen Händen. »Eigentlich jetzt schon, wenn ich es recht bedenke.«

»Das ist gut«, sagte Gideon. »Es bedeutet, die Wirkung des Alkohols lässt schon nach. Eine Frage hätte ich aber noch: Wozu hättest du die Haarbürste gebraucht?«

»Als Mikro-Ersatz«, murmelte ich zwischen meinen Fingern hindurch. »Oh mein Gott! Ich bin schrecklich.«

»Aber du hast eine hübsche Stimme«, sagte Gideon. »Selbst mir als erklärtem Musical-Hasser hat es gefallen.«

»Warum konntest du es so gut spielen, wenn du es hasst?« Ich legte die Hände in meinen Schoß und sah ihn an. »Du warst unglaublich! Gibt es eigentlich irgendwas, was du nicht kannst?« Himmel, ich hörte mich an wie ein Groupie.

»Nein! Du darfst mich ruhig für einen Gott halten.« Er grinste. »Das ist auch wieder irgendwie süß von dir. Komm, es ist fast so weit. Wir müssen auf unsere Position.«

Ich stand auf und versuchte, mich so gerade zu halten wie möglich.

»Hier rüber«, dirigierte Gideon. »Komm schon, guck nicht so zerknirscht. Im Grunde genommen ist der Abend ein Erfolg gewesen. Es war vielleicht ein bisschen anders als gedacht, aber es verlief alles genau nach Plan. Hey, stehen geblieben.« Er umfasste meine Taille mit beiden Händen und zog mich an sich, bis mein Rücken an seiner Brust lag. »Du darfst dich ruhig gegen mich lehnen.« Er schwieg einen Moment. »Und tut mir leid, dass ich eben so garstig war.«

»Schon vergessen.« Was ein bisschen gelogen war. Aber es war das erste Mal, dass Gideon sich für sein Verhalten entschuldigte, und vielleicht lag es an dem Alkohol oder am Nachlassen seiner Wirkung, aber ich war davon sehr gerührt.

Eine Weile standen wir schweigend da und schauten auf das

flackernde Licht der Kerze weiter vorn. Die Schatten zwischen den Säulen schienen sich ebenfalls zu bewegen und warfen dunkle Muster auf den Boden und an die Decke. »Dieser Alastair – warum hasst er den Grafen so? Ist es was Persönliches?«

Gideon begann, mit einer der Haarlocken zu spielen, die mir auf die Schulter fielen. »Wie man es nimmt. Was sich so vollmundig florentinische Allianz nennt, ist in Wirklichkeit seit Jahrhunderten eine Art Familienbetrieb. Bei seinen Zeitreisen ins 16. Jahrhundert geriet der Graf versehentlich mit der Familie des Conte di Madrone in Florenz aneinander. Oder sagen wir, seine Fähigkeiten wurden von ihnen gänzlich missverstanden. Zeitreisen vertrugen sich nicht mit der religiösen Auffassung des Conte, außerdem gab es da wohl ein Missverständnis mit der Tochter, jedenfalls war er überzeugt, einen Dämon vor sich zu haben, und fühlte sich von Gott berufen, diese Ausgeburt der Hölle auszurotten.« Seine Stimme war auf einmal ganz nah an meinem Ohr, und bevor er weitersprach, berührte er mit seinen Lippen meinen Hals. »Als der Conte di Madrone starb, übernahm sein Sohn dieses Erbe und nach ihm dessen Sohn und so weiter. Lord Alastair ist der letzte einer Reihe von fanatischen eingebildeten Dämonenjägern, wenn du so willst.«

»Verstehe«, sagte ich, was nicht ganz der Wahrheit entsprach. Aber es passte irgendwie zu dem, was ich vorhin gesehen und gehört hatte. »Sag mal, *küsst* du mich gerade?«

»Nein, nur beinahe«, murmelte Gideon, die Lippen direkt über meiner Haut. »Ich möchte auf keinen Fall ausnutzen, dass du betrunken bist und mich gerade für einen Gott hältst. Aber es ist irgendwie schwer für mich . . .«

Ich schloss die Augen und ließ meinen Hinterkopf gegen seine Schulter sinken und er zog mich noch fester an sich.

»Wie gesagt, du machst es einem wirklich nicht leicht. In Kirchen komme ich bei dir immer auf dumme Gedanken ...«

»Es gibt da etwas, das du nicht über mich weißt«, sagte ich mit geschlossenen Augen. »Manchmal, da sehe ich ... ich kann ... also, Menschen, die längst tot sind ... manchmal kann ich sie sehen und hören, was sie sagen. So wie vorhin. Ich glaube, der Mann, den ich neben Lord Alastair gesehen habe, könnte dieser italienische Conte gewesen sein.«

Gideon schwieg. Wahrscheinlich überlegte er gerade, wie er mir möglichst taktvoll einen guten Psychiater empfehlen sollte.

Ich seufzte. Ich hätte es für mich behalten sollen. Jetzt hielt er mich zu allem Überfluss auch noch für verrückt.

»Es geht los, Gwendolyn«, sagte er, schob mich ein Stück von sich und drehte mich so, dass ich ihn ansehen konnte. Es war zu dunkel, um seinen Gesichtsausdruck deuten zu können, aber ich sah, dass er nicht lächelte. »Es wäre schön, wenn du in den Sekunden, in denen ich weg bin, stehen bleiben könntest. Bereit?«

Ich schüttelte den Kopf. »Nicht wirklich.«

»Ich lasse dich jetzt los«, sagte er und im gleichen Augenblick war er verschwunden. Ich war allein in der Kirche mit all ihren dunklen Schatten. Aber nur wenige Sekunden später registrierte ich das Schwindelgefühl in meinem Bauch und die Schatten begannen, sich zu drehen.

»Da ist sie ja«, sagte die Stimme von Mr George. Ich blinzelte ins Licht. Die Kirche war hell erleuchtet und die Halogenstrahler waren, verglichen mit dem goldenen Kerzen-licht in Lady Bromptons Salon, richtig unangenehm fürs Auge.

»Es ist alles in Ordnung«, sagte Gideon, wobei er mir einen prüfenden Blick zuwarf. »Sie können Ihren Arztkoffer wieder zusammenklappen, Dr. White.«

Dr. White knurrte etwas Unverständliches. Tatsächlich war der Altar mit allerlei Gerätschaften bestückt, die man eher auf einem dieser fahrbaren Tischchen in einem Operations-saal vermutet.

»Lieber Himmel, Dr. White, sind das etwa Aderklemmen?« Gideon lachte. »Wie schön zu wissen, was Sie von einer Soi-ree im 18. Jahrhundert halten.«

»Ich wollte für alle Eventualitäten vorbereitet sein«, sagte Dr. White, während er seine Instrumente in die Tasche zu-rückräumte.

»Wir sind sehr auf euren Bericht gespannt«, sagte Falk de Villiers.

»Erst einmal freue mich darauf, aus diesen Klamotten he-rauszukommen.« Gideon knotete das Halstuch auf.

»Hat denn alles . . . geklappt?«, fragte Mr George mit einem nervösen Seitenblick auf mich.

»Ja«, sagte Gideon, während er das Halstuch von sich warf. »Es lief alles genau nach Plan. Lord Alastair kam zwar etwas später als erwartet, aber noch rechtzeitig, um uns zu sehen.« Er grinste mich an. »Und Gwendolyn hat ihre Sache ausge-zeichnet gemacht. Das echte Mündel des Viscount of Batten hätte sich nicht vollkommener verhalten können.«

Ich konnte nicht verhindern, dass ich rot anlief.

»Es wird mir eine Freude sein, Giordano davon zu berichten«, sagte Mr George mit Stolz in der Stimme und reichte mir seinen Arm. »Nicht, dass ich etwas anderes erwartet hätte . . .«

»Nein, natürlich nicht«, murmelte ich.

Caroline weckte mich mit einem Flüstern: »Gwenny, hör auf zu singen! Das ist peinlich! Du musst in die Schule!«

Ich setzte mich ruckartig auf und starrte sie an. »Ich habe *gesungen?*«

»Was?«

»Du hast gesagt, ich soll aufhören zu singen.«

»Ich habe gesagt, du sollst aufwachen!«

»Ich habe also nicht gesungen?«

»Du hast geschlafen«, sagte Caroline kopfschüttelnd. »Beeil dich, du bist schon wieder spät dran. Und von Mum soll ich dir ausrichten, dass du auf keinen Fall ihr Duschgel benutzen sollst!«

Unter der Dusche versuchte ich, die Erinnerungen an den gestrigen Tag möglichst zu verdrängen. Aber es wollte mir nicht so recht gelingen, weshalb ich etliche Minuten damit vergeudete, meine Stirn gegen die Duschkabinentür zu lehnen und »Das habe ich alles nur geträumt« vor mich hin zu murmeln. Meine Kopfschmerzen machten es auch nicht gerade besser.

Als ich endlich ins Esszimmer hinunterkam, war die Frühstückszeit glücklicherweise schon so gut wie vorbei. Xemerius hing am Kronleuchter und baumelte mit dem Kopf.

»Na, wieder nüchtern, kleine Saufnase?«

Lady Arista musterte mich von Kopf bis Fuß. »Ist das Absicht, dass du nur das eine Auge geschminkt hast?«

»Äh, nein.« Ich wollte wieder umdrehen, aber meine Mutter sagte: »Erst frühstücken! Die Wimpern kannst du später noch tuschen.«

»Frühstück ist immer noch die wichtigste Mahlzeit des Tages«, ergänzte Tante Glenda.

»Unsinn!«, sagte Tante Maddy. Sie saß in ihrem Morgenmantel auf dem Lehnsessel vor dem Kamin und hatte ihre Knie angezogen wie ein kleines Mädchen. »Man kann das Frühstück auch weglassen – damit spart man eine Menge Kalorien, die man abends in ein Gläschen Wein investieren kann. Oder auch zwei oder drei.«

»Die Vorliebe für alkoholische Getränke scheint in der Familie zu liegen«, sagte Xemerius.

»Ja, wie man sehr schön an ihrer Figur sehen kann«, flüsterte Tante Glenda.

»Ich mag ein bisschen dick sein, aber keinesfalls schwerhörig, Glenda«, sagte Tante Maddy.

»Du wärst besser im Bett geblieben«, sagte Lady Arista. »Das Frühstück ist für alle Beteiligten entspannter, wenn du ausschläfst.«

»Das konnte ich mir leider nicht aussuchen!«, sagte Tante Maddy.

»Sie hatte wieder eine Vision heute Nacht«, erklärte mir Caroline.

»Ja, allerdings«, sagte Tante Maddy. »Es war fürchterlich. So *traurig*. Es hat mich schrecklich mitgenommen. Da war dieses wunderschöne Herz aus geschliffenem Rubin, das in der Sonne funkelte . . . Es lag ganz oben auf einem Felsvorsprung.«

Ich war mir nicht sicher, ob ich hören wollte, wie es weiterging.

Meine Mum lächelte mir zu. »Iss etwas, Liebling. Wenigstens ein bisschen Obst. Und hör einfach nicht hin.«

»Und dann kam da dieser Löwe vorbei . . .« Tante Maddy seufzte. »Mit herrlichem goldenem Fell . . .«

»Uuuuuh«, machte Xemerius. »Und funkelnden grünen Augen, wette ich.«

»Du hast da Filzstift im Gesicht«, sagte ich zu Nick.

»Psst«, erwiderte er. »Jetzt wird es doch gerade spannend.«

»Und als der Löwe das Herz dort liegen sah, versetzte er ihm mit seiner Pranke einen Hieb und das Herz fiel hinunter in die Schlucht, viele, viele Meter tief«, sagte Tante Maddy und griff sich dramatisch an die Brust. »Als es aufschlug, zersprang es in Hunderte von kleinen Stücken, und als ich genau hinsah, erkannte ich, dass es lauter Blutstropfen waren . . .«

Ich schluckte. Plötzlich war mir übel.

»Ups«, sagte Xemerius.

»Und weiter?«, fragte Charlotte.

»Nichts weiter«, sagte Tante Maddy. »Das war es schon – schrecklich genug.«

»Oh«, sagte Nick enttäuscht. »Es hatte so gut angefangen.«

Tante Maddy funkelte ihn ärgerlich an. »Ich schreibe ja keine Drehbücher, mein Junge!«

»Gott sei Dank«, murmelte Tante Glenda. Dann wandte sie sich zu mir um, öffnete den Mund und schloss ihn wieder.

Stattdessen sprach Charlotte. »Gideon hat erzählt, dass du die Soiree gut überstanden hast. Ich muss sagen, ich bin darüber sehr erleichtert. Ich denke, *alle* sind darüber sehr erleichtert.«

Ich ignorierte sie und sah stattdessen vorwurfsvoll zum Kronleuchter hinauf.

»Ich wollte dir gestern Abend schon erzählen, dass die Streberin noch zum Abendessen bei Gideon war. Aber – wie soll ich mich ausdrücken? Du warst irgendwie ein bisschen . . . indisponiert«, sagte Xemerius.

Ich schnaubte.

»Kann ich doch nix dafür, wenn dein Funkelsteinchen sie einlädt, zum Essen dazubleiben.« Xemerius stieß sich ab und flatterte quer über den Tisch auf den leeren Platz von Tante Maddy, wo er sich aufrecht hinsetzte und den Eidechsenschwanz ordentlich um seine Füße schlang. »Ich meine, ich hätte das an seiner Stelle auch getan. Zum einen hat sie den ganzen Tag Kindermädchen für seinen Bruder gespielt und dann hat sie nebenher auch noch seine Wohnung auf Vordermann gebracht und seine Hemden gebügelt.«

»*Was?*«

»Wie gesagt, ich kann nichts dafür. Er war jedenfalls so dankbar, dass er gleich mal zeigen musste, wie schnell er ein Spaghettigericht für drei Personen zaubern kann . . . Mann, war der Junge gut gelaunt. Man hätte denken können, er habe irgendwas eingeworfen. Und jetzt mach den Mund wieder zu, es starren dich schon alle an.«

Das taten sie wirklich.

»Ich gehe mir jetzt das andere Auge schminken«, sagte ich.

»Und vielleicht legst du auch ein bisschen Rouge auf«, sagte Charlotte. »Nur so als Tipp.«

»Ich hasse sie!«, sagte ich. »Ich hasse sie. Ich hasse sie!«

»Herrje! Nur weil sie seine Scheißhemden gebügelt hat?« Leslie sah mich kopfschüttelnd an. »Das ist doch wirklich . . . albern!«

»Er hat für sie *gekocht*«, jammerte ich. »Sie war den ganzen Tag in seiner Wohnung!«

»Ja, aber dafür hat er dich in der Kirche befummelt und abgeknutscht«, sagte Leslie und seufzte.

»Hat er nicht.«

»Ja, aber hätte er gern.«

»Er hat Charlotte auch geküsst!«

»Aber nur zum Abschied, auf die Wange!«, brüllte Xemerius mir direkt ins Ohr. »Ich glaube, wenn ich das noch einmal wiederholen muss, dann platze ich. Ich hau jetzt hier ab. Dieser Mädchenkram bringt mich noch mal um.« Mit ein paar Flügelschlägen flatterte er aufs Schuldach und machte es sich dort bequem.

»Ich will kein Wort mehr darüber hören«, sagte Leslie. »Viel wichtiger ist jetzt, dass du dich an alles erinnerst, was gestern gesagt wurde. Und damit meine ich Dinge, auf die es wirklich ankommt, du weißt schon, die, bei denen es um Leben und Tod geht!«

»Ich habe dir alles erzählt, was ich weiß«, versicherte ich ihr und rieb meine Stirn. Dank dreier Aspirin waren meine Kopfschmerzen weg, aber zurückgeblieben war ein dumpfes Gefühl hinter den Schläfen.

»Hm.« Leslie beugte sich über ihre Notizen. »Warum hast du Gideon nicht gefragt, bei welcher Gelegenheit vor elf Jahren er diesen Lord Alastair schon einmal getroffen hat und von welchem Fechtkampf die Rede war?«

»Es gibt noch viel mehr, das ich ihn nicht gefragt habe, glaub mir!«

Leslie seufzte wieder. »Ich werde dir eine Liste machen. Du kannst dann immer wieder mal eine Frage einstreuen, wenn es strategisch gerade günstig ist und deine Hormone es erlauben.« Sie steckte den Block ein und sah zum Schultor hinüber. »Wir müssen hoch, sonst kommen wir zu spät. Ich möchte unbedingt dabei sein, wenn Raphael Bertelin das erste Mal unseren Klassenraum betritt. Der arme Junge – wahrscheinlich kommt ihm die Schuluniform vor wie eine Sträflingskluft.«

Wir machten noch einen kleinen Umweg an James' Nische vorbei. Im morgendlichen Gedrängel fiel es nicht weiter auf, wenn ich mit ihm sprach, zumal Leslie sich so hinstellte, dass man denken konnte, ich spräche mit ihr.

James hob sein parfümiertes Taschentuch an seine Nase und sah sich suchend um. »Wie ich sehe, hast du die ungezogene Katze dieses Mal nicht mitgebracht.«

»Stell dir mal vor, James, ich war auf einer Soiree bei Lady Brompton«, sagte ich. »Und ich habe genauso geknickst, wie du es mir beigebracht hast.«

»Lady Brompton, so, so«, sagte James. »Sie steht nicht unbedingt in dem Ruf, ein guter Umgang zu sein. Auf ihren Gesellschaften soll es recht turbulent zugehen.«

»Ja, stimmt. Ich hatte gehofft, das wäre vielleicht der Normalfall.«

»Gott sei Dank nicht!« James spitzte pikiert die Lippen.

»Na, wie dem auch sei, ich glaube, ich bin nächsten Samstag oder so auf einem Ball bei deinen Eltern eingeladen. Lord und Lady Pimplebottom.«

»Das kann ich mir nicht vorstellen«, sagte James. »Meine Mutter legt sehr viel Wert auf einwandfreien gesellschaftlichen Umgang.«

»Na, herzlichen Dank«, sagte ich und wandte mich zum Gehen. »Du bist wirklich ein Snob!«

»Das sollte keine Beleidigung sein«, rief James mir nach. »Und was ist ein Snob?«

Raphael lehnte bereits in der Tür, als wir zu unserem Klassenraum kamen. Und er sah so unglücklich aus, dass wir stehen blieben.

»Hi, ich bin Leslie Hay und das ist meine Freundin Gwendolyn Shepherd«, sagte Leslie. »Wir haben uns Freitag vor dem Büro des Direktors kennengelernt.«

Ein schwaches Grinsen erhellte sein Gesicht. »Ich bin froh, dass wenigstens ihr mich wiedererkennt. Ich hatte vorhin im Spiegel echt Probleme damit.«

»Ja«, gab Leslie zu. »Du siehst aus wie ein Steward auf einem Kreuzfahrtschiff. Aber daran gewöhnt man sich.«

Raphaels Grinsen wurde breiter.

»Du musst nur aufpassen, dass die Krawatte dir nicht in die Suppe baumelt«, sagte ich. »Passiert mir ständig.«

Leslie nickte.

»Das Essen schmeckt übrigens meistens furchtbar. Ansonsten ist es hier nur halb so schlimm. Ich bin sicher, du wirst dich bald wie zu Hause fühlen.«

»Du warst noch nie in Südfrankreich, oder?«, fragte Raphael ein wenig bitter.

»Nein«, sagte Leslie.

»Das merkt man. Ich werde mich niemals in einem Land wie zu Hause fühlen, in dem es vierundzwanzig Stunden am Stück regnet.«

»Wir Engländer mögen es nicht, wenn man immer so schlecht über unser Wetter redet«, sagte Leslie. »Ah, da kommt Mrs Counter. Sie ist – zu deinem Glück – ein bisschen frankophil. Sie wird dich lieben, wenn du ab und an wie aus Versehen ein paar französische Wörter in deine Sätze einbaust.«

»*Tu es mignonne*«, sagte Raphael.

»Ich weiß«, sagte Leslie, während sie mich weiterzog. »Aber ich bin nicht frankophil.«

»Er steht auf dich«, sagte ich und warf die Bücher auf meinen Tisch.

»Von mir aus«, sagte Leslie. »Aber er ist leider nicht mein Typ.«

Ich musste lachen. »Ja, klar!«

»Ach, komm schon, Gwen, es reicht, wenn einer von uns beiden den Verstand verloren hat. Ich kenne solche Typen. Die machen nur Probleme. Außerdem ist er nur interessiert, weil Charlotte ihm gesagt hat, dass ich leicht zu haben bin.«

»Und weil du aussiehst wie dein Hund Bertie«, sagte ich.

»Ja, genau, und deshalb.« Leslie lachte. »Außerdem wird er mich gleich vergessen haben, wenn Cynthia sich auf ihn stürzt. Guck mal, sie war extra beim Friseur und hat sich neue Strähnchen machen lassen.«

Aber Leslie täuschte sich. Raphael hatte offensichtlich wenig Interesse an einem Gespräch mit Cynthia. Als wir in der Pause auf der Bank unter der Kastanie saßen und Leslie wieder einmal den Zettel mit dem Code aus dem Grünen Reiter studierte, kam Raphael angeschlendert, setzte sich ungefragt neben uns und sagte: »Oh, cool, Geocaching.«

»Was?« Leslie sah ihn ungehalten an.

Raphael deutete auf den Zettel. »Kennt ihr nicht Geocaching? So eine Art moderne Schnitzeljagd mit GPS. Die Zahlen sehen ganz wie geografische Koordinaten aus.«

»Nein, das sind nur . . . wirklich?«

»Lass mal sehen.« Raphael nahm ihr den Zettel aus der Hand. »Ja. Vorausgesetzt, die Null vor den Buchstaben ist eine hochgestellte Null und steht damit für *Grad*. Und die Striche für *Minuten* und *Sekunden*.«

Ein schriller Laut drang zu uns herüber. Cynthia redete auf der Treppe wild gestikulierend auf Charlotte ein, woraufhin Charlotte böse zu uns herüberschaute.

»Oh Gott!« Leslie wurde ganz aufgeregt. »Dann heißt es *51 Grad, 30 Minuten, 41.78 Sekunden Nord und 0 Grad, 08 Minuten, 49.91 Sekunden Ost?*«

Raphael nickte.

»Es bezeichnet also einen *Ort?*«, fragte ich.

»Jaja«, sagte Raphael. »Einen ziemlich kleinen Ort von ungefähr vier Quadratmetern. Und – was gibt es da? Einen Cache?«

»Wenn wir das wüssten«, sagte Leslie. »Wir wissen ja nicht mal, wo das ist.«

Raphael zuckte mit den Schultern. »Das ist leicht herauszufinden.«

»Und wie? Braucht man dafür ein GPS-Gerät? Und wie funktioniert so was? Ich habe davon keine Ahnung«, sagte Leslie aufgeregt.

»Aber ich. Ich könnte dir dabei helfen«, sagte Raphael.

»Mignonne.«

Ich sah wieder hinüber zur Treppe. Dort stand jetzt auch noch Sarah neben Cynthia und Charlotte und alle drei starrten uns böse an. Leslie merkte nichts davon.

»Okay. Aber es muss heute Nachmittag sein«, sagte sie. »Wir haben nämlich keine Zeit zu verlieren.«

»Ich auch nicht«, sagte Raphael. »Treffen wir uns doch einfach um vier im Park. Bis dahin dürfte ich Charlotte irgendwie abgeschüttelt haben.«

»Stell dir das mal nicht zu leicht vor.« Ich warf ihm einen mitleidigen Blick zu.

Raphael grinste. »Ich glaube, du unterschätzt mich, kleines Zeitreise-Mädchen.«

Wir können sehen, wie eine Tasse vom Tisch fällt
und in Scherben geht,
aber wir werden niemals sehen, wie sich eine Tasse
zusammenfügt und auf den Tisch zurückspringt. Diese
Zunahme der Unordnung oder Entropie unterscheidet die
Vergangenheit von der Zukunft und verleiht der Zeit auf
diese Weise eine Richtung.

(Stephen Hawking)

12.

Ich hätte doch einfach das Kleid von letzter Woche anziehen können«, sagte ich, als Madame Rossini mir einen blassrosafarbenen Kleinmädchentraum überstreifte, der über und über mit creme- und bordeauxfarbenen Blüten bestickt war. »Das blau geblümte. Es hängt noch zu Hause im Schrank, Sie hätten nur was sagen müssen.«

»Schscht, Schwanenhälschen«, sagte Madame Rossini. »Was meinst du, wozu ich hier bezahlt werde? Damit du zweimal dasselbe Kleid anziehen musst?« Sie widmete sich den kleinen Knöpfen am Rücken. »Ich bin nur ein wenig entsetzt, dass du deine Frisur zerstört hast! Im Rokoko musste so ein Kunstwerk tagelang halten. Die Damen schliefen extra im Sitzen.«

»Na ja, aber ich konnte wohl kaum so in die Schule gehen«, sagte ich. Wahrscheinlich wäre ich mit dem Haarberg schon in der Bustür hängen geblieben. »Wird Gideon von Giordano angekleidet?«

Madame Rossini schnalzte mit der Zunge. »Pah! Der Junge braucht dafür keine Hilfe, sagt er! Das bedeutet, er wird wieder triste Farben tragen und das Halstuch unmöglich knüpfen. Aber ich habe es aufgegeben. So, was machen wir jetzt mit deinen Haaren? Ich hole schnell den Lockenstab und dann werden wir einfach ein Band hineinwinden, et bien.«

Während Madame Rossini meine Haare mit dem Lockenstab bearbeitete, kam eine SMS von Leslie. »Warte noch genau zwei Minuten, wenn *le petit français* bis dahin nicht gekommen ist, kann er *mignonne* vergessen.«

Ich schrieb zurück: »Hey, ihr seid erst in einer Viertelstunde miteinander verabredet! Gib ihm wenigstens noch zehn Minuten.«

Leslies Antwort bekam ich nicht mehr mit, denn Madame Rossini nahm mir das Handy aus der Hand, um die schon obligatorischen Erinnerungsfotos zu schießen. Das Rosa stand mir besser als gedacht (im echten Leben war es so gar nicht meine Farbe . . .), aber meine Frisur sah aus, als hätte ich die Nacht mit meinen Fingern in einer Steckdose verbracht. Das rosa Band darin wirkte wie ein vergeblicher Versuch, die explodierten Haare zu bändigen. Als Gideon kam, um mich abzuholen, kicherte er unverhohlen.

»Lass das! Wenn, dann könnten wir über dich lachen!«, fuhr ihn Madame Rossini an. »Ha! Wie du wieder aussiehst!«

Gott, ja! Wie er wieder aussah! Das sollte wirklich verboten werden, so gut auszusehen – in albernen dunklen Kniehosen und einem bestickten flaschengrünen Rock, der seine Augen zum Leuchten brachte.

»Du hast doch keine Ahnung von Mode, Junge! Sonst hättest du die Smaragdbrosche angezogen, die zu diesem Outfit gehört. Und dieser unpassende Degen – du sollst einen Gentleman darstellen, keinen Soldaten!«

»Da haben Sie sicher recht«, sagte Gideon und kicherte immer noch. »Aber wenigstens sehen meine Haare nicht so aus wie diese Drahtschwämmchen, mit denen ich meine Töpfe sauber mache.«

Ich bemühte mich um einen hochnäsigen Gesichtsausdruck. »Mit denen *du* deine Töpfe sauber machst? Verwechselst du dich da nicht mit Charlotte?«

»Wie bitte?«

»Die putzt doch seit Neuestem für dich!«

Gideon sah etwas verlegen aus. »Das ist ... so nicht ... ganz richtig«, murmelte er.

»Ha, das wäre mir an deiner Stelle jetzt auch peinlich«, sagte ich. »Geben Sie mir bitte den Hut, Madame Rossini.« Der Hut – ein riesiges Ungetüm mit blassrosa Federn – war auf jeden Fall weniger schlimm als diese Haare. Dachte ich jedenfalls. Ein Blick in den Spiegel zeigte, dass das ein bedauernswerter Irrtum war.

Gideon kicherte wieder los.

»Können wir dann?«, fauchte ich.

»Pass gut auf mein Schwanenhälschen auf, hörst du?«

»Mache ich doch immer, Madame Rossini.«

»Von wegen«, sagte ich draußen im Korridor. Ich zeigte auf das schwarze Tuch in seiner Hand. »Keine Augenbinde?«

»Nein – das sparen wir uns. Aus bekannten Gründen«, erwiderte Gideon. »Und wegen des Hutes.«

»Glaubst du immer noch, ich würde dich demnächst um eine Ecke locken und dir ein Brett vor den Kopf hauen?« Ich rückte meinen Hut zurecht. »Übrigens, darüber hab ich noch einmal nachgedacht. Und inzwischen glaube ich, dass es für das Ganze eine einfache Erklärung gibt.

»Die da wäre?« Gideon zog die Augenbrauen hoch.

»Du hast es dir im Nachhinein eingebildet. Während du ohnmächtig dalagst, hast du nämlich von mir geträumt und hinterher hast du deshalb die ganze Sache einfach mir in die Schuhe geschoben!«

»Ja, diese Möglichkeit ist mir auch schon in den Sinn gekommen«, sagte er zu meiner Überraschung, griff nach meiner Hand und zog mich vorwärts. »Aber – nein! Ich weiß, was ich gesehen habe.«

»Und warum hast du dann niemandem davon erzählt, dass es – angeblich – ich war, die dich in eine Falle gelockt hat?«

»Ich wollte nicht, dass sie noch schlechter von dir denken, als sie es ohnehin schon tun.« Er grinste. »Und – hast du Kopfschmerzen?«

»So viel hatte ich gar nicht getrunken . . .«, sagte ich.

Gideon lachte. »Nee, klar. Im Grunde warst du stocknüchtern.«

Ich schüttelte seine Hand ab. »Können wir bitte über was anderes reden?«

»Ach, komm schon! Ein bisschen werde ich dich doch wohl damit aufziehen dürfen. Du warst so süß gestern Abend. Mr George dachte wirklich, du wärst total erschöpft, als du in der Limousine eingeschlafen bist.«

»Das waren höchstens zwei Minuten«, sagte ich peinlich berührt. Wahrscheinlich hatte ich gesabbert oder sonst was Schreckliches getan.

»Ich hoffe, du bist sofort ins Bett gegangen.«

»Hm«, machte ich. Ich erinnerte mich nur noch dunkel, wie meine Mum mir alle vierhunderttausend Haarnadeln aus den Haaren gezogen und dass ich schon geschlafen hatte, bevor mein Kopf auf dem Kissen angekommen war. Aber das wollte ich ihm nicht sagen, er hatte sich schließlich noch mit Charlotte, Raphael und den Spaghetti amüsiert.

Gideon blieb so abrupt stehen, dass ich gegen ihn prallte und prompt vergaß zu atmen.

Er drehte sich zu mir um. »Hör mal . . .«, murmelte er. »Ich wollte das gestern nicht sagen, weil ich dachte, du bist zu betrunken, aber jetzt, wo du wieder nüchtern und kratzbürstig bist wie eh und je . . .« Seine Finger streichelten vorsichtig über meine Stirn und ich war kurz davor zu hyperventilieren. Anstatt weiterzusprechen, küsste er mich. Ich hatte die Augen schon geschlossen, bevor seine Lippen meinen Mund berührten. Der Kuss berauschte mich viel mehr, als es der Punsch gestern Abend getan hatte, er ließ meine Knie weich werden und tausend Schmetterlinge in meinem Bauch aufflattern.

Als Gideon mich wieder losließ, schien er vergessen zu haben, was er sagen wollte. Er stützte einen Arm neben meinem Kopf an die Wand und sah mich ernst an. »So geht das irgendwie nicht weiter.«

Ich versuchte, meinen Atem unter Kontrolle zu bringen.

»Gwen . . .«

Hinter uns im Gang ertönten Schritte. Blitzschnell zog Gideon seinen Arm zurück und drehte sich um. Einen Wimpernschlag später stand Mr George vor uns. »Da seid ihr ja. Wir warten schon auf euch. Warum hat Gwendolyn die Augen nicht verbunden?«

»Das hatte ich ganz vergessen. Bitte machen Sie das«, sagte Gideon und reichte Mr George das schwarze Tuch. »Ich . . . äh . . . gehe schon vor.«

Mr George sah ihm mit einem Seufzer hinterher. Dann

blickte er mich an und seufzte noch einmal. »Ich dachte, ich hätte dich gewarnt, Gwendolyn«, sagte er, während er mir die Augen verband. »Du solltest vorsichtig sein, was deine Gefühle angeht!«

»Tja«, sagte ich und fasste mir an die verräterisch glühenden Wangen. »Dann sollten Sie mich nicht so viel Zeit mit ihm verbringen lassen . . .«

Das war ja wohl mal wieder typisch Wächterlogik. Wenn sie verhindern hätten wollen, dass ich mich in Gideon verliebte, dann hätten sie auch dafür sorgen müssen, dass er ein unattraktiver Blödmann geworden wäre. Mit einem Deppenpony, schmutzigen Fingernägeln und einem Sprachfehler. Das mit der Violine hätten sie auch besser sein gelassen.

Mr George führte mich durch die Dunkelheit. »Vielleicht ist es einfach zu lange her, dass ich sechzehn Jahre alt war. Ich weiß nur noch, wie leicht man in diesem Alter zu beeindrucken ist.«

»Mr George – haben Sie eigentlich irgendjemandem erzählt, dass ich Geister sehen kann?«

»Nein«, sagte Mr George. »Ich meine, ich habe es versucht, aber niemand wollte mir zuhören. Weißt du – die Wächter sind Wissenschaftler und Mystiker, aber mit Parapsychologie haben sie es nicht so. Vorsicht Stufe.«

»Leslie – das ist meine Freundin, aber wahrscheinlich wissen Sie das längst –, also, Leslie meint, dass diese . . . Fähigkeit die Magie des Raben sei.«

Mr George schwieg eine Weile. »Ja. Das glaube ich auch«, sagte er dann.

»Und wobei genau soll mir die Magie des Raben helfen?«

»Mein liebes Kind, wenn ich dir das nur beantworten könnte. Ich wünschte, du würdest mehr auf deinen gesunden Menschenverstand bauen, aber . . .«

». . . aber der ist hoffnungslos verloren, wollten Sie sagen?« Ich musste lachen. »Wahrscheinlich haben Sie recht.«

Gideon wartete im Chronografenraum auf uns, zusammen mit Falk de Villiers, der mir ein etwas zerstreutes Kompliment über mein Kleid machte, während er die Zahnrädchen am Chronografen in Bewegung setzte.

»Also, Gwendolyn, heute findet dein Gespräch mit dem Grafen von Saint Germain statt. Es ist Nachmittag, ein Tag vor der Soiree.«

»Ich weiß«, sagte ich mit einem Seitenblick auf Gideon.

»Das ist keine besonders schwierige Aufgabe«, sagte Falk. »Gideon wird dich hinauf in seine Räumlichkeiten bringen und dort auch wieder abholen.«

Das hieß wohl, ich sollte allein mit dem Grafen bleiben. Sofort machte sich ein beklemmendes Gefühl in mir breit.

»Keine Angst. Ihr habt euch doch gestern so gut verstanden. Weißt du nicht mehr?« Gideon legte seinen Finger in den Chronografen und lächelte mich an. »Bereit?«

»Bereit, wenn du es bist«, sagte ich leise, während sich der Raum mit weißem Licht füllte und Gideon vor meinen Augen verschwand.

Ich trat einen Schritt vor und reichte Falk meine Hand.

»Die Parole des Tages lautet: Qui nescit dissimulare nescit regnare«, sagte Falk, während er meinen Finger in die Nadel drückte. Der Rubin leuchtete auf und alles vor meinen Augen verwirbelte zu einem roten Farbstrom.

Als ich landete, hatte ich die Parole schon wieder vergessen.

»Alles in Ordnung«, sagte Gideons Stimme direkt neben mir.

»Warum ist es hier so dunkel? Der Graf erwartet uns doch. Er hätte uns ja netterweise eine Kerze anzünden können.«

»Ja, aber er weiß nicht genau, wo wir landen«, sagte Gideon.

»Warum nicht?«

Ich konnte es nicht sehen, aber es kam mir so vor, als ob er mit den Schultern zuckte. »Er hat noch nie danach gefragt und ich habe das unbestimmte Gefühl, dass es ihm nicht so angenehm wäre, dass wir sein geliebtes Alchemielabor als Start- und Landebahn missbrauchen. Sei vorsichtig, hier ist alles voller zerbrechlicher Gegenstände . . .«

Wir tasteten uns bis zur Tür. Draußen im Gang entzündete Gideon eine Fackel und nahm sie aus ihrer Halterung. Sie warf unheimliche zuckende Schatten an die Wand und ich trat unwillkürlich einen Schritt näher an Gideon heran. »Wie war noch mal diese verdammte Parole? Nur für den Fall, dass dir jemand was vor den Kopf haut . . .«

»Qui nescit dissimulare nescit regnare.«

»Nach dem Essen sollst du ruhn oder tausend Schritte tun?«

Er lachte und steckte die Fackel zurück in ihre Halterung.

»Was machst du da?«

»Ich wollte nur schnell . . . Also wegen vorhin – Mr George hat uns unterbrochen, als ich dir etwas sehr Wichtiges sagen wollte.«

»Ist es wegen dem, was ich dir gestern in der Kirche erzählt habe? Also, ich kann verstehen, dass du mich deswegen für verrückt hältst, aber ein Psychiater kann da auch nicht helfen.«

Gideon runzelte die Stirn. »Halt doch bitte mal für eine Minute den Mund, ja? Ich muss hier gerade meinen ganzen Mut zusammennehmen, um dir eine Liebeserklärung zu machen. In so was habe ich absolut keine Übung.«

»Wie bitte?«

»Ich hab mich in dich verliebt«, sagte er ernst. »Gwendolyn.«

Unwillkürlich zog sich mein Magen zusammen, wie vor Schreck. Aber in Wahrheit war es Freude. *»Wirklich?«*

»Ja, *wirklich!*« Im Fackellicht sah ich Gideon lächeln. »Ich weiß, wir kennen uns nicht mal eine Woche und am Anfang fand ich dich auch reichlich . . . kindisch und wahrscheinlich habe ich mich dir gegenüber auch wie ein Ekel verhalten. Aber du bist furchtbar kompliziert, man weiß nie, was du als Nächstes tun wirst, und in manchen Dingen bist du geradezu erschreckend . . . äh . . . unbedarft. Manchmal würde ich dich einfach nur gerne schütteln.«

»Okay, man merkt tatsächlich, dass du keine Übung in Sachen Liebeserklärung hast«, sagte ich.

»Aber dann bist du wieder so witzig und klug und unbeschreiblich süß«, fuhr Gideon fort, als hätte er mir gar nicht zugehört. »Und das Schlimmste ist: Du musst nur im gleichen Raum sein und schon habe ich das Bedürfnis, dich zu berühren und zu küssen . . .«

»Ja, das ist wirklich schlimm«, flüsterte ich und mein Herz

machte einen Satz, als Gideon meine Hutnadel aus meinen Haaren zog, das gefiederte Ungetüm in großem Bogen von sich schleuderte, mich zu sich heranzog und küsste. Schätzungsweise drei Minuten später lehnte ich vollkommen atemlos mit dem Rücken an der Mauer und bemühte mich, aufrecht stehen zu bleiben.

»Gwendolyn, hey, atme einfach ganz normal ein und aus«, sagte Gideon amüsiert.

Ich gab ihm einen Schubs vor die Brust. »Hör auf damit! Das ist ja unerträglich, wie eingebildet zu bist.«

»Tut mir leid. Es ist nur so ein . . . berauschendes Gefühl zu wissen, dass du meinetwegen vergisst zu atmen.« Er nahm die Fackel wieder aus dem Halter. »Komm jetzt. Der Graf wartet sicher schon.«

Erst als wir in den nächsten Gang einbogen, fiel mir der Hut ein, aber ich hatte keine Lust zurückzugehen, um ihn zu holen.

»Schon komisch, aber gerade denke ich, dass ich mich auf diese langweiligen Elapsierabende im Jahr 1953 wieder richtig freuen werde«, sagte Gideon. »Nur du und ich und Cousine Sofa . . .«

Unsere Schritte hallten in den langen Gängen wider und ich tauchte allmählich aus meinem rosaroten Wattegefühl auf, um mich zu erinnern, wo wir waren. Beziehungsweise, in welcher Zeit wir uns befanden. »Wenn ich die Fackel nehmen würde, könntest du vorsorglich schon mal den Degen ziehen«, schlug ich vor. »Man weiß ja nie. In welchem Jahr hast du eigentlich den Schlag vor den Kopf bekommen?« (Das war eine der vielen Fragen, die Leslie mir auf einen Zettel geschrieben hatte und die ich stellen sollte, wann immer meine Hormonlage es erlaubte.)

»Mir fällt gerade auf, dass ich dir zwar eine Liebeserklärung gemacht habe, aber du mir nicht«, sagte Gideon.

»Habe ich nicht?«

»Jedenfalls nicht mit Worten. Und ich bin mir nicht sicher, ob das zählt. Schschscht!«

Ich hatte aufgequiekt, denn direkt vor uns kreuzte eine fette dunkelbraune Ratte den Weg, ganz gemächlich, als hätte sie nicht die geringste Angst vor uns. Im Fackellicht schimmerten ihre Augen rötlich. »Sind wir eigentlich gegen Pest geimpft?«, fragte ich und klammerte mich im Weitergehen fester an Gideons Hand.

Der Raum im ersten Stock, den der Graf von Saint Germain sich als sein Büro in Temple ausgesucht hatte, war klein und wirkte – für den Großmeister der Loge der Wächter, auch wenn er nur selten in London sein mochte – ausgesprochen bescheiden. Eine Wand war vollkommen mit einem deckenhohen Regal voller ledergebundener Bücher bedeckt, davor stand ein Schreibtisch mit zwei Sesseln, die mit demselben Stoff bezogen waren, aus dem auch die Vorhänge waren. Ansonsten gab es keine Möbel. Draußen schien die Septembersonne und im Kamin brannte kein Feuer, es war auch so warm genug. Das Fenster zeigte hinaus in den kleinen Innenhof mit Springbrunnen, den es auch in unserer Zeit gab. Sowohl der Sims vor dem Fenster als auch der Schreibtisch waren mit Papieren, Schreibfedern, Siegelkerzen und Büchern bedeckt, die sich zum Teil auf abenteuerliche Weise stapelten und bei Verrutschen die Tintenfässer umwerfen würden, die vertrauensvoll zwischen all dem Durcheinander herumstanden. Es war ein gemütlicher kleiner Raum, außerdem menschenleer, und trotzdem stellten sich mir beim Betreten die feinen Härchen im Nacken auf.

Ein mürrischer Sekretär mit weißer Mozartperücke hatte mich hierhergeleitet und mit den Worten »Der Graf wird Euch sicher nicht lange warten lassen« die Tür hinter mir geschlossen. Ich hatte mich nur ungern von Gideon getrennt, aber er war, nachdem er mich dem mürrischen Wächter übergeben hatte, gut gelaunt und wie jemand, der sich hier bestens auskannte, durch die nächste Tür verschwunden.

Ich trat ans Fenster und schaute hinaus in den stillen Innenhof. Alles sah sehr friedlich aus, aber das unangenehme Gefühl, nicht allein zu sein, hielt an. Vielleicht, dachte ich, beobachtete mich jemand durch die Wand hinter den Büchern. Oder der Spiegel, der über dem Kaminsims hing, war von der anderen Seite ein Fenster, so wie in Verhörräumen bei der Kriminalpolizei.

Eine Weile stand ich einfach nur da und fühlte mich unbehaglich, aber dann dachte ich, der heimliche Beobachter würde merken, dass ich mich beobachtet fühlte, wenn ich einfach nur so unnatürlich steif herumstünde. Also nahm ich das oberste Buch von einem der Stapel auf der Fensterbank und schlug es auf. *Marcellus, De medicamentis.* Aha. Marcellus - wer immer er gewesen sein mochte - hatte offensichtlich einige ungewöhnliche medizinische Methoden entdeckt, die in diesem Büchlein hier zusammengefasst worden waren. Ich fand eine hübsche Stelle, die sich mit der Heilung von

Leberkrankheiten beschäftigte. Man musste nur eine grüne Eidechse fangen, ihr die Leber entfernen, diese an ein rotes Tuch binden oder an einen von Natur schwarzen Lappen (von Natur schwarz? Hm?) und Lappen oder Tuch dem Leberkranken rechts an die Seite hängen. Wenn man dann noch die Eidechse freiließ und zu ihr sagte: »Ecce dimitto te vivam . . .«, und noch einiges mehr, das genauso lateinisch war, dann war das Leberproblem behoben. Fragte sich nur, ob die Eidechse noch weglaufen konnte, nachdem man ihr die Leber entfernt hatte. Ich klappte das Buch wieder zu. Dieser Marcellus hatte ganz klar einen an der Waffel. Das Buch, das zuoberst auf dem Stapel danebenlag, war mit dunkelbraunem Leder eingebunden und sehr dick und schwer, daher ließ ich es beim Blättern auf dem Stapel liegen. »Von allerley Daemonen und wie sie dem Magier und dem gemeynen Manne behylflich seien können« stand mit goldgeprägten Buchstaben darauf, und obwohl ich weder ein Magier noch ein »gemeyner Manne« war schlug ich es neugierig irgendwo in der Mitte auf. Das Bild eines hässlichen Hundes schaute mich an und darunter stand, dass dies Jestan sei, ein Dämon vom Hindukusch, der Krankheiten, Tod und Krieg brachte. Ich fand Jestan auf Anhieb unsympathisch und blätterte weiter. Eine seltsame Fratze mit hornartigen Auswüchsen auf dem Schädel (ähnlich wie bei den Klingonen aus den Start-Trek-Filmen) starrte mich von der nächsten Seite aus an, und während ich noch angewidert zurückstarrte, schlug der Klingone seine Augenlider nieder und erhob sich aus dem Papier wie Rauch aus einem Schornstein, verdichtete sich schnell zu einer vollständigen, ganz in Rot gekleideten Gestalt, die sich neben mir aufbaute und aus glühenden Augen auf mich herunterschaute. »Wer wagt es, den großen und mächtigen Berith anzurufen?«, rief er.

Natürlich war mir etwas mulmig zumute, aber die Erfahrung hatte mich gelehrt, dass Geister zwar gefährlich aussehen und bösartige Drohungen von sich geben konnten, aber in der Regel nicht einmal einen Lufthauch bewegen konnten. Und ich hoffte doch sehr, dass dieser Berith nichts weiter als ein Geist war, ein zwischen die Seiten dieses Buches gebanntes Abbild des echten Dämons, der hoffentlich längst das Zeitliche gesegnet hatte.

»Niemand hat dich angerufen«, sagte ich deshalb höflich, aber recht lässig.

»Berith, Dämon der Lügen, Großherzog der Hölle!«, stellte sich Berith mit viel Hall in der Stimme vor. »Auch Bolfri genannt.«

»Ja, das steht hier«, sagte ich und blickte ins Buch zurück. »Außerdem verbesserst du die Stimmen von Sängern.« Eine reizvolle Gabe. Allerdings musste man ihm dazu nach der Anrufung (die schon äußerst kompliziert wirkte, da offensichtlich in babylonischer Sprache abgefasst) diverse Opfer bringen – gerne Missgeburten, noch lebend. Das war allerdings noch nichts gegen das, was man tun musste, damit er Metalle in Gold verwandelte. Das konnte er nämlich auch. Die Sichemiten – wer immer die auch gewesen sein mochten – hatten Berith daher angebetet. Bis Jakob und seine Söhne kamen und alle Männer in Sichem »unther grausamesten Qualen mit ihren Schwertern töteten«. So weit, so gut.

»Berith befehligt sechsundzwanzig Legionen«, hallte Berith.

Da er mir bis jetzt noch nichts getan hatte, wurde ich noch mutiger. »Ich finde Leute seltsam, die in der dritten Person von sich selber sprechen«, sagte ich und schlug die Seite um. Wie ich gehofft hatte, verschwand Berith wieder in dem Buch, wie Rauch, der verweht wird. Ich atmete erleichtert auf.

»Interessante Lektüre«, sagte eine leise Stimme hinter mir. Ich wirbelte herum. Unbemerkt hatte sich der Graf von Saint Germain in den Raum geschlichen. Er stützte sich auf einen Stock mit kunstvoll geschnitztem Knauf, seine hochgewachsene, schlanke Gestalt war eindrucksvoll wie immer und seine dunklen Augen hellwach.

»Ja, sehr interessant«, murmelte ich etwas unschlüssig. Aber dann besann ich mich, klappte das Buch zu und versank in einer tiefen Reverenz. Als ich wieder aus meinen Röcken emportauchte, lächelte der Graf.

»Es freut mich, dass du gekommen bist«, sagte er, griff nach meiner Hand und zog sie an seine Lippen. Die Berührung war kaum zu spüren. »Es erscheint mir notwendig, dass wir unsere Bekanntschaft vertiefen, denn unsere erste Begegnung verlief doch ein wenig . . . unglücklich, nicht wahr?«

Ich sagte nichts. Bei unserer ersten Begegnung hatte ich mich überwiegend damit beschäftigt, in Gedanken die Nationalhymne zu singen, der Graf hatte ein paar beleidigende Bemerkungen zur mangelnden Intelligenz bei Frauen im Allgemeinen und bei mir im Besonderen gemacht, und am Ende hatte er mich auf recht unkonventionelle Art und Weise gewürgt und bedroht. Er hatte recht: Das Treffen war ein wenig unglücklich verlaufen.

»Wie kalt deine Hand ist«, sagte er. »Komm, setz dich. Ich bin ein alter Mann und kann nicht so lange stehen.« Er lachte, ließ meine Hand los und setzte sich auf den Sessel hinter dem Schreibtisch. Vor dem Hintergrund mit all den Büchern sah er einmal mehr aus wie sein eigenes Porträt, ein altersloser Mann mit edlen Gesichtszügen, lebendigen Augen und einer weißen Perücke, umstrahlt von einer Aura des Geheimnisvollen und Gefährlichen, der man sich nicht entziehen konnte. Ich nahm wohl oder übel auf dem anderen Sessel Platz.

»Interessierst du dich für Magie?«, fragte er und zeigte mit der Hand auf den Bücherstapel.

Ich schüttelte den Kopf. »Bis letzten Montag nicht, um ehrlich zu sein.«

»Es ist ein wenig verrückt, nicht wahr? Da hat deine Mutter dich all diese Jahre in dem Glauben gelassen, du wärst ein ganz normales Mädchen. Und von jetzt auf gleich musst du feststellen, dass du ein wichtiger Bestandteil eines der größten Geheimnisse der Menschheit darstellst. Kannst du dir vorstellen, warum sie das getan hat?«

»Weil sie mich liebt.« Ich wollte es wie eine Frage sagen, aber es klang sehr bestimmt.

Der Graf lachte. »Ja, so denken Frauen! *Liebe!* Das Wort wird von eurem Geschlecht wirklich überstrapaziert. Liebe ist die Antwort – es rührt mich immer, wenn ich das höre. Oder es amüsiert mich, je nachdem. Was Frauen wohl nie verstehen werden, ist, dass Männer eine vollkommen andere Vorstellung von Liebe haben als sie.«

Ich schwieg.

Der Graf legte seinen Kopf ein wenig schief. »Ohne ihre hingebungsvolle Auffassung von der Liebe würde es der Frau viel schwerer fallen, sich dem Mann in jeder Beziehung unterzuordnen.«

Ich bemühte mich um einen neutralen Gesichtsausdruck. »In unserer Zeit hat sich das . . .« – Gott sei Dank! – ». . . geändert. Bei uns sind Männer und Frauen gleichberechtigt. Niemand muss sich dem anderen unterordnen.«

Wieder lachte der Graf, diesmal etwas länger, als hätte ich einen wirklich guten Witz gemacht. »Ja«, sagte er schließlich. »Davon habe ich mir erzählen lassen. Aber glaub mir, ganz gleich, welche Rechte man der Frau auch zubilligen mag – es ändert nichts an der Natur der Menschen.«

Ja, was sollte man dazu sagen? Am besten wohl gar nichts. Wie hatte der Graf eben erkannt – an der Natur des Menschen änderte man schwer etwas – was wohl auch für seine zutreffen mochte.

Eine Weile noch betrachtete der Graf mich mit amüsiert nach oben gezogenen Mundwinkeln, dann sagte er unvermittelt: »Magie jedenfalls . . . laut der Prophezeiung müsstest du dich damit auskennen. *Begabt mit der Magie des Raben schließt G-Dur den Kreis, den zwölf gebildet haben.*«

»Das habe ich bis jetzt auch schon mehrfach gehört«, sagte ich. »Aber niemand konnte mir sagen, was die Magie des Raben eigentlich ist.«

»Der Rabe auf seinen rubinroten Schwingen, zwischen den Welten hört Tote er singen, kaum kennt er die Kraft, kaum kennt er den Preis; die Macht erhebt sich, es schließt sich der Kreis . . .«

Ich zuckte mit den Schultern. Aus diesen Schüttelreimen wurde doch keiner klug.

»Es ist nur eine Prophezeiung zweifelhafter Herkunft«, sagte der Graf. »Es muss nicht zwingend zutreffen.« Er lehnte sich zurück und verlor sich wieder darin, mich zu betrachten. »Erzähl mir etwas von deinen Eltern und deinem Zuhause.«

»Meinen Eltern?« Ich war ein bisschen überrascht. »Da gibt es eigentlich nicht viel zu erzählen. Mein Vater ist gestorben, als ich sieben war, er hatte Leukämie. Bis zu seiner Krankheit war er Dozent an der Universität von Durham. Dort haben wir gelebt, bis zu seinem Tod. Dann ist meine Mum mit meinen kleinen Geschwistern und mir nach London gezogen, ins Haus meiner Großeltern. Wir leben dort zusammen mit meiner Tante und meiner Cousine und meiner Großtante Maddy. Meine Mum arbeitet als Verwaltungsangestellte in einem Krankenhaus.«

»Und sie hat rote Haare, wie alle Montrose-Mädchen, nicht wahr? Genau wie deine Geschwister, oder?«

»Ja, alle außer mir sind rothaarig.« Warum fand er das denn so interessant? »Mein Vater hatte dunkle Haare.«

»Alle anderen Frauen im Kreis der Zwölf sind rothaarig, wusstest du das? Bis vor gar nicht so langer Zeit reichte diese Haarfarbe in vielen Ländern aus, um jemanden als Hexe zu verbrennen. Zu allen Zeiten und in allen Kulturen haben die Menschen die Magie als gleichermaßen faszinierend wie bedrohlich empfunden. Das ist auch der Grund, warum ich mich so ausführlich damit beschäftigt habe. Was man kennt, muss man nicht fürchten.« Er beugte sich vor und legte die Finger aneinander. »Mich persönlich hat vor allem der Umgang der fernöstlichen Kulturen mit diesem Thema brennend interessiert. Auf meinen Reisen nach Indien und China habe ich das Glück gehabt, auf viele Lehrer zu treffen, die bereit waren, ihr Wissen weiterzugeben. Ich wurde in die Geheimnisse der Akasha-Chronik eingeweiht und lernte vieles, das das geistige Fassungsvermögen der meisten westlichen Kulturen schlichtweg sprengen würde. Und was die Herren der Inquisition auch heutzutage noch zu unüberlegten Handlungen hinreißen würde. Nichts fürchtet die Kirche mehr, als wenn der Mensch erkennt, dass Gott nicht außerhalb von uns im fernen Himmel sitzt und über unser Schicksal bestimmt, sondern in uns drin.« Er sah mich prüfend an, dann lächelte er. »Es ist immer wieder erfrischend, mit euch Kindern des 21. Jahrhunderts blasphemische Themen zu erörtern. Ihr zuckt bei Häresie nicht mit der kleinsten Wimper.«

Nö. Wahrscheinlich würden wir das nicht mal tun, wenn wir wüssten, was Häresie ist.

»Die asiatischen Meister sind uns auf dem Pfad der geistigen Entwicklung weit voraus«, sagte der Graf. »Manch kleine . . . Fähigkeit, wie die, die ich dir bei unserem letzten Treffen demonstrieren konnte, habe ich ebenfalls dort erworben. Mein Lehrmeister war ein Mönch eines geheimen Ordens tief im Himalaja. Er und seine Mitbrüder dort können sich verständigen, ohne ihre Stimmbänder zu benutzen, und sie können ihre Feinde besiegen, ohne einen Finger rühren zu müssen, so stark ist die Kraft ihres Geistes und ihrer Vorstellung.«

»Ja, das ist sicher nützlich«, sagte ich vorsichtig. Er sollte bloß nicht auf den Gedanken kommen, mir das Ganze noch einmal zeigen zu wollen. »Gestern Abend auf dieser Soiree habt Ihr diese Fähigkeit an Lord Alastair getestet, glaube ich.«

»Oh, die Soiree.« Er lächelte wieder. »Von mir aus gesehen, wird sie erst morgen Abend stattfinden. Wie erfreulich, dass wir Lord Alastair dort auch wirklich treffen werden. Weiß er meine kleine Vorführung denn zu schätzen?«

»Er wirkt auf jeden Fall beeindruckt«, erwiderte ich. »Aber nicht wirklich eingeschüchtert. Er sagt, er würde dafür sorgen, dass wir niemals geboren werden würden. Und irgendwas von Ausgeburten der Hölle.«

»Ja, er hat einen bedauerlichen Hang zu unhöflichen Formulierungen«, sagte der Graf. »Allerdings kein Vergleich zu seinem Urahn, dem Conte di Madrone. Ich hätte ihn damals töten sollen, als ich noch die Gelegenheit dazu hatte. Aber ich war jung und hatte eine bedauernswert naive Einstellung . . . Nun, diesen Fehler mache ich kein zweites Mal. Auch wenn ich ihn nicht eigenhändig zur Strecke bringen kann: Die Tage des Lords sind gezählt, ganz gleich, wie viele Männer er zu seinem Schutz um sich versammelt und wie virtuos er mit seinem Degen umgehen mag. Wenn ich noch ein junger Mann wäre, würde ich ihn selber herausfordern. Nun aber kann das mein Nachkomme übernehmen. Gideons Fechtkünste sind beachtlich. «

Bei der Erwähnung von Gideons Namen wurde mir wie so oft ganz warm. Ich musste daran denken, was er vorhin gesagt hatte, und dabei wurde mir gleich noch ein bisschen wärmer.

Unwillkürlich sah ich mich zur Tür um. »Wohin ist er eigentlich gegangen?«

»Er wird einen Ausflug machen«, sagte der Graf leichthin. »Die Zeit reicht gerade so, um einer lieben jungen Freundin von mir einem Nachmittagsbesuch abzustatten. Sie wohnt ganz in der Nähe, und wenn er die Kutsche nimmt, ist er in ein paar Minuten bei ihr.«

Wie bitte?

»Macht er das öfter?«

Der Graf lächelte wieder, ein warmes, freundliches Lächeln, hinter dem aber etwas anderes lauerte, etwas, das ich nicht deuten konnte. »So lange kennt er sie noch nicht. Ich habe die beiden erst vor Kurzem einander vorgestellt. Sie ist eine kluge, junge und sehr attraktive Witwe und ich stehe auf dem Standpunkt, dass es einem jungen Mann nicht schaden kann, sich in der Gesellschaft einer erfahrenen Frau – nun, ein wenig aufzuhalten.«

Ich war unfähig, darauf etwas zu erwidern, aber offensichtlich wurde das auch gar nicht von mir erwartet.

»Lavinia Rutland gehört zu den gesegneten Frauen, denen es Freude bereitet, ihre Erfahrungen weiterzugeben«, sagte der Graf.

Ja, in der Tat. So schätzte ich sie auch ein. Ich starrte aufgebracht auf meine Hände, die sich von ganz allein zu Fäusten geballt hatten. Lavinia Rutland, die Dame im grünen Kleid. Daher also diese Vertrautheit gestern Abend . . .

»Ich habe den Eindruck, diese Vorstellung behagt dir nicht«, sagte der Graf mit weicher Stimme.

Da hatte er wohl recht. Das behagte mir ganz und gar nicht. Ich schaffte es nur mit großer Überwindung, dem Grafen wieder in die Augen zu schauen.

Er lächelte immer noch dieses warme, freundliche Lächeln. »Meine Kleine, es ist wichtig, früh zu lernen, dass keine Frau irgendwelche Besitzansprüche auf einen Mann erheben kann. Frauen, die das tun, enden ungeliebt und einsam. Je klüger eine Frau ist, desto früher wird sie sich mit der Natur des Mannes arrangieren.«

Was für ein saudummes Geschwafel!

»Oh, aber natürlich bist du noch *sehr* jung, nicht wahr? Mir scheint, viel jünger als andere Mädchen in deinem Alter. Wahrscheinlich bist du gerade zum allerersten Mal verliebt.«

»Nein«, murmelte ich.

Doch. Doch! Zum allerersten Mal auf jeden Fall fühlte es sich so an. So berauschend. So existentiell. So einzigartig. So schmerzlich. So süß.

Der Graf lachte leise. »Kein Grund, sich zu schämen. Ich wäre enttäuscht, wenn es anders wäre.«

Das Gleiche hatte er auch auf der Soiree gesagt, als ich wegen Gideons Geigenspiel in Tränen ausgebrochen war.

»Im Grunde ist es ganz simpel: Eine Frau, die liebt, würde, ohne zu zögern, für ihren Liebsten sterben«, sagte der Graf. »Würdest du für Gideon dein Leben geben?«

Am liebsten nicht. »Darüber habe ich noch nicht nachgedacht«, sagte ich verwirrt.

Der Graf seufzte. »Bedauerlicherweise – und dank der fragwürdigen Protektion deiner Mutter – hattet ihr noch nicht allzu viel Zeit miteinander, du und Gideon, aber ich bin jetzt schon beeindruckt, wie gut er seine Sache gemacht hat. Die Liebe leuchtet dir ja förmlich aus den Augen. Die Liebe – und die Eifersucht!«

Welche Sache?

»Nichts ist leichter zu berechnen als die Reaktion einer verliebten Frau. Niemand ist leichter zu kontrollieren als eine Frau, die von ihren Gefühlen für den Mann bestimmt wird«, fuhr der Graf fort. »Das habe ich Gideon bereits bei unserem ersten Treffen erklärt. Natürlich tut es mir ein bisschen leid, dass er so viel Energie auf deine Cousine verschwendet hat – wie heißt sie noch gleich? Charlotte?«

Jetzt starrte ich ihn an. Aus irgendeinem Grund dachte ich an Tante Maddys Vision und das Herz aus Rubin, das auf einem Felsenvorsprung am Abgrund lag. Am liebsten hätte ich mir die Ohren zugehalten, nur um die sanfte Stimme nicht mehr hören zu müssen.

»Er ist in dieser Hinsicht auf jeden Fall deutlich raffinierter, als ich in seinem Alter war«, sagte der Graf. »Und man muss ihm zugestehen, dass er von der Natur mit reichlich Vorteilen ausgestattet wurde. Was für ein Adonis-Körper! Was für ein schönes Gesicht, welche Anmut, welche Begabung! Wahrscheinlich muss er ohnehin kaum etwas tun, damit die Mädchenherzen ihm zufliegen. *Der Löwe brüllt in Fis-Dur, die Mähne purer Diamant, multiplicatio, die Sonne gebannt . . .«*

Die Wahrheit traf mich wie ein Schlag in den Magen. Alles, was Gideon getan hatte, seine Berührungen, seine Gesten, seine Küsse, seine Worte, all das hatte lediglich dazu gedient, mich zu manipulieren. Damit ich mich in ihn verliebte, so wie vorher Charlotte. Damit wir leichter zu kontrollieren waren.

Und der Graf hatte so recht: Besonders viel hatte Gideon gar nicht tun müssen. Mein dummes kleines Mädchenherz war ihm von ganz allein zugeflogen und vor seine Füße gefallen.

Vor meinem inneren Auge sah ich den Löwen auf das Rubinherz am Abgrund zugehen und es mit einem einzigen Tatzenhieb beiseitefegen. In Zeitlupe fiel es hinab, schlug tief unten am Boden der Schlucht auf und zersprang in tausend winzig kleine Blutströpfchen.

»Hast du ihn schon einmal auf der Violine spielen gehört? Wenn nicht, werde ich dafür sorgen – nichts ist besser geeignet, ein Frauenherz zu erobern, als die Musik.« Der Graf blickte träumerisch an die Decke. »Das war auch ein Trick von Casanova. Musik und Dichtung.«

Ich würde sterben. Ich fühlte es genau. Dort, wo vorhin noch mein Herz gewesen war, breitete sich nun eisige Kälte aus. Sie sickerte in meinen Magen, die Beine, Füße, Arme, Hände und ganz zum Schluss in meinen Kopf. Wie in einem Filmtrailer liefen die Ereignisse der vergangenen Tage vor meinem inneren Auge ab, unterlegt mit den Klängen von *The winner takes it all:* Vom ersten Kuss in diesem Beichtstuhl bis zu seiner Liebeserklärung vorhin im Keller. Alles eine groß angelegte Manipulation – bis auf wenige Unterbrechungen, in denen er wahrscheinlich ganz er selber gewesen war – perfekt gemacht. Und diese verdammte Violine hatte mir den Rest gegeben.

Obwohl ich später versuchte, es mir in Erinnerung zu rufen, wusste ich hinterher nicht mehr genau, worüber der Graf und ich gesprochen hatten, denn seit die Kälte von mir Besitz ergriffen hatte, war mir alles egal. Das Gute war, dass der Graf den Großteil unseres Gespräches selber bestritt. Mit seiner weichen, angenehmen Stimme erzählte er mir von seiner Kindheit in der Toskana, vom Makel seiner unehelichen Abstammung, von den Schwierigkeiten, seinen leiblichen Vater aufzuspüren, und davon, wie er sich schon als Junge mit den Geheimnissen des Chronografen und der Prophezeiungen beschäftigt hatte. Ich versuchte wirklich zuzuhören, schon weil ich wusste, dass ich Leslie jedes Wort würde wiedergeben müssen, aber es half nichts, meine Gedanken kreisten immer nur um meine eigene Dummheit. Und ich sehnte mich danach, allein zu sein, um endlich weinen zu können.

»Marquis?« Der mürrische Sekretär hatte angeklopft und die Tür geöffnet. »Die Delegation des Erzbischofs ist hier.«

»Oh, das ist gut«, sagte der Graf, erhob sich und zwinkerte mir zu. »Politik! In diesen Zeiten wird sie immer noch auch von der Kirche bestimmt.«

Ich rappelte mich ebenfalls hoch und machte eine Reverenz.

»Es war mir eine Freude, mit dir zu sprechen«, sagte der Graf. »Und ich bin jetzt schon gespannt auf unser nächstes Treffen.«

Ich murmelte irgendetwas Zustimmendes.

»Bitte entrichte Gideon meine Empfehlungen und mein Bedauern darüber, dass ich ihn heute nicht empfangen habe.« Der Graf nahm seinen Stock und ging zur Tür. »Und wenn du einen Rat von mir willst: Eine kluge Frau versteht es, ihre Eifersucht zu verbergen. Wir Männer fühlen uns sonst immer gar so sicher . . .« Ein letztes Mal hörte ich das leise, weiche Lachen, dann war ich allein. Allerdings nicht lange, denn nach ein paar Minuten kam der mürrische Sekretär zurück und sagte: »Wenn Ihr mir bitte folgen wollt.«

Ich hatte mich wieder auf den Sessel sinken lassen und mit

geschlossenen Augen auf die Tränen gewartet, aber die wollten nicht kommen. Was vielleicht auch besser war. Stumm folgte ich dem Sekretär wieder die Treppe hinunter, wo wir eine Weile einfach nur so herumstanden (ich dachte immer noch, dass ich umfallen und sterben würde), bis der Mann einen besorgten Blick auf die Wanduhr warf und sagte: »Er kommt zu spät.«

In diesem Augenblick öffnete sich die Tür und Gideon betrat den Gang. Mein Herz vergaß für einen Moment, dass es eigentlich bereits zerschmettert auf dem Grund einer Schlucht lag, und klopfte ein paar schnelle Schläge lang in meiner Brust. Die Kälte in meinem Körper wurde von wilder Sorge verdrängt. Den derangierten Zustand von Gideons Kleidung, seine zerzausten, verschwitzten Haare, die geröteten Wangen und seine beinahe fiebrig leuchtenden grünen Augen hätte ich möglicherweise noch Lady Lavinia in die Schuhe geschoben, aber da war ein tiefer Riss in seinem Ärmel und die Spitzenbesätze an der Brust und den Handgelenken waren blutgetränkt.

»Ihr seid verletzt, Sir«, rief der mürrische Sekretär erschrocken, womit er mir die Worte aus dem Mund nahm. (Okay, ohne das Sir. Und ohne das »Ihr«.) »Ich werde einen Arzt rufen lassen!«

»Nein«, sagte Gideon und dabei wirkte er so selbstsicher, dass ich ihn am liebsten geohrfeigt hätte. »Das ist nicht mein Blut. Jedenfalls nicht alles. Komm, Gwen, wir müssen uns beeilen. Ich bin ein bisschen aufgehalten worden.«

Er griff nach meiner Hand und zog mich vorwärts und der Sekretär folgte uns bis hinunter zur Treppe, wobei er ein paar

Mal »Aber Sir! Was ist denn passiert? Sollten wir nicht den Marquis . . .?« stammelte. Aber Gideon erwiderte, dafür sei jetzt keine Zeit und er würde den Grafen so schnell wie möglich wieder aufsuchen, um ihm Bericht zu erstatten.

»Von hier aus gehen wir allein weiter«, sagte er, als wir am Fuß der Treppe angelangt waren, wo die beiden Wachen mit blank gezogenen Degen standen. »Bitte entrichtet dem Marquis meine Empfehlungen! Qui nescit dissimulare nescit regnare.«

Die beiden Wächter gaben den Weg frei und der Sekretär verbeugte sich zum Abschied. Gideon nahm eine Fackel aus ihrer Halterung und zog mich weiter vorwärts. »Komm, wir haben höchstens noch zwei Minuten!« Immer noch wirkte er ganz aufgekratzt. »Weißt du mittlerweile, was die Parole bedeutet?«

»Nein«, sagte ich und wunderte mich selbst, dass mein in Windeseile nachgewachsenes Herz sich weigerte, wieder zurück in die Schlucht zu fallen. Es tat einfach so, als wäre alles in Ordnung, und die Hoffnung, es könne am Ende recht haben, brachte mich beinahe um. »Dafür habe ich etwas anderes herausgefunden. Wessen Blut ist das auf deinen Sachen?«

»*Wer nicht zu heucheln weiß, der weiß auch nicht zu herrschen.*« Gideon leuchtete mit der Fackel um die letzte Ecke. »Ludwig der Elfte.«

»Wie passend«, sagte ich.

»Ehrlich gesagt habe ich keine Ahnung, wie der Kerl hieß, dessen Blut mir die Klamotten versaut hat. Madame Rossini wird sicher schimpfen.« Gideon drückte die Tür zum Labor auf und steckte die Fackel in eine Halterung an der Wand.

Das flackernde Licht beleuchtete einen großen Tisch voller seltsamer Apparate, gläserner Flaschen, Fläschchen und Becher, gefüllt mit Flüssigkeiten und Pulvern in unterschiedlichen Farben. Die Wände lagen im Schatten, aber ich konnte sehen, dass sie beinahe flächendeckend bemalt und beschrieben waren, und gleich über der Fackel grinste ein grob gezeichneter Totenkopf mit Drudenfüßen anstelle der Augenhöhlen.

»Komm hierhin«, sagte Gideon und zog mich auf die andere Seite des Tisches. Endlich ließ er meine Hand los. Aber nur um beide Hände um meine Taille zu legen und mich an sich zu ziehen. »Wie war dein Gespräch mit dem Grafen?«

»Es war sehr . . . aufschlussreich«, sagte ich. Das Phantomherz in meiner Brust flatterte wie ein kleiner Vogel und ich schluckte den Kloß in meiner Kehle hinunter. »Der Graf hat mir erklärt, dass du . . . dass du und er die bizarre Ansicht teilt, eine verliebte Frau sei leichter zu kontrollieren als eine andere. Es muss ärgerlich gewesen sein, die ganze anstrengende Vorarbeit bei Charlotte geleistet zu haben und dann bei mir noch einmal ganz von vorne anfangen zu müssen, oder?«

»Was sagst du da?« Gideon starrte mich mit gerunzelter Stirn an.

»Du hast das aber wirklich gut gemacht«, fuhr ich fort. »Das findet der Graf im Übrigen auch. Natürlich war ich kein besonders schwieriger Fall . . . Gott, ich schäme mich so, wenn ich daran denke, wie leicht ich es dir gemacht habe.« Ich konnte ihn nicht mehr ansehen.

»Gwendolyn . . .« Er unterbrach sich. »Es geht gleich los.

Vielleicht sollten wir das Gespräch lieber nachher weiterführen. In Ruhe. Ich hab zwar noch keinen Schimmer, worauf du hinauswillst . . .«

»Ich will nur wissen, ob das wahr ist«, sagte ich. Natürlich war es wahr, aber die Hoffnung stirbt ja bekanntlich zuletzt. In meinem Magen kündigte sich der bevorstehende Zeitsprung an. »Ob du wirklich geplant hast, mich in dich verliebt zu machen, genauso wie du es vorher mit Charlotte getan hast.«

Gideon ließ mich los. »Das ist ein blöder Augenblick«, sagte er. »Gwendolyn. Wir reden gleich darüber. Ich verspreche es dir.«

»Nein! Jetzt!« Der Knoten in meinem Hals platzte und meine Tränen begannen zu fließen. »Es reicht, wenn du Ja oder Nein sagst! Hast du das alles geplant?«

Gideon rieb sich über seine Stirn. »Gwen. . .«

»Ja oder nein?«, schluchzte ich.

»Ja«, sagte Gideon. »Aber bitte – hör auf zu weinen.«

Und zum zweiten Mal an diesem Tag fiel mein Herz – diesmal nur die zweite Ausgabe, das Phantomherz, das vor lauter Hoffnung nachgewachsen war – über die Klippe und zerschellte am Grund der Schlucht zu Tausenden von winzig kleinen Splittern. »Okay, das war eigentlich alles, was ich wissen wollte«, flüsterte ich. »Danke für deine Ehrlichkeit.«

»Gwen. Ich möchte dir gern erklären . . .« Vor meinen Augen löste Gideon sich in Luft auf. Ein paar Sekunden lang, während die Kälte zurück in meinen Körper kroch, starrte ich in das flackernde Licht der Fackel und auf den Totenkopf darüber und versuchte, meine Tränen zurückzudrängen, dann verschwamm alles vor meinen Augen.

Ich brauchte ein paar Sekunden, um mich an das Licht im Chronografenraum meiner Zeit zu gewöhnen, aber ich hörte Dr. Whites aufgeregte Stimme und das Reißen von Stoff.

»Es ist nichts«, sagte Gideon. »Nur ein winziger Schnitt, es hat kaum geblutet. Dafür brauche ich nicht mal ein Pflaster. Dr. White – Sie können Ihre Adernklemmen weglegen! Es ist gar nichts passiert!«

»Hallo Heuhaufenmädchen«, begrüßte mich Xemerius. »Du wirst nie raten, was wir herausgefunden haben! Oh nein! Hast du etwa schon wieder geweint?«

Mr George packte mich mit beiden Händen und drehte mich einmal um die eigene Achse. »Sie ist unverletzt!«, sagte er mit Erleichterung in der Stimme.

Ja. Wenn man mal von meinem Herzen absah.

»Lass uns hier abhauen«, sagte Xemerius. »Torfkopfs Bruder und deine Freundin Leslie haben dir nämlich eine hochinteressante Mitteilung zu machen! Stell dir mal vor, sie haben herausgefunden, welche Stelle die Koordinaten aus dem Code des Grünen Reiters bezeichnen. Du wirst es nicht glauben!«

»Gwendolyn?« Gideon sah mich an, als habe er Angst, ich könne mich seinetwegen vor den nächsten Bus werfen.

»Es ist alles in Ordnung«, sagte ich, ohne ihm in die Augen zu schauen. »Mr George, können Sie mich bitte nach oben bringen? Ich muss wirklich dringend nach Hause.«

»Natürlich.« Mr George nickte.

Gideon machte eine Bewegung, aber Dr. White hielt ihn fest. »Wirst du wohl stillhalten!« Er hatte Gideons Jackenärmel und den des daruntergetragenen Hemdes komplett abgerissen. Der Arm war blutverkrustet und oberhalb davon, schon beinahe an der Schulter, war eine kleine Schnittwunde zu sehen. Der kleine Geistjunge Robert starrte ganz entsetzt auf das viele Blut.

»Wer war das? Das muss desinfiziert und genäht werden«, sagte Dr. White finster.

»Auf keinen Fall«, sagte Gideon. Er war blass geworden und von seiner Aufgekratzheit war nichts mehr übrig geblieben. »Das können wir später machen. Ich muss erst mit Gwendolyn reden.«

»Das ist wirklich nicht nötig«, sagte ich. »Ich weiß alles, was ich wissen muss. Und jetzt muss ich nach Hause.«

»Allerdings!«, sagte Xemerius.

»Morgen ist auch noch ein Tag«, sagte Mr George zu Gideon, während er nach dem schwarzen Tuch griff. »Und Gwendolyn sieht müde aus. Sie muss früh zur Schule.«

»Genau! Und heute Nacht noch wird sie auf Schatzsuche gehen«, sagte Xemerius. »Oder was auch immer sich bei diesen Koordinaten finden wird . . .«

Mr George verband mir die Augen. Das Letzte, was ich sah, waren Gideons Augen, die unnatürlich grün in seinem blassen Gesicht leuchteten.

»Gute Nacht, zusammen«, sagte ich noch, dann hatte Mr George mich aus dem Raum geführt. Außer dem kleinen Robert hatte mir sowieso niemand geantwortet.

»Okay, ich will es nicht so spannend machen«, sagte Xemerius. »Leslie und Raphael hatten viel Spaß heute Nachmittag – anders als du, wie es aussieht. Na, wie auch immer, den beiden ist es gelungen, die Koordinaten ganz genau zu bestimmen. Und jetzt darfst du dreimal raten, wo sie sich befinden.«

»Hier in London?«, fragte ich.

»Bingo!«, rief Xemerius.

»Wie bitte?«, fragte Mr George.

»Nichts«, sagte ich. »Entschuldigen Sie bitte, Mr George.«

Mr George seufzte. »Ich hoffe, dein Gespräch mit dem Grafen von Saint Germain ist gut verlaufen.«

»Oh ja«, sagte ich bitter. »Es war in jeder Hinsicht sehr aufschlussreich.«

»Hallo! Ich bin auch noch da«, rief Xemerius und ich spürte seine feuchte Aura, als er sich wie ein Äffchen um meinen Hals klammerte. »Und ich habe wirklich, wirklich interessante Neuigkeiten. Also: Das Versteck, das wir suchen, liegt hier in London. Und es kommt noch besser: Es liegt nämlich in Mayfair. Noch genauer: im Bourdon Place. Und noch genauer: Bourdon Place Nummer 81! Na, was sagst du?«

Bei mir zu Hause? Die Koordinaten bezeichneten einen Platz in unserem eigenen Haus? Was um Himmels willen würde mein Großvater dort versteckt haben? Vielleicht ein weiteres Buch? Eins mit Aufzeichnungen, die uns endlich weiterhelfen konnten?

»Bis hierhin haben das Hundemädchen und der Franzose ja gute Arbeit geleistet«, sagte Xemerius. »Zugegeben, von diesem Koordinatenzeugs hatte ich keine Ahnung. Aber jetzt – jetzt komme ich ins Spiel! Denn nur der einzigartige, wunderbare und überaus kluge Xemerius kann seinen Kopf in sämtliche Mauern stecken und sehen, was sich dahinter oder dazwischen verbirgt. Heute Nacht gehen wir beide deshalb auf Schatzsuche!«

»Möchtest du darüber reden?«, fragte Mr George.

Ich schüttelte den Kopf. »Nein, das hat Zeit bis morgen«, sagte ich und ich sagte es sowohl zu Mr George als auch zu Xemerius.

Heute Nacht würde ich nur wach liegen und meinem gebrochenen Herzen hinterherweinen. Ich wollte in Selbstmitleid und schwülstigen Metaphern baden. Und vielleicht würde ich dazu Bon Jovi und *Hallelujah* hören. Jeder braucht schließlich seinen eigenen Soundtrack für so einen Fall.

Epilog

London, 29. September 1782

Er landete mit dem Rücken gegen die Mauer, legte die Hand an den Degengriff und sah sich um. Der Wirtschaftshof war menschenleer, wie Lord Alastair es versprochen hatte. Wäscheleinen waren von Wand zu Wand gespannt, die weißen Laken, die über ihnen hingen, bewegten sich sacht im Wind.

Paul blickte hinauf zu den Fenstern, in denen sich die Nachmittagssonne spiegelte. Auf einer Fensterbank lag eine Katze und beobachtete ihn spöttisch, eine Pfote baumelte lässig über die Kante. Sie erinnerte ihn an Lucy.

Er nahm die Hand vom Degengriff und schüttelte die Spitzenbesätze an seinen Handgelenken glatt. Diese Rokoko-Klamotten sahen in seinen Augen alle gleich aus, alberne Kniebundhosen, komische Jacken mit langen, unpraktischen Schößen, dazu überall Stickereien und Spitze – grauenhaft. Er hatte das Kostüm und die Perücke anziehen wollen, die sie sich für die Besuche im Jahr 1745 hatten anfertigen lassen, aber Lucy und Lady Tilney hatten darauf bestanden, ein komplett neues Outfit schneidern zu lassen. Sie behaupteten, jeder würde ihn anstarren, wenn er im Jahr 1782 in Klamotten aus dem Jahr 1745 herumlaufen würde, und seine Argumente, von wegen, er würde sich doch nur kurz an einem abgeschiedenen Ort mit Lord Alastair treffen, um die Papiere auszutauschen, hatten sie einfach nicht gelten lassen. Er fasste mit der Hand zwischen Jacke und Hemd, wo die zusammengefalteten Kopien in einem braunen Umschlag lagen.

»Sehr schön – Ihr seid pünktlich.«

Die kühle Stimme ließ ihn herumfahren. Lord Alastair trat aus dem Schatten des Torbogens hervor, wie immer elegant gekleidet, wenn auch äußerst bunt und mit übertrieben viel Schmuck behängt und besteckt, der in der Sonne funkelte. Er wirkte wie ein Fremdkörper zwischen den einfachen Bettlaken. Selbst der Griff des Degens schien aus purem Gold zu sein und war mit Edelsteinen verziert, was der Waffe ein harmloses und beinahe lächerliches Aussehen verlieh.

Paul warf einen schnellen Blick durch den Torbogen, wo sich neben der Straße grüner Rasen bis hinunter zur Themse erstreckte. Das Schnauben von Pferden war zu hören, also nahm er an, dass Lord Alastair mit einer Kutsche gekommen war.

»Ihr seid allein?«, sagte Lord Alastair. Sein Tonfall war unbeschreiblich arrogant, außerdem klang er wie jemand mit einer chronischen Nasenverstopfung. Er kam näher. »Wie schade! Ich hätte Eure hübsche rothaarige Begleiterin gern wiedergesehen. Sie hatte so eine – äh – ungewöhnliche Art, ihre Meinung zu äußern.«

»Sie war nur enttäuscht, dass Ihr die Vorteile nicht genutzt habt, die Euch unsere letzten Informationen verschafft hatten. Und sie ist misstrauisch, was Ihr mit diesen hier anzufangen gedenkt.«

»Eure Informationen waren nicht vollständig!«

»Sie waren vollständig genug! Die Pläne der florentinischen Allianz waren nicht ausreichend überdacht! In vierzig Jahren sind fünf Anschläge auf den Grafen gescheitert und für zwei davon zeichnet Ihr höchstpersönlich verantwortlich! Beim letzten Mal – vor elf Jahren – scheint Ihr Euch so sicher zu sein!«

»Keine Sorge! Der nächste Versuch wird nicht scheitern!«, sagte Lord Alastair. »Meine Vorfahren und auch ich haben bisher immer den Fehler gemacht, den sogenannten Grafen wie einen Menschen zu bekämpfen. Wir haben versucht, ihn zu entlarven, zu diffamieren und seinen guten Ruf zu zerstören. Wir haben versucht, verirrten Seelen wie der Euren auf den richtigen Weg zurückzuhelfen, ohne zu begreifen, dass Ihr längst alle durch das dämonische Blut verloren wart.«

Paul runzelte irritiert die Stirn. Aus dem salbungsvollen Gerede des Lords und dem der anderen Männer der florentinischen Allianz war er noch nie schlau geworden.

»Wir haben versucht, ihm wie einem gewöhnlichen Menschen mit Gift, Degenklingen und Pistolenkugeln beizukommen«, fuhr Lord Alastair fort. »Wie lächerlich!« Er stieß ein heiseres Lachen aus. »Was wir auch taten, er schien uns stets einen Schritt voraus zu sein. Wohin wir auch kamen – er war immer schon vor uns dort. Er schien unbesiegbar. Überall hat er einflussreiche Freunde und Beschützer, die sich wie er in der schwarzen Magie auskennen. Die Mitglieder seiner Loge gehören zu den mächtigsten Männern unserer Zeit. Es hat Jahrzehnte gedauert, bis ich begriffen habe, dass man einem Dämon nicht mit menschlichen Methoden beikommen kann. Aber nun bin ich klüger.«

»Freut mich zu hören«, sagte Paul und warf einen schnellen Blick zur Seite. Im Torbogen waren zwei weitere Männer erschienen, schwarz gekleidet, die Degen offen an ihrer Seite tragend. Verdammt! Lucy hatte recht behalten. Alastair dachte gar nicht daran, sein Wort zu halten. »Habt Ihr die Briefe?«

»Natürlich«, sagte Lord Alastair, zog ein dickes Bündel Papier aus seiner Jacke, das mit einer roten Kordel zusammengehalten wurde. »Mittlerweile – und nicht zuletzt dank Euch und Euren vortrefflichen Informationen – ist es mir gelungen, einen guten Freund bei den Wächtern einzuschleusen. Er versorgt mich jetzt schon täglich mit wichtigen Neuigkeiten. Wusstet Ihr, dass der Graf zurzeit wieder einmal in der Stadt weilt? Ah, natürlich wusstet Ihr es!« Er wog das Bündel in seiner Hand, dann warf er es Paul zu.

Paul fing es geschickt mit einer Hand auf. »Danke. Ihr habt sicher Abschriften davon erstellen lassen.«

»Das war nicht nötig«, sagte der Lord arrogant. »Was ist mit Euch? Habt Ihr mir mitgebracht, wonach ich verlangt habe? «

Paul schob sich das Briefbündel in die Jacke und hielt den braunen Umschlag in die Höhe. »Fünf Seiten Abstammungslisten der de Villiers, angefangen im 16. Jahrhundert, bei Lancelot de Villiers, dem ersten Zeitreisenden, bis hin zu Gideon de Villiers, geboren im 20. Jahrhundert.«

»Und die weibliche Linie?«, fragte Lord Alastair und jetzt klang er beinahe ein wenig aufgeregt.

»Ist ebenfalls alles hier drin. Beginnend bei Elaine Burghley bis hin zu Gwendolyn Shepherd.« Der Name versetzte Paul einen Stich. Er warf einen raschen Blick auf die beiden Männer. Sie waren unter dem Torbogen stehen geblieben, die Hände am Degengriff, als ob sie auf etwas warteten. Zähneknirschend musste er sich eingestehen, dass er bereits ahnte, worauf.

»Sehr gut. Dann gebt es mir!«

Paul zögerte. »Ihr habt Euch nicht an unsere Abmachung gehalten«, sagte er, um Zeit zu gewinnen. Er zeigte auf die beiden Männer. »Ihr wolltet allein kommen.«

Lord Alastair folgte seinem Blick mit einem gleichgültigen Augenaufschlag. »Ein Gentleman meiner gesellschaftlichen Stellung ist niemals allein. Meine Diener begleiten mich stets überallhin.« Er trat noch einen Schritt vorwärts. »Und jetzt gebt mir die Papiere! Um alles Weitere werde ich mich kümmern.«

»Und wenn ich es mir anders überlege?«

»Mir persönlich ist es ziemlich egal, ob ich diese Papiere aus Euren lebenden oder Euren toten Händen erhalte«, sagte der Lord und seine Hand legte sich auf den verzierten Degengriff. »Oder anders ausgedrückt: Ob ich Euch vor oder nach der Übergabe töte, spielt keine Rolle.«

Paul fasste nach dem Knauf seines Degens. »Ihr habt einen Eid geschworen.«

»Pah«, rief Lord Alastair und zog seinen Degen. »Dem Teufel kommt man nicht mit moralischem Handeln bei! Her mit den Papieren!«

Paul trat zwei Schritte zurück und zog ebenfalls seine Waffe. »Sagtet Ihr nicht, mit gewöhnlichen Waffen sei uns nicht beizukommen?«, fragte er und zog so spöttisch wie möglich eine Augenbraue in die Höhe.

»Das wird sich jetzt zeigen«, sagte der Lord. »*En garde*, Dämon!«

Paul hätte gern noch weiter geredet, aber Lord Alastair schien nur auf die Gelegenheit gewartet zu haben. Mit einem Schritt war er heran, offenbar wild entschlossen, Paul zu töten. Dumm nur, dass das zusammen mit seinen brillanten Fechtkünsten keine gute Kombination war.

Das zumindest wurde Paul klar, als er sich nach weniger als zwei Minuten mit dem Rücken zur Mauer wiederfand. Er hatte die Angriffe so gut es ging pariert, war unter den Laken hindurchgetaucht und hatte seinerseits versucht, den Lord in die Enge zu treiben. Vergeblich.

Die Katze sprang mit einem Fauchen von der Fensterbank und flüchtete durch den Torbogen. Hinter den Fenstern blieb alles still. Verdammt! Warum hatte er nicht auf Lucy gehört? Sie hatte ihn eindringlich gebeten, das Zeitfenster des Chronografen kleiner einzurichten. Dann hätte er vielleicht lang genug durchhalten können, um sich vor den Augen des Lords in Luft aufzulösen.

Alastairs Waffe blitzte in der Sonne auf. Sein nächster Hieb war so heftig, dass Paul fast der Degen aus der Hand gefallen wäre.

»Wartet!«, rief er, wobei er mehr keuchte, als er gemusst hätte. »Ihr habt gewonnen! Ich gebe Euch die Papiere.«

Lord Alastair ließ seinen Degen sinken. »Sehr vernünftig.«

Scheinbar schwer atmend stützte Paul sich an der Mauer ab und warf Lord Alastair den braunen Umschlag zu. Im gleichen Augenblick stürzte er sich hinterher, aber Lord Alastair schien darauf vorbereitet gewesen zu sein. Er ließ den Umschlag auf den Boden fallen und parierte Pauls Angriff mit Leichtigkeit.

»Ich durchschaue jede Dämonenlist!«, rief er und lachte dabei. »Aber nun will ich sehen, welche Farbe Euer Blut hat!« Er machte einen raffinierten Ausfallschritt und Paul spürte, wie Lord Alastairs Klinge seinen Jackenärmel und die Haut darunter aufschlitzte. Warmes Blut lief ihm den Arm hinunter. Es tat nicht besonders weh, also vermutete er, dass es bei einem leichten Kratzer geblieben war, aber das hämische Grinsen seines Gegners und die Tatsache, dass Alastair kaum außer Atem zu sein schien, während er selber keuchend nach Luft schnappte, stimmten ihn wenig optimistisch.

»Worauf wartet ihr?«, rief Lord Alastair den beiden Lakaien über seine Schulter zu. »Wir dürfen ihm keine Zeit mehr lassen! Oder wollt ihr, dass er sich vor unseren Augen in Luft auflöst, wie eure letzten Gegner?«

Die schwarz gekleideten Männer reagierten unverzüglich. Als sie zwischen den Bettlaken hindurch auf ihn zukamen, wusste Paul, dass er verloren hatte. Wenigstens war Lucy in Sicherheit, schoss es ihm durch den Kopf. Wäre sie mitgekommen, müsste sie nun mit ihm sterben.

»Sprecht Eure letzten Worte«, sagte Lord Alastair und Paul überlegte, den Degen sinken zu lassen, auf die Knie zu fallen und anzufangen zu beten. Vielleicht würde der fromme Lord dann aus Gründen der Pietät mit dem Ermorden noch ein wenig warten. Vielleicht wäre er aber auch schon tot, bevor er auf seinen Knien angekommen war.

In diesem Augenblick nahm er eine Bewegung hinter den Bettlaken wahr und einer von Lord Alastairs Männern brach lautlos zusammen, ehe er sich ganz umgedreht hatte. Nach einer winzigen Schrecksekunde stürzte sich der andere mit gezücktem Degen auf den neuen Gegner, einen jungen Mann in einer grünen Jacke, der nun hinter dem Laken hervortrat und den Angriff mit seinem Degen geradezu lässig parierte.

»Gideon de Villiers«, stieß Paul hervor, während er mit neuem Mut versuchte, Lord Alastairs Hiebe abzuwehren. »Ich hätte nicht gedacht, dass ich mal so froh sein würde, dich zu sehen, Kleiner.«

»Eigentlich war ich nur neugierig«, sagte Gideon. »Ich sah die Kutsche mit Lord Alastairs Wappen auf der Straße stehen und wollte mal nachschauen, was er in diesem verlassenen Hinterhof so macht . . .«

»Mylord, das ist dieser *Dämon*, der Jenkins im Hyde Park getötet hat!«, keuchte Lord Alastairs Mann.

»Tu, wofür du bezahlt wirst«, fauchte ihn Lord Alastair an, wobei sich seine Kräfte zu verdoppeln schienen. Paul spürte, wie er zum zweiten Mal getroffen wurde, am selben Arm, ein Stück weiter oben. Diesmal zuckte der Schmerz durch den ganzen Körper.

»Mylord . . .« Der Diener schien in Bedrängnis zu geraten.

»Übernimm diesen hier!«, rief Lord Alastair ärgerlich. »Ich kümmere mich um den anderen!«

Erleichtert schnappte Paul nach Luft, als der Lord von ihm abließ. Er warf einen kurzen Blick auf einen Arm – er blutete, aber noch konnte er den Degen halten.

»Wir kennen uns doch!« Lord Alastair stand nun Gideon gegenüber, seine Degenklinge schimmerte dunkel von Pauls Blut.

»Richtig«, gab Gideon zurück und Paul bewunderte – etwas widerwillig – die Ruhe, die er ausstrahlte. Hatte der Kleine überhaupt keine Angst? »Vor elf Jahren, kurz nach Eurem gescheiterten Mordanschlag auf den Grafen von Saint Germain, trafen wir uns beim Fechttraining bei Galliano.«

»Marquis Welldone«, sagte der Lord verächtlich. »Ich erinnere mich. Ihr überbrachtet mir eine Nachricht vom Teufel höchstpersönlich.«

»Ich überbrachte Euch eine Warnung, an die Ihr Euch leider nicht gehalten habt.« Die grünen Augen glitzerten gefährlich.

»Dämonengezücht! Ich wusste es gleich, als ich Euch sah. Und Eure Paraden waren zwar recht ordentlich, aber vielleicht erinnert Ihr Euch noch, dass ich unseren kleinen Trainingskampf gewann?«

»Ich erinnere mich gut«, erwiderte Gideon und schüttelte die Spitzenbesätze an seinen Handgelenken, als seien sie ihm lästig. »So, als wäre es erst letzte Woche gewesen. Was es für mich auch war, wenn man es genau nimmt. *En garde.*«

Metall klirrte auf Metall, aber Paul konnte nicht sehen, wer die Oberhand gewann, denn nun hatte sich der verbliebene Diener wieder gefasst und kam mit gezücktem Degen auf ihn zu.

Der Mann focht nicht so elegant wie sein Herr, aber sehr vehement und Paul spürte, wie die Kräfte in seinem verletzten Arm, trotz der kleinen Verschnaufpause, schnell nachließen.

Wann würde er denn endlich springen? Lange konnte es nicht mehr dauern! Er biss die Zähne zusammen und machte den nächsten Ausfallschritt. Mehrere Minuten lang sprach niemand etwas, nur Klirren und Keuchen waren zu hören, und dann sah Paul aus den Augenwinkeln, wie Lord Alastairs kostbarer Degen durch die Luft flog und mit einem dumpfen Schlag auf dem Pflaster landete.

Gott sei Dank!

Der Diener sprang ein paar Schritte zurück. »Mylord?«

»Das war ein mieser Trick, *Dämon*«, sagte der Lord zornig. »Gegen alle Regeln! Ich hatte den Treffer!«

»Ihr seid ein schlechter Verlierer, wie mir scheint«, erwiderte Gideon. Er blutete aus einer Wunde am Arm.

Lord Alastairs Augen glühten vor Wut. »Tötet mich, wenn Ihr es wagt!«

»Nicht heute«, sagte Gideon und schob seinen Degen zurück in seinen Gürtel.

Paul sah die Kopfbewegung des Lords und er sah, wie der Diener seine Muskeln anspannte. Blitzschnell warf er sich dazwischen und parierte den Schlag, bevor die Degenspitze des Dieners zwischen Gideons Rippen dringen konnte. In derselben Sekunde hatte Gideon seinen Degen wieder gezogen und dem Mann in die Brust gestoßen. Das Blut sprudelte schwallweise aus der Wunde und Paul musste sich abwenden.

Lord Alastair hatte die Zeit genutzt, seinen Degen aufzuheben und damit den braunen Umschlag vom Pflaster zu spießen. Ohne ein weiteres Wort drehte er sich um und rannte durch den Torbogen davon.

»Feigling!«, rief Paul wütend. Dann wandte er sich an Gideon. »Bist du verletzt, Kleiner?«

»Nein, nur ein Kratzer«, sagte Gideon. »Aber du siehst

schlimm aus. Dein Arm! Das ganze Blut . . .« Er presste seine Lippen zusammen und hob seinen Degen. »Was waren das für Papiere, die du Lord Alastair gegeben hast?«

»Stammbäume«, sagte Paul unglücklich. »Ahnenreihen der männlichen und der weiblichen Zeitreiselinien.«

Gideon nickte. »Ich wusste, dass ihr beide die Verräter seid. Aber ich dachte nicht, dass ihr so dumm sein würdet! Er wird versuchen, alle Nachfahren des Grafen zu töten! Und jetzt kennt er auch die Namen der weiblichen Linie. Wenn es nach ihm geht, werden wir niemals geboren werden.«

»Du hättest ihn töten sollen, als du die Gelegenheit dazu hattest«, sagte Paul bitter. »Er hat uns reingelegt. Hör zu, ich habe nicht mehr viel Zeit, ich springe jeden Augenblick zurück. Aber es ist wichtig, dass du mir zuhörst.«

»Das werde ich nicht tun!« Die grünen Augen funkelten ihn zornig an. »Wenn ich gewusst hätte, dass ich dich heute hier treffe, hätte ich ein Reagenzglas mitgenommen . . .«

»Es war ein Fehler, uns mit der Allianz zu verbünden«, sagte Paul hastig. »Lucy war von Anfang an dagegen. Aber ich dachte, wenn wir ihnen helfen, den Grafen unschädlich zu machen . . .« Er griff sich an den Magen. Dabei stießen seine Finger an das Päckchen mit den zusammengeschnürten Briefen, das er in die Jacke gesteckt hatte. »Verdammt! Hier! Nimm das, Kleiner.«

Zögernd nahm Gideon das Päckchen entgegen. »Hör auf, mich Kleiner zu nennen. Ich bin einen halben Kopf größer als du.«

»Es handelt sich um den Teil der Prophezeiungen, den der Graf den Wächtern bisher vorenthalten hat. Es ist wichtig, dass du sie liest, bevor du auf die Idee kommst, gleich wieder zu deinem geliebten Grafen zu laufen und uns zu verpetzen. Scheiße, Lucy wird mich umbringen, wenn sie das hört.«

»Wer garantiert mir, dass das keine Fälschungen sind?«

»Lies sie einfach! Dann weißt du, warum wir den Chronografen gestohlen haben. Und warum wir den Grafen daran hindern wollen, den Blutkreis zu schließen.« Er schnappte nach Luft. »Gideon, du musst auf Gwendolyn aufpassen«, sagte er hastig. »Und du musst sie vor dem Grafen beschützen!«

»Ich würde Gwendolyn vor jedem beschützen!« In Gideons Augen blitzte es hochmütig auf. »Aber ich wüsste nicht, was dich das angeht.«

»Das geht mich sehr wohl etwas an, Junge!« Paul musste sich zusammenreißen, um nicht handgreiflich zu werden. Gott, wenn der Kleine nur einen blassen Schimmer hätte!

Gideon verschränkte die Arme. »Wegen eures Verrates hätten uns Alastairs Männer im Hyde Park neulich beinahe getötet, Gwendolyn und mich! Du wirst mir also kaum weismachen können, dass dir etwas an ihrem Wohlergehen liegt.«

»Du hast ja keine Ahnung...« Paul unterbrach sich. Er hatte einfach keine Zeit mehr. »Egal. Hör zu.« Er dachte daran, was Lucy gesagt hatte, und versuchte, alle Eindringlichkeit in seine Stimme zu legen. »Einfache Frage – einfache Antwort: Liebst du Gwendolyn?«

Gideon ließ ihn keinen Moment aus den Augen. Doch etwas flackerte in seinem Blick, das sah Paul genau. War das etwa Unsicherheit? Na toll, mit dem Degen konnte der Junge ja umgehen. Aber in Sachen Gefühlsdingen schien er ein ziemlicher Anfänger zu sein.

»Gideon! Ich muss die Antwort wissen!« Seine Stimme klang scharf.

Das Gesicht des Jungen verlor etwas von seiner Härte. »Ja«, sagte er schlicht.

Paul spürte, wie all seine Wut verflog. Lucy hatte es ja gewusst. Wie hatte er je an ihr zweifeln können! »Dann lies die Papiere«, sagte er schnell. »Nur so kannst du begreifen, welche Rolle Gwendolyn wirklich spielt und wie viel für sie auf dem Spiel steht.«

Gideon starrte ihn an. »Was meinst du damit?«

Paul beugte sich vor. »Gwendolyn wird sterben, wenn du es nicht verhinderst. Du bist der Einzige, der das kann. Und dem sie vertraut, so wie es aussieht.«

Er verstärkte seinen Griff um Gideons Arm, als er spürte, wie das Schwindelgefühl ihn zu überwältigen drohte. Wie viel hätte er um ein, zwei Minuten Aufschub gegeben!

»Versprich es mir, Gideon!«, sagte er verzweifelt.

Doch Gideons Antwort konnte er nicht mehr hören. Alles um ihn herum verschwamm, es riss ihn von seinen Füßen und schleuderte ihn durch Zeit und Raum.

Saphirblau ist der zweite Teil einer Trilogie.
Der dritte Band *Smaragdgrün* erscheint im Sommer 2010.

Wer wissen will, was sich in dem Versteck bei den angegebenen Koordinaten im Haus der Montroses im Bourdon Place 81 befindet, kann versuchen, folgenden Zahlencode zu knacken:

151 13 3 1 62 13 5 1 23 29 1 2 313
6 8 1 117 25 5 3 113 7 8 4 326 3 1
3 123 12 4 3 329 3 2 4 359 15 4 4

Danksagung

»Wenn du dich änderst, ändert sich alles um dich herum. Das ist Magie!«

Während dieses Buch entstand, sind unglaublich viele wunderbare Dinge passiert und ich bin so vielen neuen großartigen Menschen begegnet, dass ich sie gar nicht alle aufzählen kann.

Nur so viel: Ich bin unendlich dankbar für all die magischen Begebenheiten, die zu diesen Bekanntschaften geführt haben. Und – nein: Ich glaube nicht an Zufälle.

Mein Dank gilt all den Leserinnen, die sich die Mühe gemacht haben, mir eine Mail oder einen Brief zu schreiben oder mich auf einer Lesung kennenzulernen – euer Lob hat mich unglaublich motiviert.

Talyn aka Dorit, danke für dein Adlerauge beim Probelesen.

Sehr viel Inspiration und Anregungen habe ich aus der kreativen Leserunde bei den Büchereulen geschöpft – danke, ihr Lieben, dass ihr euch so viele Gedanken gemacht habt! Kamelin – du hast den richtigen Namen für Gideons kleinen Bruder gefunden.

Den Namen Purpleplum habe ich übrigens ebenfalls bei den Büchereulen geklaut. (Ich würde selber gern so heißen!!)

An dieser Stelle auch ganz liebe Grüße an die Mädchen aus dem Rubinrot-Forum, Laura, Nathiii, jelly, jojo, JOlly, mia, sunrise, AyAy, coco, AnA, leo<3 und die anderen – ihr seid wundertoll!

Daniela Kern, die die Homepage und das Forum betreut, ebenfalls!

Dass ausgerechnet meine unangefochtene Lieblingsillustratorin Eva Schöffmann-Davidoff die Cover dieser Buchreihe gestaltet, ist für mich immer noch unfassbar! Mir ist auch klar, dass viele Leute das Buch nur wegen des Covers kaufen – aber das ist in diesem Fall okay. Ich kann's verstehen und würde es genauso machen.

Vielen Dank auch an Thomas Frotz, der dem Xemerius aus meiner Vorstellung seine wahre Gestalt verliehen hat, dreidimensional und absolut entzückend.

Ich hoffe, dass es bald ganz viele Xemeriusse geben wird, die man sich auf den Schreibtisch stellen kann – an der Zauberformel, die ihn lebendig werden lässt, arbeite ich noch.

Danke an alle, die in diesem Jahr so viel Geduld mit mir hatten – ich habe so ein Glück mit euch!

Namentlich danken möchte ich aber aus Zeitgründen (hey, das letzte Kapitel ist noch gar nicht fertig) nur noch vier besonderen Menschen, meiner wunderbaren Agentin Petra Hermanns, meiner großartigen Lektorin Christiane Düring, meiner lieben Freundin Eva und meiner unermüdlichen kleinen Mama.

Danke für alles, Mama, auch dafür, dass du diese Bücher mit der Begeisterung einer Vierzehnjährigen liest. Eva, ohne deine moralische Unterstützung hätte ich an manchen Tagen nicht ein einziges Wort geschafft. Petra, dich hat mir wirklich der Himmel geschickt! Christiane – ich weiß nicht, wie du es machst, aber am Ende denke ich immer, das seien alles nur meine Ideen gewesen! Dabei sind deine die besten! Danke euch beiden auch für die herrlichen Tage in London.

Verzeichnis der wichtigsten Personen

In der Gegenwart:

Bei den Montroses:

Gwendolyn Shepherd geht in die zehnte Klasse und stellt eines Tages fest, dass sie in der Zeit reisen kann.

Grace Shepherd, Gwendolyns Mutter

Nick und Caroline Shepherd, Gwendolyns jüngere Geschwister

Charlotte Montrose, Gwendolyns Cousine

Glenda Montrose, Charlottes Mutter, Graces ältere Schwester

Lady Arista Montrose, Gwendolyns und Charlottes Großmutter, Graces und Glendas Mutter

Madeleine (Maddy) Montrose, Gwendolyns Großtante, die Schwester des verstorbenen Lord Montrose

Mr Bernhard, Hausangestellter bei den Montroses

Xemerius, Geist eines Dämons in Gestalt eines steinernen Wasserspeiers

In der Saint Lennox Highschool:

Leslie Hay, Gwendolyns beste Freundin

James August Peregrin Pimplebottom, das Schulgespenst

Cynthia Dale und Gordon Gelderman, Mitschüler

Mr Whitman, Lehrer für Englisch und Geschichte,
Mitglied im Inneren Kreis der Wächter

Raphael Bertelin, neuer Schüler am Saint Lennox, Gideons
  kleiner Bruder

Im Hauptquartier der Wächter in Temple:

Gideon de Villiers, kann wie Gwendolyn in der Zeit reisen

Falk de Villiers, sein Onkel zweiten Grades, Großmeister der
  Loge des Grafen von Saint Germain, der *Wächter*

Thomas George, Mitglied der Loge im Inneren Kreis

Mr Whitman, dito

Dr. Jake White, Arzt und Mitglied der Loge im Inneren Kreis

Mrs Jenkins, Sekretärin

Madame Rossini, Schneiderin

Mr Marley, Adept 2. Grades

Giordano, Adept 3. Grades, zuständig für Gwendolyns
Unterricht in Sachen 18. Jahrhundert

In der Vergangenheit:

Der Graf von Saint Germain, Zeitreisender und Gründer der
  Wächter

Miro Rakoczy, sein Seelenbruder und Freund des Grafen, auch
  bekannt als der *schwarze Leopard*

Lord Brompton, Bekannter und Förderer des Grafen

Lady Brompton, seine lebensfrohe Gattin

Margret Tilney, Zeitreisende, Gwendolyns Ururgroßmutter,
  Großmutter von Lady Arista

Paul de Villiers, Zeitreisender, jüngerer Bruder von Falk de Villiers

Lucy Montrose, Zeitreisende, Nichte von Grace, Tochter von Graces und Glendas älterem Bruder Harry

Lucas Montrose, späterer *Lord* Lucas Montrose, Lucys Großvater, Graces Vater – Großmeister der Loge bis zu seinem Tod

Mr Merchant, Lady Lavinia Rutland, Gäste auf Lady Bromptons Soiree

Lord Alastair, englischer Peer mit italienischen Vorfahren, Kopf der *florentinischen Allianz* im 18. Jahrhundert

Kerstin Gier

Auch als Hörbuch

Rubinrot
Liebe geht durch alle Zeiten

Manchmal ist es ein echtes Kreuz, in einer Familie zu leben, die jede Menge Geheimnisse hat. Der Überzeugung ist zumindest die 16jährige Gwendolyn. Bis sie sich eines Tages aus heiterem Himmel im London um die letzte Jahrhundertwende wiederfindet. Und ihr klar wird, dass ausgerechnet sie das allergrößte Geheimnis ihrer Familie ist. Was ihr dagegen nicht klar ist: Dass man sich zwischen den Zeiten möglichst nicht verlieben sollte. Denn das macht die Sache erst recht kompliziert!

Arena

352 Seiten. Gebunden.
ISBN 978-3-401-06334-8
www.rubinrotlesen.de

Hörbuch
Sprecherin: Sascha Maria Icks
4 CDs im Schuber
ISBN 978-3-401-26334-2

Kerstin Gier

Jungs sind wie Kaugummi –
süß und leicht um den Finger zu wickeln

Sissi ist dreizehn, ziemlich frech, gnadenlos schlecht in Mathe – und unsterblich verliebt! Doch leider hat Konstantin, ihr Traumprinz, nur Augen für ältere Mädchen mit „Erfahrung". Zu dumm, denn was das Küssen angeht, da kann Sissi einfach noch nicht mitreden. Also setzt sie Himmel und Erde und ihren Sandkastenfreund Jacob in Bewegung, um sich a tempo gefühlsechte Informationen zum Thema zu beschaffen ...

Arena

200 Seiten. Klappenbroschur.
ISBN 978-3-401-06093-4
www.arena-verlag.de

Isabel Abedi

Lucian

Immer wieder taucht er in Rebeccas Umgebung auf, der geheimnisvolle Junge Lucian, der keine Vergangenheit hat und keine Erinnerungen. Sein einziger Halt ist Rebecca, von der er jede Nacht träumt. Und auch Rebecca spürt vom ersten Moment an eine Anziehung, die sie sich nicht erklären kann. So verzweifelt die beiden es auch versuchen, sie kommen nicht voneinander los. Aber bevor sie noch erfahren können, was ihr gemeinsames Geheimnis ist, werden sie getrennt. Mit Folgen, die für beide grausam sind. Denn das, was sie verbindet, ist weit mehr als Liebe.

Arena

560 Seiten. Gebunden.
ISBN 978-3-401-06203-7
www.abedi-lucian.de

Antje Babendererde

Indigosommer

„Die Gischt in der Brandung schimmerte nicht weiß, sondern blau. Es war ein indigoblaues Leuchten und Flimmern entlang der gesamten Brandungslinie. Das Meer sprühte Funken. Fasziniert starrte ich auf das Schauspiel. Und dann sah ich ihn. Den einsamen Wellenreiter in der Nacht. Seine schwarze Gestalt im Licht des vollen Mondes hatte etwas Gespenstisches, so, als wäre er nicht von dieser Welt."

336 Seiten. Gebunden.
ISBN 978-3-401-06335-5
www.arena-verlag.de